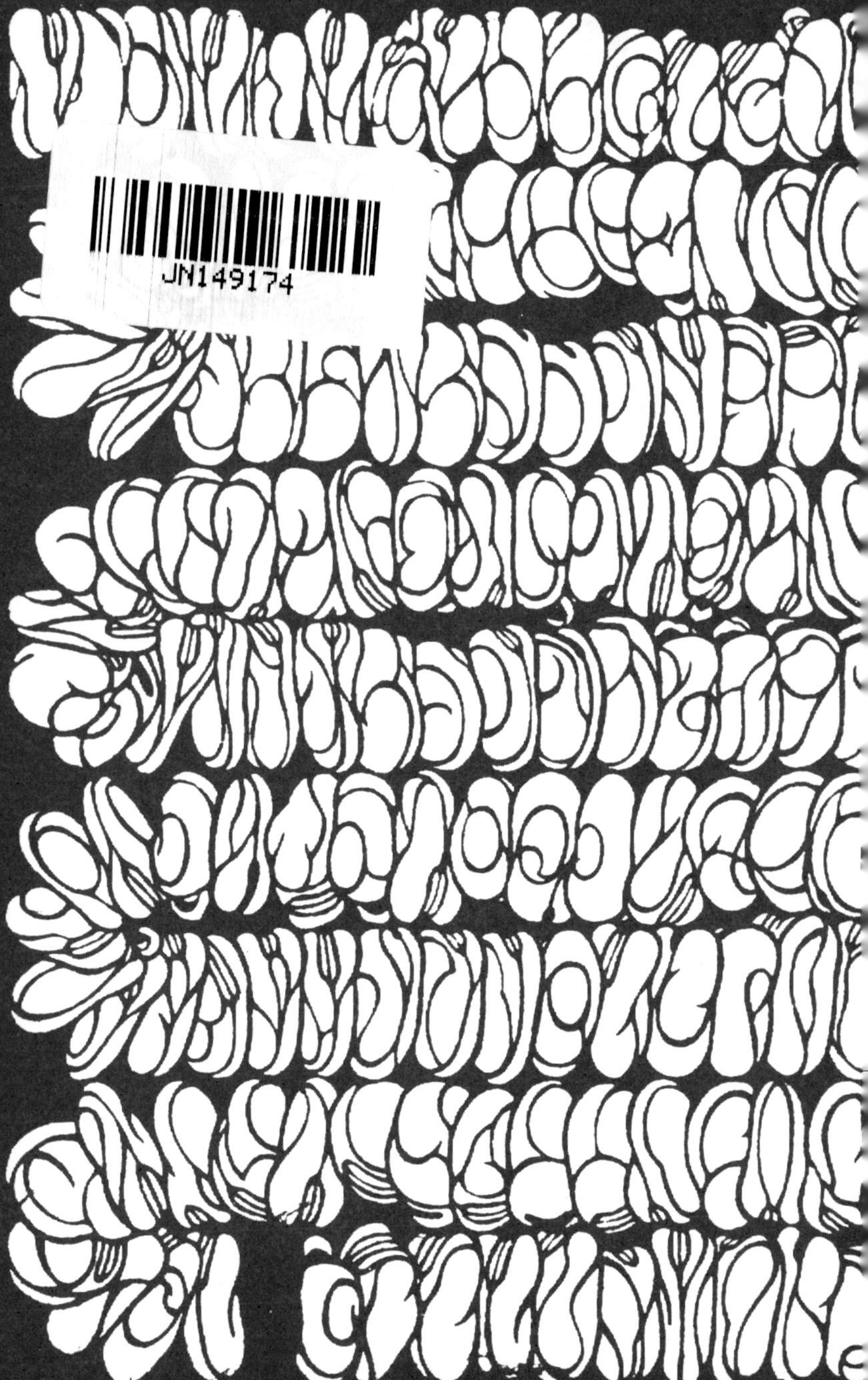

増補

遥かなる故郷

ライと朝鮮の文学

村松武司

皓星社

目次

遥かなる故郷

終りなき戦後

娼婦たちへの返事

遥かなる故郷

同行二人

（一九七〇年）

次のような話をしてくれた人がいる。

「ぼくは朝鮮語を少し知っていたので、バスの停留所で朝鮮の老婆と話しました。ぼくはウソをつきました。わたしのアボジ（父）は日本人だけど、オモニ（母）は朝鮮人なんだ……と。彼女は急に親近感をもってぼくに話しかけてきました。ではテーギではないか！というのです。テーギは、たしかアイノコですね。彼女は知っているかぎりの日本語を動員していうのです。

ヒトリ　ダマリノミチ　ナガイ

フタリ　ハナシノミチ　ミジカイ

終戦直後のバスのなかなか来ない時代でした。もし乗れなかったら二人で話しながら歩こうではないか。そういう意味がこめられているでしょう？　バスは来ましたよ。若かったぼくは無理やりに乗りました。老婆は乗れませんでした」。

語り手の率直さのせいか、この話はわたしにとっても体にひびくような痛さがのこる。語った人間は安野光雅。画家でありトポロジストである。

安野は、アイノコであるとウソをついた。この擬態はいくらか理解できる。安野でなくても、いかにもやりそうなことという意味で。敗戦直後の日本人が、長く日本で苦労した朝鮮の老人に、なかば同情的になかば冗談に（あの時代には迎合的にでも言うことがあったのだ）、ちょっと声をかけた。このちょっとが、じつは日本人と朝鮮人との最初の遭遇だったかもしれぬ。戦時中ならば、朝鮮人はあからさまに朝鮮人そのものではなかったし、また支配する側の日本人から歩みよる言葉は存在しなかったであろう。

ちょっと声をかけ、わずかな会話があったあと、バスが来て日本人が乗る。老婆が残される。

まさに苦しみに耐えてのひとり沈黙の時代は長く、その果てにようやく解放が来た。朝鮮人と日本人の老若ふたりが街道をテクテクいっしょに歩けば、たのしい時間に変るかもしれぬ。しかし、日本と朝鮮の戦後の出会いは、まことにあっけなく、また別々の道を歩きはじめる。日本人は自国に当時二〇〇万の朝鮮人をかかえながら、在日朝鮮人と別の生活をえらぶ。
接近の擬態と、しらじらしい突き放し。われわれ日本人は、朝鮮にこの循環を強いて来たのではなかったか。日本に希望を抱いた朝鮮プロレタリアートと日本プロレタリアートの接近。日本に希望を抱いた朝鮮人留学生と日本社会主義との出会い。それからすぐあとに関東震災当時の大虐殺が来る。

二五年たった。わたしはいまここにいる。日本の、東京郊外の、あけがたの四時。窓の外はしらみかけ、虫の音が強くなる。突きさすような、目覚めの鳥の声。

遠くを走る私鉄の貨物列車がレールを鳴らす。レールの音のなかに、わたしは二五年が過ぎていないことを感じる。京城の師団から北朝鮮へ、ソビエトと満州国が接する阿吾地までの長い軍用列車。そして八月一六日、朝鮮の復員軍人を満載した歓呼、マンセーの列車。さらに日本人総引揚の、雪をいただいた貨物列車と煤煙。これらはわたし、あるいはわたしたち日本人が思いだす断片にすぎぬ。二五年は過ぎたともいえよう。いまは日本で、窓外の空のしらみをぼんやりとみつめている。尾長がしきりに鳴きさわぐ。朝鮮カササギによく似たあの鳥……。

われわれは時と共に歩き、老い、死ぬ。わたしも四五歳をすぎた。おそらくはこの後、なにかのために身命をなげうつということはあるまい。ふたたびこの後も、放っておけば時は過ぎてしまうだろう。

しかし、流れない停まったままの時も、あるのだ。あたかもわたしのからだを釘づけにしたまま、貼りつけにした背の部分。わたしには見えないがその背が接している朝鮮が、それだ。

わたしが息子を持とうと孫を持とうと、そんなことにかかわりもなく、朝鮮はわたしの背にあって、時を停める。彼らにも二五年の歳月は流れているのかもしれず、それがわたしに見えないだけかもしれぬ。だから、かつての朝鮮とかつてのわたしがあっただけで、いまは朝鮮とわたしがかかわりあわない地点にまで流れついているのかもしれぬ……。

しかし、ちがうのだ。彼らの時のなかで動かない部分がある。みたまえ。

金石範の創作集『鴉の死』(新興書房、一九六七年)。右の作品に対して、金泰生が「金石範著『鴉の死』に寄せて」(『新興通信』二号)を書いている。このなかで、日本人の側からの評価として北杜夫の一文が紹介されている。

「済州島の政治情勢が、これだけでは我々にはよくのみこめぬが、これも、それを書いてゆくことになるとまた別の作品となり、『看守朴書房』という作品からいえば欠点ともいいきれない」と。

北杜夫でなくても、日本人作家が書きそうな評価である。このような程度の評価を予想して、金泰生が、作品を読む人のために、舞台となっている済州島と、作品の背景をなす時代、政治情勢などについて解説を加えなければならなかった。

済州島蜂起は一九四八年。日本は戦後の混乱期だ。となりの国の複雑な事情をかえりみるひまはなかった、といえば正直ないい方だ。だが、双方ともに対応しあう戦後的な世界である。かりに、その事件を知っていたとしても、いまは記憶もうすれ、日本の読者は若返り、『鴉の死』を「よくのみこめぬ」ようになってしまったというわけか。

朝鮮人にとって、戦後はいまも継続中であり、日本人にとって戦後はとっくのむかしに終っていた、ということだろう。とすれば、われわれはもはや、朝鮮の現代文学を理解できまい。そして、にもかかわらず、朝鮮の側からは、日本統治下時代の文学はいうまでもなく、戦後の現代文学からも、日本の影を消すことはできない。彼らは、日本を語らずして、現代朝鮮を語ることはできない。

はたして日本の戦後二五年の時は流れたといえるだろうか。朝鮮人にとって、朝鮮は日本に釘づけにされたままである。そのように、日本人にとって日本は朝鮮に釘づけされているか、いないか?

彼らはわれわれを同時代といい、われわれは彼らを同時代といわない。そこから日本の戦後的な「建設」が出発したのだ。そしてこの「建設」こそ、かつて日本が朝鮮を植民地として統治した支配モデルに、位相的に重合する。

今年の春のある日。わたしは韓国人の訪問をうけた。彼はたまたまわたしの持っている『経営法学』の全集を買いたいと言った。どうするのだ？　と聞いたところ、ソウルの某出版社が同じような企画で『経営法学』を出版しようとしていて、参考にしたいと申し込んできたからだ、と答えた。

「考えていただきたい。経営学や経済学ならば、学としては万国共通だから参考にもなるだろうが、これは経営でも、あつかっているのは日本の法律ですよ。日本の法がそちらで適用されるわけもありますまい」と聞いたら、彼は笑った。「似ていますよ。いや同じと言ってもいい」。「まさか？」とわたし。

彼は続けて言った。「あなた。日本のむかしの治安維持法、悪名たかいあの法律知ってますか？　あれ、いま韓国の国家保安法になっています。チェンジェンオナシ！」。

わたしは絶句した。彼の目はもう笑ってなどいない。自嘲、いな悲しみの眼であった。

彼の悲しみは、いまの保安法に対するものか、とわたしは思う。しかしそれはちがうのだ。どのような法であろうと、苛烈な悪法であろうと、みずから制定した法ならば、悲しみなどを（まして旧征服者どもに）みせるものか。彼が悲しんだのはそんなものではない。日本の治安維持法からの「連続」そのもの。そして会話を交した、彼とわたしの切れない過去そのものであったろう。

日本人は戦後二五年を、こちら側に歩いて来た。そして朝鮮人は戦後から三六年を、むこうのほう、過去へ戻る。彼らの断ち切られた過去から歴史をつないでくるために、時を逆流する。逆流すればするほど、つなげばつなぐほど、日本の「植民史」に沿って戻らねばならぬ。そのコースと異なるコースを、彼らはどれほど歩いて来たかったことか。

しかし、コースを「選ぶべきだった」などと、日本人は口が割けても言う権利を持たない。まして、韓国朴政権のファシズムを言うまえに、それを否定するまえに、それを非難するまえに、それが日本の置土産であったことをいたく自覚する必要がある。さらに、朝鮮民主主義人民共和国政府の官僚制をいうならば、それを批判するまえに、近代化を奪ったのはわれわれであったことを自覚しなければならぬ。いずれにせよ、北か南か、連帯する相手を選ぶまえに、彼らからわれわれ自身が選択される立場にいることを知らされる。

そのいみで、朝鮮はわたしのまえにある選択可能な対象ではない。描写可能な対象ではない。朝鮮は、社会でただひとつ、わたしの背後の国と考える。

わたしは四五歳の半ばを、三代目植民者として朝鮮ですごした。後半の生は、はじめて踏んだ日本の戦後的な歴史とともにあり、それが、総督府政治三六年に思いがけず酷似していることにおどろく。

わたしは日本朝鮮研究所の機関誌『朝鮮研究』に「植民者の回想」を書きながら、胸のなかに屡々問いただしたのは、そのことであった。わたしは回想を朝鮮人に宛てて書いたのではない。対象は日本であった。

わたしは朝鮮人の視線を背後に意識しながら、現代の日本にむけて書いた。わたしの祖父、父母、わたし、わたしよりも若い戦後の子供たちに対して。また日本の革新政党、労働組合に対して。怒りに似た感情をおさえることはできなかった。――植民者が日本に帰った。そして日本に対して怒りを持つ。はなはだ身勝手である。そのとおりだ。倒さねばならぬのは植民者おまえ自身だ。と日本人が言う。そのとおりだ。

わたしが、わたしを倒すとはどのようなかたちでか？　植民者、小ブルジョワ、知識階級、旧軍人、ファシスト、そして日本人、都市生活、高度成長……。われわれのなかにあっては、どのような立場であれ、たとえば、自民党員であれ、社会党員であれ、共産党員であれ、新左翼であれ、沖縄が戻らなかったために血を流したものはいまい。沖縄が戻ったために血を流したものもいまい。正反対の政策で争っても、大団円。双方がピンシャンと生きのこる。朝鮮戦争、ベトナム、カンボジア。結果的に日本人の誰かが勝利し、敗北したか。このように全的に誰も否定されることのないわれら日本人の、すぐかたわらに、どのような政策であれ、争えばかならずどちらかが倒れ、血を流さねばならぬ国家が存在する。

この両国の関係、両国の体質のちがいのなかに、わたしのあらたな植民主義のすがたを発見する。

植民者とたたかうということは、このような日本の体質とたたかうことだ。日本人のわたしが、朝鮮を背にしてこのわれらの体質とたたかうとき、わたしには、それが愛国か、売国か、不分明な、名前のない、価値の与えられない行為となろう。結構だ。わたしは、あらためて、自分が植民者であることを宣言しなければならない。なぜならば、同じく植民者として捲込み、道づれにし、断罪しなければならぬ共犯者がここにいるからだ。わたしの過去が時効にかかったとしよう。共犯者も口を拭うであろう。わたしは彼を許すべきでない。……夜が明け放たれた。わたしと共犯者とは重層し、ここで茶を飲んだりしている。二五年はすぎ、今朝を迎えたが、時の流れぬ部分が存在する。だから依然、未復員兵としてここに坐っているわれら……。

かりに、時が止むことなくつねに流れてゆくならば、この後も、成長国家としての創造程度のことはいくらも現われては消えてゆくであろう。しかし、時を流さず、停止させる部分。朝鮮と日本とが、それはもはや憎悪とか相互理解などという言葉ではいいあらわせぬような事柄、いわば沈黙のなかで互いに指をからませて切りはなすことのない死んだような時間がある。それだけは永遠に消えることはないだろう。

「ヒトリ　ダマリノミチ　ナガイ
フタリ　ハナシノミチ　ミジカイ」。

黒いゲーム　一　――創氏改名――

（一九七一年）

第一話

夏のおわりに、わたしは部厚い手紙をうけとった。差出人はわたしにとって友人の多い草津のライ療養所にいる人であるが、吉北一郎という署名には記憶がない。封をひらくと、中身は原稿用紙に二〇枚ほど、達筆な文字で記録が綴られてある。

表題があって「わたしの歩んできた道」。吉北一郎の署名のよこに（七九歳）と註記があった。

筆者は朝鮮平安道うまれ。彼に資産家の父親がいた。この父親が友人と新事業を興すために諸所から借りあつめた金をもって歩いている時に、運わるく山賊に襲われ、掠奪されてしまう。一家はたちまち没落し、まだ一〇歳にもならなかった自分は書堂をやめなければならなくなる。その後、方々の坑夫の手つだいをしながら一家を養なおうとするが、貧窮はつのるばかり。

田畑を売りつくし、ついに意を決して家出。親兄弟とわかれて日本に渡る。

北九州に着いたところで、日本人の手配師から炭坑入りをすすめられる。このときの朝鮮人労務者一行は二九名であった。

筆者は、その後、山口県の炭鉱時代、ダム建設時代などに触れながら、その期間中に発病したライについてひかえめに、諦観的に語りながら、この文章をとじている。

わたしは、この人の歩んできた道を読者に紹介しようとするのではない。すでに気づいている読者もおられると思うが、この前文はじつに、わたしと読者に投げかけられた第一ヒントなのである。

説明をさけて、つぎの話にうつろう。

第二話

わたしは三代目の植民者である。

父方の祖父も、母方の祖父も、ともに若い時代に朝鮮に渡った。わたしは生まれたときから青年期まで「京城」で育った。

一三歳のとき、ひとりの朝鮮人少年が、店の丁稚としてわが家に住みこんだ。崔君であった。崔が来て数日目であった。わたしがしまい風呂に入ろうとして風呂場の扉を開けると、彼がいた。「なかよく入ろうな」声をかけて、ふたりはせまい湯ぶねにつかったが、そのときわたしは、彼の「オチンチン」に目をとめた。ふたりとも、サナギのような恰好のチンチンを生やしていたのだが、わたしは年かさぶって、少年のそれを三センチだな、とからかったのである。その夜からまもなくだった。丁稚名をつけなければならない、と母が言ったとき、わたしは崔の三センチを思いだして、「三吉がいいな」と提案した。家族たちは「三吉」の由来を知らぬから、いい名だ、呼びやすい名だ、というような工合で、崔はとうとう三吉に決まってしまった。

崔はそのとき、「はい、結構です」と答え、つづけて浩然と言った。「高橋三吉海軍大将と同じですからねえ」。

この海将の名は、わたしもよく知っていた。当時、格別に名将とはいえなかったにせよ、勲章便覧や、陸海軍の将星名簿のようなたぐいが少年雑誌の付録についていて、小さな鼻髭と卵型の顔が、わたしの記憶に残っていた。しかし崔少年が日本の一海将の名をどうして知っていたのか、不思議でもあり驚きでもあった。

崔の成長は目をみはらせる程であった。目から鼻へ抜ける利発と評判され、そして警戒されていった。彼は三年ばかり丁稚のままでいたが、ある日、満州へ行くと言いのこして姿を消した。ちょうど「京城」の町では「紀元は二千六百年、ああ一億の胸は鳴る」と歌っていたころだ。

なぜ崔少年は、海将の名を知っていたのだろうか？

わたしが知っていた少年雑誌程度の知識ではなかったことは確かだ。そのころ、わたしと日独伊防共協定について議論したことがあるが、この時の印象では真剣なのは彼のほうであり、わたしは彼ほどに強い関心がなかった。当時、彼は一三歳、わたしが一六歳。冬になって朝鮮全土にわたって「創氏改名」が行われ、朝鮮人がいっせいに日本名に改名させられた。崔が姿を消したのはこの年が明けて、早々だった。

これは偶然であったのだろうか。勉強ずきで、政治に関心がつよかった進取の少年が、支配国の日本内地へ渡らず、「満州」を目指して旅立ったことは、偶然でないことを暗示、いや証明さえするではないか。彼は日本式の改名を逃れたのではないか、と推測する。

彼が日本海軍の将星の名を知っていたことに、何の不思議もないのだ。彼の性器からきまぐれに思いついた「三吉」という日本名を、三年間耐え、ついに満州へ逃れるまでの少年期の精神の足どりをようやくわたしは辿ることができる。

むろん辿りえたからといって、わたしが崔を理解したことにはならない。なぜならば、かつて崔少年には主家の息子の全身が見えたにもかかわらず、わたしのほうからは彼を見ることができなかった。いまかりに、わたしが彼の少年時代の像を見ることができたとしても、現在時点での対応関係は断ちきられたままである。

彼の復讐は終っていず、わたしに酬いはない。これが彼とわたしの関係であり、朝鮮と日本の対応関係である。

「創氏改名」にかぎらず、わたしたちの朝鮮人に対する日本的呼び名は、わが家族一同の賛意に示されたように「いい名」「よびやすい名」に終始していた。このことの不当はいうまでもない。しかしわが家族の知らないところで、崔とわたしは「三吉」の秘密を共有していた。わたしにとっては冗談のつもりが残酷な遊戯。崔にとっては恥部に加えられた侮辱。いずれにせよ、他人には明かすことのできない閉じた世界を共有させた。「不当」どころではすますことのできない、どすぐろい、かくれた世界であった。わたしが三代目植民者であったために（そして現在も）朝鮮人と共有せねばならない影の重なりのようなものがここからうまれる。

共有し、重なりあうゆえに、第一話の、あの鍵を、使わなければならない。

ふたたび第一話

わたしが草津のライ療養所からの手紙をうけとったとき、瞬間的な懸念を感じた。よそよそしさ。いかにも不自然な筆名（らしい）署名は、あまり愉快ではなかった。

日本人の療養文芸愛好家ならば、本名をあかしてほしいものだと思いながら、封を切って原稿をよんだ。筆者が朝鮮人であったことは、それほど意外ではなかった。むしろ、次のようなくだりに出合って、わたしは呆然としたのである。

……彼ら朝鮮人二九名が北九州に上陸し、鉱山事務所に働き口を求めたとき、手配師は彼らを一〇人単位の班にわけたあと、次のように言った。「はじめの者から順番に名前をつけよう。何としようか、よおしきた、ヨシキタ一郎といくか。そしてつぎは二郎、そのつぎは三郎……」。

吉北一郎はその筆頭であった。

牛馬のようにコキ使われ……という。朝鮮人虐待のときに見かける言葉だ。牛馬のように、はアレゴリイ（比喩）にはちがいないが比喩をつきぬけて、ここではまさに真実をみせつける。労働酷使のたとえではおさまらず、人の名をポチやジョンにまで引き下げてゆく。この手配師の残酷、精神の荒廃のなかに、わたしはわが一三歳を見出す。

「創氏改名」には、日本人側の政治的意図があった。のみならずその背後には、酷薄なゲームがあった。ゲームは、改名させられた一人ひとりの朝鮮人の心の奥に個人的屈辱としてしまいこまれ、蓋が閉ざされてしまう。

政治的意図のみが追及されるならば、「創氏改名」した朝鮮人七九％という事件は、日本的圧政の歴史的事件に終ってしまうであろう。しかしあのゲームはまだ終っていず、日本民衆のなかに、黒い影をのこしていくだろう。

わたしはひそかに考える。そして何年か前、一人息子に名前をつけた、あのしずかで美しい夜を追憶する。その息子はいま、わたしの机の横で寝息をたてている。この誇らしい父親わたしは、かつてひとりの少年にわいせつなゲームを行った男である。

黒いゲーム　二 ――創氏改名――

（一九七一年）

すでに発表した文章だが、季刊『朝鮮文学』の一一号に書かせていただいた「黒いゲーム」を若干、重複して引用する。

夏のおわりに、わたしは部厚い手紙をうけとった。差出人は、草津のライ療養所の「吉北一郎」という名の人物である。わたしはこの名に記憶はない。封をひらくと、中身は二〇枚ほどの原稿で、「わたしの歩んできた道」吉北一郎の署名がある。

筆者は朝鮮平安道うまれ。資産家の父親がいたが、ある日山賊に金を奪われ、一家はたちまち没落してしまう。まだ一〇歳にもならなかった彼は書堂をやめて、坑夫の手伝いなどしながら一家を養おうとする。だが貧窮はつのるばかり。ついに意を決して、親兄弟とわかれ、日本に渡る。

北九州に着いたところ、日本人の手配師から炭坑入りをすすめられる。このとき、朝鮮から渡った仲間が二九名。

筆者は、その後、山口県でダム建設の工事場にやとわれたり、各地を転々とするが、その間にライが発病。草津の栗生楽泉園にはいる。

わたしが草津から手紙をうけとったとき、いくぶんよそよそしさを感じた。日本人からの手紙だと思いこんでいたため、いかにも不自然な、筆名らしい名前は、あまり愉快でなかった。原稿を読みはじめて、朝鮮人だとわかり、さらに加えて、朝鮮人だから日本名を名のることの事情もわからないでもないから「ああ、朝鮮人だったのか」ていどの印象しかなかった。わたしたち日本人には、こうした「なれあい」が生じてしまっている。金なにがしが、金山なにがしを名のらざるをえない、日本での事情があって、朝鮮人が朝鮮人であることを明確にいえない、その日本をまちがっていると非難しながら、かたわらの人間の偽名そのものには、さして驚かなくなってしまう。この問題は、逆にとらえなければならないのに、非人間的行為をわれわれ自身が冒してしまう思想的オートマティズムとでもいうべきか。——吉北一郎が日本人でなかったことがわかったときでさえ、「この人もやっぱりそうか」というていどの感想にすぎなかった。

だが、彼の原稿の、つぎのくだりを読んだとき、わたしは呆然としたのである……。

……彼ら朝鮮人二九名が北九州に上陸し、鉱山事務所をたずねたとき、手配師があらわれて、彼らを一〇人単位の班にわけたあと、つぎのようにいった。「はじめの者から順番に名前をつけよう。なんにしようか。……よしきた。はじめが一郎。つぎが二郎。あとが三郎だ……」。吉北（よしきた）一郎はその筆頭であった。

朝鮮人にたいする「創氏改名」は日本側の政治的意図があった。これはいうまでもない。だが、それだけではない。日本人側から、彼らを呼ぶとき、名づけるとき、一見なにげない、残忍なゲームがあった。

「偏見や差別」ならば、在日朝鮮人側に立っていうと、そのために苦しめられたにはちがいないが、逆に、そのために、朝鮮人であることを、いやおうなしに自覚せざるをえない。在日の期間が長かろうと、短かかろうと、父祖何代にわたるものであろうと、自分の祖国が隣接して存在しているかぎり、偏見や差別は、まったく日本人側だけの問題に還元されてしまう。日本人の身勝手として軽蔑さえもしてきた。

しかし吉北一郎のばあいは、日本人側からの、この茶番、冗談が自分の名前になったことを、日本人のように理解できないのは当然である。彼自身の手で、この名前を署名するくらいだから、彼は正面きって、異議をとなえてきたわけではない。だが、異議をとなえなかったからといって、日本人側の酷薄さ、残忍さに彼が無感覚であったと考えるのは、とんでもないまちがいだ。

なぜか？　彼ら朝鮮人は、日本に上陸したそのときから、日本人の出方に対応してきたのである。自分の主人、自分の監督、手配師。買物にいったさきの店屋のおかみ。隣人、学校の教師、学友。これらの人間たちとのそれぞれの関係のうえに、もうひとつ、朝鮮人対日本人という関わりを重ねる。われわれ日本人が、かりにひとりの朝鮮人をとらえて、従順といおうが非妥協といおうが、それはその朝鮮人の性格を表わすものとはなりえない。その日本人の意識を反映する鏡として、朝鮮人がそのように「ふるまった」のである。

吉北一郎は、なぜこの署名を通してきたのであろうか？　彼の年齢はすでに七九歳。草津でライを病む。祖国は手のとどくすぐそばにあったとしても、もう帰ることはできない。日本人ライ者も、故郷から隔てられているではないか。吉北一郎は、のこりの生命のつづく、ながい、あるいはみじかい年月のあいだ、帰国はあきらめているのかもしれない。本名を名のらないとすれば理由はそこにあるのではないか。本名に戻ることがあるならば、彼の死後、日本人との苦しかった対応が切れたあとであろう。

さらに別の理由もあるだろう。彼はその名の持つ気軽さ、愛すべきイメージに助けられて、接触する日本人から愛された（？）かもしれない。彼はこの名前の便利さを知って利用したにちがいない。しばらく使っているうちに慣れてしまい、やがてそれを本気で使うようになる。——ところが、われわれ日本人のほうは、彼が愛すべき人間かどうか。もっとも反逆性、抵抗性を持つ人間かもしれないことをいちどもうたがわなかったにちがいない。われわれは、彼ら朝鮮人の「ふるまい」の意味を、ついに理解せずに終ったのであろう。軽蔑しあい、憎悪しあうに足るほどの人間関係すら、相互のあいだになかったといってよい。

だが、なぜ彼らは「ふるまう」のか？

わたしがこうして、そんたくしながら吉北一郎の性癖まで、勝手につくりあげているのが証拠ではないか。わたしはここで、彼に何もしゃべらせていないのだ。わたしの言葉によって、彼を語っている。

このことは吉北一郎ばかりではない。いちどだって、われわれが、彼らの自己主張をするのを聞いたことがあるだろうか。その主張のために、われわれが悩み、頭をかかえ、理解しようと努め、あるいは何か手助けしてきたことがあるか。——ない、ないのだ。

彼らの自己主張は、かりに強いものがあったとしても、沈黙のなかで押し殺されてしまっている。大声で何か語りはじめたとき、語っているテーマを聞いてみたまえ。その主張は、いわばわれわれ日本人側への反応、対応としての主張だ。純粋に彼自身が主張し、彼自身が自分の主張することについてわれわれに解釈を与えたことはない。主張がないのではない、ありながら、彼らはまだ語ってはいない。われらがまだ聞いていない。

ながい半世紀のあいだ、彼らは悪罵に耐えた。自分の子が、日本人学校で彼らの歴史に辱しめを加える教育をうけるのを耐えた。これは、耐えたのではない。彼らは、日本におけるいかなる事象も、彼らの解釈ぬきで行なわれたということを、決して許さないだろう。彼らは、在日の歴史を持ちながら、現在のわれわれにたいして今度は「あずかり知らぬ」ということができる。そういう権利を持っているということさえできる。

植民者作家の死――小林勝――

（一九七二年）

一、覚え書きのなかのふたつの言葉

「君たちはどこへ行ったか。警視庁留置所で、ゆたかなバリトンでインターをうたい、シシのたてがみに似た長髪をふって頬笑みかけた君は。朝鮮の同志よ、ぼくは君の名を知らない。

君たちはどこへ行ったか。五年目に出獄してもなお、朝鮮人であるただそのために、手錠をはずされず、ことごとに看守とぶつかった君は。鋼鉄の小さなマリのようなリ・ショウ・ケイは。

君たちはどこへ行ったか。三年の刑をおえその瞳にまだ少年の日のなごりがゆらめいているのに、朝鮮人であるただそのために、死の確実に待つ君の国へひきたてられていったソウ・ザイ・インは。

君たちはどこへ行ったか。今日小菅の細長い窓から見る初秋の空はどんよりと暗い。塀、プラタナス、拡声器、運動場の陰うつな影絵の中に、君たちの顔が現れる。君たち、たけだけしくも美しい眼をもった同志たち。塀の外でも中でも、君たちにどうしてやることも出来なかったぼくたち日本の共産主義者。いまそのぼくに、君たちがひとしく言いのこした声がひびく。マグマクジ、サウザ、ドンム。最後まで頑張ろう、同志、と」。

これは小林勝、二四歳のときの覚え書きである。彼が朝鮮戦争反対、破防法案反対のデモで逮捕されて小菅の独居房にいたときに書いたものである。彼はこれに関して、「十数年にわたって私をつき動かし小説を書かせた」内的な力、その証明だといっている。

（『チョッパリ』のあとがき、私の「朝鮮」）

「北風がここで、かすかに鳴る。／くろいスズカケに、ふたつ実がついているのだ。／このまま育たないのかもしれないが／しずくのように／地にむかってたれている。いっそうひくく、／木の実は、地にふれたいのだろう。／背をのばして、ぼくは／ひきちぎることができる。しかし／樹木につながる組織のために／枝が折れてしまうだろう。／したたる魔乳のようなものを／うばうことに失敗するだろう。

灰色のまるい実をふたつ鳥のように手にのせて／おもいおこす。／とおい土地にうまれながら／あちらこちらをあるきまわったすえに／いま、塀をへだてて／むこうにきている、きみのこと。

それなのに会うことはできない。／刑務所わきの、人どおりたえた／小菅のみち。／そばの葛飾生活協同組合は味噌を売る／葬式道具もそろえるようになった、だが／ひるま、土埃をまきあげ／よるになると／灰のようにしずかにそれをかぶる／塀のそとのぼく。／ときおりスズカケが／闇のあいだから瘤をあらわにし／みんながねむっているときに／枝を夜にむかってはなつ。／無数の実をふるいおとすかのようだ／しかしサーチライトを浴びると／樹は枯れたまま立っている。

刑務所のほうへ手をのべて、ぼくは／ひとにぎり、夜のあかりをつかみ／部屋に灯をともす。／妻はおびえて床のなかで身をよせる／長い髪に、ワラクズつけて蝶を追い／野菊の原に伏していた、ひるのにおいが／いま、うしなわれようとしている。／警察が、ここにもやってくるようになったから。

（略）

きみの国で敗れた、それだからぼくは生きてゆく／たかい塀をめぐって溝渠が荒れている／この水はふかく、木の葉は沈んで、みえない。／高さと、絶望をはかりながら／おのずから深まっていった／ぼくときみのあいだの黒い河だ。／なかにいる／みしらぬきみに語るにふさわしい／ふかみに、人影が銃もなく手をたれる。

妻とぼくのあいだにも、／枯葉をわける小さい水の流れがはじまる。／塀のむこうのきみも／同じゆめをみたのではないか。／光のあとを追うと／サーチライトの圏が／兄弟殺しのぼくの頭上をこえて、塀を攀じ／眠られぬあの小さな窓へわたってゆくのだ。」

ながい引用だったが、そのころ、小菅刑務所のちかくに住んでいたわたしの詩である。（『朝鮮海峡』二章）

ここでわたしが「きみ」と呼びかけた相手は朝鮮人である。そして二年まえに、たしかに小林勝が小菅の塀のなかにいたという、そのことの痛みを重ねあわせて、わたしはこの詩を書いたことを、いまありありと思いおこす。朝鮮人と小林勝との重ねあわせは、けっして無理でも強引でもなかった。「警察がここにもやってくる」といいながらも、塀の外にいるわたしの気まずさと怯懦は、しかし小林が塀の中にいてくれるという一点で、朝鮮人たちに対して胸を張ることができた。

同時に、塀のなかにいる小林と朝鮮人たちが、わたしにとっては、分離しがたいほどの緊張した力をもって牽引しあっていることを感じないわけにはゆかなかった。

わたしが小林勝を追想するとき、この時期の小菅を思う。そして自分の詩をひきあいに出す。この詩には、もともとは題名があって「兄弟殺し」という。なぜ、「兄弟殺し」に一本のスズカケが存在するのか。小林勝の「覚え書き」にもういちど目を注ぐ。二四歳の作家の出発のかなり重要な断想である。

このなかに、自然をあらわすふたつの言葉がある。見給え。「初秋の空」と「プラタナス」。そのほかには、自然がない。彼の、朝鮮人への呼びかけ、彼の身から迎えに出てゆくこの言葉のなかに刻みこんだふたつの「自然」は、小林がたまたま小菅の窓からみた無作為の抽出かもしれない。しかし彼は「初秋の空」と「プラタナス」を選んだのである。

なぜか。このふたつの自然は、朝鮮の自然、風景を示す。小窓からながめながら、ほかにもっと多くの風景、日本の風景がみえたはずであろうに、それらには一語も割くことなく、まっすぐに、このふたつの言葉を抽きだした。彼が小窓からみたものは、宿命的に朝鮮の風景、朝鮮の自然にほかならないものだった。

彼ほど朝鮮に対する「郷愁」を拒絶した日本人はいない（「『懐しい』といってはならぬ」『朝鮮文学』一九七一年三巻一号）。にもかかわらず、いや、だからこそ、というべきか。彼は「今日小菅の細長い窓から見る初秋の空はどんよりと暗い」と言ったのであろう。そのことは、彼の目の奥の底のほうで、抜けるように澄みきった朝鮮の空か、日本の空を拒む、植民地うまれの自身を告白する。プラタナスは、小菅の塀に沿って繋っているから書かれたのではなく、彼の植民地時代の過去から、まっすぐにつながる現在として、他の木を置いても、それを心のなかに植えこんでしまった……。このように判断しないわけにはゆかない。『懐しい』と言ってはならぬ」といった作家を、わたしが小菅の朝鮮人たちと重ねあわせていた理由は、以上のとおりである。小林勝は植民地生れの作家である。これをさらに言うならば、小林勝はかつて植民者であり、いまも植民者である。そのことへの闘いのために彼の作家的生活があった——と。

二、誤解

いま、わたしの机のうえに「銅の李舜臣」の上演のビラが投げだされている。

金芝河（キム・ジハ）作、姜舜（カン・スン）訳、草野大悟演出、一〇月四日→二九日、毎夜九時開演、新宿歌舞伎町アートビレッジ。そして、次の言葉が刷られてある。

「二つの眼はふさがれ／耳さえ　閉ざされて／舌を切られた詩人よ／語れ　体で／夜は夜なのだと／闇は闇／すべて光が没落する墓場だと／語れ　語れ　裂かれた体で……。」

この言葉は、劇に登場する詩人のせりふであったと記憶する。

詩人は李舜臣の銅像に、さんざん悪態をついて、泣いて、酔って、ねむってしまう。そのあとから、ふたたび主人公の飴売りが登場する。飴売りは、銅像から英雄・李舜臣の肉体を呼び出し、民衆のなかにふたたび入って闘えと嘆願する。かわりに自分が銅のなかに閉じこめられよう、と言うのだ。

つい最近みたこの芝居。天井の低い小さな劇場のなかで演じられたものであったし、貧弱な印象はもったが、強烈なものは韓国の匂いであった。貧弱かもしれぬ、だが、韓国でも大統領選挙をめぐる緊迫状況のなかで上演されたかどうか危ぶまれる。極秘のなかで演じれば演じるほど貧弱さはつのり、逆に、劇の持つ強烈な主導的役割もつのる。

日本での上演にあたって、姜舜と長谷川四郎が協力していたが、わたしたちは終始、この周囲に存在しなかった小林勝のことを思いおこしていた。

あるとき長谷川四郎が「小林勝に見てもらいたい

ね」ともらした。そして「いや、小林のいないところからこれは始まるのだ」と加えた。わたしたちはふたたび飲んでいた。酔いはじめたとき、長谷川四郎はふたたび小林勝に触れた。「小林勝とぼくとは、ちがうのだ。彼は『北』だろ？　ぼくたちがこの戯曲をやろうとするのは、あくまでも南、『南』で闘っているこの現実がたいせつだからだ」。

わたしは否定しなかった。小林勝が「北」だというのを除けば、同感である。だが。小林と長谷川というこのながい親しい友人関係、作家の文学的つながりにおいてさえ、「小林は『北』だ」という言葉が不用意に出される。長谷川四郎は、小林勝のいちばん奥のところ、彼がもっとも闘い、もっとも負傷したところを、理解できなかったのではないか。

この疑問は、長谷川四郎を越えて、さらに日本の文学一般について、とめどもなく拡大されるような気がする。

『新日本文学』（一九七一年七月号）に、小林と斉藤竜鳳の追悼特集がある。黒井千次の「長い電話」に、つぎのような話が出てくる。

「それから話は朝鮮のことに移った。かつて彼（小林）が書いた小説のなかに出てくる人物についての後日談だった。朝鮮で中学校のある教師が日本姓で教鞭をとっていた。そのうちにその教師は本当は朝鮮人なのだという噂が流れ始める。生徒達は黒板に朝鮮人を嘲ける言葉を書きつけて教師がはいってくるのを息をひそめて待ちうける。教室の戸をあけた教師は黒板をみつめ、生徒をみつめ、「ぼくが君達にいったい何をしたというんだ」と一言いって教室を出ていってしまう。その教師が誰だったと思う？

と小林勝は声をつまらせた。その男が、今の朝鮮民主主義人民共和国政府の重要な指導者になっている。それを最近訪れたある朝鮮人の友人からきかされて、俺はもう本当にどうしようと思った。これを俺は十枚の小説で新日文に書こうと思う」。

黒井千次の、電話の聞きちがいをここでとがめようというのではない。訂正しなければならないからだ。

同じエピソードを、呉林俊が、同誌の同号で正しく書いているから救われるが、やはり危ない感じはのこる。

小林勝は、このエピソードを、前に触れた「『懐しい』と言ってはならぬ」に書きのこして死んだ。「相手は『懐しい』といって電話してくる。本当にそう思っているから電話するのだろうし、私は『懐しい』という感情の、決して『懐しく』あってはならぬその対極から、その『懐しさ』をうちこわしまったく新しい握手をしなければならぬその道をさがしもとめつつ書いているのだから、電話をうける気持は複雑である。

——君はどんな小説を書いてきたか、と相手がいった。

——いろいろとね、と私がいった、梅原先生を追いだしてしまった話も書いたよ。

——梅原先生？ と相手は言い、そして事もなげにこう言った、ああ、今の外務大臣ね、韓国の崔外務部長官ね。

この言葉は、まさに私の心臓を撃った」。

学生たちの、気まぐれないたずらで「追い出された」先生が、黒井千次の誤解したように朝鮮民主主義人民共和国の首脳者になっていれば、小林は心臓を撃たれはしない。この程度で仰天していれば、キリがない。差別や迫害が一般的状況の植民地であれば、民族的自覚から共産主義運動に入ってゆく人々は、数多いたであろう。

日本のファシズムが生み、陸軍士官学校が生んだ朴政権のなかで、重要な地位を占める韓国外務部長官が、じつは「梅原先生」であって、しかも日本人学生に「追い出され」ながら、その手は震えていたが、落着きを失わず、真赤なネクタイのゆがみをなおしてから、しっかりと顔をあげ、ゆっくりと教室から出ていった、その人である。

その人の心の中を察することは、到底われわれにはできない。いや、そればかりか、その人が、いま、アメリカに肩代りした日本、韓国に経済進出を強化し、自国内に在日朝鮮人同化政策という、国内の植民地政策を強化しつつある日本政府に対し、ふたたびネクタイのゆがみを直し、握手を求めてきている。その苦痛と矛盾と憤怒と忍辱とまざりあった心のなかは、絶対に、われわれ日本人には見えようはずもない。

小林勝が絶句したのは、この日本と朝鮮の単純でないすべての関係に対してである。そして彼の文学は、まさにこの「単純でない」「すべての関係」を認識し、そこから日本と朝鮮の未来を考えようとしていた。やはり、長谷川四郎が「小林は『北』だ」と考えたことは訂正されなければならない。さらに、黒井千次の聞きちがいも、たんにそれだけではすまされない。小林と朝鮮との関係を浅いところでしか理解できなかった黒井の側の問題が露呈されてくる。

わたしは今年の夏の、ある夜を思い起こす。小林勝が急逝して、しかもそのあとに『朝鮮・明治五十二年』が出版されようとしていた。発行元の新興書房の人たち、といってもほかではない。朝鮮人作家の二人、小林のもっともよき理解者たちであった朴元俊と呉林俊のふたりと、わたしが、浅草の飲屋で会っていた。朴元俊の体は極度に弱っていた。彼のコップと杯は、伏せられたまま、彼は好きな酒が飲めなくなって、ただ息づかいだけがはげしくなっていた。その彼が言った。

「小林勝さんがなくなって、わたしたちにとっては、もっとも大切なところに穴があいてしまった。ほんとうにそうだと思いませんか?」

わたしはいまにも泣きだしそうな思いに、耐えられなかった。憤りにちかいものがあった。――こんなに朝鮮人に愛されていながら死にやがって!　――わたしには、いま憤り、とともに、もう小林を追い越すことができぬ苦しい羨望がのこっていた。

病弱で金もない朝鮮人作家が、なぜ、小林の最後の本を「なけなしの財布の底をはたいて、自分の手で出したい」と決心したのか。朴元俊は「小林勝の急逝を悼む」(『朝鮮研究』一九七一年四号)でつぎのように書いている。

「私がそれ程までにこの作品に感動したのは私たち朝鮮人にとって忘れることのできない『三・一運動』をとりあげて、それを見事に描写し得た作家・小林勝の手腕に魅せられたからではない。そういうテーマの親近感とか作家としての力量とかに対してではなく、前掲のあとがきにあるように、この作品の登場人物たちは、小林氏自身がそうであったように〈朝鮮に長く住み、朝鮮人に直接暴力的有形の害を加えず、むしろ朝鮮人の友人を多く持ち、平和で平凡な家庭生活をいとなんだ、もしくはいとなもうとした日本人〉なのであるが、その一見して〈平凡、平和で無害な存在であったかのようにみえる『外見』をその存在の根元にさかのぼって拒否する〉というその妥協を許さぬ、精一杯誠実を貫いているところの作家の姿勢に対してである。私は寡聞にして朝鮮および朝鮮人にかんする日本人の発言のなかで、このような目の眩むような胸を打つ告発に接したことがない」。

朴元俊が、「もっとも大切なところに穴があいてしまった」といった意味がわかるような気がする。小林勝にとって文学がなぜ必要であったか。その意味を朝鮮人たちが知っていた。わたしの羨望というのは、正直にいえばこの一点にある。憤りというのは、日本の文学の側から理解できなかった、この一点にある。

三、証人・コロンの死

わたしは小林勝について書かねばならぬ。しかし最後の点で躊躇する。このことを正確に言うことは困難だ。そして正しく理解されることも少ない。誤るかもしれぬが書かねばならぬ。小林勝を共産主義者といい、作家といい、そしてさらに植民者といわねばならぬ。

アルベール・メンミの言うように、植民者であり、同時に革命家である人間は存在しない。小林の場合、かつて植民者であり、かつて士官学校生徒であり、コミュニスト作家として死んだ生涯を、アルベール・メンミ流に言うならば「存在しない」というべきだろう。だから植民者、士官学校生徒だったそのことと、コミュニスト作家であることとを、ふたつの非連続関係としてながめなければならない。

しかし、わたしがここで提出したいのは、はたして小林勝が非連続を自らに許したかどうか。士官学校生徒はともかくとして、植民者という過去を、彼の作家的生活をかけてどのように告白しつづけたか。それが日本の過去でなく日本の現在として、それが自分の過去でなく内分の現在として、ここにあるのを書きつづけたまれにみる作家ではなかったのか、という問いである。

「私はそれを、すでに終ったもの、完了したもの、断絶したものと考えることが出来ません。いやむしろ私は日本にとっての朝鮮と中国とは、その『過去』から現在へ、現在から『過去』へと連続して生きつづける一つの生きた総体と考えるのです」。

「私の頭には、からからにかわいて死にたえたような蛭のぺらぺらした体が、朝鮮の血を吸いつづけてむくむくふくれあがり、勢いよくのび縮みし、全身を黒紫色にてらてら光らせながら成長してゆくいまわしい姿が浮んでいました。そして、私は警視庁留置所で、冷酷無惨にも朝鮮へ送還されてゆく朝鮮人にぶつかったのです。私は憤怒につらぬかれました。……その時から私の文学がはじまったのだ、と私は言うことができます」(『チョッパリ』のあとがき)。

これはもう、断罪人として日本の罪をひっかぶって懺悔文学を書く、などという次元の言葉ではない。日本の全体を巻きぞえにしながら、朝鮮という炎のまえで、みずからの身を焼いてゆく姿として映る。日本を巻きぞえにできる自覚はどこから湧いてくるのか。自覚はひとつ、日本という国、自分という個人の、過去・現在にわたる歴史の、彼は証人であったというそのことにつきる。彼は植民者であったことを最も有効な戦術的武器として、再起しようとする日本に挑んでいったのである。

アルベール・メンミの「存在しない」植民者革命家は、こうして小林という作家において仮設され、こうして闘われ、死んでいった。これ以外の道はなかったのであろう。

これから語らねばならないのは、ひとりのある青年カメラマンの死である。嶋元啓三郎、ニューズウィーク特約カメラマンが、ことしの二月一〇日、南ベトナムのラムペイ基地を飛び立った。いっしょに乗り組んでいたのは、AP、ライフ、UPIのカメラマンたちであった。一時間後、ラオバオの北北西一五キロのラオス領内で地上砲火を浴び墜落、全員死亡。

この報道写真家の死を、兄の嶋元謙郎(読売記者)が書いている。(「わが弟ラオス戦線に死す」『文藝春秋』六月号)

『キャパだ。ブタペスト生まれ、スペインの内乱ではじめて従軍カメラマンとなり、第二次世界大戦で第一人者としての地位を固め、一九五四年、ベトナムで地雷に触れて死んだあのロバート・キャパ。この報道者を教えたのは、ぼくと小林勝かもしれない。はじめて話したときの、興奮した少年のようなつぶらな瞳を思い出す』と村松武司はいう。村松は兄の友人。そして小林勝は早稲田の露文の先輩だった。小林勝はその作品のなかに書いている。

『私には、作家としてのシンの通った精神があるだろうか、とつねに自分に問いかける。平凡な生活のなかで、あるいは酒精の間に、この問いを発するのではない。キャパやジャック・ベルデンは、最高の危機の中に自分を突入させることで自分の芸術を創造したのだった。ぼくは自らをキャパにたとえるほど、うぬぼれてはいない。しかしその道を歩きつづけるだけの気持は持っている』」。

このように兄の嶋元謙郎は書いた。

わたしの個人的感懐が許されるならば、同じ年の同じ頃、キャパに憑かれたふたりの男が死んだ。なぜふたりの男というか。小林はカメラマン嶋元啓三郎の精神の師であった。なぜ師弟となりえたか。早大露文の先輩後輩などの愚にもつかぬ関係ではない。小林も嶋元も、ともに朝鮮植民者の息子であったということが、決定的意味をもつ。

六〇年安保の頃だった。わたしの勤める出版社に、彼が撮影した安保の写真集をもって嶋元啓三郎が訪ねてきた。わたしは率直にいって感動したが、ひややかにつき放した。

「ぼくには興味がないよ。正直いって、もうぼくは日本の革命のために死ぬようなことはないだろう。サブがこんなところにウロウロするのは反対だな」

啓三郎は憤った。「どこへ行けばいいんですか?」

なぜわたしが無惨なことを啓三郎に言ったか。啓三郎が撮った写真のなかに、日朝協会の旗があった。

……いろいろのデモがあった。あの日、わたしはわたしの列、日朝協会の小さな隊伍のなかに小林勝を発見した。新宿の広場でたたかい、敗れたときも、彼のたたかいの場所は「朝鮮」であった。六〇年安保のその日、彼は彼の所属する文学者たちの会の列をはなれて、またも「朝鮮」の旗のもとにいた、そのことを思い出した。

そのようなあの日を、啓三郎が外側から撮影していたことに、ふと疑念が湧いたのである。卑怯だ。啓三郎、朝鮮のまえでたたかえ……。

彼の父は『京城日報』の編集局長であった。『京城日報』といえば朝鮮総督府の植民地政策の旗。彼の父が、北京で開催された「大東亜新聞記者大会」で、演説していた写真を思いだす。わたしは啓三郎に言った。「ぼくたちにはコロンとしての道があった。植民者は自滅しなければならない。きみが青年らしい生き方を選ぼうとするならば、この自滅を逆手にとって、本土の日本人たちができない生き方を考えなければならない」。

わたしは、わたしがそういったと小林勝にも伝えてほしいと依頼した。啓三郎は、小林をいくどか訪ねている。「ぼくは小林さんを病院にはこんだことがある」とも言っていた。

音信が絶えた。

ベトナム戦で嶋元啓三郎が死んだ。兄の謙郎からその通知をうけて声を呑んだ。しまった！　あいつを殺した……。そのことを急いで小林勝に知らせてほしいと、兄の謙郎にたのんだ。数日たって、嶋元謙郎から電話。「小林勝が死にました……。啓三郎の告別式は出ます、と返事があって、それからすぐに……」。

師弟ふたりが死んだ。作家であり、報道者であり、ともに植民者であった。「最高の危機の中に自分を突入」することでともに日本の戦中・戦後の証人であった。

戦前三〇年・戦後三〇年
――忘れえぬ「皇軍」兵士――

（一九七二年）

「忘れられた皇軍」ということばがある。もはや戦後は終り人の心から消えたのだから、あらためて問題にしようとする者は少ない。しかし、町でわたしたちはいまだに白衣の傷痍軍人をみかけるのだ。現在募金運動に立っているほとんどの人々が朝鮮人。その人々が生活上の補償を日本政府によってなされず、国籍を異にするために韓国政府に陳情せよと、放置されている。それのみではない。韓国代表部はこれらの人々に対し、韓国政府の責任にあらずと差し戻している。

この白衣の傷痍軍人たちは、ふたつの国のあいだ、虚空にとどまる鳥のように停止したままである。――ああ堂々の輸送船　さらば祖国よ栄あれ。彼らはアコーデオンにあわせて、風のなかでとらえがたい祖国を歌う。彼らは自分たちを「元日本軍在日韓国人傷痍軍人」と呼び、わたしたちは彼らをたんに「忘れられた皇軍」と呼ぶ。

これらの人々の背後には、さらに無数の、忘れ去られてはならない人の列がつづいている。たとえば日本の犯したものを一身にうけて受刑した「戦争犯罪者」の朝鮮人がいる。死刑・終身刑を受刑した総数は一三二名。そのうち死刑は一五名。

このほか膨大な人数にのぼる強制連行者たちを思いうかべるならば、われわれ日本人がとうてい何物をもってしても償うことのできない歴史がはっきりと姿を現わしてくる。あまりにもことは大きく、深く、時は過ぎ、これを詳細にわたって調査・記述することは不可能となる。わたしは朝鮮人の「皇軍」について、その一部のエピソードをもって測る以外に方法はない。

「皇軍」という言葉を使う意味

ここで「皇軍」という言葉を使用させてもらう。わたしがかつて「皇軍」の一兵士であったという理由からではない。かつて「皇軍兵士」であった朝鮮人が、現在なおも生存している。しかもその朝鮮人が「皇軍」の一員になろうと努め、そのため彼自身が破産せざるをえなかった歴史をいまだに引きずっている――そのために。

わたしのほうは「皇軍兵士」であった過去を否定することが可能であった。なぜならば、もともとわたしは日本人であって、みずからを「皇民化」しようとは考えなかった。自分が「皇民」であることは当然であった。

しかしそうでない朝鮮人たちが、わたしたちのまわりにいた。この「日本のなかの朝鮮人」も、軍人・軍属となった。反対し抵抗しようと努めたもの、あるいは同化しようと努めたもの、いずれにせよ三五年の支配のなかで、日中戦争と第二次大戦の渦に巻きこまれなかった朝鮮人は一人もいなかった。

この時代、彼らは「日本人であらねばならない朝鮮人」であった。彼らの生活――風俗・礼儀・言語・歴史・政治経済・商工業、すべての生活において、日本はつねに外側にあり、彼らは不思議なことに外側の一部分として生存しなければならなかった。彼らは自分の生活および生き方を意識するときに、外側にある日本という国家にみずからを貼りつけねばならない。そういう「皇民」であった。

したがって「皇民」と「皇軍」に反対するにせよ、同化するにせよ、彼らは徹底的に自己意識的にならざるをえなかった。

さらに次のことは記憶されなければならない。かつて「皇民」化し「皇軍」の一員となったいかなる朝鮮人も、この自己意識化によって順調に外側の日本に参加した人々ではない。むしろその逆。参加の矛盾に苦しみ、悩み、彼らは、日本人の朝鮮人に対する差別撤廃とひきかえに、参加の道を選んだ、ということ。

「社稷亡ビヌ　ワガ事オワル」という言葉がある。わたしはもともと日本人だから、日本の敗戦を機会に「皇軍兵士」であることを捨てることができた。だが朝鮮人はどうだったのか？　彼らは「皇民」でなく「皇軍」でなかった本来の過去を呼びかえすことは可能だろう。しかし、かつての自己意識化を、彼ら自身はどのように説明しているのであろうか。

軍人・軍属となって戦死した朝鮮人。町で物乞いをしている白衣の朝鮮人。彼らには過去において、それは「忠誠」ではなく、自己の放棄であった。わたしたち日本人は「忠誠」を捨てることは可能であるが、彼らはこのうえに何を放棄すればよいのか、答えられるものは誰も存在しない。

わたしは容易に想像することができる。白衣の朝鮮人兵士が、過去はおろかな行為であったとわたしに告げるとしても、それは自分のものであるから、生涯にわたって失われた片手や片足、不具の体を無視しつづけることはできない。わたしに「皇軍の栄光」が失われたと同様、彼らにも栄光はない。しかし、かつての彼らの自己放棄のうしろ側の願望、差別撤廃の名誉はせめて日本人の側だけでも回復されなければならぬと考える。

わたしたち日本人の「皇軍」の過去は解け、朝鮮人「皇軍」の過去は解けない。——こうしたわたし自身の思考には階級的観点の欠落が指摘できる。日本人労働者階級、農民階級も同様に被害者であって、負傷・戦死者の数は数えきれないという。そのとおり。

ことは日本帝国主義と、しいたげられた労働者・農民、および被植民地の人民との相対的関係でとらえられなければならない。これもそのとおり。

わたしは、このような階級的観点に立ちうるならば立ちたい。しかしそれにもかかわらず、在日朝鮮人への政治的・経済的差別構造が存在している社会で、日本人労働者、農民階級が自ら差別感をうちやぶらないかぎり、いま階級的観点を強調することは危険と考える。不毛の、自己撞着の道かもしれないが、もとの論点に立ちかえる。

一九三八年。国家総動員法が成立したのは三月。この動員によって「朝鮮連盟」が結成されたのが七月。そして朝・中・ソの国境付近で張鼓峰事件が勃発し、この時点で「朝鮮陸軍特別志願兵令」が施行された。

一九四三年。「海軍特別志願兵令」が施行され、その翌年、朝鮮人に対する「徴兵令」が施行された。

かくて敗戦当時までの「皇軍」朝鮮人の数は、陸軍は一八万七千名、海軍は二万二千名、軍属は一五万名、合計三六万名が動員されている。

この膨大な朝鮮人部隊の動員は、むろん強制的であった。とはいうものの、これらの朝鮮人たちは自分の行為を、絶望のなかでも正当化しようとあがいたであろう。「皇軍」に対する「自己意識化」。それはわたしたち日本人にとって、到底想像できない心理であり、かりにも日本人が階級的観点を固執して、われわれ階級は、日本帝国主義の共通の被害者であったというならば、この朝鮮人の精神の暗い深淵に一歩でも近よることはできないであろう。

ひとりの「戦犯」朝鮮人

趙文相。朝鮮、開城府出身。陸軍軍属。一九四七年二月二五日「シンガポール・チャンギー」において刑死。（日本名「平原守矩」）

巣鴨遺書編集会編『死と栄光』（昭和三二年、長嶋書房刊）に、数少ないが、「戦犯」朝鮮人の手記がある。次にあげるのは、趙文相の死刑の前日から当日の朝にかけての遺書である。

（略）

晩さん会――星空の下でやれないのが残念だ。雨は相変らず降っている。雨が降っているから中に入れられたのに、その雨が僕らの死を悼む涙雨だと考える。……

……二、三分思い思いのままに口に入れる。「これが酒だろう」という声も聞える。すぐ「これを酒だと思って飲もうよ」と賛成の声もある。梅干の下に赤唐辛子をみつける。「トンガラシダ」という声に、金子（金長禄）はいわずもがな、日本人もコリヤンも皆とびつく。……

「朝鮮の歌はいいね」と小見曹長。平原インタープレター喋りだす。

「いや民族性のせいでね。すべてこの哀調があるんでしょう。愛国歌がありますが、これもやはり哀調が主なものになっていますね」

「それだけロマンティックですね」

「いやロマンティックというにはあまりにも悲哀が強くなってね」

「そうね」

金子の「アリラン」がはじまる。惻々とした哀調が皆の胸をつく。……

コリヤン四名が愛国歌を歌ってからしばらくの間、追憶談。お得意の歌などと、時は容赦なく流れる。……

ほとんど七時になったとき、白人のsergant達がやってきた。

「じゃ海ゆかばと国歌を奉唱しましょう」と、皆は端座瞑目して、激しき感動をかみしめつつ海ゆかばを唱う。

　ともすればにじみ出そうなものは、決して悲しみではない。悔恨でもない。あの大嵐に命をさらしてきたもののみの知るあの感激だ。「あの世ではまさか、朝鮮人とか日本人とかという区別はないでしょうね」と金子の詠嘆の声。浮世のはかなき時間に、何故相反し、相憎まねばならないのだろう。日本人も朝鮮人もないものだ。皆東洋人じゃないか。いや西洋人だって同じだ。ああ、明日は朗らかに行こう。

　監房の中から、残る人達の「螢の光」が聞えてくる。

……

「もうこんな世に生きてもしょうがない」「こんな世に未練はない」等々。本当の気持ではなかった。やはりこの世がなつかしい。もちろんこれじゃ駄目かもしれない。しかしたとえ、霊魂でもこの世の何処かにただよいたい。それができなければ、誰かの思い出の中にでも残りたい。「霊はすでに霊界に行っとる」。嘘だ。いまだに人間だ。死ぬまで人間だ、ちゃんと人間らしい欲が残っているもの。京城北郊、山漢《ママ》山頂、白雲台の岩壁に刻み残した俺の名前は、まだ残っているだろうか。

　あわただしい一生だった。二十六年間ほとんど夢の間にすぎた。石光火中とはよくもいいあらわしたものだ。この短い一生の間、自分は何をしていたか、全く自分を忘れていた。猿真似と虚妄。何故もう少しく生きなかったか。たとえ愚かでも不幸でも、自分のものといった生活をしていたらよかったものを。知識がなんだ、思想がなんだ。少なくとも自分のそれはほとんど他人からの借物だった。しかもそれを自分のものとばかり思っていたとは何と哀れなるかな。


　長い引用だったが、実際はもっと長い。これは、日本に参加した朝鮮人の手記でありながら、双方が永遠に融けあわない、拒絶的な部分を露わにしている。

「トンガラシダ！」と死刑囚たちがとびついて食べる。シンガポールの囚人食の中で唐辛子が珍しかったせいであろう。久しぶりのなつかしい味でもあったであろう。しかし何よりもそれは遠い故国の味であった。とりわけ朝鮮人には、それがかつての失われた祖国であり、いまは独立国として彼らの前に姿を現わしてきた新生の祖国である。敗戦後二年を過ぎているが、彼らは異郷にとらわれ、そのいみでは彼らに戦争は継続しているから独立した祖国朝鮮のイメージは薄い。しかし唐辛子の一片であろうと、容易にイメージを呼び戻す鍵となりうる。

そのあとで、彼らは「アリラン」と「愛国歌」を合唱する。唐辛子と同様に、回顧的であったであろうが、新しい祖国を求めようとする心情を察することができる。「愛国歌」は戦後、かろうじて彼らが戦犯となってはじめて歌うことができたもの。朝鮮人にとっては獄中の独立歌ではないか。

しかしこの独立ははかない。死を前にして時は酷薄に流れ、すぎてゆく。「自分らは新しい独立国家の国民だ」と無罪を主張することは、もはや時間が許してくれない。この主張にしたがって怨みの死を迎えるよりは、この主張を捨ててしずかな死を迎えるよりほかに救いはない。だから「激しき感動をかみしめつつ」「海ゆかば」を歌う。こうして日本人と運命を共にして死ぬのだから、あの世で日本人たちは自分たち朝鮮人を差別するようなことはないでしょうね、とつぶやく。彼ら「戦犯」朝鮮人は日本人の道づれとなって死んだのか？　彼らについて、もはや何も語られることはない。名誉の死とは日本人だけのものだ。この道づれの、無駄な死を惜しみながら、彼らに対して「無駄な死」という言葉がはばかられる。ただ、ソウル郊外の岩壁に刻んだ若い日の彼の名を、石が知っている——。

ことのはじめは何であったか

このような朝鮮人が、日本軍人として徴兵され、徴用された。そのことのはじまりは、日本が朝鮮を「併合」した日露戦争以後からであった。歴史は大きく変換し歪曲され、朝鮮の政治と経済のダイナミクスは、ここにあげたような結末を迎えるにいたったが、しかしことのはじめは、小さな揺動にみえた。

その変換期のことを辿ってみよう。わたしの父の名を真太郎という。彼はいま七〇歳。彼が父の武八と母のケイにつれられて朝鮮に渡ったのは明治四〇年(一九〇七)であった。

この年は第三次日韓条約が締結された年。日本が統監府を設置して、韓国の内政に関する全権を掌握し、韓国軍隊が日本軍によって解散させられた痛苦の年であった。

彼らの王。高宗は廃せられ、彼らは悲しみ憤り、絶望の眼でソウルの王府をながめていた。彼らの軍隊のかわりに、王宮や城門をかためているのは進駐してきた日本軍であった。

——わたしはかつて母方の祖父・浦尾文蔵から、韓国軍隊の解散にともなう各地の「反乱」、一斉蜂起のありさまを聞き書きしたことがある(『朝鮮植民者』)。そのとき、文蔵はこう語った。

「これまでの勤務は天下泰平で、勤務時間がすぎると、みながよく郵便局に集まって雑談にふけっていた。ところが明治四〇年、日韓合併が実現して、朝鮮人の軍隊は全部解散させられた。その兵の多くは各地に走り、地方の朝鮮人とともに蜂起した。郵便局に対する襲撃。および各地方に散在する日本人経営者に対する殺害。朝鮮八道いたるところ不穏の状態がまきおこり、それがわたしのいる伊川にまで波及するようになった」。

以下、伊川でこれら蜂起者と連絡を保っている李という五〇歳あまりの年齢の人、それに呼応する青年たち、伊川のちかく佳麗州で結集した二〇〇人の蜂起。一進会員の惨殺、蜂起者に加えられるみせしめの死刑、など。浦尾文蔵はこの時のようすを、江原道伊川を舞台にかなりくわしく追想し語ってくれた。

しかしそのとき、わたしは彼の口からソウルの状態を聞くことができなかった。義兵の宣言文は当時ソウルにも入ってきたらしい。緊張した日本側は、日本人居留地区、泥峴から日本軍隊を続々と蜂起地区へくりだしていった。各地の蜂起は徐々に「鎮圧」され、日本軍はソウルに戻ってきた。それから後の話を、わたしは父の村松真太郎から聞き、つないでゆくことができる——。

彼、真太郎がソウルに来た明治四〇年は小学校の一年のときだった。以前、彼ら一家は東京の市外の砂村にいたようである。彼らが外国、朝鮮の土地をはじめて踏んだとき、ソウルにいた日本人は、おもに関西方面、とくに九州、長州出身の人が多かった。ソウルの小学校では先生も九州人だったらしく、真太郎は先生の言葉がわからない。格別、彼の頭がわるかったせいでもないのに、入学した当初は授業が聞きとれないので、その年は落第してしまった。

住みついたところは、ソウルに隣りあわせの竜山という町。竜山はちょうどアメリカの映画でみかけるような開拓者の町そっくりであった。だだっぴろいところにバラック、家並がみえる。埃が舞って味もそっけもない町であった。彼の家もそうだったが、周囲はもっとひどく、開拓者の家屋、といっても五、六軒が一棟になった長屋が、一〇棟ばかり並んでいた。

当時、竜山では陸軍（日本の）用の馬小屋を建設する工事がさかんに行なわれていたし、鉄道は、「京城」――仁川の京仁線、「京城」――釜山の京釜線も開通していたから、おそらく、京義、京元の両線の建設のための工事が行なわれていたのであろう。長屋には、鉄道人夫たちが住み、そして建設が終って次の現場に進むと、バラックを置去りにして移っていった。少年時代の真太郎たちにとって、ずらりと並んだ空屋が、最適の遊び場だった。

長屋の中に入りこんでは、芝居の真似をして遊んだものである。人夫たちがいた頃に、日本内地から時たまやってきた芝居――といっても本物の芝居ではない。「うかれ節」というか「チョンガリ」。いまでいう浪曲だがその合間に芸人が立ち回りをやってくれる。彼の母のケイにいわせれば「でろれん」とか「でろれん左衛門」というけったいな芝居であった。

人の住んでいる家も、むろんある。彼の隣家は、表の戸の一枚一枚に半紙が貼ってあった。一文字が一枚に書かれてあって、全部並べてみると「くノ一おります」と読むことができた。「女がいる」という意味である。彼の子供心に記憶も明確ではないが、住みこみの女がいて、そこは娼家であった。「くノ一」は開拓の人夫たちの遊び相手になるものだった。おおっぴらに貼紙などがしてあったところなど、いま思えば、いかにも無法の開拓地らしい気がする。しかしそれらは後になって、風紀上、二ヶ所にまとめられることになる。「京城」では新町に、竜山では桃山に。真太郎の父、武八はそこにちょいちょい出没していたという。

彼が通学した小学校は「韓国居留民団立元町尋常小学校」であった。バラックの家並と町家のなかにこの小学校があり、日章旗がいつも掲げられてあった。

日章旗は、役場にも、郵便局にも立っていた。日本の役人のいるところを示すものであった。

——父の話を聞きながら、わたしは疑問がわいた。韓国軍隊の解散、韓国軍人の蜂起。そして居留民開拓地の日章旗。たしかに流血の大弾圧、惨事があった。しかし、竜山地区の日本人たちは、小さな開拓地で細々と日章旗をあげていただけではないか。これが全国的な蜂起という大舞台のなかの、日本人地区の正直なところ現有勢力なのではないか。どこでいったい歴史的な大転換が行なわれたのであろうか。——父はつづけて語っていった。

当時、政治の中心はむろんソウルであった。だから日本公使館は、泥峴（のちに本町になった）の入口の場所にあった。公使館はのちに三越に変わる。

しかし、竜山は軍事と流通の要地であった。竜山は前面を漢江に抱かれる。漢江は源を江原道に発して黄海に注ぐ。その川幅はひろくゆたかだ。干満の差は三メートルに達し、上流からは筏をながし、下流からは、日本と中国の船が物資を載せてさかのぼる。竜山はソウルをその背景に持ち、川による流通の要衝となって、沿岸のもっとも強力な港であった。そこには税関の支所も設けられてあった。港には数本の桟橋を横たえ、汽船が繋留される。干満の差は甚だしいが、それほどの水深を持つ港であった。

しかし自然は不思議なものだ。上流の土地が荒廃してきた。洪水のたびに漢江は上流からおびただしい土砂を流し、ついに竜山の港は浅くなってしまう。干満の差もなくなってしまう。真太郎が桟橋のうえに立って漢江に沈む夕陽をながめていた感傷的な少年の日から、青年に移りゆくわずかの間に、竜山は港ではなくなってしまった。自然はこうして変った。そのかわり竜山は、一変して軍都と化したのである。

かつて彼らが住みついたところが、ほんとうの竜山なのである。しかし漢江通に司令部ができ、軍人官舎ができ、兵舎が立ちならんだ。この軍人の町の周囲に商家がつきそうように貼りついた。新しい竜山ができたのだ。これを「新竜山」と呼び、そしてほんとうの竜山、開拓者の町が「旧竜山」と呼ばれるようになった。のちの元町である。

軍都の象徴は憲兵であった。

金沢の陸軍第七連隊長、明石元二郎大佐は、陸軍少将に任ぜられ、急遽、在韓憲兵隊長に任ぜられた（のちに憲兵司令官）。それまでの三〇〇名たらずの隊員が、八〇〇名ちかくに増員された。明石は革命前のロシヤにいて反政府運動をつぶさにみて来た特務であった。

この憲兵政治と、総督の武断制度と相まって、役人はすべて黒の官服。金条いりの袖と帽子。略装のときは短剣、礼装のときは長剣を帯びた。むろん小学校の教師も。この恐怖政治が朝鮮人を威嚇しはじめたのである。まだ少年の真太郎には、憲兵の軍帽の金のモールが、ものめずらしい年齢であった。

このように、はじめは微弱であったが、日本がはっきりと武力を示し、朝鮮人民衆に対するようになるまで、それほどの時は経過していない。漢江の土砂によって、竜山が港でなくなる。これもわずかな時間であり、軍都が現われたのもいまから思えば瞬時のことであった。これがすべてのはじまりであった。

韓国軍隊の解散から、朝鮮特別志願兵令までの歴史的時間は約三〇年。ざっと日本の敗戦から現在までの時間に匹敵する。

前者の三〇年は、朝鮮の軍人の抵抗が敗れ、やがて朝鮮人の中から「皇軍兵士」がうまれるまでの時間。後者の三〇年は、朝鮮人「皇軍兵士」に対する、われわれ日本の無為と放置の時間である。

前者の時間は、強制と圧制の恐怖の時間であり、後者の時間は歴史の証人たちの自然死を待とうとする冷酷無惨な時間でもある。わたしはいま、後者の時間に生きている。この間、わたしは何をしていたのか？

わたしの三〇年

ことし、五月のある夜、わたしは新宿で酒を飲んでいた。地下室の白い壁に囲まれた小さな酒場である。

カウンターに顔見知りのYという建設会社の男がとまっていた。こちらに背を向けていた。客は少なく、外は雨だった。やがてYがふりむいた。微笑をうかべ、いっしょに飲みませんかと誘われた。わたしは彼の横に腰かけた。はじめて言葉を交わす相手である。

彼が言った。「あなたのお書きになった本、このあいだ読みました。あなたの定義にしたがえば、わたしも朝鮮植民者なのでね。とても興味があったし、ひとつひとつ反論したいところもありましたね。しかし、わたしたちみんなが黙っていたこと、黙っていようと思ったことを、あなたがしゃべってしまった。読んだあと、だからいつかはあなたと一杯やりたいと思っていたのです。――あなたの出身はたしか『京城中学』でしたね。わたしは『清州師範』。そこでひとつお聞きしたいことがある――」

彼がわたしに聞こうとしたことは、ひとりの男の名。彼とわたしが、おそらくは共通した追憶を持つであろうと思ったからにすぎない。彼が言った――

「杉野中尉をご存じですか？」

わたしは言葉を失った。杉野中尉。忘れられない名前……。それどころではない。彼の名を心の奥に秘めて、戦後二〇数年、彼を追い求め、殺意に高められるものをこらえながらわたしは生きてきたのだ。

「Yさん。どうしてあなたは杉野中尉を知っているのです？　ぼくが探している男なのだが……」

「あなたが通っていた『京城中学』から、杉野さんは『清州師範』に転任なさったからです。だからぼくは、あなたに聞いてみたかった」

そういわれれば、わたしが中学を卒業し、入営して「京城」を去ったころ、杉野も「京城」を離れたことになる。わたしは思いだす。あの「京城中学」のころを。杉野。彼がまだ少尉で京城中学に赴任したのは、わたしが三年生の頃だった。尉官の幅広い軍帽。星章のうえを高々とあげ、短いひさしを目深にかぶり、彼の瞳はみえない。痩身。東京のたしか二松学舎出身で、典型的なファシスト。彼の笑顔をついにわたしは見ることがなかった。眉を寄せ、近視の眼鏡の奥はくらい。うすい唇。非妥協の酷薄さ……。そうした言葉が、彼に対するわたしの印象であった。

戦争のはじめは、わたしたち学生にとって休暇のようなものであった。が、それが烈しくなって、学友から陸軍士官学校や海軍兵学校への志望者がふえはじめてきた。もともと、官吏の子弟の多い中学校であったから、軍の学校を志望する学生は少なかった。ある時期までは、そうした自由を学校側も、生徒側も誇っていたともいえる。しかし時代が大きくうねりを変えて、奔放な学生生活は失われてゆきつつあった。杉野は、たしかにあからさまには軍の学校への志願をすすめはしなかった。しかし、わたしの周囲は、杉野の存在をそのように見ていなかった。彼によって監視されている。彼の峻烈な教練は、かつてのわれわれの自由にタガを締めにかかっている。むしろ彼の沈黙のほうが心理的に耐えられない。だから、自由をあこがれて京都の高等学校を志望していたSですら、急に予科練にゆくなどと言いはじめた。Sの母親はあまりの唐突に涙をこぼしてわたしに訴えたことがあった。わたしは友人たちの軍への志望を、弱気と思うよりほかに解釈のしようがなかった。

同時に、杉野の沈黙のまえで、おまえはどうするという詰問を感じとっていた。わたしは彼に反抗的であった。それは軍への拒絶と同じ意味、同じ姿勢をこめたかった。

「杉野中尉のおかげで、中学生たちは戦争に志願したんだ。彼からの強制ではなく、むしろ何となく自発的に弱気を起こしてね……。つまりそこのカラクリがよくわかってきた。生徒たちが戦死したのは、彼のせいではない。しかし彼は、そのときも黙っていたし、いまも生きて黙っている。ぼくは戦後、いちどだけ彼と出会ったことがある」

――戦後、四、五年経っていた。お茶の水の駅。聖橋のたもとだった。

駅の改札を入ろうとしてふりむいた。むこうからバスが来た。扉が開いて降りてくる灰色の男がいた。ハンチングをかぶっていたが、それが杉野だった。わたしは、近寄ろうとした。が、足が進まなかった。杉野は、はじめてわたしの眼をみた。彼も停止した。かつてのふたりの師弟が、数メートルの間隔をおいて止まってしまった。「殺してやる」。わたしは自分にささやいた。しかし近づく勇気が湧いてこなかった。体全体がふるえていた。「みんなを殺しやがって、まだ生きている」杉野の眼がみひらかれて、瞬間、反対側へ、むこう側へ、姿を消した。逃げた、とわたしは思った。そして彼が逃げてくれてよかった、と安堵した。

まわりは見知らぬ群衆であった。「京城」から東京までのながい流浪、彼とわたしの糸はよくもつながっていたものだ。また会うだろう。杉野はわたしの戦後にとって切っても切れないそういう男であった。だいたい杉野に関する印象を、わたしはYに語り終えた。

Yは反対しなかった。

「そう。杉野さんを殺そうとした人たちは、ほかにもいました。わたしのいた清州師範の朝鮮人学生たちも、敗戦のとき、あなたと同じように彼を殺そうとしました。しかし、わたしはあなたのように杉野さんを見ていない。——こんな話があるのです」

彼が語ったのはこうだった。敗戦まぎわの清州。この町にも日本軍憲兵隊や特高がいて、清州師範のみでなく、朝鮮人が多く通学している学校を監視していた。すでにパリは解放され、ヨーロッパ戦線では、連合軍がベルギーに入っていた。つづいて四五年に、ドイツ軍がワルソーを撤退。つぎつぎに世界各国が対日宣戦を布告する。日本はついに世界の孤児となって、全世界を敵としていた。

この朝鮮において、いつまで朝鮮人が日本とともに運命をともにしてくれるか。それは常識で考えても空想的であった。足もとから暴発しかねない状況であった。暴発しなかったのは、日本に対して忠誠と服従が守られていたからではない。まもなく滝となって落下するであろう、そのまえのしずかな瞬時の流れであったからだ。

杉野中尉は、憲兵隊が朝鮮人教師を摘発しようとする情報を事前にキャッチしていた。彼はある夜、黒い外套に着かえて、同僚の朝鮮人教師の家々を訪問し、日常の言動に注意するように伝えて歩いた。

敗戦とともに清州師範で学生が立ちあがった。杉野をはじめ、日本人への追及がはじまったとき、杉野に救われた朝鮮人教師が間に入った。

　杉野は救われた。

「そのときの朝鮮人教師の一人が、いまソウル師範大学のS先生です。たしか韓国の地学界の重鎮です。このS先生から時々わたしは手紙をいただいています。その手紙にいつも、杉野さんに会ったらよろしく、とことづけられているのです」


　戦後二〇数年、わたしは一人の男を探していた。探すに価するものとは思わぬ。しかし砂漠の中をさまよいながら、たった一匹のネズミであっても、それを殺すために生きているつまらぬ人生も、ここにはある。それでいい、とわたしは思っている。わたしのなかに、いつも存在していた影は、若い生徒たち、朝鮮人たちを志願させ、死地に赴かせたひとりのファシスト軍人の杉野であった。その彼が、なぜ憲兵や特高から朝鮮人をかばったのか。わたしは聞いた。

「杉野は何者ですか?」

　Yは答えた。

「あなたは彼を日本から送られたファシストと思っていたかもしれない。しかし、彼はあなたと同じく、自分たちが侵した土地によって育てられた、植民者の二世でした。江原道春川の、旅館の息子です」

　酒場のテーブルに凭せていたわたしの体がべっとりと冷たい汗をかいていた。戦後の若かったわたしが、いま五〇歳に手のとどくところにいる。この間三〇年、わたしがひそかに狙っていた敵は「彼」であった。しかしYの話を聞いているうちに、「彼」が、じつはわたしの分身であるような気がしてきたのである。わたしおよび杉野にとって、ほんとうの国益とは何かを問われれば、わたしたちは「父なる総督」を裏切るかもしれない心情を持っていた。ファシスト、植民者二世、そしてそれにもかかわらず侵した朝鮮という「母」の国に傾く心。それが、ようやくはっきりとわかってきたのである。


　わたしの三〇年は、こうして終った。

現代の狂人日記——李恢成・黒川洋——
（一九七三年）

一、阿Qはだれか

小説を読まなくなって久しい。小説に感動を失ってしまったと思われる個人的理由が二つある。ひとつは小説の側に責任がある。ひとつはわたしが五〇歳ちかく、現代小説の感覚性を尚ばなくなったせいだ。これについては別の機会にふれてみたい。

久しぶりに李恢成の「約束の土地」を読んだ。まず、この小説について触れた江藤淳の作品評からとりあげてみよう。江藤は言う。

「この小説の面白いところは、主人公が松本浩萬という身許のいかがわしい男に徹頭徹尾ふりまわされている点である……。李氏はこの人物を描くことによって、氏の阿Qを作りだすことすらできたかもしれない。しかし、『約束の土地』は『阿Q正伝』ではなく、松本浩萬は阿Qになり得てはいない」。

ある日わたしが、韓国人の鄭敬謨に「約束の土地」について言及したところ、即座に掲載雑誌を借りたいと申し込まれた。雑誌を送ったところ、折返して次のような批評の手紙がきた。

鄭敬謨の作品評をつぎにあげる。

「ハッタリがやたらにうまい。言った口先から崩れてゆく虚偽の前で、松本こと鄭浩萬自身はびくともしない。大風呂敷、ふてぶてしさ、聞き手が用心していくら割引してみても、結局はディスカウント・レートが足りなかったことで地団駄ふむことになる口車のたくみさ——韓国人的劣性が濃縮されてこびりついているという意味で、成程、松本浩萬は韓国版阿Qであるのかもしれない。

しかし魯迅の阿Qと、李恢成の松本との間にはかなりの隔りがあるのではないか。阿Qは魯鈍である。卑怯である。ウソもつく。ただ阿Qのウソは被害者を伴わない。しいていえばウソの被害者は自分自身だ。……阿Qが書かれた一九二〇年代の中国人は、まさに阿Qのために慟哭にかられる思いをしたにちがいない。阿Qこそは、あの時代を生きた一人の中国人

(a Chinese) であり、又同時に中国人一般 (the Chinese) でもあった。李恢成の松本が a Korean であるのか、the Korean であるのか私にはよくわからない。」

――これを江藤の評と較べてほしい。李恢成の松本こと鄭浩萬のなかに、阿Qを期待しながら、阿Qでありえないことを指摘した点では、ふたりとも似通っている。

しかし、かつてひとりの阿Qも生んだことがない日本文学の側から、李の作品の中に阿Qがいないことを指摘することと、多くの作家が何らかの意味で阿Qを描きつづけてきた朝鮮文学の側から、李の作品に阿Qがいなかったことを指摘することと、ふたつを同じレベルで評価することはできない。このふたつの作品評を並べることによって明らかにされたことは、日本文学が成立しているとする立場の抽象性、非現実性、一カ所どこか押せば崩れてしまうほどの仮構性、等々であるだろう。

ついでだからもう少し江藤の評に触れる。

「この小説の欠陥は、多分作者にとって切実な主題と思われる私小説的部分、ことに組織と主人公の関係の変化を説明している部分に露呈されている」

「ある時期の組織にとっての劣等生であった主人公が、現在の組織にとっての優等生であるかのように描かれている作者の甘さが私には気がかりである。私(江藤)は李氏の政治的立場を論じているのではない。氏の非文学的甘さが気がかりだというのである」。

江藤がどのように気がかりであろうと、李恢成はかまわないのではないか。江藤は組織と政治に関わらなかったのだから、江藤の批評の文学的甘さが気にかかるということすらできるのである。問題はそういうことではない。江藤の文学への依拠は自由だが、その日本文学の文学的仮構の危うさに気がつかないのであろうか。李恢成の作品に「阿Q」が稀弱であることの批判よりもまえに、日本文学に阿Qが存在しないこと、しなかったことに対する批判が江藤のなかにない。その鈍感を文芸批評家・江藤は自分に問うべきであった。

江藤淳と鄭敬謨。ふたりの阿Q論はこのように異質の文化を見せた。しかし反応は偶然に同じであった。

——なぜか?

おそらく一九二〇年代の阿Qが、現代の日本や韓国に存在しえなくなったからだ。現代の阿Qは姿を変えたからだ。そして両者が偶然に「阿Q」を連想したことは、そのいみで適切であり洞察的であった。やはり松本こと鄭浩萬は現代版阿Qであったのではあるまいか?

この男の韓国人的「劣性」は、たとえば次のように表現されている。

「お出かけ? そう、行っていらっしゃい。いや、いいんです。急ぎますからね、これから私は選挙に行かなくちゃ。市民として清き一票を投じないと、国に済まないですからね……」といってそそくさと出かけてゆく。松本浩萬は二重国籍者とはいいながらそのじつ朝鮮人である。その朝鮮人がなぜ「投票」によって日本人であるように偽装するのか。わたしは推測する。彼は、ほんとうは何者かであるかのようにふるまいたいのだ。投票したいのではなく、投票する人間でありたいのだ。選挙制度がどうであろうと、政治が腐っていようと、投票行動によって市民であることを。自分と他人に知らしめたかった。李恢成は、あとで、かつて詩人の金素雲が、あの流麗な日本語訳『朝鮮詩集』の覚え書きに記した「われわれはしたいことをしているのではない。できることをやっているだけだ」という文字を引用している。民族の言葉を奪われ、『大陸文学』というカイライ文学に自国の精気を譲り渡さねばならなかった苦しみを想像している。この非望と、現在にいたるまで続いている松本浩萬の「投票」行為と、なんと酷似していることか。浩萬の「できること」とは、いまや真似ごとだけとなり果ててしまった。浩萬はたたかうべき相手を発見したとしても、その敵を偽装しようというのだ。いまわたしたち日本人が、松本浩萬は阿Qでないと断言することは、日本がやったこと、やりつつあることに目をつぶることに等しい。

二、人を喰う組織

話は一転する。黒川洋の「ブルー・カラー・ブルース」(『コスモス』に発表された詩)の評価が期待どおりでなかった。しかしたいせつな問題を含んでいる。

黒川は電力労働者。彼の生産現場の詩を書きつづけている。そしてそこに問題が生じてきている。黒川の詩の内容、現場を想像することは多少むつかしいのかもしれない。計器をみつめている労働などというものは絵になりにくい。読者にとってイメージも浮びにくい。「ブルー・カラー・ブルース」は、次のように描かれている。


「はじめは、おれらがそこにいた。あさ、よる、ひる、シグナルランプを見つめては、制御棒を引きはずす、シークエンスに吐息したのだ。

夾竹桃の哄う季節を逃れるたび、おれらがおれたちとなり、おれたちがおれとなり、笑いもかき消え、マシンパネルが過熱する。

飛びから二〇〇ボーのパルス、瞳孔は四肢に支えられ、秒の時差を追う計器となり。増殖する距離を巻く聴覚のかたすみで、蜂鳥の音を聞く。

ひとつの工程のなかで、打ち抜かれる労働。工程の手管に踊る、指さきの限られた未来幻想。肥大するツー・ブルー。」

「制御の花園から花園へ、数字や記号となり舞いつづける、日のない刻。

視るものすべてが流れる意識の飽和の極で、肉ばなれする言葉たち。レモンの爆弾抱え、制御の源へ逆流してゆくテロリストのパトス。

逃げ水の彼方から、老漁夫が伝馬船を操ってくる。骨鳴りの拍手。

コンベアから押し出されるホモサピエンスの佇む地平で、落ちる最後の木の葉。

彼岸と此岸で殺しあう夢の喉笛に喰らいつくマシンの獏。」

「かげろう踏みしだき、おれらをひとのみにしてゆく、奴の正確な容姿をみたものはない。

ブルー・ブルース。ブルー・カラー・ブルース。ゆりかごから棺まで、錆びつく陽のツー・ブルー」。

以上。計測器の並ぶ制御機構のまえにいる人間。あさひるよる、機械の言語であるシグナルばかりをみつめて、衝撃波を観測しているおれたち人間群は、ここではひとりに収斂される。この人間は巨大な眼球を支える四肢の動物にすぎず、声もなく、蜂鳥の雑音のみを聞く。世界を把えようにも全工程はなく、小さく打ちぬかれた時空を生きているが、彼がボタンを押すと世界は一変する。

　つぎに心象の世界に入る。数字や記号が舞い、意識の中から季節も時もうせてゆく。幻想はついにテロリストに変身し、器機の根源を破壊しようとする。そのときシンキロウのような逃げ水のむこうに、老漁夫が舟を漕ぐのがみえる。これこそまさに制御の語源。その水平線、地平線こそが未来的な世界で、そこに佇むひとりの人間のまえに、最後の木の葉が落ちる。

　このような生産現場における幻想。気づいてみると、このかげろうのような世界を踏みしだき、おれの生を喰いつくして生きているものの存在が確かめられる。しかしそのものの姿をみたものがいない。かくて、プロレタリヤ階級は死に、ブルーカラー、あるいはつぎにテクノクラートとして残ろうとする。たたかいをしらぬわれら労働者の憂鬱なブルース……。

　とくにわたしの解説を必要とする詩ではない。カッコつきで三つに分けて紹介したのは、じつは黒川の詩そのものであり、ブルー・ブルース、ブルー・カラー・ブルースというリフレーンをとり去っただけである。この作品のどこがわかりにくいのだろうか。（シークエンスとは電気回路網、ボーというのはパルス信号という程度の理解で十分である）むしろ、生産現場の詩を書く者たちの側で、わかりにくい、わかりたくないのは、この詩の中に含まれている問題性なのではないのか。

　黒川の言葉によってそれを補足してみよう。「マス・メディアの分業による生産工程のひとつのパーツを与えられることにより、生産の全工程に参加できないという労働の喪失感、あるいは我々のように見ることのできない生産物を創出する、監視判断労働のなかでの喪失感は極めて大きく、一見単純労働のように思えて、労働の工程がすでに距離感として保たれている。そういう労働を、肉声の言語として体現することは可能であるのか?」

彼のいう監視判断機構とは、器械という金物であって、じつはそれだけではない。いまはシステムとか組織というものと同義語、同質のものである。もっと延長すれば、軍とか党とかいう概念も入る段階に来ている。

わたしが彼の労働のなかの喪失感に同感するのは、同じような労働をしているからではなく、わたしがシステムの中の人間であるからだ。そしてそこに生きるということは、いまや自分が他人を圧殺し、他人が自分を殺す行為を、感動も不安もなく、平然とやってのけることのできる生活情況をみとめることである。

黒川はかつて松永浩介の詩に触れ、松永のアルチザン的な眼が、労働の中で自立しうる精神を形成している、といいながら、反転して自分たち新しい階層が「合理化に合理化を重ねる現代企業のなかで、機械により、技能が技術に転化されてゆく労働の場面詩を作ることが可能か?」と、真正面から問おうとしている。

このような意味で、黒川の「ブルー・カラー・ブルース」は重要だ。手ごたえのある自問自答を重ねてゆくための設問を持っていると思う。

かりに黒川の現場から社会をながめてみよう。システムに突発の事故が起きたと仮定しよう。かつては回路点検で事故の源をさぐり、修理によって故障排除を行えばよかった。しかしいまはちがう。

人間は変貌し、信号を送るにすぎない反射機構の一部に変りはててゆく(日本の現代小説をみるがいい)。社会も変貌し、ゲームと反応を交換する。このような社会に対して、部分的な修理や故障排除はきかない。全体を認識する病理学的アプローチが必要とされるのであろう。このことに目をつぶってはならないだろう。

あたらしい構造のなかで、何が何を疎外してゆくか。誰が人間を殺しているのか。そのイメージを、文学のなかでつくり出すことが要求されているのである。

在日朝鮮人文学者の死――呉林俊――

（一九七三年）

秋に入ったこの深夜の町を、とおく救急車の警笛が断続する。一台や二台ではない。異常なことが起きたのだ。Leading Indicator というのは、先行指標または予兆という意味であるが、わたしたちはあたらしい時代のひとつの節を、八月の金大中事件に感じとった。これから何がはじまるのだろうか。ちょうどそのころ、呉林俊が不意に死んだ。

呉林俊。生きているかぎり、かりに彼が七〇歳や八〇歳になって生きていたとしても、彼が加える日本に対するどすぐろい定義は、終ることはなかったかもしれぬ。しかし、突然の死によって、彼はこの定義を打ち切ってしまったのである。もはやわれわれはそれを聞くことができない。みずからの力と、想像力で、彼から投げ与えられた日本への定義を解いてゆかねばならない。

通夜の日だった。

じっと座していてもふきだしてくる汗。服がワカメのように体に粘りついて、立居することも困難な暑い夜であった。焼香を終えたわたしは、柩の前から膝をずらしてさがろうとしたとき「どなたでしょうか？お名前を」と、遺族席の若い婦人にたずねられた。呉林俊の夫人だと思った。名前を告げると、夫人は、かすかにほおえみをもらした。

思えば呉林俊とわたしは、朝鮮研究所かあるいは喫茶店・飲屋で会っていた友人にすぎない。その程度の仲間だったのか、とも思う。あれほど互いに懐かしさを抱いてきた友人だが、わたしは、夫人に会うのはこの日がはじめてであった。しかしこの通夜の日に示したほおえみは、日本人にしかできないものだ。

夫人は彼の友人たちの話に耳をかたむけるだけであった。わたしたちの話が途切れると、そのたびに、夫の柩に向かって目を押さえた。柩をなで、膝を叩いて、哀号！　哀号！　とは泣かなかった。それは朝鮮人の悲しみとはちがうのだ。呉林俊の一生は、このようにして終った。

だからといって、彼が日本人となったといえるだろうか？

わたしは『社会新報』に彼のためつぎのような追悼を書いた。——

呉林俊（オ・リムジュン）が死んだ。悍馬（かんば）の勢いをもった男の、突然の死。生前、彼のエネルギッシュな活動にのまれていたわたしにとって、愕然とする終結であった。

しかし奇妙な感じがする。——あの大声で所かまわず論争し、議論をつづけた男。すこし黙って人の話を聞け、といったら「いや、わたしは人の話を聞いているんだ」といってわたしたちを思わず笑わせた「きかない男」の声がぴたりとやんだとき、なんともいえない寂しさがわたしたちをとりまいたのである。わたしたちの傍を猛烈ないきおいで駆けぬけていったこの男は、いったい何だったのか。

呉林俊。この男は一九二六年、朝鮮慶尚南道にうまれた。四歳のとき両親にともなわれて渡日。以後少年時代のことは『記録なき囚人』という自伝風な本に記されている。幼くて、故国の山河は彼の脳裡に残されなかった。だから彼は、二世の在日朝鮮人といってもいいだろう。

彼は十代の後半にいたって、日本の軍国体制の「国体明徴」や「鮮満一如」の国策の子として成長した。彼が「皇軍」の一兵士として甲種合格をいいわたされたのは、東条内閣から小磯、米内内閣に移動した、その時期にあたる。

「哀号。おまえはまんまとだまされた。おまえを日本の学校（ハッキョ）に入れたのが不覚じゃった。よりによって倭奴（ウェノム）の軍隊（グンデ）にはいらねばならぬとは。イージャジギ」と号泣する母親。この一世の父母と別れて、彼は旧「満州」東寧県老黒山の部隊にはいった。

彼が朝鮮海峡を渡って故国の姿をながめることができたのは、皮肉にも「皇軍」兵士としての眼であった。故国の民衆は、彼が朝鮮人であることを知らない。

戦いに敗れ、ふたたび日本に帰ってからの歴史は、自伝的に触れたものがない。したがって、戦争によって引き裂かれた父母との邂逅があったか、なかったか、不明である。このことは書かれなかったばかりでなく、語られることもなかった。もし邂逅がなかったとすれば、彼の父母は故郷に帰られたか、あるいは不幸にも戦争中に亡くなられたか、どちらかである。

呉林俊はするどいが悲しい目をもっていた。このような歴史を負った朝鮮人が、死をまえにしてわたしたちに残していった著作は多い。いずれも現代の日本人が到底解くことが不可能な、あまりにも多くのどすぐろい混沌を書き、語りのこして去った。それらのなかに記された内容は、朝鮮人・呉林俊が自分からひきはがそうとしながらも剝離しえなかった日本のイメージ。自分のなかから切り捨てねばならなかった〈内鮮一体〉や〈皇軍〉の、いまだ滅びざる残像。それらとの汗みどろなたたかいのことばが、るいるいと重ねられている。

だからといって誤解しないでほしい。呉林俊は、正真正銘の朝鮮人であった。にもかかわらず、彼が在日させられているところの、日本と朝鮮の歴史的な束縛を、個の朝鮮人の内部で格闘してきたのであった。それを推しはかることは不可能だ。——一世であった両親との別れ、「皇軍」として参戦したひとりの朝鮮人の、戦後の歩み。苦悩のひだの暗さに、わたしたち日本人はわけいることはできない。

おそらく祖国にいる同胞にも想像できない内面。それは在日している朝鮮人の多くが、ひそかに共感を隠しもちながら、語らぬ世界であるのかもしれない。

この朝鮮人と、わたしはもっと長く友人でありたかった。しかし別れるいま、わたしもひそかに語らなかったことを、ここに明らかにしておく必要がある。それはわたしが所属していた日本朝鮮研究所がその機関誌のなかで未解放部落にたいして差別発言をしたときのこと。糾弾をうけつつ同研究所が壊滅にひんしたとき、日本人のわたしたち研究員を励ましてくれたのが呉林俊であった。彼のわたしたちへの批判はきびしく、情は厚かった。いま、彼を追憶する時にいたって、この批判と情に、わたしたちがいまだに十分こたえていないことを思う。

彼の愛した妻は福岡姓の日本人である。彼にとっての義父にあたるかたが、通夜の席から玄関を出るわたしたちに語りかけて声を呑んだ。

「かわいそうな息子……」

このことばが、日本の影と戦って倒れた呉林俊をなぐさめることができるかどうか。わたしたちにはわからない。

「かわいそうな呉林俊」というべきであったのかもしれない。

義父にとってはひとりの「息子」であった。だからといって、彼が朝鮮人でなくなったといえるだろうか？――（略）

『見えない朝鮮人』という本で、彼はこう書いている。

「――ここに朝鮮人がいる。日本で生まれて日本で育った。だから外見からは、おいそれとは朝鮮人とは見極めがたい。形のうえでは日本人である。……私は、まぎれもなく故郷をもたない。たしかに、私は朝鮮でうぶ声をあげたことは証明されている。しかしそれは、これといった記憶もないままに離別した山河であり、いくら目をつぶって回想しても、それは具体的イメージとしては浮び上ってはこない……。

もし人が、その生まれた土地の周辺の影響よりも、その育った環境からつよく何ものかを得るならば、わたしは後者に属するであろう」

「（生れた土地の）朝鮮があるから当然のことに朝鮮人であるとは限らない。（この）朝鮮人は、（他の）朝鮮人をたったの一回たりとも見る機会のないまま、故郷もなにも持たないいまま、朝鮮人になるのではなく、朝鮮人なのである」

「もし朝鮮人になるということが、そんなにまでなんの抵抗もなくすらすらなれるものであるならば、日本に住む朝鮮人《二世》《三世》は、なんの苦労も呻吟もないはずである。……もしかりに、朝鮮人を朝鮮人のままで生かしてくれるなら、なにもムリまでして（自分が）朝鮮人であることを検討し、披露する必要はないはずだ」

とくにこの引用にこだわる必要はない。このたぐいの文章ならば、呉林俊の任意の頁からいくらでもひきだしてくることができる。ここからわたしが容易に想像できることは、呉林俊のような年代の在日朝鮮人は、その人格の中核に、日本の側から眺められるであろう他人としての朝鮮人像を、もうひとり持っている、ということだ。

朝鮮の慶尚南道にうまれ、記憶もまだはじまらない幼い日、両親に伴われて日本に来た呉林俊は、朝鮮語のカタコトを日本で覚える。それと並行して、日本語のカタコトをおぼえる。それはどのような言語世界への出発であったろうか。

精神形成は、ふたつが混じりあったわれわれのしらない、いわば混合文化を形成するかにみえるが、じっさいはそうではない。朝鮮語に対応する父母との日常生活があり、家族のいつくしみがある。そして日本語に対応する日本の学校生活があり友愛と侮蔑がある。それは分裂し、並行してあったのであろうが、いつのころか、日本語の世界ひとつにとって替わる。

父母を透しての朝鮮からの別離、故国との別離がそこからはじまる。別れとはなにか。彼が使い慣れてゆく日本語は、彼にとっての歴史のボキャブラリを持たないふしぎな言語であったということだ。彼が学ぶ日本語は、つねに彼が経験しえない事柄を述べる言葉であったということだ。

だから、いつかこの言葉をマスターしたときに、はじめてこの現実世界が未来的に自分のものになってくれるはずだ、と考えても不思議はない。

少年時代の彼には世界がなかったのだろう。――彼は日本語を学ぶことによって、世界を夢みたのであろう。――われわれ日本人はそうではなかった。子供がカタコトでしゃべるときは子供の占有する世界が思春期の言葉で語りあうときは思春期の占有する世界が、いつもその時点に存在していた。われわれにとっては、言語とともに世界も生長し、輪を拡げていったはずだ。こうしたわたしたちと、彼らのあいだに、はたして共通の言語が存在したであろうか。ない。占領者の言葉だけが残されていったのである。

ある日の浅草の飲屋で、いまは共に亡き人となった朴元俊（パク・ウォンジュン）や呉林俊と、わたしは杯をかわしていた。突如、呉林俊が朔太郎の詩を音吐朗々と誦しはじめた。背をまっすぐに伸ばし、杯を置いて、お行儀よく障子に向かって、ながながとそれをやり終えた。あたかもそれは、思春期の少年が教科書をそらんじているように、四〇代なかばの男がやってのけたのである。

わたしは、呉林俊に朔太郎の影響があるかどうか、知らない。むしろ、彼はあらゆることをこのように学習したであろうということのほうが重要だ。わたしは彼の抜群の記憶力に驚きと、いくらかの不安を抱いた。まさか。詩の心が万国共通だから、朔太郎詩に感動したというのではないだろう……。彼にとっては、朔太郎も「軍人勅諭」も、どちらであろうとあまり変わりはないはずだ。しかし、彼が軍隊で覚えさせられた落合直文の「波蘭（ポーランド）懐古」はさすがに軍人勅諭よりも刺激がつよかったようである。とても、音吐朗々とはゆかない。彼はいやおうなくこの歌に朝鮮の俤《おもかげ》を描くことになる。

独逸の国を行きすぎて
露西亜の境に入りにしが
寒さいよいよ勝りつつ
降らぬ日もなし雪あられ
淋しき里に出でたれば
ここは何処と尋ねしに
聞くも哀れやその昔
亡ぼされたる波蘭

つまりこうであったのではないか。彼は学んでいった。学べば学ぶほど、朝鮮人は拘束をうけ、憎まれ、さげすまれ、さらしものになる。言葉を覚えれば覚えるほど、いつかはかちとろうとした未来が、喪失されてゆく。未来がなくなるということは、全的に、人間でなくなるということだ。その苦しみは、言葉の量と逆比例してゆく。

在日朝鮮人の書く文学とは何か、ということが議論されている。それは、小説や詩が、自国の文化に合体したか、日本の文化に合体したかによって、わけられようとする。しかし、ほんとうの論点は、いずれにも合体しえない場合にのみ、それは議論となりうる。もっというならば、自国の文化に対しては、日本語によって構成された意識ゆえに分裂を含むものであり、そして同時に、日本の文化に対しては、彼が歴史のボキャブラリを持たぬことによって拒絶される。例えば呉林俊の場合、相対する文化が、いずれも彼を透して背後の文化をみることによって、彼を峻別する。朝鮮人は、たとえどんなに日本化された朝鮮人であろうとも、日本人と等質な自由を持つものではない。彼はつぎのように言っている——。

「朝鮮人にはたしかに祖国がある。その祖国が、おおくの在日朝鮮人世代にとって、じつに遥かに遠い存在として、身近には手にとることのできない〈外国〉となっている」

「この日本という中で、朝鮮を認識してゆくために日々あゆみを継続しなければ、とうてい朝鮮人にはな・ら・し・て・く・れ・な・い・のである」

「なる、ならぬの選択は、当の朝鮮人に一任されているのである。だれからもたすけを求めることはできないような状況が、果てしなく拡がっていることを、やはり自覚してかからねばならない」

この「無援」は、ひとりの文学者・呉林俊に限ったことではない。文学とは関わりのないところで、圧倒的な多くの在日朝鮮人、とくに〈二世〉において共通している心理であろうと想像する。

この世代も、やがて消えてゆく。呉林俊が最後まで書きつづけたものは、やがてその内容を理解するために、とてつもない空想力を働かせねばならぬようになるだろう。こうして、このテーマは消えたほうがさいわいなのかもしれないが、じつは、三世になり、四世になっても、消えうせることはできないのだ。なぜか？

われわれ日本人がこのテーマを理解しえないからだ。理解しえないかぎり、それは存続する。在日朝鮮人が、今後どのような形で存在しようとも、彼らは、この主題以外のえりごのみはできないのだ。われわれ日本人にとって、朝鮮人問題が「見えない」かぎり、朝鮮人はそれから目をはなして別の生き方を生きるわけにはゆかない。

わたしには予想ができる。

今後日本に「善意」の人々が増え、ますます朝鮮人がみえなくなってゆく。この「善意」の人は、見えない部分で人が抹殺されてゆくことに到底気づくことはないだろう。こうした日本人社会と、在日朝鮮人社会との矛盾が深まれば深まるほど、相互に声をかけあうことに絶望し、両者のあいだにほとんど完全な断絶状態がうまれるだろう。

日本人社会は、他者を、歴史的・時間的に切りはなすことに成功し、その矛盾を克服したと信じるようになるだろう（ライ政策は、強制隔離・根だやし作戦によってライ患者一万人弱に減少してきている。いま平均年齢は五五歳）。

——しかしわたしはもっと明瞭に予想できる。日本人社会は、その時点で、この戦略的失敗を真向からかぶる結果となるだろう。じつは、在日朝鮮人の文化は、根だやし作戦が効かぬのである。たとえどんな人間に対しても、たとえばわたしに対して、拘束と差別と憎悪が与えられ、未来を奪おうとするならば、わたし自身、在日朝鮮人と同じ言葉を語りはじめるだろう。

呉林俊が死んだ。何だか急にしずかになってしまった。しかしここに「根だやし作戦」自体が生んだひとつの文化が芽生えた。

それは、日本の文化の精神的・心理的・社会的産物といえる。もしかりに、この萌芽が日本人にとって不愉快なものであり、それが形成する文化圏を阻み、芽をつもうとするためには、前提として、日本の伝統的文化はみずからの文化戦略を否定しなければならないであろう。呉林俊は朝鮮人である。そしてそのために彼が書きのこしたものは、われわれに対するひとつの定義、拘束となった。わたしはこの壮烈な死を記憶していたい。

書き遺した詩集

いまわたしの机上に死んだ男が書き遺していった詩集がある。『海峡』（風媒社）という書名で、著者は、呉林俊。彼は短い期間につぎつぎと多くの本を書いて、わたしたち友人の舌を巻かせたものだ。しかし執着をのこした『海峡』については、友人の批判も聞くことなく死んだ。

いつだったか思いだせない。一年ほどまえ、どこかの駅のプラットホームにわたしたちが立っていた。いつものように、わたしはとめどもなく続く彼の話を聞いていた。
「わたしはね。『海峡』という題名にきめましたよ。はじめ『朝鮮海峡』という題名にしたかったのですが、同じ題名の詩集が二冊ある。許南麒とあなたの詩集だ。朝鮮人と日本人がそれぞれ一冊ずつ書いてくれたのだから、もういい。わたしは『朝鮮海峡』はやめようと思ったわけですよ。どうでしょうかねえ」
――どうでしょうかねえ、というのは彼の口癖であって、そこから話がはじまることとさえあったがことさらに他人の意見を聞くというような姿勢ではない。わたしは、在日朝鮮人が何冊『朝鮮海峡』を書いても書き足りるものではない、と言ったが、彼は聞き入れようとはしなかった。『海峡』ではまずいですか?と言うのである。「まずいとは思わないね。むしろきれいな名前じゃないですか」と賛成したものの、呉林俊を満足させる言葉にはならなかったらしい。積極的な意味がこめられているようであった。彼はもっと主張したいようであったが、その真意をわたしが推測することはもはやできない。

二極の間を振動

わたしはいま、机上の『海峡』をながめている。朱で刷られた文字。それをかこむ銀色の朝鮮の民画、そしてその奥に作者の顔が砂目のネガで黒く刷られている。顔をみればまがうことなく朝鮮民族の風貌であり死者の顔である。この死者にとって『海峡』とは何であったのか? 詩集をよめばわかるというのは嘘だ。それはわたしにとっても語り尽せる海峡ではなかった。

結婚まえの絵です、と婦人が語る。
海は暗く空にのぼり
ななめにひと刷毛、黄金と朱のはざま
鳥の影はなく
破船はなく
画布を覆う波濤のとどろき。
対岸を求めて盲しい
海に消えた朝鮮人の絵だ。

あなたのうしろの絵は結婚後のものです、

と語る、夫人は日本人である。
紺青の天くっきりとあかるく
波はたちあがり頂点でとまり
いま落ちようとする
そこに岩
こちら側、日本の一部が、みえる。

絵のあいだに立つと
ふたつの海に吸われ、散っていった
怒りのような
哀号のような
死者の声。

今日わたしは町にいて
アスファルトの道に立つ
両側に海の風景がひらける
死んだ呉林俊を思いだすな。
石段に片足をかけると、そこに
帚ほどの大きさの、黒い羽が落ちている
東京に発生したハゲワシの

血糊の翼

呉林俊が死んだあとに書いた「望郷」というわたしの詩である。ふしぎなことだが実際に二枚の絵があるのだ。呉林俊がどこで描いたか知らないが一枚は暗黒の海原。そのむこうの祖国朝鮮を望んで暗たんたる夜のなかに、一刷毛の明るい色がみえるのみ。もう一枚は初めのような心象風景ではない。こちら側の岸の一部は不毛な岩であるが、まさしく日本の一角が見えるものだ。この二枚の間隔には彼の時系列があるかに想像されるが、それは楽観にすぎない。前の絵から後の絵に移行しながらも、強い牽引力でひきもどされる。つまり同時的に一枚は生活記録である。呉林俊の振子は、猛烈な勢いでこの二つの極のあいだを振動し揺れていた。
「おれはなんと多くの故里に出逢ったことだろう。なんと落魄を打ちのめす漂泊の終着駅を積んだのであろう。……疑いようもなく未詳な案内人は先に進んでいったのだ……」

一九〇四年　二二九人
一九一〇年　二五〇人
一九一四年　三五四二人
一九一九年　二六六〇五人
一九二三年　八〇六一七人
一九三〇年　四一九〇〇九人
一九三七年　七三五六八九人
一九三九年から一九四五年の解放まで
　労務者用　約六六〇〇〇〇人
　軍人軍族　約三六五〇〇〇人
一九四四年　一九三六八四三人

これは「歳月詩篇」からの抜粋。呉林俊は四歳。幼ない眼にはまだ朝鮮の風景の印象はのこされていない。父母に伴われて故国を離れ日本に渡る。一九三〇年は、光州学生運動の翌年にあたる。朝鮮全土にわたって日本軍官民に衝撃を与えた蜂起があり、その炎は中国東北部の間島省の蜂起に呼応する一方、日本は朝鮮におろした支配の根を強化するために、この年赴戦江の大ダムが完成をみる。このような時に、彼は故国とわかれた。

耐えしのぶ夜明け前の薄暗で
父はパジを白い木綿でしばる
飛び立つ翼のない慰めの日
いさぎよく破れた台所のかまどを残して
去るのだ。
酷熱にあぶられた瞳が
山脈の肌に追いすがる

（海峡詩篇）

かくして朝鮮民族は海峡を越え日本で惨憺たる生と死を迎える。この詩の問題性は、ふたたび故国へ戻ることができなかったパルチャ（運命）を歌に托したというところにはない。作者の意見に従えば長篇叙事詩というものではあるが、全体を一貫して流れる物語性はうすい。率直にいって日本人読者には不分明な意識の流れがある。いったい何が「海峡」を意味するのか？

話をかえよう。七三年一一月五日の『東京新聞』に李恢成が「なぜソ連にゆこうとするか」という記事を寄せた。外国人つまり「朝鮮籍」の作家が、法務省当局からのソ連行き許可を得られなかったという話である。しかもこれを機に韓国のある新聞は、李恢成の渡航ニュースを藉りて、当人が「北韓国籍を放棄し、韓国籍を取得」という偽報を流したほどである。なぜこのようなことが起り得るのか？　つまり李恢成のいうように「現在日本には百カ国を下らぬ外国人がいるにもかかわらず、日本から第三国に出ることができぬのは、ひとり『朝鮮籍』の朝鮮人だけだ」からである。

もうひとりの朝鮮人の例をあげる。

金嬉老の意見陳述を読んでみよう。五歳の彼は父に死なれ、屑拾いの母親のひくリヤカーのうしろに乗って町に出る。彼と同年の子供たちからはじめて屈辱をうけた最初の言葉が「朝鮮人」であった。彼は小学校に通いはじめる。学校は楽しいところだと思ったが、男の子である金嬉老のためにだけ、母親が作ってくれた弁当箱を、学友によってひっくり返される。学友と組打ちの喧嘩がはじまったとき、担任の教師が目撃して理由もきかずに、皮靴で金嬉老の横腹を蹴る。あまりの口惜しさに彼は、「思わずクソをたれた」と述べている。

――これらの意味するものは、いったい何か？　日本に住んで日本で目に触れるもの、手でさわるもの、なにひとつそれはおまえのものでないと拒まれる。日本人ならば、軍人にでも政治家にでも、マイホーム亭主にだってなれる。しかし朝鮮人に対しては何者になることも許さぬ。さらに、その絶望感を、本人に徹底的に思い知らしめる。さきほどの李恢成の文章と、金嬉老の陳述書とは、それぞれ異なることを述べているにもかかわらず、根本の部分はまったく同一。ともに世界への展開、未来への出口を閉ざされたという点において共通する。

呉林俊における幼児記憶、さらに「皇民」化された少年時代、「皇軍」兵士としての青年時代を貫く記憶も、右の金嬉老と別のものではない。死者に対して礼を失する言葉ではあるが、経験的にはこの二人は別人ではないのだ。ある時点で二人が入れ替わることがなかったとはいえない社会構造が、われわれ日本人社会の側から用意されていたのだ。呉林俊の作品に一貫して流れる一種の激情はこの日本が在日朝鮮人に仕掛けた社会構造、ワナに対する苛烈なたたかいであったといえる。

「異郷残稿詩篇」に、彼が中国の東北で関東軍兵士として兵営ぐらしをしていたときの詩が多く挿まれている。高村光太郎がかつて「粛然たる天兵の列」と歌った中の天兵の一人として、呉林俊という朝鮮人が存在していたこと。それを囲繞して朝鮮人パルチザンが密かに作動していたこと。しかも日本人下級兵士によってなぐられ恥ずかしめられていたその時期より以上に、日本人と朝鮮人が一体に暮していた時は、日本近代史においてはなかったこと。そのような無惨で絶望的な「融和」「融合」「一体」。

戦後もそれは続いていた。彼は一匹の獣のように吠えつづけるより道はなかった。

「裸になれば／海峡は吹雪を打ちつける／意志が粛条たる波動に揺れうごく／孤絶した獅子の眼が火を噴くまでに／あらあらしい哀しみが／永劫の裾野を欲しがって泣く」（海峡詩篇）

絵を描き、火のない寒い部屋で指をあたため、飢え、病み、脱糞すれば空腹たちまち至ると信じて便意をこらえ、詩を書き、本屋をさまよい、怒号し、泣き、人を愛し、友を求めて、それでも生きてきた。その証拠にこの詩集は、しかしついに日本人に理解されずに終るだろう。逆説的だがそれでいいのだと、いまわたしは思う。われわれが理解しえないかぎりそれが存在する。呉林俊の詩は、われわれにとって「見えない」かぎり、そこから成立するといって過言ではない。

糞尿のつまった
廃墟の余震に
傾斜する　肉体。
巨大なかきがらの絡みついた
深更のふかい　海。
墜落するのは
帆。

（海峡詩篇）

このように歌って彼は死んだ。今年の夏のある日のことであった。

ライの歌人――金夏日――

（一九七三年）

一　山の道で

初夏の草津。つつじの花の季節であった。ライ療養所・栗生楽泉園で、詩集『くまざさの実』の出版記念会が終った。そのあと、金夏日とわたしたち家族（わたしと家内と中学一年の息子）は、石黒会館の玄関を出た。会場でいろいろな人に会えたが、みじかい時間にもっと会っておきたい人がたくさんいた。金夏日には隣りに坐っていただいて、雑談をかわした。せっかくの機会だったのに、いったい何を語ったのか、思いだせない。

玄関を出て、盲導鈴の鳴る辻まで一〇メートルばかり。そこで彼と別れた。「お元気で」といって、彼の手を握った。彼は杖を握っていたが、それでもこぶしはわたしの片手の中に入ってしまうほど、小さく、細い指であった。ほんとうは、遠くはなれた彼の独居の病室までおくってゆきたかったのだが、「いいえ、ひとりでゆけます」と固辞された。――わたしに、別の友人、ロシヤ人のトロチェフと会う時間をのこしてやろうという思いやりだったのだろう。

「じゃ、ここで」と、彼の後姿にわかれた。背丈は並みの高さだが、顔も小さく、肩もせまい。そのひとが、ひとりで杖をついて、顔をあげて要心ぶかく、晴れた空の下をあるいていった。

彼の名は、金夏日（キム・ハイル）。歌人。四七歳。

二　ライと望郷

一九二六年、朝鮮慶尚北道、桃山洞の貧農の家にうまれた。一九三九年、すでに朝鮮から日本に渡った父をたずねて、母と長兄夫婦、次兄らとともに日本に渡った。この年、一四歳。昼間は菓子工場に働き、夜は夜学に通った。

菓子工場の仲間と共に日光に旅行せし頃はすこやかなりき
三十年母に連れられ雪深く降り積りたる日本に着き

ぬ

昭和十四年二月九日いまだ見ぬ父を恋いこいて日本に来し

彼は当時のことをあとでこのように歌っている。

彼が東京に来たのは一四歳。日本語がわからなくては生きてゆけないというので、父の許しを得て、日本語学習のため、本町尋常小学校という夜学に通った。昼間は働き、夜の授業は午後七時から九時まで。二時間の勉学であった。

ここで当時の国民学校一年教科書の「サイタ　サイタ　サクラガサイタ」から学びはじめた。通ってくる学生は、年齢がまちまちで、彼のように日本語を学ぶ朝鮮人も幾人かいたらしい。大半は日本人で、なかには六〇歳をすぎた婦人がいて、その人は聖書をよみたいための勉学であったという。金夏日は、この老婦人から聖書に関するいろいろな物語りを聞くことになる。

昼間通っていた勤先は、学校の近所の朝日製菓という会社であった。学校で日本語を学んでも、日常の会話を朝鮮語でかわしていたのでは、正確な発音をすることができないと思い、実社会で働きつつ日本語を学んだ。彼はこの会社の食パン部に回された。最初に与えられた仕事は、パン焼器を油布で拭きとる作業。また中華饅頭の材料として、毎朝四〇キロのタマネギの皮をむいて刻むのも日課であった。タマネギの汁が目にしみてとても辛かった、と彼は当時を思いだしている。

一九四一年、日中戦争は激しさを加え、製菓の原料は極度に減少してきた。このころ、ハンセン氏病（ライ）を発病。はじめは右手の小指と薬指がわずかに曲った程度であり、ライと宣告されても、自分で納得がゆかないまま、医師からの通報によって、東京多摩の全生園に強制収容された。

一九四四年、長兄が日本軍の軍属としてとられ、それによる家族の生活苦をたすけるため、多磨全生園を一時退園した。

一九四五年、東京大空襲に遭い、焼けだされた。この頃からハンセン氏病再発し、眼を病み、さらに追いうちをかけるように、長兄戦死の公報が入った。

一九四六年、病状悪化。群馬県栗生楽泉園に入った。

この年、亡き長兄の妻子、次兄たち、あいついで祖国に帰ることになる。
一九四九年、両眼失明。この時点でしかも短歌を学びはじめ、鹿児島寿蔵主宰の短歌雑誌『潮汐』に加わった。さらにキリスト教に入信。母の帰国——。そのころの作品に次のようなものがある。

欄干にもたれておれば雪深き真下の谷に啄木鳥の音

療園にある深い崖。そこにかかる桟道。金夏日はこの欄干の真下の絶望と孤独の暗黒のなかに、なにをさぐろうとしていたのか。わたしには想像がつかない。自殺であったかもしれない。しかしあの痩身のなかに、それを超えるはげしい希求があり、それがキリストであり歌ごころであったのであろうか。

母思うよすがにわれは朝鮮足袋穿いてみてまた行李にしまう

帰国せし母の便りは来なくなり古き封書を炉に焚きにけり

韓国に共に帰らんと兄言えどライ病むわれはついに黙しぬ

万年筆も辞典も友に贈りたりわが眼の視力ついに戻らず

病深く、母とわかれて、日本に残る決意をかためたものの、望郷の心を押さえることはできぬ。しかもその祖国は、いま内戦から全世界を巻きこむ大戦争に変わってゆき、国土は灰燼に帰してゆく。

義勇兵に志願して征く同胞をわれ言葉なく見送りており

この義勇兵は、韓国軍に参加する同胞のことであろう。自分はライで失明したから黙って送るのみ、というこころではない。彼の中には、同胞が互いに争い、血を流す戦いに、どうしても参加できないものがある。そのことをどのように自分に確認したか。つぎの作品で推測することができよう。

幼かりしかの日の如く朝鮮カナ文字染めしタオルをかむる
チシャの葉に飯を包みて食みおればわがふるさとにかえれる如し
実りたる朝鮮稗を胸に抱き貧しく育ちし故国をおもう
はるかなる朝鮮の日向の匂いしぬ手にしごきもつ朝鮮稗は

一九五一年、東京に残った父と、帰国した母が、相前後して逝去。一九五二年、父の遺骨をひきとり、療園内の骨堂をかりて納める。

亡き母が縫いし綿入れの朝鮮足袋十年惜しみはきて今日は焼き捨つ
相ともに癒えて祖国に帰らんと言いにし父が白骨となりつ
ライ園に病むわれに仕送りをつづけ給いし父の遺骨をひきとりて祀る
骨堂のなかなる父に話しかく便り絶えたる兄らのことなど
父逝きし後の寂しも朝鮮語にて書きたる手紙来ることのなく
日本に永住するともわが父の遺骨は祖国に送りとどけん
ふるさとに肉親もおらず今はただわれ朝鮮を心より愛す

一九五三年、朝鮮戦争休戦。点字を舌読で学びはじめる。その頃のことを、彼は『高原』七〇年五月号で次のように語っている。

——朝鮮語を習うにはハングルをまず覚えなければならない。しかし故郷にいたとき、貧しくて学校にゆけなかったのでハングルをしらない。彼はもういちど、小学校一年生になったつもりではじめた。点字テキストには朝鮮カナの墨字書きもしてあったので、わからなくなったところは、眼の見える人に墨字をよんでもらい、彼はその点字に舌先をあてて「読む」。こうして教えてもらって納得したときのうれしさ。彼は「何度もありがとう、ありがとうとお礼をいって帰った」

と言っている。

わからぬ部分は同胞にたずねる。教えてもらっても文字の形が読めないときは、五体のいちばん感覚鋭敏なところ、たとえば背中とか股に、指で字をかいてもらう。彼は舌で読み、背中で読み、股で読む。全身のなかで、最後まで生きのこっている部分を使って、文字を知覚する。朝鮮人有志で井谷さんという人がいた。この人の好意で、明和会館で朝鮮語勉強会が毎夜ひらかれた。金夏日は、朝鮮語の基礎を身につけることができるようになった。いまいちばん読みふけりたいものは聖書。そして朝鮮人が書いた祖国の歴史書であるという。

金夏日は自分の学習法について、右のように淡々とのべている。これを見聞した者は、胸を衝かれる思いであろう。情報源から彼の精神にいたる記憶と学習のルートは、常人と同じく神経系である。しかしここで彼が苦しみ克服してゆくノイズ(雑音)とのたたかい、単純にいえばこうしたメッセージを符号化しようとするときの挫折と創意は、すべてのひとの想像外の世界にある。

われに初めて君より点字の手紙来ぬ二日かかりて舌で読み了る

ペンキ強く匂える図書室に一人来てむさぼり読めり点字「世界史」

欲ばりと罵られつつかにかくに「朝鮮史」六冊点訳なりぬ

点訳のわが朝鮮の民族史今日も舌先のほてるまで読みぬ

朝鮮の点字学びて祖国の歌くちづさみつついつか眠りし

舌読には貸出さぬという日点の「春香伝」を複写しもらいぬ

いつよりか先生と呼びつつ隣りベッドの翁に朝鮮語の点字を学ぶ

三　朝鮮人ライ者との出会い

略歴を追うのをここで中断しよう。このような人に、わたしがどうして会ったか。記憶を最初にもどさねばならない。

もう五、六年にもなるだろうか。わたしはある日、草津の栗生楽泉園から原稿をうけとった。そのなかに谺雄二という詩人の作品があった。熱っぽい詩で、題名は「祖国へ」というものであった。

「ぼくたちは　いくども起き上ろう
この峰の熊笹が険しく谷におちこむあたり
二十年　五十年のふかい断絶を
ライの氷壁をついに克服しえたとしても
即ちそれが　ぼくたちの祖国
祖国日本の　美しい回復を意味するか？」

と書かれ、ともに幼なくしてライを病む朝鮮の友人「金岳俊」、盲目のその人に捧げる連帯を歌っていた。

わたしは谺雄二に感想を書いた。

「ライを病む盲目の朝鮮青年が、日本の高原療養所にいる。そのことだけですでに戦いに傷つき血は流されているのに、なおも彼の祖国の統一、革命のためにたたかいを考えている。とすれば人間が生きている場所、祖国らしいふるさととはいったいどこなのか？　谺雄二はこの問いに答えを出しているようだ。すなわち祖国とは、作者と『金岳俊』が肩を抱きあっているほのかに明るい地点であって、そのほかのどの場所でもない」

しばらくしてわたしは草津を訪ねた。患者の多くは無菌者であったが、ライの後遺症のために、面貌や、指・手・足が変形し、こわされていた。社会復帰のむつかしさを訴えられた。谺に案内してもらって、わたしは詩の中の「金岳俊」に会わせてもらった。

金岳俊は四人か六人の大部屋にいた。体をまっすぐに伸ばし、ベッドに堅く背をつけたまま天井に向かっていた。谺雄二が「金さん。村松さんがキムチ持って来た」と呼びかけた。わずかにうなずいたような気配だった。彼は盲目だった。谺は金の耳もとに近づいて、なおも語りつづけた。それは金に何かを言わせたいという気持からであったろう。しかし「それはどうも……」という言葉のみであった。病状はひどくわるく、高熱があった。

金岳俊、そのころの日本名、金山光雄。本名の金夏日にわたしが会わねばならぬと思ったのは、右にのべたように衍雄二の作品を読んだのが動機であった。

しかしわたしに、戦後まもなくのころ、ライの詩人たちとの交流をすすめてくれたのは詩人の大江満雄であった。多くの作家、詩人たちがライに近づいた。それは同情からでもあったろうか。または現代そのものの病患、文学の問題としてそれに近づいたのでもあろうか。いずれにしても、近づくこちら側に不分明のものが推測された。矯慢もあった。

大江満雄は詩人的な表現でわたしに警告した。「紀元前のエジプトではレプラのことを『死の前の死』といったそうだ。しかし今日のハンセン氏病の詩人たちには、悲惨な中にも『生の中の生』があると思う。それは近づくこちら側の詩人よりも高く、深い」。――わたしは、急速に草津の人々と交わりはじめた。毎月の作品をうけとり、教えられ、批評し、手紙を交わしあった。しかし、近づくとはなにか。ライがそこにあることを知ることだけではないか。

ライ者との一致とは、わたしの空想にしかすぎぬ。しかし空想によってでも動かねばならぬとき、一致とは、けっして、わたしのほうから近づくことではない。非ライ者がライ園を訪れて、いっしょに食事をし、同じ盆で菓子を食うことではない。一致とは、ライ者がわたしたち非ライ者の市民生活に入りこむこと。こちら側にくるみとること。それによってしか成就しないのだ。わたしの家でわたしの家族といっしょに飯を食い、風呂に入ることだ。わたしといっしょに取引をし、損をし得をとり、町を商うことだ。しかし、ここに到るまでの道は遠い。まず、非ライ者側の、ライへの怖れがあった。金夏日の沈黙は、わたしの弱点をよく見透したための拒絶ではないか。わたしはその日、考えつづけていた。

わたしはなぜ、ライに会おうとしたのか。まず第一に、わたしが非ライ者だからだ。彼らはなぜ、わたしの家に来ないか。それは彼らがライ者だからだ。つまり、非ライ者がライ者を訪れることができるのは、非ライ者自身、そのことによってどこも傷つくことのない、第三者の立場を持つからであろう。かりに、わたしの身内にライ者がいたならば、それをかくすため、わたしはライ園を訪れようとはしないだろう。その日考えたことは、どうどうめぐりにしかすぎず、わたしの中に、新しいものはうまれなかった。もっと、彼らに会わねばならない。

しかしやがて、ライは日本から消滅する。三〇年も経ぬうちに、ライは消え、わたしが近づこうとし一致を願ったライの劫火は、光と熱とエネルギーをうしなうだろう。しかし日本には、ライ者そのものを絶滅しようとした非人間的政策が、そのままの形でうけつがれてゆく。まして、ライはまだ世界から消え去っていないのである。

いまライの数字はつかみがたい。世界のライは一九四三年に作られたプロミンによって減少しつつある。が、ライの実数はつかみにくい。正確に把握しようとすればするほど増えてくるのである。栗生楽泉園の阿部秀直園長から聞いたことだが、「中国は一〇〇万、印度はガンジー首相によって、はじめて二五〇〇万までの発表を許したといわれるから、さらに多いと思わねばならない」という。

かつてエジプトで、下級兵士(奴隷)を中心に蔓延し、現在なお、それはアジア・アフリカ、いいかえれば旧植民地を根拠地として蔓延する。ライは、アジア・アフリカのくらい部分の象徴である。「死のまえの死」といわれるこの病と死をやしなってきたのは、圧制と貧困と飢えであったことは歴然としている。

さきほどの詩の作者、谺雄二から聞いたことがある。

——ライは石鹼で区分されます。石鹼を使えるような家、文化社会から、わたしたちのライは発生しません。わたしたち患者の共通体験は、石鹼を使うような家に育たなかったということです——。

『らい』という詩の雑誌が発行されている。この雑誌の表紙に、あるときライ病院の特別病室(監房とよばれ、いまはない)の写真が掲げられていた。この監房は、かつて明石海人が「監房に罵りわらふもの狂ひ夜深く醒めてその声を聞く」と歌った、懲戒刑罰の部屋である。この監房の壁に刻みつけられた文字を写真に撮ったのである(カメラは庸沢陵)。つぎにあげるのは、文脈上わりにまとまりのある文字だ。

「木　卅日三週間〇廿一日」

「昭和十七年九月十二日、嗚呼此恥ヲ」

「死シテ恥残スヨリ更生ノ前途ヲ見セヨ」

「ウラムヅ《ママ》光田お前は馬鹿助俺らは鬼だ」
「恋は希望か希望は悪か癩の暗路に希望なし」
「無量如来と云ふは己が身の外にはなきぞ」
そして次の一行にぶつかる。
「朝鮮慶南昌原郡□車面」

いうまでもない、ライを病む朝鮮人のイメージが浮びあがってくるのだ。ふるくからの圧制時代の大陸、植民地時代の朝鮮、貧困、流亡、発病、監房、発狂、そして死。

草津の張石浩は次のように報告している。
「現在日本にいる朝鮮人は約六〇万である。そのうち約六百数十名の私たちハンセン氏病患者は、日本の政策に沿って全国千箇所の療養所に分散療養させられている。当園（草津）に限ってみると、約千人の在籍患者のうち、五〇名が、わたしたち朝鮮人である。」

これらの朝鮮人は、かつて強制隔離され、いま日本の医療のもとで療養している。彼らが回復しないならば、彼らの死によってライは消滅する。それしか日本のライ行政に道はない。このプログラムは、冷ややかに語られるような筋合いのものではないが、確実に歴史はそのように流れる。日本はこのようにして、自らの体質を守ってゆくであろう。われわれ日本人にとって、平和や、光栄は、このような構成、雑なもの騒のものを絶ち落したところで成立しようとしている。

敗れても日本は、光輝あるイメージを持ちつづけ、惨憺たる傷だらけのイメージを忌避してきた。——しかし、と思う。かつて詩人の姜舜から教わった歌がある。客説（カクソリ）の歌というのだそうで、

「プマ　プマ　プマ
去年きたカクソリが
今年もきた
去年はつれなかったけれど
今年はどうする　プマ　プマ　プマ」

客説には、ふつうライの物乞いが多く、姜舜はつづけてこういった。
「あなたはムンディ・オモニという言葉があるのを知っていますか？　レプラなる母、そのためにいっそういとしくなつかしいもの。祖国のイメージです」

わたしはかえす言葉をうしなった。レプラなる母と

いう言葉をもつ民族の、惨憺たる苦しみを想像しようとしたが、できない。できないはずだ。ライを切りすてることによって、日本はライをのがれてきたからである。

やはり、ライはアジア・アフリカなのであろう。しかしそのとき、非ライ者、非アジア・アフリカという立場が、何を意味するのであろうか?

四　非ライ者の立場

ふたたび金夏日の略歴にもどろう。

一九五五年、彼は朝鮮語点字を通信教育で学びはじめる。

一九六〇年、療園内の同胞たちによって、朝鮮語学校がひらかれ、日本統治下では学びえなかった朝鮮語を学びはじめる。

一九六三年、大腸、胆のうの手術をうけた。

一九六四年、点字をまちがいなく打ちたいために、手指の整形手術をうけた。

一九六九年、ようやく病菌陰性となり、九州に旅行した。

一九七一年、歌集『無窮花』の出版。(光風社)

右のあいだに、朝鮮民主主義人民共和国への帰国運動にあたって、

　広びろと拓かれし故国朝鮮の山田の稔り盲しい目に見ゆ(一九五九)

と歌い、療園に朝鮮語学校がひらかれた時、

民族教育まもりぬかんと視力弱き友もいよいよ教壇に立つ

韓国にクーデター起りしこの宵は朝鮮語学校早じまいしぬ(一九六一)

と歌い、ライの藤本松夫が仙台で刑死したとき、

療友の誰もが今日は食を断ち処刑されし藤本松夫を悼む

と歌い、手指の整形手術をうけて、

ぎこちなき動作にはあれど手術して拇指と人差指で輪がつくれます

と歌い、ベトナム戦争への韓国軍派遣にあたっては

滝のごと雨降りそそぐベトナムに戦い仆る韓国兵

いたまし

ベトナムの暗き空より降下する韓国派遣兵木の葉のごとし

と歌った。そして、

日本に永住すべく一切の手続きをして心は淋し

と歌い、これらの歌を『無窮花』に記した。幼いころから祖母や母から、この花の美しさを聞かされ、日本に来て、その花が木槿であることを知り、いま失明して眼にはみえずともようやく触れるその花に、彼は彼の「言葉」を託した。つまり、言葉・文字は、彼にとって触れることによって読むべきものであることを知った。そのいみで、日本語で書かれたはじめての歌集に、その花の名を冠したのである。

その後の作品としては、次のような歌がある。

朝鮮のふるさとの丘にたつ思いして紫に咲く木槿に触るる（一九七一・二）

新潟港に来りて訊けば引揚センターもすでにとり払われぬ（一九七一・三）

新棟に移り来たりぬ吾の名も今日よりは金夏日ぞ（一九七一・六）

社会主義のわが朝鮮に颯爽と帰りゆきたり昨夜の夢に（一九七三・一）

彼にこのような歌の数多くを書かせるにいたった師に、鹿児島寿蔵、荒垣外也の二人がいる。朝鮮人がいかに長く日本に生活したにせよ、やまとことばの伝統と流れにおいて発想することは至難のわざというべきであろう。これらの師のほかに、石川信、谺雄二、浅井あい、清野勇の諸氏たち、そのうえに、黄那、朴錫相の諸氏の協力を記録しておかねばならない。そして、多くの医師・看護婦のほかに、影のように沿った小林医師の意識の底を推察することもたいせつなことに思われる。次の三つの歌に注意しよう。

朝鮮に暮ししことをわが眉毛植えつづけつつ語りたまいぬ

少年時代朝鮮にすごせし小林先生時折なつかしき言葉つかい給う

すでにして麻酔きれたれど今一本いま一本とわが眉植えたまう

医師の立場として、小林医師は他の患者よりも彼に関心を示すことは許されていない。自らに許すこともないであろう。しかしおそらくは、朝鮮での少年時代、小林氏は浮浪ライを目撃したにちがいないし、かつての植民者が、いま眼前にする被植民者のライに対して、無感動ではありえないだろう。——だからこそ、麻酔がきれ、患者に痛みが走っても、なお一本、いま一本と眉を植えつづけるのだ。それは医師という職業からではない。この医師が朝鮮人に対しては征服者、被植民者に対しては植民者の過去を持ついたみからだ。

ライへの接近、一致は、非ライ者としての痛烈ないたみを、当然ともなうものであろう。それ以外、どのような接近があるだろうか?

金夏日と、盲導鈴の鳴る山の道でわかれた。彼の痩せたうしろ姿を見送ったとき、わたしの傍には、妻がおり、息子がおり、三人の家族がそこにあった。わたしの胸を走りぬけたものがある。それはわたしたち家族の羞恥にちかい感情であった。

「世界」への出口を閉ざされた在日朝鮮人の存在
——二・一〇金嬉老公判報告集会——

於・全電通会館(一九七三年)

東京全電通会館の会議室を借り、集会をもった。静岡地裁での判決と、無期の判決を不服とする検事の控訴、そして弁護団の控訴について、それぞれ内容にかかわりながら、里見、三橋、山根が報告を行なった。

この号を編集していた一一月二九日の公判で弁護団申請の証人のうち母親を除いてすべて却下された。証人予定者であり、この集会に出席された村松、山田両氏の発言をここに記録する。いまとなっては、その記録は、国家によって拒否され、記録されなかった幻の証言である。

(山田昭次証言・略)

今、弁護士の山根さんの報告をうかがって感じたことですが、ここで在日朝鮮人、広くは朝鮮民族、朝鮮問題に関し私がお話ししようとしても、実際はおそらく今までに皆さんのなかで、すでに論究、討論されてきたものだと思います。私がずっと対策委員会に出席して、そのなかで考えていたわけではないので、ある意味では皆さんの問題意識にくらべて、大変時代遅れになっているかもしれません。その点はお許しいただきたいと思います。

それからさきほど三橋さんのお話もうかがいました。三橋さんは検事の立場になって話されたというので仮に三橋検事と呼ばせていただいて、三橋「検事」のお話をうかがって感じたことがありますからそれについて話したいと思います。金嬉老がどのように歩いてきたのか。金嬉老の論理とか感情とか、今までの刑事的事実の積み上げ、積み重ねを通しまして金嬉老が一貫して動いてきたというように検事はいったわけです。そのように見ることによって、他律的ではなく金嬉老の自律性において動いてきた、というように言われ同時にそれを足がかりにして金嬉老の凶悪性の証明と反社会性の証明を実験した。その意味で我々日本人社会における凶悪犯行と、金嬉老の論理感情をまったく同じように、同じレールの上において考えている、そのように思います。我々日本人と同じであると見る、つまり在日朝鮮人をすべてひっくるめまして、これを予断の枠の中にいれこんでしまう意図がある。そして同時にこれは在日朝鮮人の裁判に対して危険なことですが、確率的、統計的に可能だという世界の中に乱暴におしこめていくという結果になりかねない。そういう感じがいたします。

先だって東京新聞の一一月の五日号と六日号に朝鮮人作家の李恢成さんが書いた原稿がありました。この題目は「なぜソ連にいこうとするのか」というような題名であります。テーマは世界への出口を閉ざされている朝鮮人というテーマです。少し読みあげます。李恢成はソビエトを訪問する作家として日本の作家の中から三名求められたその一人です。李恢成はソ連に行こうとしたところが行けなくなった。その間の事情を次のように報告しております。

――当人のぼく、すなわち李恢成が、外国人つまり朝鮮籍のパスポートを持つ人間であるだけに文芸家協会の配慮とは別に、はたして法務省から再入国許可を得られるかどうか一抹の不安があった。ただ（その前に韓国に行っておりますが）韓国に出かけたときは朝鮮籍のままで再入国許可を入手したので、もしやという期待があったのも事実である。そして法務省と掛け合ってみた。ところが法務省の当局者はこれはできない、難かしいという返事を出してきた。ただし、そこで条件がありまして、赤十字国際委員会がビザを出すならば、当局としては異存はないという返事をくれました。そこで李恢成は文芸家協会の事務局長と一緒に赤十字国際委員会を訪ね、善処を願ったところ、赤十字国際委員会の支部の返事はジュネーブの本部の裁定を待つということで、裁定を待つのにここで書類を取りそろえたり、返事を待ったりしますと大体二カ月ほどかかるということで、ソ連行きは事実上不可能となったわけです。

このような結果になったわけですが、ここで李恢成がソビエトに行く噂を聞いた在日朝鮮人たちが、敏感に反応していろいろ激励を与えてくれます。知りあいのある同胞は、在日朝鮮人が海外の場に出てゆくことができるのは、まるで自分のことのように嬉しいといってくれました。これは他の誰かのそういう場合、激励したいような気持に導かれることは間違いないだろうと彼自身もいっています。現在、朝鮮籍を持つ人間は本国以外の外国に出かけて行くことはできないというカンヅメの状態におかれている。韓国のある新聞は李恢成のソ連行きの顛末にふれて『北韓国籍を放棄、つまり朝鮮民主主義人民共和国の国籍を放棄した』というデマの記事を載せている。これは嘘であることは後でわかりますが、朝鮮籍で訪ソすることはできない、海外に行くことはできませんので、このニュースを利用して、彼が韓国籍を取得したというような、一種のデマの記事を出したわけです。そういうことがありまして、李恢成は困惑し、悩む訳ですがそこで次のように書いております。

「現在日本には、おそらく百カ国を下らぬ外国人がいるだろうが、日本から第三国、外国へ出ることができないのはひとり朝鮮籍の朝鮮人だけなのだ」。そして最後にこの理由についてふれておりますが、「日本政府は朝鮮民主主義人民共和国との国交不正常という政治的理由から在日朝鮮人の第三国への出国を認めていない。そうした状況が戦後四半世紀以上も続いているのもこれも又、不正常というものではないであろうか」というような記事であります。これがこの李恢成さんの文章の結論になっております。

右の文章は金嬉老の問題と非常に関連があるのではないか。金嬉老のことについてお話ししまして李恢成の問題と結びつけたいと思うのです。李恢成さんは日本政府が不都合なのだといっておりますがしかし、本当にただ日本政府のみが不都合なのかその点について考えてみたいと思います。

昨日、次のような金嬉老の陳述を読みました。これも皆さん既にご存知だと思います。もう一度改めて読んでみます。金嬉老は昭和三年生れ。五歳か六歳になって彼は父に死なれております。母親の朴得淑さんは紙クズ拾いを始めまして、リヤカーに金嬉老を乗せまして幼い彼が「朝鮮人、朝鮮人」といっていじめられたのは実はこの頃が始まりです。リヤカーに乗っている五、六歳頃が実は朝鮮人だという卑しい目で自分を見られた最初の記憶であるというのです。強烈な印象、拭えないものが、ここにあります。次に彼は小学校にあがる。彼は小学校は楽しいところだと思って通いはじめておりますし、しかし、その時に最初に聞いたことば。日本人の小学生たちから「朝鮮人はかわいそう。なぜかというと地震のためにおうちがペッチャンコ」という歌があるそうで、こういうはやしことばで彼はからかわれている。これが彼の記憶によれば二度目の体験。もっとたくさんのことを主張しているのですが、印象的なのはこの二つ。さて、三番目ですが、金嬉老の一家は、父を喪くしておりますので、貧乏ではありますが、女きょうだいもおります。この女きょうだい達に母親は弁当を作ってやらないのだそうです。学校にやるのに弁当は与えられない、男の子の金嬉老のみに弁当、しかも日の丸弁当が与えられるのだそうです。この日の丸弁当を持って行きました時に、学校の同級生たちから弁当箱をからかわれてひっくり返されます。金嬉老はカッとなって怒り、その子どもとけんかしておりました時に、いきなり担任の先生が入ってきて（土屋先生といいます）理由も聞かずに、革靴で金嬉老の横っ腹を蹴ってしまう。その時にあんまりくやしいので金嬉老は次のように言っております。「そこで自分は、非常に汚ない話だけれども、クソをたれ流した」。

このような屈辱的なことを私たちが読んだ場合に、これは金嬉老は、いわれなく差別された経験について言っておるんだなと思うわけです。我々は、差別という言葉が出てまいりますと、何か分ったような気がする。そしてそのことは、非常にけしからんこととして、批難の側にまわる。我々は、実際分ったような気がしているのではないか。だからそれで済んでしまう。ところが、差別の本質というのは、実は我々の側では誰にもわからない。我々のどの部分が差別の意識かわからないというのが、差別の本質ではないのか。おそらくは、金嬉老の幼い時代、少年時代から始まっているわけですが、日本のこの場所に住んでおりましても、金嬉老は、おそらく金嬉老だけではありません。在日朝鮮人全部と思っていいと思いますが、目にふれるもの、手にさわるもの、例えば、こういう机の上のもの何一つ自分のものではないという、そのような認識からまず最初に歩きはじめるのではないか。例えば、仮に自分か日本人の言葉、日本語を使ったとしても、その日本語は、自分以外のものからは、日本語の発音として聞かれていない。仮に、金嬉老自身が日本語を使い得たと信じても、日本語でないということを反応によって思い知らされる。すると、例えばこういう物体も皆そうなってくる。自分のものだと思っていますが、相手がそれを私のものだとは、決して思ってくれない。そのような仕掛けがあらかじめできている。ですから職業についても、日本人でなかったからといってやめさせられてしまう。そういう絶望的な投影がそこから一般化されている。彼は父を喪いましたが、二度目の父からうとんぜられまして、家をとび出して草はらにいって孤独な時間を過すわけです。その時にむしろをかぶって、おれは太閤秀吉のようなものだ、つまり太閤秀吉の小さい時の日吉丸と同じような境遇であると思ったりしています。このように思うのは、おそらく子ども心の夢で、彼は本気でそう考えたんだろうと思います。ところが我々どんな日本人の友達も、その場合、親友の立場にいたとしても、それをおそらく、誰が認めてやるだろう。このことは秀吉でなくて、仮に他の何であってもいいのです。少年時代の金嬉老にとってそれが軍人であってもいいわけだし、教師であってもいいわけだし、政治家でも、あるいは、現代的に言うなら、おそらくマイホームのパパを描くことだってできるだろう。ところが、それは描くことはできるが、我々が許さない。秀吉の夢と全く同じでありますが。彼の夢は我々の描くマイホームの夢とは、全く違う描き方、架空の描き方、架空にしか描けない生き方をするわけです。

つまり、我々の側からは、金嬉老に対しては何になることも許していないという状況があるのです。やや大きくなりまして彼は、戦時中でありますので、軍人になりたいとあこがれる。爆弾三勇士やら南郷少佐やら東郷大将にあこがれます。それから乃木大将が貧乏で苦しんでいる家を夜、訪問したというような、辻占売の映画を見て金嬉老は泣いたといいます。人には朝鮮人だと言われて、みじめな思いをさせられていましても、この時金嬉老は、自分は日本人になりきっていたと、そのように言っております。このなり切ったことを当時の日本人の誰も信じようとしないでしょう。それから今も彼自身に対して認めない。つまり今も昔も依然として金嬉老はそのような状況の中にいるのだと考えます。差別と言いますのは、このように本人がどんなつもりになりましても、それを我々が認めていないということ。同時にもっと重要なことは、我々が認めないことを本人に徹底的に思い知らせたことだと考えなければならない。

先ほどの李恢成の五日の東京新聞の文章に戻ります。李恢成は、日本政府は政治的理由から在日朝鮮人への出国を認めていないのだ、李恢成は最後に結びました。しかし、これは日本政府ばかりでなく我々自身が、在日朝鮮人が日本人と同じように観光旅行に行くことには、おそらく不都合だと我々自身の中で思うに違いない。私自身も李恢成が行けなくなっても、あるいは言うかもしれない。思うかもしれない。実はそういう分っているつもりという、そのことが彼の出口をふさぐ結果を及ぼしていると考えられます。何か政治的に難しい立場に立っているのだから外国に行けない筈だと考えたがる。しかし私自身が政治的に難しい立場を作っているということは考えたがらない。それに気づかない。そういうことではないかと思います。

　先ほどやはり同じ作家がいいましたように、日本には百カ国に近い外国人がいるそうで、しかし外国に行けないのはただ一カ国朝鮮人だということは非常に何か大変奇異な感じにうたれながら、同時に我々の心の中には、あるいはそうかもしれないと我々自身が思ってしまう仕組があるのではないか。そしてそのことが、戦後ずっと三〇年近くも続いている。実はこういう状況のなかで金嬉老は生きてきたわけです。金嬉老といいますのは、今後の公判でも検事側は（山根さんのことばによりますと文学的だということだったのですが）まあ大変非文学的な言葉で修辞されるほどの悪虐惨忍無道な人間なんだそうですが、その金嬉老にしても、李恢成にしても、落第生と優等生の違いがあるかもしれないが、彼らにとって世界への出口が閉ざされているという一点について言うならば全く共通している。二人が同時に入れ替ってもちっともおかしくない。このような状況を我々は今まで一度でも理解しようとしただろうか。このことを考える必要があると思います。我々は流行歌の中で、二人のために世界はあるんだとか、世界のために二人があるんだとかいうような無責任な陽気な言葉を軽く使っています。ところが世界というのは、国際社会を意味するだけでなく、これは世界観というものでありましょう。それが閉ざされることを表わしています。それはどういうことなのか。

　感じとして、私が感じとして言う以外にはないのですが、朝鮮人がひとつの任意の物体を自分のものだと思えない。それから世界が閉ざされるという場合、その感じはいったい、どういう事実に近いんだろうか。これはあくまで想像にしか過ぎないんですが、こういうことではないか。私、東京に住んでいますが、例えていいますと、ある朝鮮人とあいたいと想う。その朝鮮人とあうときに、どこそこでお茶を飲みましょう、どこそこの喫茶店であいましょう、仮にその固有名詞を、例えば「白鳥」という喫茶店であいましょうと私は思います。そのときに私は「白鳥」であいましょうと素直に言えるでしょう。我々のいう「白鳥」というのは自分が指定する「白鳥」なんです。自分の所有あるいは公有であるような「白鳥」であります。そのような喫茶店です。ところが片一方の朝鮮人にとってみますと、「白鳥」というのは我々の使うのと違うだろう。つまり「白鳥とよばれる」「喫茶店といわれる」ところ。つまり「日本人のいわゆる白鳥」というようように、つまり我々に託したところで彼らが使わねばならない。実感的に、どんなことに似ているかといいますと私がどこそこの喫茶店であおうという言葉は、彼らにとってはちょうど我々が知らない町の、例えば遠方の知らない町の知らない初めて泊まるホテルを指定するような頼りなさに近い。そのように彼らにとっては自分のものは存在しない。それは小さい時からお前のものはこの世にはないといわれ続けてきた習慣による、むなしい所有だ。そういう意味で彼らの世界観は我々と同じではない。他人の日本人の世界観の上にのせて、朝鮮人はその世界観の中でふるまう。彼らの関わる社会は当然限定されてくる。

金嬉老のこの犯罪につきましても、日本人の側から、あるいはおそらく在日朝鮮人たちも言うだろうと思いますが、金嬉老に対して次のような批判が出るだろう。つまり「彼自身がもっと広い目をもって社会をみていたならば」という仮定をもち出すだろう。ところが金嬉老がようやくさわることができた物体だとか人間だとか社会だとかは、一体何だったのか。彼が自由にさわることができた物体というものは拳銃であり、ライフルである。人間とは誰だったか。それは女であり、社会とはいったい何であったか。それは暴力団であり、警察であったという一つの循環の輪だった。この循環の輪の中に彼を閉じこめていった。これ以外の社会についての自由に彼にふれさせなかった。彼に外に目を向けろということを私たちがいうことは勝手でありますけれども、彼に対して、世界を閉ざし、この循環するプログラムのなかにもう一遍つき放す。そのような仕掛けが我々の側にあった。このことを我々は、言い逃れることはできない。私はこの事件につきまして簡単に申しあげられます。この犯罪は、我々日本人が仕掛けたワナのなかに、非常にそのワナにひっかかりやすい朝鮮人がひっかかった、そのような事件だと理解します。

そしてそのワナのなかにひっかかったすえ、そこで血みどろになって格闘したその朝鮮人の罪を、本当を言いますと、ぼくは問うことができない。これが私の率直な気持です。

　最後に、山根さんからちょっとお話が出ました、非常に大事なところにふれたいと思います。

　裁判のいわば戦術上のかけひき、そういうものにふれないのかもしれませんけれども、非常に大事な問題が出ております。つまりそこで、寸又峡で日本人と朝鮮人がある時間いっしょに居たということ。この関係はいったい何だったんだろうと、山根さんがいっておられる、この部分を考えてみたい。それは果して監禁なのか、監禁といわれた状況のなかで、日本人たちがどこか別の室にいたということはどういう状況にあったのか。ここから先はぼくの想像にしかすぎません。はたして監禁なのか。監禁でなかったとするならば、日本人の心理状況とはどんなものだったのだろう。おそらく、大変ことばとして古いことばですが、金嬉老に対して「約をたてた」。約束の約です。約束を守ったということではなかったのか。それは決して金嬉老が暴力をもって主張しようとした、その主張にそったわけではないかもしれないけれど、彼の表現しようとすることを、そこで耳をかたむけ、認めようとしたのではなかったのか。自分達がそこにいることによって朝鮮人のいうことを聞く条件になったと理解せざるを得ない。ある意味ではこの時間が、この時だけが、つまり朝鮮人と日本人のはじめて本気になって話ができたかもしれない唯一の機会ではなかったか。その会話が再現されるものならば、この「監禁」の意味は朝鮮人の犯罪者を裁くというような意味から相当変わってくるのではないかと考えます。

黄土の金芝河

（一九七五年）

路上で

町のなか、電柱にはられたビラの前で立ちどまる。「韓国の反日闘争に連帯」と書かれてある。読み、通りすぎながら、連帯をおくるこちら側はいったい誰なのか？　重たい気持にとらえられる。

このビラが一人の通行人に訴えかけようとしている今日の、この日は、文世光に判決が言い渡された日。韓国で「最大の国事犯」といわれた文に、ソウルの地裁法廷が下した判決は「死刑」であった。思えば大統領狙撃事件が起こったのは八月一五日の光復節。文が起訴されたのが九月一二日。初公判が開かれたのが一〇月七日。求刑公判が同月一四日。そして今日一九日に判決。韓国の裁判は、証拠関係の確認よりも、被告の自認を主として重くみるらしいが、それにしても、国家犯罪の審理としてはなんという異常な早さ。公判から数えて一三日目とは……。事実究明よりも重くみられた彼の「自白」とは、いったいどのような言葉であったのか。

思えば八月一五日という時点は、韓国にとって不思議に運命的な日である。いや同じ絆で結ばれているそれを、韓国にとって、といってはならない。二九年まえの八月一五日は解放の日であり、今年の八月一五日は劇的なキャタストロフの日となった。昨年の金大中氏事件をきっかけに、学生が起ちあがったのが一〇月。独裁反対、民主化要求、そして憲法改正要求に結集してゆくエネルギーと戦術的展開は、世界の眼をみはらせるに十分のものであった。相対的に、朴政権は今年の一月八日から緊急措置令を矢継ぎばやに強行し、七月一三日には金芝河たち七人の被告に死刑判決。弾圧はサイゴン政権をしのぐ、世界に類をみないほど強圧的に発展していった。この時点まで、韓国における反政府・反朴運動は、惨憺たる流血の犠牲のうえに、波状的に高められていったのである。

図式的にいうと、韓国には反日、反共、反政府の国民感情があり、この時点まで、反日と反政府は同義語もしくは、重なりあう部分が大きかったといってよかったであろう。しかしキャタストロフのこの日を境に、反朴が消えたのだろうか。いま重なった反日と反共の波が大きなうねりとなり、逆転して奇跡的に朴体制を支える「国民総意」へと変っていったかに見える。だから大統領はこの「好機」を見逃さず、抜打ちに緊急措置を解除した。弾圧を一時ゆるめる時、弾圧の表面張力の破れる時と判断したのであろう。なんという政治力学。さきに日本大使館に侵入したデモは、そのダイナミズムの頂点を示したものといっていい。

——こう考えてゆくならば、わたしたち日本人が、韓国の反日、かつては反政府反朴と重なりあったダイナミズムに、最大の関心を払う必要はあるだろう。しかし「反日」との「連帯」を呼びかけるこのビラは、わたしが日本にいるかぎり、空想的スローガンに終わる。野坂参三や鹿地亘が延安や重慶でそのダイナミズムに加わったのとははっきりちがう立場にいるのだ。

かりに日本政府と企業の、対韓援助、投資収奪を、わたしたちの手によって断ちきる方針のもとに結集し、かりにそれに成功したとしても、それが「反日」との、即、「連帯」でありうるのか？　否。反政府運動で血を流しつつある学生やキリスト者や知識人たちにとって、われわれ日本人に期待するものと、期待を放棄しているものが、じつは同じものとして提起されつづけている。彼らがわたしたちに期待するものは、たしかに存在する。しかし、彼らはわたしたち日本人に対する不信をふりはらうことが非常に困難、あるいはできない。

日本の進歩的陣営からの連帯は、言葉で終わるかぎり、彼らにとっては干渉ほどの値打ちしかないのだ。そのような韓国のなかにおいて、彼らの孤独な戦いがつづけられているのではないだろうか。

金芝河の面影

町を歩きながら、写真でみた金芝河の顔をよび起こしてみようとする。彼は歌っている。「一日とて酒なしには眠れず　一日とてたたかいなしには生きられなかった／生は恥、そして侮蔑、死ぬこともできなかった、おれ／跡形もなく焼きつくし、旅立つ大陸すらなかった」（「訣別」）。わたしたちが彼に生きてたたかってくれ！　と願うためには、わたしがいま歩いているこの道、生活しているこの日本の現実がわたしを許さない。やさしい男にちがいあるまいな、と思う。「だれよりも頑強であった友すらも／俗物どものあざけりには打ち勝てず／投降し、投降し／またも投降する」と、「四月」で歌っていたな。この「投降」という言葉。金芝河はいささかの侮りもこめていない。逮捕、投獄の消耗戦のさなかにあって、なおもつぎつぎに胸を出して街頭に進むイメージが、いたましくなまなましい。

「塵のため侭ならぬ眼のなかに／すばやく飛びこむのは、いつも／首を切られた鶏のもがき／やせこけた子供の額に立つ青筋」と言い、胸の血をわかせるものが何だかわからないが、眼前にみえるものは「空缶を電信柱に高くかけたまま／その下で凍え死んだおさない乞食の死体」（「わからない」）という。なぜ金芝河の詩の対象が満身創痍であり、わたしのそれがそうでないのか。はたして金芝河のそれは対象か？

詩の対象

残念なことながらわたしは朝鮮語をしらない。金芝河の詩について何かを書くということになれば、いままで多くは朝鮮人の紹介者や詩人の手によってなされてきたし、極めて数少ない例だが、朝鮮文学にたんのうな日本人の努力によらなければならなかった。――にもかかわらず、わたしが金芝河の詩について、自分の意志で書こうと思いたったのには、小さな動機がひとつある。

どこの岸辺か水車場で
車をさかさにまわすもの
過去をまわし過去をまわし水しりぞける
白い衣はあらわれる人影はみえる
川底がもちあがり一面の曠野

どこの岸辺か川底から
水砧をたたくおと

コキョ鶏がなくまで夜をならす
白い衣はあらわれず人影はみえず
かの子らの狂いてうたう声ばかり

エヘラ

ここでわたしは、日帝時代に少年であったひとりの朝鮮の青年を仮定してみた。彼は解放後、朝鮮戦争を経験する。青年は黒いポプラをかざし、岩のうえを駈けり、都市に逃れる。都は半身の高さまで燃え、その壁には人が凭れて、目をあけたまま死んでいる。腰からしたがないのだ。そういう光景のなか、炎天の真下を、ひとりの老婆が失った夫と子をさがしている。彼女は盲目で何やらつぶやくように歌うように瓦礫のなかを歩いている。青年が老婆を呼びとめたとき、彼女が歌った「ソウルの歌」が右にあげた詩である。一九五九年に書いたわたしの詩集『朝鮮海峡』、休戦協定から六年目の長篇詩のなかに収められている。

たしかに自分の詩ではあるが、それによって恣意的に、東京にいて戦火のソウルを描くことができるなどとは考えなかった。だから、空想あるいは抽象の詩であるといわれても、わたしは異議を主張できない。それから一二年経った。

三年ほどまえ、町でわたしは一冊の詩集を求めた。『長い暗闇の彼方に』という書名であった。金芝河の詩集であった。このなかの「黄土」第一章に「白い極楽江」が収められている。つぎのような訳詩。

朽ちた水車に欠け唐津《からっ》
眩しく目を刺しました
時は停まり、陽はあくまで釘づけされて
凪は死に絶え
西風も
春さきの風さえたたずに
根元まで燃え尽きた玉蜀黍《きび》畑で声をふりしぼり泣いていた
女も死んで
乾いた川床　首をくくって死にたえて、オホヤ
喪輿《ひつぎ》が進みゆくのが
眩しく目を刺したのです
白く

オホ、オホヤ喪輿は休みなく進みゆくのに、この世
　すべては
この上なく白いのです。血が流れていました。流れて
川床に血の塊が
湧きあがり流れ、慟哭は山越え遠ざかりゆくのに
黄泉の道はそのままに、ゆくこともできずただその
　ままに
血の塊しきりに湧き
流れていました、オホ、オホヤ

（渋谷仙太郎訳）

「ソウルの歌」を書いたものとして、この詩をよんだときの慄然たる思いは、今でも新しい。「白い極楽江」とはなにか。白い河とは、乾いた河床の意味があろう。しかし極楽江の意味はなにか。作者が「黄土」を書いたのは六〇年代のはじめから、その終りまでと推定されている。

その慟哭の詩心の原点となったのは、彼が九歳で迎えた朝鮮動乱の、炎と灰、虐殺と戦火に見舞われ逃げまどう民衆、彼自身の家族の運命にまつわる記憶であっただろう。勝手な推測をすれば、極楽江とは、日本で言う三途の河、生と死のシンメトリーを区分する一本の細い線かもしれない。わたしが慄然とした思いに襲われたのは、この川に水が涸れ、いわば地続きになって生死がつづく、その非連続でない連続のイメージによるものであった。

彼が詩集後記の冒頭にあげた一行、「われわれの意識はうなされた状態にある」という言葉は、病熱にあるマルテが一角獣を追うさだかならぬ意識とは異なるものだ。まして無意識の自動的記述、あるいはフロイトを藉りて分析してみせた現代詩の秘術でもない。まったく別のものだ。死と生が、夜と昼のように無心にくりかえされる日常。木下順二のいう「劇的でない日々の連続」が大きな劇となる、そういう時代において持続される意識である。

詩的基盤・生と死

彼が自分で「黄土」の詩的基盤を解説したところによれば、「黄土」とは第一に悪夢の詩であるといわれ

る。——死ぬほど身もだえするが、それはささやかな身ぶりにすぎず、必死に叫ぶが、それは小さな呻きにしかならない。なぜ「ささやかな」身ぶりなのか、なぜ「小さな」呻きなのか？　それは彼の言葉によるならば、「制御された激動の必死の自己表現」であるからであろう。しからばなぜ「制御された」激動なのだろうか。それは、少年金芝河が生きのこった、戦火にさらされながら生きてしまった、結果そのことを指す。つまり彼は、同じ民族が蒙った惨憺たる運命にもかかわらず、いま生きている。しかも李承晩政権打倒にはじまり、朴軍事政権樹立に重ねられた六〇年代を、まだ殺されずに生きているそのことの実感をふまえたうえでの制御であるのだろう。これは当然のことながら、ながく生き、平和に処世するための制御ではないだろう。

第二を後述するとして、彼は第三に行動の詩であるという。——狂ったように光を願うがそのために匍匐、しばしも休まぬ血まみれの匍匐のごとき詩でありたいという。なぜ行動の詩が「匍匐」であるのか？　おそらくそれは右の「制御」と近い意味があるのではないか。

つぎに第二にあげられたものとして、降臨神の詩であるという。——これはさきにあげた悪夢の詩に近い。しかし行動性においてそれよりも強靭であり、主題性をつよく主張しようとする。そしてひるがえって後者の行動の詩にも近い。しかし行動よりもポエジイそのものを規定しようとしている。

さて降臨神とは誰か？　朝鮮の民俗的シャーマニズムを彼は言おうとしているのではないだろう。死んだ人間、しかも恨みをのんで外侵、戦争、苛政、反乱、悪疾、飢餓のために死んだ同族たちの声を、媒介する者として詩人が存在する。彼は自ら詩人以外の存在を選ぶことができぬ。なぜならば、外侵を目撃し、戦争、苛政、反乱、悪疾、飢餓に倒れる人間たちの替りに存在するという自覚、意識がある。かくして、彼の詩は、死んだ韓国民衆、その葬列の去っていったむこうのほうから、われわれのほうへ向かってくる詩ということができよう。川の水は涸れ、風景はむこうからこの地点まで続いているのだ。

詩と経験

ここに一枚の鏡がある。この鏡のまえにある実像は、わたしが知っている一九四〇年の植民地・朝鮮であり、この鏡に映っているのも同じ植民地・朝鮮であるはずだ、と当然のように私は思っている。しかし同じ山河が映されていながら、この鏡を境にして、そこに生きていた朝鮮人は、あきらかにわたしがみていた朝鮮人とはちがう。一枚の鏡、一枚のたれさがった幕の、むこうとこちら側とは、いずれかが正、他方が負。いずれかが生、他方が死であった。

——かつて少年時代のわたしは全羅道にちかい海岸で夏を過したことがある。一九四〇年、太平洋戦争のはじまるその前年であった。

海岸は、半島が海に突出し、西の海の黄海に面して、白砂のながい海岸線がつづいていた。なだらかな白い傾斜が透明な海に横たわるようにひたされていた。華やいだ植民者たちが、都会からこの半島をおとずれ、海岸線に沿って赤い屋根の別荘、バンガローが立ちならんでいた。わたしはそのなかの一人の日本人であった。戦争のまえ、少年のわたしは海のむこうに大陸を思い描いていた。未来は入道雲のようにかがやくものでなければならなかった。炎天の午後、わたしは裸体で、ひとり外海の海水浴場を見捨てて、半島の裏側を歩いてみた。水田があった。稲田に潮が浸入し、塩田と化し、稲は枯れていた。その死んだ水田のかたわらに朝鮮人の家屋が二軒、はなれて建っていた。人声は沈黙していた。そこを過ぎ、内海の湾まで歩いていった。その広い視界のなかにも人影は見えず、鷺の影もなかった。無気味なほど、しずかな湾。湾のむこう、饅頭型をした島まで、干潟はつづいていた。日は高く、物音ひとつ聞こえず、ただ沈黙。ときおり、ぴしりと音たてるのは干潟にのこされた鯊が尾をはじくとき。入道雲と、抜けるような空の青と、あかるさのなかで、なんというどんよりとした停滞。わたしは都会の植民者であったから、このような自分のものでない領域は、それまで知ることがなかった。ここは朝鮮人たちの「自然」であった。

その夜、「京城」から父がやってきた。暗闇を背にして、バンガローの玄関で彼はわたしたち兄弟と母親にこう言ったのである。「早く帰ったほうがいいな。この土地はあまり来ないほうがいい」。あとで母親から聞いたところによれば、父は駅でちょっとした争いをやったという。父は改札を出るとき何かの用で朝鮮人駅員に「きみ」と呼びかけた。駅員は無視し拒絶した。父はふたたび「きみ」と呼んだ。そのとき駅員は正視して「きみと呼ぶ権利が、おまえにはあるのか！」と日本語で叫んだという。

わたしのなかに、ひとつの牧歌的な風景がうつる。その日の昼の、どんよりと目蓋を閉じた超現実的風景。そしてその光景のなかではけっして描くことのできない抵抗する労働者。この対比的イメージがけっして対比ではない必然であるという、かろうじての確認がある。その同じ土地、同じ海をみて、金芝河はつぎのようにうたうのだ。彼は、わたしのこの追憶の年の翌年、太平洋戦争のはじまった年にその全羅の土地にうまれている。

朽ちはてた小船たち陽射しに微塵《みじん》に砕け
荒茫のみちを過ぎればまた蕎麦畑
まっ白な谷間を越え
抜けそうな青天の彼方に散らばった
ああ、その日の万歳はすでに十年を経ても
鉄線のくいこんだ肌に、息づかいに
あなたの声を感じ、むせび泣きながら
わたしはひとり行く、父よ
あなたが斃れたところ
扶州のほとりマボラ入江に跳ねるころ
叺のなかであなたが息絶えたところ。

（「黄土のみち」姜舜訳）

わたしにとって眠った風景とは、描かれる対象としての朝鮮である。破船も、塩にかわいた田も、いや死の風景すらも詩の対象であった。しかし金芝河にとって、陽射しに微塵に砕ける朽ちた舟も、荒茫の道も、死の風景すらも自分自身である。彼は叺のなかの死体の分身であるから。だから五行目の一九一九年の「万歳」、三一運動も、それから一〇年を経た光州学生運動も、歴史そのものが自分の経験であり、父が自分であった。

　わたしは今年の七月一八日と一九日の記録をつぎのように書いた。

「彼は父のマスクに民族的な象徴性を発見したのではないだろうか。部族の救いである巨岩、それに酷似する少年のマスク。これはインディアンや朝鮮人の現代史が、次代に遺伝する民族の意識を、確実に書きこんでいるからではないか。だから処刑されようと、言葉を扼殺されようと、滅ぼすことのできない『貌』の遺伝がそこに存在する。だから彼らはたたかい、死ぬこともできる。死が民族の意志の主張となる」。

　したがって金芝河の詩に対応し、それを理解しようとする行為は、彼とわたしの、現在時点での対応や理解ではなくなる。当然のこととして、彼の民族と歴史に対する、わたしたちの民族と歴史との対応に、全面的に置きかえられていることを思い知るだろう。その対応、あるいは「連帯」は、言うは易いがまことに困難な道程であり、その「連帯」のなかにおいてさえ、彼の詩はわたしたち日本人の面をはげしく打つ。

　たとえば金洙暎の追悼記念「諷刺か自殺か」と題された詩論を読むといい。「四肢を引き裂かれても魂で勝利せんとするもの……自殺を逆説的な勝利でなく完全な敗北の自認とみなし拒否はするが生の苦痛に耐えることのできない者、生の力学を信じようとする者、胸に深い恨を抱く者は選択せよ。残された時は多くはない。選択せよ。諷刺か自殺か」。かくして痛烈を絶する諷刺詩がつぎつぎとうまれる。その長篇詩や、劇についてはこのエッセイで述べる紙幅がないが、ただ、右の詩論とほぼ同時に書かれた詩「不帰」を下敷にして「諷刺」を理解することが、はたしてわたしたちに可能であろうか？　すなわちあの韓国の中央情報部における拷問とおぼしき金芝河の個人的体験、恐怖と緊張、生死の境界が裏打ちされたうえでの攻撃的な諷刺を——。

踵の高い足音が夜っぴて
天井の上をゆききするところ
見えない顔、手、身ぶり
声をたてて笑いたてるあの部屋

ひき抜かれる爪の痛みで眼を見開き
ひき裂かれる肉体で叫び、願うことなら
やせこけた魂ただひとり生きのこり
外に出られぬか

金芝河作品の詩的評価は、国際的にもなされている。それなりに意味は深いが、少なくとも日本においてだけは、評価を拒む核心が彼の詩の側に存在する。彼を囲む牢獄は日本の手で築かれ、武装されている壁だ。とするならば、「このやせこけた魂」「生きのこり外へ出る言葉」、彼の詩とわたしたち日本人は、どこで逢着すべきなのか？

詩と対象——小林弘明——（一九七六年）

ライの風景

昨年（一九七五年）の夏であった。朝鮮人作家の高史明といっしょに草津のライ療養所、栗生楽泉園を訪問した。二日目、風通しのよい高原療養所の会館に十数人の詩人たちが集まり、それぞれの詩について感想を語りあったそのとき、詩人の一人、小林弘明がこんな話をした。

「どうしても東京に行かなければならない用事が起きて（彼は患者の自治会長をしている）行ったんだな。仕事がようやく終ったので、夕方、帰ろうと思って上野の駅の近くまで着いた。まだ時間は余っていたから、ぶらぶらしていると、妙なことがおきた。知らない男がおれのあとをついてくるのだ。気味がわるくなったので、おれ、公衆便所に逃げた。するとそいつもやって来て小便するのだ。こいつをさきにやってしまえと思い、便所を出て少しあるいたところで立ち止ってみた。するとそいつは、数歩さきでおれを待っているじゃないか。おれ、困ったね。タバコに火をつけた。そいつが近づいてきたので、よけいに気味がわるくなったから、一本わけてやったよ。それでも、おれの傍から離れないんだ。こんどはタバコを箱ごと呉れてやった。そいつは箱を受取って、帰ろうともしないから、とうとうおれは言った。『何の用だ？　邪魔しないで行ってくれ』。——するとね、そいつはじーっとおれをみつめ、近づいて来て言うじゃねえか。『それにしても凄え顔だな、こんなの、いままで見たこともねえ……』。こいつ、頭が変なんじゃないか、と思ったよ」。

不思議なことだが、そのとき、一座の患者たちがいっせいに笑いだしたのである。「そいつが変なのじゃないよ、小林さんがよっぽど変に見えたのさ」。皆に笑われて、はじめは当惑気だった小林弘明が、そのうち自分から笑いころげてきた。

この夏の明るい午後の時間を、わたしはいまも鮮明に憶えている。笑っている彼等の全部は、小林弘明にとどまらず「凄い顔」の持ち主だった。

彼らの多くはライの無菌者である。それはライでなくなったことを意味するが、ライの後遺症をそのまま手足や顔に残していて、対社会的には、ライ者は過去形も現在形も同じものとして扱われる。彼らが彼らの療園をはなれて、わたしたちの社会に加わることは「非常に」困難である。この日、小林弘明の詩についてわたしが語っていたのは、つぎのような詩であった。「電話」と題する作品で、作者と、療園外の近くに来てくれた女との会話である。

「もしもし、それで村をはなれて街にでました。知られない土地が一番いいです。もう大丈夫ですから一度帰ってきなさい」（編註①）

「だが遠いのです。着てゆく服はあっても勇気がいるんです。障害者をしってますか」（編註②）

「私は何もかもしょうちの上です」

「はい、ありがとう、あなただけでも承知ならありが

たいです」（編註③）

「そう、子供たちは知らないけれど。みんな家にはいないの……だから一度」（編註④）

「ありがとうございます。それではそのうち、一度貌をみせに寄らせていただきます」（編註⑤）

①でわたしたちは、ライ者に会うために村を離れた女のやや明るい声を聞く。②で、着てゆく服についての遠慮がちに語らねばならなかったライ者と生活、そして逡巡を知る。③で、女の理解に対する感謝。つづいて④で、先方側の子供には知らさずにおいた女らしい処置と、だから来てほしいという嘆願。⑤では、作者は②で告げたような逡巡を「勇気」に変える。ここで女の愛に酬いようと受諾的に語っている――かのように見える。しかし違うのだ。作者は、人が何もかも理解しているというそのことが、理解しつくせない両者の断層を露呈することを、ここで告げようとしているのだ。一本の電話の線を流れる会話のなかに、ライ者の人間的にやさしい拒絶を読むことができる。この「優しさ」はさきに書いた「凄い顔」の人々がいっせいに哄笑したそのことと、じつはひとつのものであるような気がしてくる。小林弘明は盲人ではないが、そのとき笑った多くの人々は、ほとんどが盲人の詩人であった。たまたまそのなかの一人、歌人で作家の沢田五郎は次のように書いたことがある。

「盲人はまことに滑稽な体験を数々経ている。草を喰っている馬に（草刈りの音とまちがえて）丁寧に挨拶をして通った話。入浴の際、自分のタオルだと思って隣の人の桝から人のパンツを持って入り、それで体を洗った話」。

「入浴にいこうとして、部屋の柱にかけておいたタオルを持って出た。タオルは棒のように凍っている。当時は暖房がないので室内でもタオルは凍ったのである。靴をはくとき、これを廊下に置き、再び凍ったタオルを取りあげ、肩にかついでいったところ、脱衣所で沢庵大根を持って風呂に入るのか、と言われた。間違いは、昼食のおかずに一本沢庵が出たが、それを貰う人がなく、廊下に放置してあったものを手の知覚もないので間違ってしまったのである」（栗生盲人会編『高嶺の人びと』解説から）。
無惨は百も承知。それが滑稽でないことも論をまたぬ。しかし彼らは互いに笑うのである。この程度の笑いで相手が傷つくのならば、とうの昔に満身創痍だ。だからといって逆にライをあわれむ言葉が与えられるなら、彼らはそれを許し、そしてしずかに拒むのである。他に対してではない、自らに許さないのである。
そういう「優しさ」……。
「女の掌」という詩がある。

節くれ立った指間から
黒土をこぼして
僕のほうに向き直った
僕は涙の出るのをこらえながら
漣のように皺のある掌を見ていた

（『草津の柵』から）

同じく「ねすがた」という詩もある。

投げすてられた着物が
そのまま
寝具の上で私の形をなしてねています
いつもわたしがするように
顔を壁に向け
うづくまる恰好で
熟睡　しているのです

もういらだちも消失し
時の脅迫からも逃れて
ものいわぬ物体化しているのです

その姿はグロテスクでも
ほんとうの安らぎをつかみ
夜の灯の下に
姿なく眠っているのです

最後の連に「姿」という文字が二つある。この言葉の真の意味は何だろうか。はじめの「姿」は映像、あとの「姿」は肉体、あるいは実体というものであろうか。彼は、投げすてられた着物、つまりは自己に見られている自己のなかに、グロテスクでありながら、安らぎを「つかみ」、灯の下でグロテスクな実体を忘れて眠る生命を発見している。このような、自己との相対の関係を認めているから、他者との相対関係において、彼の側の許容が可能となるのではないか。

つぎにあげるのは「憂愁」という詩。

仄暗い電灯一つ。
家猫一匹、飼箱からはなれて
障子の桟で爪を研ぐ。

釜処の火は　なお紅い
その前に踞まる母
はだけた胸は褐色に灼け
乳房は大きかった。

なぜ突然に
そんな母を想うのだろう。
陰部の毛は赤く
火に照らされている。

その時　封書の中に
漂よう線香の匂い
記された便によると
もう半年も前に死んでいた。

兄とは三十年ぶりに面会した
老いた母をいたわり
手あつく葬ってくれた

だが、
僕の鼻面は地中に埋まり
夜の呼鈴のように鳴っている。

故郷を追われ、母を捨てた。死んだと知っていっそう母の肉体が恋われる。なつかしいなどというようなものでない。鼻面を地に埋め、夜の呼鈴のように鳴らす。それは性欲にちかいほどの母への思慕だ。わたしはこの詩を受けとったとき、最初の連はいらぬ、と思った。しかしあきらかにわたしの読みは浅かったようだ。最初の連は、終連と相対をなす。彼の思慕は、じつは、飼箱から離れて障子の桟で爪を研ぐ凄惨な心情と、対をなす。

　故郷からここに到るまでの、彼の歩みを、「冬の思い出」という詩に記している。行分けになっているが、長いので簡略につめて彼の略歴に代える。小林弘明、一九二五年山梨県に生れる。一九三七年、発病。一九四二年、栗生楽泉園入所。

「三月の浅間おろしが肌をつき刺す。今はこの道を行き交う人も少ない。人声まばら。さて、どちらに向って歩こうか。昨日は落葉のつもったカラ松林と、枯木のような雑木林さまよい、夕べはふと見つけた山小屋で眠った。小屋の中には、遠く下の方から川のせせらぎがきこえ、時折はしる電車の灯が見えた。抱え持った干柿はここでおわり、干柿だけの糞をして眠った。しかし正直いって、もう歩く気力はなかった。悪感は一晩中身を震わせ、むき出しになった足の裏傷からは冬陽の中へ微かな湯気を発散している。そして、ああ、気絶寸前のところ、落葉をとって傷口にあてた」。

　この語彙のなかに詩的誇張はない。草津に至る電車で、ライは乗車拒否され、遠い山奥まで歩かねばならぬ。食物は切れ、宿はない。だから山小屋で干柿を食う。足の裏傷は、ライの傷だ。「和解」という詩でつぎのように書いている。「傷で汚れたガーゼを剝がし、傷口の硬皮を切ると、黝ずんだ皮膚の下から、思わぬ血が流れ、受けガーゼをひどく染める。だが、ライ菌に犯された神経からは、何の痛みも伝わってこない。馬鹿げたことだ」と。この傷は、いまガーゼで包んでいるが、草津に辿りつくまでは、肉がみえていた。それで山を歩いたのだ。同じく「和解」から、これを補ってみる。母との別れだ。

「女は思い余っていた。そして凝視《みつ》めた子供の首に掌を廻し、鬼と化した。『許しておくれ』。少年は恐怖の中で耐えた。そしてその後も何度かくり返された、母と子の死の遊戯。折重なる失意。だが、どうしてその迷路を抜け出したのか。今は微笑さえ浮べて白い繃帯をまいている」……。

　重ねて引用をつづけて来た。最後に「黒メガネ」という詩を掲げる。昨年一一月に送られてきた詩で、未発表のもの。
ライに架ける。
眩しい眼に架ける。

存在もしないものに、
未練はない。

十一歳で発病。
十六歳で入園。

戦後無菌になって、
旅がはじまる。
滑稽がはじまる。
剝したカサブタの下に
肉色の肉がある。

すべてが開かれ、
すべてが塞がれた
世界がある。

その掌に、
この脚に、
繃帯をまきつける今日がある。

治癒がある。
全治がある。

旅が——
黒メガネを連れて
会話の中の旅をする。
——または旅を閉じる。

引用しながら紹介したい彼の詩は多い。しかし小林弘明と、その周囲のライの詩人や歌人の作品、アフォリズムなどを通して語りたいのは、彼らの文学と、現実との関わりあいである。木原実の言葉を借りるならば、リアリズムとは、現実の写しではなく現実との緊張関係であるという、その一点にある。

ユクスキュルという生物学者がいる。彼の実験によると、生物の持つ風景は、それぞれの種によって異なるパースペクティブとして存在するといわれる。人間の持つ風景は、無論、鳥の風景とは異なる。ましてや海の中の魚。同じ魚でも海面ちかくを泳ぐ魚と、海底のヒラメとは当然異なるパースペクティブが展ける。風景とは、そこに生きる行為によって、はじめて決定される。ユクスキュルの説はそれまでとして、わたしは、人間一般に共通の風景は存在しないと考える。個々の人間にとって風景とは、自己の生存という行為によって生じる、自己に則したイメージである。この場合、風景をリアルに表現するということはなにを意味するか。誰にも共通する風景をリアルに再現することによって、個の真実を深さにおいてとらえることが可能か。わたしには疑問に思われる。

リアリズムにおける対象の検討

詩におけるリアリズムとは、元来は、詩人が自然や風景をながめたときに、そこに神の慈愛のまなざしが注がれていたと観じる、一言でいえば肯定的な表現形式であった。一本の樹木がいかに樹木らしくあるか、その再現のためには、詩人は神の恩寵の助けをかりなければならなかった。

現在、リアリズムの詩が、かつての「神」の代替として「国民的英雄」であり「民衆」であったとしても、はたしてこの表現形式が革新的なものになりうるのかどうか、検討しなければならない課題だと考える。

一八世紀・一九世紀の恩寵的リアリズムを経て、わたしたちはいま、自由度の極めて大きい資本主義的文化構造のなかで、リアリズムの手法が、現実を肯定する形式なのか、否定する形式なのか、おくればせながら問わなければならない。わたしは抽象芸術についてさぐりを求めようとしている。ここでいう抽象芸術とは、内部風景を描くシュールリアリズムを含むとは限らない。内部風景すら拒む、知覚の芸術。

かつて草津の楽泉園の歌人、秩父明水はつぎのように書いたことがある。

「幻影を追う生活、それは盲人の人生である。人生がはたして幻を追うものであるかどうかは、わたしは知らない。しかしながら眼というものを持たない盲人は手に触れるもの、舌で味わうもの、など、すべての色彩や形を自己の知識、経験、記憶などの助けを借りて探り、その幻想の中に生活を営んでいることはまちがいないと思う」。

明水の言葉にわたしが目を開く思いがするのは、彼が盲人だから眼以外のもので世界を認識するという、そのことだけではない。その幻想の中に生活を営む、というような大胆な提言にある。さきのユクスキュルの言葉のように、生物の風景は、生物がそこに働きかけることによって決定されるのである。医師が患者を診断する。その診断という情報によって、今度は患者に働きかける。その働きかけを治療という。診断と、治療とは、まったく別の行為であるにもかかわらず、この二つは対称である。シンメトリー。正と負という二つの世界において同一である。つまり、現実世界から、手で触れるか舌で舐めるか、選びとった情報の世界と、対称の世界で明水は生きて行為している。

リアリズムの表現とは、このような行為、行動なしには成立しない。この場合、具象ということは各個人においてまったく選択自由であり、いかなる具象も許されるということによって、むしろ抽象性をつよく帯びてくる。抽象とは、人間が世界を見る、世界を触れるという行為と質的に異なり、反対に、世界に見られている、世界を異他的に感じる意識に基づく。そこには神の、国民的英雄の、民衆の恩寵はない。それらから拒まれる。

かりにわたしたちが他人の部屋を盗み見する。第三者が見ていると意識しないときは、平気で覗く。そのとき第三者が存在しなくても第三者を意識すると、わたしたちは自分の行為に羞恥を感じる。つまり、自分が他を対象化しているという意識が薄らぎ、反対に、他人が自分を対象化しているという感じにつきまとわれる。わたしたちの時代の心理的状況は、いまここまで来ており、わたしたちの文明は分裂症的な体験の世界にある。それはわたしたちの脳のどこかが病んでいるのではなく、あきらかに人間全体の病気、社会の病気である。このような体験世界の時代にあって、詩の表現は、見る側から、見られる側に、すでに移り終っていると考えざるをえない。さきにあげた小林弘明の「ねすがた」という作品を参照していただきたい。

わたしはリアリズムについて暴力的に小林弘明を引

用しすぎたのかもしれない。ただ小林を含め、ライの多くの詩人や歌人の作品につよい牽引力を感じることは率直に告げなくてはならないだろう。同時に、リアリズム論にライ文学を引用することは正当性を欠くとは思っていない。彼らにはライの文学が存在する。彼らはライが現実だからライを描く。そのことがリアリズムの本旨であろう。それならば、われわれの文学は何を描くか。われわれは果して一般か？　否。われわれは一般ではない。われわれは非ライ者であるから、非ライの現実を描く。われわれは非朝鮮人であるから非朝鮮の現実を描く。この場合、ライと一般は異質であるが、ライと非ライは対称である。そして描かれるべき「対象」は同質となる。

　多くの詩人たちとわかれ、高史明とわたしは草津を離れた。川原湯に着くまでの車のなかで、ふたりは窓外の山や谷をながめ見て楽しんだ。村の人たちが窓のそとを流れて過ぎていった。そのとき高史明がつぶやいた。

「少し変だな。村の人たちの顔が」

　あきらかに高史明のなかに変調が起りはじめていた。高史明自身、「凄い顔」の人々のなかの一人に変っていたのである。

脱郷と望郷

（一九七七年）

夏の終りに、作家で歌人の沢田五郎から葉書が届いた。沢田は草津のハンセン氏病療養所で病む盲目の文学者だ。

「秋の終りを思わせる雨が降っております。(中略)ところで明石海人の『白描』、どこでも入手できず、ここの図書室の本も大分くたびれましたので、会員制で複製することにしました。あなたには一冊お送りする予定ですが、他にご希望がありましたらお知らせ下さい。会費は二二〇〇円です。まことに不順な天候が続く折からご自愛ください。敬具」

消印は八月二七日となっていた。雨の多かった今年の夏の終り、群馬の草津高原はすでに晩秋の気配なのか。寂しい雨のつづく日、幾人かのハンセン氏病者が杖を引き集いあって、一冊の本、明石海人の『白描』を複写し、製本の相談をしている姿が目にうつる。むろんこれを目で読むことのできる人々は、彼らのなかには少ない。多くはライのため目を侵され、すでに全盲の人が半数ちかくおられる。そういう不自由な人たちによって本が複写される。自分たちで読むのでないとすれば、誰のために残す文字か。

明石海人が詠んだ失明の歌につぎのような歌がある。「拭へども拭へども去らぬ眼のくもり物言ひかけて声を呑みたり」。そして望郷を歌ったものとして「父母のえらび給ひし名を捨て此の島の院に棲むべくは来ぬ」等をのこした。『白描』が出版されたのは昭和一四年、冒頭は、「癩は天刑である」ではじまり、最後に翻って「癩はまた天啓でもあった」という、わたしたちの想像を絶する求道的・開示的な言葉で結ばれる。ハンセン氏病者たちの精神衛生の療養文芸の域をつきぬけ、当時のモダニズム文壇の基盤を思想的にゆるがすほどの力量を示した、最初の文字であった。

沢田が、ついにぼろぼろになって疲れ果てた本を複製しようと思いたったのは、心の拠点をもういちど固めようというのだろう。いやむしろ、外向的にそれを人々の目に展げてゆきたいと考えたのかもしれぬ。やがてその一冊はわたしの家に届けられてくる。厚意はありがたくいただくとして、それ以上にわたしの側からの答えが、ついに用意できない。盲目の彼から送られるメッセージを予定して、非ライ者、晴眼者のわたしがそれを目で読むことがはたしてできるのか。わたしには心許ない不安が去来する。

同じ日、巨大電気産業の弘報部にいる友人から電話が鳴った。今夜会いたいという。彼は職業柄、新聞記者や業界誌編集者としばしば交流している。だが今日はちょっと個人的な質問だという。——彼と夕食を共にした。かつてソウルで育ったという彼が語りはじめた。

「ぼくは仕事で、ちょいちょいソウルに行くことがある。きみは戦後見たこともないから知らないだろうが、最近の韓国経済には目覚ましいような発展があって、ソウルを訪れるたびに、実感としてぼくには把握できるんだな。——ところで、じつは質問というのはこういうことなんだ。

韓国経済の高度成長が、日本を脅かし、やがて日本を抜くという仮説を立ててみる。この仮説を日本のジャーナリストや、社内の者たちに話すと、ほとんどの人間が笑って、『まさか?』というんだよ。しかし極めて稀れに、『それはあり得る。しかも近い将来に……』と答える人々に遭遇する。面白いことに、いずれの回答も、むしろ心理的反応にちかく、経済的・現実的根拠をもって答えているとは言えないフシがあるね。

韓国経済の成長が日本を脅かす仮説に対して、否定的な人たちは、どちらかといえば心理的に韓国蔑視のタイプ。だから予断的に、ありえない、という答えが返ってくる。

これに対して、韓国からの脅威を真剣に考える人は、民族的偏見を持たないタイプ。そういった分け方ができそうなんだ。ただ、この公式的な分類、やはり少々おかしなところがあってね、きみの意見聞きたいと思っていた」

「率直に言って、それは乱暴な分類だよ」とわたしは答える——。順序は逆だが、まず後者の問題点。韓国経済脅威論に同調する人々は、韓国の実力を評価するにあたって客観的でありたいと思っているかぎりでは、偏見は存在しないのかもしれない。だが、その脅威論の範囲では、自ら低賃金にくるしみながら軽工業製品や一次産品を輸出している韓国国民の苦しさが見えてこない。韓国政府は第三次につづく七六年からの第四次五カ年計画で工業化政策を目指しているものの、まだ粗鋼基準では日本の三パーセントにとどまっている。このような現実の段階で、日本の企業者側に対韓脅怖が湧くとするならば、こちら側は韓国国民の低賃金を現状に固定したままで成長曲線を空想的に描いているといわれても仕方がないだろう。経済先進国日本の冷酷なエゴイズムがそこになければ幸いだ。

つぎに、最初の第一のタイプに話を戻す。——たかが韓国の経済とあなどっている楽天家たちは問題にならない。開発途上国が低賃金を甘受したうえ、まず労働集約型産業で日本を追いあげてくることは、目に見えているからだ。

しかし別の理由で、日本を追いあげて来ないと考える人々が僅かだがいるかもしれない。韓国内部で、彼ら自身の経済成長が、かつての日本の高度成長のようであってはならない、そのような成長の轍を踏むまいと考えているという想定を日本の側で推測する人もいないとは限らない。韓国の政治経済におけるコントロールシステムの存在、あるいは新しい、まったく別個の第三の近代化路線を模索する人々は当然いる。彼らが日本を追いあげることがないとすれば、それは「追いあげることができない」からではなく、「追いあげることにブレーキをかける何物か」が存在するからではないか。それは想像にすぎない、と言われるだろう。だがそれは韓国ばかりではない。アジア諸国の指導者の多くが模索していることだ。日本の経済協力、日本からの輸入超過をうけいれながら、日本の高度成長を苦々しい前車の轍とみているはずだ……。

わたしは電気産業の友人に右のように答えた。夕食も終り、二人は別れた。わたしは経済に暗い。専門家でもないから友人にそのように答える確信は乏しい。ただ、ひとつ心にのこる記憶があったからだ。もういちど前のハンセン氏病の友人たちの話に戻ろう。

明治四〇年、明治政府は日本における「ライ予防に関する件」を議会に上程、通過させた。日本のライは、当時発病したものだけでも一万人に対して五人の高率を占めていた。政府は、日清・日露の両戦役に勝利し、前途には世界列強に伍する近代国家建設の洋々たる夢があった。しかし当時の日本は、民生において「軍艦を建造するほどの力をもちながら、自分の国のハンセン氏病者の救済を、小規模ではあるが外人宣教師や篤志家に任せたまま」であった。都市や農村に「浮浪ライ」が徘徊し、とうてい近代国家の体面を保たせるには無理な状況であった。政府は、ようやく重い腰を持ちあげ「ライ対策」に臨もうとする。日本の救ライ対策の基本がここではじめて打ちだされる。それは驚くべきことに、一言でいうならば「強制隔離・断種絶滅」の政策であった。もはや病気治療の対策ではない。患者の強制収容、街頭浄化、収容者取締りが行なわれ、収容された患者たちは、「周囲の雨水溝を幅五尺、深さ五尺に塹壕的に脱柵防止された」ところへ罪人のように閉じこめられる。

医療は絶望的な水準にとどまり、アルコール禁制、男女の交際もきびしく断たれ、そのうえ、所長・職員の多くが、警察署長や警察官の経験をもつものによって占められ、病院内には請願派出所が設置され、巡査が一日に二回巡視して、患者の日常を監視していった。それればかりではない。病院には「特別病室」といわれる重監房がつくられ、不満をもらす者、反対するものをつぎつぎにそこへ送りこむ。重監房で死んで行った者は多く、その壁に刻まれた恨みの文字は、いまは消されつつあるが、人々の記憶からはついに拭い去られることはなかった。

どんな病気でも、まず治療、ついで予防の措置へ進む。だが、日本のライ対策の場合は逆であった。予防のための強制隔離、それに付随して救貧と取締の政策が確立されたのである。この政策は第二次大戦のあとまで貫かれ、ようやく改善される。治療薬プロミン出現とそれは同時であった。

かくて日本からライは消えてゆく。アジア各国に先駆けて。しかしその医療の近代化は、絶滅という方法によって成功されたものである。

なぜライの話か？　いまはライも治る、その時代になぜ改まってライが問題として存在するのか？　結論と答えは右に述べたとおりである。ライによって説明され、象徴されるように、日本の近代化は、弱いもの、遅れたものを切って捨てることによって、辛うじてもたらされたといわねばならぬ。多言を要しない。それは、政治も、経済も、軍事も、学術文化、あらゆる面でこのような無惨な近代化が実行され、その過程における死屍累々は放置された。

　数年まえのことである。わたしは韓国人の鄭敬謨と、草津のライ療養所を訪れたことがある。彼は患者の皆さんを前にしてつぎのように話していた。

「……統一国家。わたしたち韓国人・朝鮮人たちは、どういう国家をつくればいいのか。日本からさまざまなことを学びたいのです。日本が成し遂げた経済発展の実績、多くの学芸、さまざまなことを学びたい。しかし、一つだけ、これだけは日本の真似をしてはいけない、さまざまな肯定的な日本から学びとる一面でこれだけは真似てはいけないことがあります。一人のハンセン氏病者が、自分の責任でない病気であることを以て、責任を問われるような仕打ちをうける、それだけはあってはならない。

私たちはどんな国を作りたいか。車が沢山通っていればいい国か。皆がカラーテレビを持つ、それがいい国か。いま日本から学びとりたくないという一つのものは、日本が明治以来たどってきた近代政策のなかに、いまだに隠されています……」

　痛烈なことばであった。ここにいま、日本を「追いあげてくる」ようにみえる国家が前者の轍《ママ》として日本の何をみているか、その近代化の問題点がありありと映ってくるのである。

　さきに沢田五郎の厚意について語った。『白描』、さらに北条民雄の『いのちの初夜』（昭和一一年）等々の、ライ文学の金字塔をわたしはかけがえのない日本の遺産と思う。作品はそれらにとどまるものではない。現在までの他の多くのライ文学に一貫して流れている思想は、さまざまな文字でありながら、二つの言葉に集約されるような気がする。すなわち、自殺と望郷である。いまようやく、自殺が自らの文学から消えようとしている。残るのは望郷の一語。日本文化の近代化路線で放棄されつづけてきた言葉である。むしろ近代の文化は、故郷を捨てる、「脱郷」を敢えて行うことによって獲得されたといっていい。——そのこと自体の弱さ、そのことの矛盾に、いまわたしたちは気づきつつある。まして、過去において、放棄され、脱出された側のアジア地域の人々は、わたしたち日本の弱さと矛盾を知らないはずはない。きわめて覚めた眼で、わたしたちを見ているにちがいないのである。

性と専制 ——金一勉——（一九七六年）

わたしのなかの朝鮮婦人

日本人が商用や観光で韓国に旅行する。誰に遠慮もいらぬと思うから、キーセンを買う。日本の男が日本で芸者を買うのと同じだ、と彼は考える。女の体を金で買うことは、それが日本であろうと韓国であろうと変わりはない、それが韓国で行なわれたときに指弾をうけるのは理不尽だと、ひそかに彼は考える。韓国の女を買うことだけが、なぜわるいのか理解できないようにふるまう。しかし本心はちがうのである。本心は、韓国の女を、買ってみたいのだ。

日本人のキーセン観光に対する、朝鮮人・韓国人の非難はきびしい。このきびしさに接近するように、日本人良識者も同調的に批判する側に立つ。しかし、朝鮮人や韓国人が抱いている非難と、日本人良識者が持つ非難とは、性質を異にするものがある。かれらとわれらのちがいは、一言でいうならば、かれらはキーセン観光のなかにある日本人の民族的・人種的な優位意識の牙を見ているからだ。かれらのその警戒と憤りの眼が、当然われらの側にはない。われわれは、だから「キーセン観光だけがなぜわるい」という質問に、よどみなく答えることがむつかしいのである。

これは他人の話ではない。わたし自身に問う場合、かりにわたしが「良識者」の群れのなかにまぎれこんだとしても、「本心は韓国の女を買ってみたい日本人の彼」と、距離的には近い位置に立っている。

最近、『天皇の軍隊と朝鮮人慰安婦』（金一勉著）という本を読んだ。第二次大戦に従軍したわたしは、自分の過去の記憶を集め重ねながら、この無惨・酷薄な記録を辿るほかはなかった。

――「粋な軍刀にすがりつき、つれてゆきゃんせノモハンへ　つれてゆくのはやすけれど　女は乗せない戦車隊」という歌を、わたしは思いだす。戦地で特別に酒保から送られた一週に一合の酒であったが、わたしたち兵隊は、飲めばかならず酔い、なにか歌うように命じられた。

そこは一九四四年、北朝鮮・咸鏡北道の阿吾地のさらに奥、北方の山の陣地であった。山から北を見下ろすと、眼下に結氷した豆満江が横たわり、薄墨色に暮れる落葉松の原始林のむこうに「満州」間島省がみえた。東のほうはまだ明るく水色のポシェート湾がかすみ、ソビエト連邦のタトイ山の起伏を望むことができた。なぜ「粋な軍刀にすがりつき」を歌うのか、自分でもよくわからなかったが、おそらくは自分が置かれたこの地勢によるものかもしれないのだ。ここから張鼓峯は目睫の間。晴れた日に双眼鏡で眺めれば、ソ連軍の戦車の移動するのが見える。ごく短い期間のうちに、圧倒的な赤軍戦車の南下に遭遇するであろう、この膠着した戦線はまたたくまに破れるであろうと、わたしたちは覚悟を決めていた。その頃の日常を、戦後の四八年の夏にわたしはつぎのように書いている。

（「国境からの手紙」から）「暗さがいっそう深まります。ロシアの雪原は地平線に消えてゆきます。この果てで、夜ごとシベリヤ樹海の一端に放たれる火が、しだいに赤軍の射界をひろげています。一九四五年春の鮮ソ国境は、友軍の兵站や貨車のあかりが消えてゆきます。頰の若いわたしたち兵隊は、息をひそめて勤務の終りを待っています。断崖をまえにして飢えて横たわり、目をとじると、いつも兵隊が煙草をさげて辿った火田民の部落への道が見えます。たとえば背負って帰るわたしの荷物、モロコシの麻袋の、まあなんと豚のようなこと。名もしれぬ北国のよごれた雲。低い翼のしたであの農婦のからだの堅さ！　カラマツの林のなかの火田と貧しいみのりのために、全身灰色に煙ったジョルチン女の皮膚が、わたしの世界の内側なのです。(略)」

ひどく象徴的・暗喩的ないいまわしだが、わたしが性の対象としていたものの実体がぼんやりと語られている。朝鮮人、もっといえば火田民の女であったということ。

「粋な軍刀にすがりつく」女は別の場所にいた。阿吾地の南、灰岩（ハイガン）の人造石油工場のちかくに「松真楼」という「女郎屋」があった。そこの女を歌った兵隊の歌はこうである。

「ひとつとせ、人も好きずき水仙の、花よりきれいな花子さん。ふたつとせ、深く身元を調べたら、ところは灰岩の松真楼……」

わたしの性のなかに、朝鮮北端の火田民の女という観念上の恋の世界があり、他方、登楼も許されなかった売笑婦の宿を、頭から離すことができなかった。それぞれは異なるイメージであったが、共通するものが二つある。そのひとつは、ともに朝鮮の女であること。もうひとつは、ともに金か煙草かによって買い求めることができると考えられていたこと。いずれにしても、兵士として女を抱くという行動もしくは意識は、売買の性以外では果たされない。そのいみで、前者を少年的なエキゾチシズム、後者を現実世界などと二元的に見立てることはできない。この二つは同根であったかもしれない。

第二次大戦のなかの朝鮮婦人

金一勉著の『天皇の軍隊と朝鮮人慰安婦』は、第二次大戦における日本軍隊の、その軍用行李の進むところ、かならずといっていいほど行を共にした慰安婦の群れ、そのなかでも朝鮮婦人の実態を、多くの記録から集めた報告書である。「朝鮮ピー」といわれた朝鮮人慰安婦たちは、そのほとんどが日本官憲や業者の詐術のわなにかけられて動員された、いわば「素人」たちであったといわれる。

彼女たちは一六歳から二〇歳。どうしてこのような若さで売笑婦として戦場に連れてゆかれたか、経過取材も含めて記述される。そして戦場で待っていたものは、ありきたりの売春ではない。言語を絶する凄惨な、一日で四〇名以上の男たちとの性交渉である。性交渉という言葉も優雅に過ぎる。実態はつぎのようなものであった。

「女の体臭をかいで肌に触れる。それでもうおしまいです。兵隊が、入ったかと思うと出てくる。女が飛びだして便所へ行く。兵隊が入ってくる、女が便所へ行く。これのくりかえしです。いつか勘定したときなんか、三時間で七十六人こなした女がいましたよ。バカみたいに見ておったものですな」

このような慰安婦を、兵隊たちは「野鶏（ヤーチ）」と呼んだ。呼んでいやしんだことは同時に自分をもおとしめたことであろうが、相手と自分とを同時に侮蔑するだけの、それはセックスというよりもむしろ排便の行為に近いものであった。

彼女たち慰安婦がたえず脅かされていたものは、戦場の死や負傷ばかりではない。日本軍隊が都市や町を占領したとき、その土地を性病で覆いつくしてしまうことは造作のないことであったといわれる。一九四〇年、武昌を「性病地獄」に化したといわれるくらい。慰安婦たちは安全であるはずがない。

志願したわけではない、だまされて連行された彼女たちは、もう故郷へ帰ることはできぬ。大陸や南方の戦線は途方もなく拡大し、彼女らはその最前線まで来ているからだ。たとえばラバウル基地の挿話——

「愛子は終始ほとんど口もきかず、人形のように柔順だった。切符を渡すと、かの女はそれを枕もとのボール箱に入れ、『てんき（電気）は？』ときいた」

ここで切符というのは、帳場で軍票と交換した券のことである。彼女たちはこの切符をもういちど軍票に替えて貯える。ビルマ戦が敗れるときの記録につぎのように記されている。

「そんな哀われな姿の女たち（朝鮮女と中国女）はただ〝大量の紙幣〟（軍票）を詰めこんだものを頭にのせていた。前線で身を張って得た血肉の報酬であった。それがいまやただのホゴになったのである。いわば彼女らは、その単なるホゴに等しいものをかき集めるために肉体を賭けていたのだ。亡霊のようにやつれ果て、紙くずのような紙幣をだいじに頭に乗せて〝敗走千里〟を続け、シッタン河を渡るのだが、哀れな彼女たちは、皮肉にも血肉の結晶である紙くずの重みのために、水中で身体を支えきれず、多くは濁流に呑まれてしまったのである。」

このようにして彼女たちは死んだ。戦場に連行された慰安婦は約二〇万、そのうちの八割から九割にちかい数字を朝鮮の婦人たちが占める。

日本人のキーセン遊びに対する、朝鮮人・韓国人の非難は、このような歴史的背景、いや肉親や知人をめぐる同時代の個人的な記憶に、なまなましく彩られている。

ファシズムの影

なぜキーセンを買いたがるのか？　なぜ日本人でなく、なぜ欧米人でないのか？　わたしたち日本人は、黒船から一〇〇年、国家としての近代化をいそいだ。国力は、政治的・経済的に膨張政策を採り、軍備は世界の列強に伍した。それのみでない。世界の思想・文化・風俗、ありとあらゆる新しい外来衣装を身にまとい、アジアのなかで最も進歩した国家として君臨することに成功した。成功したことを疑うこともなかった。だが近代化への冒険主義が急速で激しければ激しいほど、いまだ解放されないくらい精神は、ひそかに欝屈し、むしろ近代から逆行して復古へ向かう。この一〇〇年間の進歩は、同時に屈折した劣等意識の、負の一〇〇年の歴史でもあった。日本はこの秘密をアジアにだけは告白することを避けてきた、といったほうがいっそ率直であろう。わたしたちのエロスもついに近代を迎えることがなかった。

わたしはいま眼のまえにひとりの女を想定する。それが性の対象と仮定する。彼女が朝鮮の婦人であれば、われわれは容易にサディストになりうるのである。もし彼女が欧米の婦人であれば、われわれは容易に不能者に変わりうるのである。われわれのエロスはこの二つの極のあいだを揺れる。性行為による主体の抹殺・消去が快楽のきわみであるのと同じように、われわれのロゴス(論理)も主体の抹殺を通してファシズムに容易に近づきうる性質をもつ。われわれのエロスもロゴスも、ともに自己もしくは他者の権力の領土内において発揮されてきた。

右の紙上経験によって、わたしの意識の下に眠る民族的・人種的偏見を指摘されるであろうことは想像に難くないが、しかし待っていただきたい。わたしは、民族的・人種的優越感の存在を告白するつもりではない。むしろ、わが性の内部にひそむ、ファッショの芽が指摘されなければならぬと考える。

――わたしは戦後まもないころに、町で出会ったひとりの女を思い起す。宿で二人になったとき、何気なく出身地を尋ねた。女は「鹿児島」と答えた。「ぼくは朝鮮だ」。なぜ女が心を許したかはわからないが、彼女は陸軍特攻基地・「知覧飛行場」付近の朝鮮人部落から来たと告げた。そのとき、わたしはまったく理由のつかない感動的な性に燃えたことを思いだす。愛情はあったかもしれぬ。だが双方に、戦争と朝鮮という言葉が流れていた。われらはそのキイ概念によって性を高めあい、同時にそのことによって、傷つけあった。それは過去の日のことであったが、現在に起りうることとして曝されている。金一勉の著作は、わたしの性の暗部を照らし、そのなかに「日本」を見せてくれたのである。

恨のまえに立つ——李御寧——

（一九七八年）

「焼はまぐり」と書かれた赤提灯の店を出る。仕事のあとの一杯だったから夜の九時ごろになるのだろう。数歩ゆきかけて、露地から出てきた男にぶつかりそうになって、路をゆずる。そのとき男が「ざまあみろ」という。

六〇の歳をとうにすぎているはずだ。さらりと和服を着流して、いまどき珍しく角帯を締めたしゃれた男だ。舐めるような視線で、わたしを頭から足元まで見て、ふらふらと揺れながら去ってゆく。

無礼な老人だったが、わたしに憎念は起きない。わたしは東京のこの下町が好きなのである。しかし、「ざまあみろ」というのはいったい何だったんだろうか。ざま、というのは様、ようすのことだ。手前の状況をみろ、つまり、おまえのみじめな敗北の姿を知れ、ということだ。当然「ざまあみろ」という側は優位に立ち、言われる側は侮られる立場にいる。優位に立つものは、それみたことかと言える程度の快感にひたる、そういう言葉である。

わたしの何が、何処が、侮られるのか。この場合はまったく身に覚えはない。ただ言えることは、わたしが彼に道をゆずった、そのことだけである。そのことだけでこの老いた男が優位を保証された。道を譲るほどの卑屈な男よ、というあざけりであるのか……。

彼に憎しみはない。そういう人たちのいる町を愛する。しかし気の毒だが、彼を少し切りきざんでみなければならない。この愛する町の人々、気の弱い男たち、鬱憤を持ちつつ、しかも、小さな勇み肌の、泣虫の、日本人庶民がここにいる。彼が何時から優位のものに噛みつくことを忘れ、自分より憐れなものに唾を吐きかける側に立つようになったのか。ほんとうは、彼自身その逆でありたいと思い、人前では弱きを助け強きをくじく精神の実践者であることを、友に対して公然と誇示してきたはずではなかったか。それがいつ、逆になったのか。逆になったことを彼は自覚することなく、そのなんとなくうしろめたいおのれに対して自嘲する。つまり、「ざまあみろ」とはひそかな自嘲があって、なお彼自身それを認めたくない、そのような言葉だ。

執拗にこの言葉を解釈しようとするのに、わけがある。じつはこの言葉はわたしにとって外来語のような距離がある。この言葉は、わたしの少年時代までの言語群のなかには存在しなかった。たいていの日本語の罵倒は知っていたし、使ってもいた。「ざまをみろ」も知っていたかもしれない。しかしそれは少年講談本や少年立志物語で知っていたという程度で、生活語のなかには入っていなかった。わたしにとって大げさにいえばＢｏｏｋｉｓｈな言葉であったような気さえする。この言葉は、だから成人して朝鮮からはじめて日本へやってきて、そこで、なまで、耳にすることができた言葉といっていいだろう。

罵詈雑言には慣れている。むしろそれはわたしたちにとって道具のように必要なものだろう。しかし本来、罵詈雑言は下から上へ対して吐く言葉だ。上から下へ対してそれを吐くとき、下の、さらに下に廻って吐くしかない。それは彼の社会の構造の否定につながる。だから「ざまあみろ」という言葉だけは、あらゆる嘲罵のなかで、もっとも弱い性格をもつ。

李御寧（リ・オリョン）の『恨の文化論』（学生社・原題は『この土、あの風の中に』）が翻訳された。この中に「汽車と反抗」という小文がある。

毎日走っている汽車だが、子供たちは、たまたま汽笛の響きを聞くと、鞄を背負ったまま線路のそばに走りよる。汽車が眼前を疾駆するとき、まるでうちあわせていたかのように、いっせいに両腕をつきだして、相手を罵るしぐさをする。

汽車はかつて、ステッキを持ち、眼鏡をかけた人々を運んできた、近代化・植民地化の象徴であった。民衆にとっては、娘がソウルに売られていったのも、家族が北間島に流れていったのも、駅からであった。つまり、その悲しみやうらみをこめた対象が、この威力的な鉄の車輪であったという。またそれに乗っていた旅客たちは、畑仕事している身からみれば、金貸しや官員や旦那方であったという。それらに対して両腕をつきだす。李御寧は「あのユーモラスな行動からわれわれは、近代性に対する韓国人の反抗を読みとることができる」と語り、さらに「それも根元的なものへの反抗というより、汽車や洋服のように、外に現われた形象への皮相な反感であったといえる」という。

生まれてから成人になるまで、わたしは「汽車に乗った日本人」であった。車窓から外にみるのは、ポプラ並木に沿って手を振って笑う子らの姿ではなく、片腕をつきだし、もう一方の手で前膊を握るあのしぐさの朝鮮の子供たちであった。わたしがもっと幼いころは、朝鮮人の子らとの喧嘩に負けて逃げかえるとき、わたし自身がこのしぐさを行ったこともある。そして、何やら意味のわからぬ、四文字を、わたしが発した。その意味を教えられることもなく、次第に、学習によって知ったところによれば、「おまえのおふくろの……」という、それでいっさいが通じあうような、すさまじく簡略化された、一種の符牒であった。

わたしにこのような倒錯があったとしても、まさしくそれは、下から上への罵倒であった。わたしの記憶のはるか彼方に存在したそれを、李御寧は『恨の文化論』において書いている。しかしそれを「反抗心」「反感」にとどめ、あえて「恨」とは言わない。そのとおりであるのだろう。わたしも、子らのそのしぐさの前に立ったことを、単純に、恨のまえに立ったとはいうまい。むしろ、恨は、そのつぎにくるものだろう。

その子らは育つ。野に立った子は、学帽をかぶる。普通学校といわれた当時の小学校に通う。例のしぐさは、まだそこでは尾骶骨のように残っているかもしれない。しかし、彼らが高等普通学校と呼ばれた当時の中学校や、実業学校に通うころになると、「反抗心」や「反感」が消えたわけではないのに、あのしぐさは消える。

わたしは日本人だから、彼の「恨」を実感することはできない。まして恨とは斯く言うものと語ることもできない。ただ、あのしぐさが消えた沈黙の人々の前に立つとき、はじめてわたしは「恨」のまえに立っていることを感じる。――その沈黙とは何だろうか?かつて『朝鮮植民者』で触れたことだが、一人の少女を語らねばならない――。

赤褐色の丘陵が続いていた。陽は暑かった。斑猫虫がわたしの前方で飛び立っていた。わたしは中学の四年。昨夜の徹夜勉強で、重い軍装での今日のこの行軍は耐えられぬほど疲れはてていた。途中で、いくつかの朝鮮人部落を過ぎ、学友の肩につかまりながらようやく荒地の真中に来た。そこで落伍した。学友に本隊を追わせ、わたしはひとりになった。水筒はからになっていた。荒地の小高いところに木が一本見えた。そこまで辿りついて眠ろうと思った。ようやく木の蔭にいざりよって、俯伏せに眠ろうとしたとき、斜面の下に部落が見えた。三、四軒の家であった。男女の老人が数人かたまってわたしを見ていた。彼らはわたしの落伍を、最初から見ていたのである。水を求めるのも疲れはて、わたしは伏せた。まもなく人の気配がした。少女であった。わたしの言葉では通じないと思ったが、「チャンムル」（水）と訴えた。少女はあごを引いた。来い、というのである。

少女は部落とはちがう方向へわたしを案内した。誇らしく歩かねばならない。なぜならわたしは銃を持っている学生だから。一〇〇メートルさきに、囚人帽の形をした小屋があった。ふたり用の天幕くらいの大きさ。少女は扉を押した。土の階段が二、三段。下は穴のようになっている。真中にカメがひとつ。少女は蓋をとってパカチに水をみたし、しずかに両手に支え、あごを引いた。飲め、というしぐさであった。

飲み終えて周囲をゆっくり見廻した。狭い穴のなかで、空気は冷え、沙漠のなかでこの土だけが湿っている。わたしは坐った。休みたい。少女はカメの向うがわに坐った。わたしはそのまま眠った。一分間ほどの眠りだったかもしれない。目がさめた。少女はカメの向うにいた。わたしは朝鮮語でコマムスミニダ「ありがとう」と言った。少女は坐ったまま、少し笑った。好意ではない。まずい朝鮮語を冷笑したのだ。

わたしは銃を担い、部隊のあとを追った。足は軽くなっていた。はればれとした気持だった。「チョー、セン、ジン、チョー、セン、ジン」、わたしは少女を呼びながら歩調をとって歩いていった。部隊は演習地・平康に着いていた。教官の少尉からわたしは殴られたが、くやしさはなかった。教官や学友たちの誰もが知らない一軒の小屋をわたしが知ったからである。

これには何の意味もない。だが二〇数年を経たのちも、わたしのなかに小屋と非妥協の少女がいる。象徴的に。
　異民族を知る、とはどのようなことか。わからない。知らなくてもよい、と考えることもある。だが異民族との連帯のためにわたしが非常に苦しいたたかいを耐えねばならぬときがあるかもしれない。そのときに、言葉も通じなかったし、何の意味にも代置されなかったひとりの少女のためにたたかうということもありうるのだ。そのとき連帯するものは相手の階級、相手の思想——であるかもしれない。しかしその前に選ばれるべきものは逆に自分自身でなければならない。この場合、選択はもっとも厳格な意味で受身でなければならない。

　六年前の自分の本の引用で申しわけないが、わたしはこれに何を加えるべきだろうか。荒蕪地へ追われた朝鮮人の一家であったのだろう。少女はその家族の一人で、彼女は老人や親から、日本の支配からはじまったわが家の苦しみを伝えられていたはずだ。部落の老人たちのように、無言でわたしを観察し、罵倒もなく、さらに非妥協でありそしてわたしに水を与えた。それは倒れたもの、敗れたものへの憐みであった。あざけりであり、なお愛であったと、わたしは思う。拒絶であり、自らの悲しみをかくして、なお許しであったと思う。

　植民者に対するこのような精神が、当時のわたしとほぼ同年の少女に存在した。その少女のまえに立ったことを、わたしはいまようやく「恨のまえに立った」と思う。ひそかにはればれと名もしらぬ少女を呼びつづけ、銃を担って再び歩きだした、そのときのわたしの明るさのようなものは何だったのだろうか。いま、はるかに壮年期を過ぎ、わたしは顔を覚えていないその人を、虚空に描く。四〇年の幻影は、恋にちかく、こうしてわたしは恨のまえに立っている。

遥かなる故郷 ――ライ者の文学――

（一九七八年）

一、ライとの遭遇 ――植民地――

わたしは五〇年まえ植民地であった朝鮮の「京城」、現在のソウル特別市でうまれた。一九二四年のことである。なぜわたしの一家が植民地へ出かけたかは、ながい話になるし、自伝的に『朝鮮植民者』で書いたのでここでは触れない。わたしが幼年のころその土地でライと出会った記憶からはじめたい。

――仁丹山とよばれた、山ではない丘があった。「京城」の中心部、京城駅から一五分ばかり東へ歩いた山の手に屋敷が建ちはじめ、この丘の周囲が埋められていった。赤土の傾斜面はかなり急勾配で、三〇度ばかりあったろうか。それをよじのぼると平坦な頂上に出る。初夏になるとニセアカシヤや雑木が青々と匂い、台地は後方へ後方へと開拓されて、また新しい屋敷町が作られているようであった。丘の頂に立って駅を見下ろすと右手には南廟の赤い門が見え、よりそって小さく朝鮮人部落がかたまっている。正面の駅をまたいで向うは青坡の山、頂には真黒な午砲が鎮座していて、正午には野砲隊の兵士が登ってきてドンを鳴らす。左手、青坡の岡の連なりには日本人の家々が建ち、そのあいだに饅頭のような形をした朝鮮人墓地がところどころ残っている。禿山のなごりである。この当時、一九三〇年の少し前、朝鮮では光州で若い中学生たちが反日に蹶起し、徹底的な弾圧の後にその火が消える、日本が本格的な大陸侵攻を実行する年であった。

仁丹山。そこで仁丹が穫れるとわたしは信じていたのだが、毎日のように丘に登ったものである。誰が遊び友達であったのか、いまは幼友達の顔に記憶はないが、みんなと赤土の斜面を滑って遊んで、ズボンの尻に厚い泥の皿を貼りつけ、夕方になると家へ帰った。母は叱ったのだろうか、呆れていたのだろうか。覚えていない。ある日の午後だった。いつまで待っても、奇妙にその日は、友達は誰も現われなかった。ひとり遊びに飽きてわたしは丘を降りた。誰もいない乾いた道に、青坡の山に沈む夕陽がみえた。そしてひとりの巨きな人間がわたしの前に立ちはだかった。

真黒な服を着ていた、と思う。服はてらてらに光っていたことを覚えている。巨きな人間に道をふさがれて、わたしはそのつもりになれば逃げられるのだが、それが威嚇や悪意でないような気がして、立ちどまったまま、見上げた。赤い、まるい、まんまるい顔であった。熟柿の膚とそっくりであった。目蓋が垂れて目が細く、わたしは中国人だと思った。「支那人は子供をさらう」という警告をいつどこかで覚えたのであろうか。ようやく逃れようとしたとき、男は一本の指を出した。太く赤い指であった。その指でわたしの頬をさわり、やがて黙ったまま道を開けた。子供をさらう「支那人」ではなかった。

何日か経った。わたしは仁丹山に遊びに行った。その日はたくさんの友達がいて、時を忘れるほど遊んで、いつものように丘の斜面をすべり降りた。降りたところで、斜面のないふだん寄りつきもしなかった崖のほうを見た。薄い煙が上っていた。そうだ……あそこには穴があったな。獣のように人間が住んでいる穴があったな。なぜいままで近寄りもしなかったのだろうか……。わたしは籔を分けながら煙をあげているその場所に近寄った。穴の手前に、わたしくらいの子供が二人いた。穴から外へわずか数メートル。二坪ばかりの空地の縁まで出てきて、臆病そうにまた穴の中へひっこんだ。かわりに今度は熊のような巨きな人間が出てきた。赤い顔をしたあの黒服の男だった。彼は笑った。そして悪意のない表情で私を招いた。

はじめてそのとき、なぜだろうか、わたしは悲しくなったのである。そして衝動的に逃げた。

——やがて小学校に通い、中学生になり、わたしはもう仁丹山の遊びを忘れた。仁丹山は斜面が崩されて石垣が積まれ、日本人たちの美しい住宅地に変っていた。朴歯の下駄をならして、夏の日は学校へ通う。冬の夜は漆黒の空を仰いで歌をうたって帰る。わたしのなかに、丘の貌は失せて久しく、すべてが変ってしまっていたが、むかしこの道のはずれの籔の中に、ライ家族が住んでいたというそのことだけは知る年になっていた。あの男と子供たちのことであった。

いま思っても、男が頬を指で触れたのはなぜだったのかはわからない。故意に病気を移そうとしたかと想像をたくましくしても、当時の彼は病気が伝染性のものであることは知らなかったはずだ。そうではなく、日本人の幼児に対する悪戯だったのだろうか、とも思う。それも自然ではない。それほどの余裕は、追われ隠れて住むライにはない。ただひとつ、想像できることは、誰も人影のない丘の道に一人の大人と一人の幼児が立っていた、それだけの偶然が彼にこのような行為をさせたのではないかということだ。それはライとは無関係に、また被植民者と植民者を問わず、人間一般として想定するかぎり可能だ。そう考えれば、別の日、彼が穴から出てわたしを招くような恰好をしたのも了解できる。これに思いあたるとき、わたしの胸はうずきを覚える。おそらく、彼の子供たち、遊び場もなく遊び友達もない彼の二人の幼児を思ってわたしを招いたのではなかったろうか。これらのすべての経緯については、ライとは関りなく考えられる。しかし悪意のないこうした行為に触れて、わたしは咄嗟に恐怖を抱いた。わたしが彼らを異民族としてでもなく人間としてでもなく、「熊の家族」と思ったからだ。ライの意識は、わたしの側にあったのだ。

現在わたしは、ライは感染しにくい病気である、と知ってなお、この日の恐怖をいまも拭い去ることができない。さらにもし、あの日、植民地において幼児期に感染し、一〇年一五年の潜伏期のあとに発病していたならば、という怖れも払いのけることができないのである。ライの友人と交流を重ねながら、あの日もいまも、わたしの側が虚妄を構成し意識する。そこにはなにがあるのだろうか。

草津に栗生楽泉園というライ療養所がある。ここに中島英一という歌人がいる。彼の思い出が盲人会編の『高嶺の人びと』という本の中に書かれている。「行き倒れ」という題名である。内容は、

――彼がまだ幼い頃、病気の旅の女が訪れる。「今夜一晩どこかの隅に泊めてください」という。いまにも倒れそうで、足は丸太のようにふくれている。父に相談すると反対されるので、母と相談して養蚕室の隅に蓆を敷いてひそかに泊める。女の病気は癒らず苦しむばかりで、三日ばかり泊ってようやく立ちあがった。女は帯の間から金を出して払おうとする。母は受けとらずに、米二升を渡して、夕方人目につかぬようにし

て送りだす。一週間たった。榛名山の裏に行き倒れの女が死んでいたと、新聞に書かれていたのを知った。母は泊っていった女の人だといって涙ぐんだ。いま思いあたるのは、手拭でかくしていたむくんだ顔、伸ばせない指、湯治の場を求めてさまよう旅のライであったことだ。そして中島英一はつぎのように書き続ける。「私は数年して癩の徴候をみた。落ちれば同じ谷川の水のたとえ……」。彼は自分の不幸な病気が旅の女から感染したとは一言も言わず、想定すらしない。

ここで二つの幼児記憶を並べてみる。比べてほしい。非ライ者のわたしは、当時感染しなかったことをさいわいと思うのだ。このことはいまなお怖れを潜在的に抱いていることと何ら変りはない。一方、中島英一はライ者でありながらいまなお、自分のライと旅の女のライとの因果相関をいわぬ。あるのは、落ちれば同じ谷川の水——という冷静な共感であった。

所詮わたしはライを語ることはできない。かつて隠れ棲む異民族の浮浪ライと会い、それとの接触を断ち、やがて忘れて生育した。北条民雄の『いのちの初夜』をよみ、はげしく心を動かされたことはあったが、その感動は幼い日のあのライ家族の記憶とは結びつかぬままである。しかし戦後、日本に住んでようやくライに近づく。自分が非ライ者だからライ者に接することができる、自分の縁者にライがあればけっしてそのようにはせぬ、と知りつつ、彼らの中に友を求めてきた。その理由はほかでもない。いまもわたしのなかにあの巨きな男と二人の幼児が存在しているからであろう。

かつてわたしは、かねて会いたいと思っていた大江満雄を訪れたことがあった。中国で解放軍が北京に入り、天津を落した一九四九年が明けたばかりであった。はじめて会った日、玄関に出た彼は病気中だったのだろうか、蒼白な顔で初対面のわたしとはあまり語りたくない模様であった。何度か訪れているうちに、当時彼が編集に関わっていた『いのちの芽』(日本ライ・ニューエイジ詩集)の仕事を知ることができた。彼は「ライはアジア・アフリカだ」と語ってくれた。ライに関する年譜を作成しつつあり、その中で印度ライ予防委員会の答申書について触れていた。「ライは有史以前にアフリカに発生しインドに拡がり、その後インドからアジア東部に。他方はアフリカから地中海東端を廻ってヨーロッパに拡大したもののようだ」。そして年譜によれば、その伝播は、戦争・捕虜・奴隷・貧窮において選択的にあらわれている。わたしのまえに、あたらしくないアジアの像がぼんやりと姿を現わした。アジアの解放、植民地解放と同時代を生きて、アジアの持つ古く重たい、象徴的なライがそこに巨大な姿を見せていた。

わたしの記憶の植民地経験のなかに多くの浮浪ライがいた。それは中国人・朝鮮人であった。わたしが植民地において日本人労働者階級に会うことがなく、戦後、日本においてはじめて発見したことと、その位相を同じくして、わたしは、日本に上陸してはじめて日本人ライ者に出会うのである。まさにライの階級性がそこにあった。しかし、と思う。ライの解放のたたかいにわたしが加わることは可能であろうか？　旧植民者として朝鮮の独立・解放・統一の戦いに加わることは可能であろうか？　いずれも答は否に等しい。しかし、拒まれる存在であっても、その戦いから離れることはできず、いまなお植民者であり非ライ者であることの自己認識は、彼らの側からは傲岸、わたしの側からは羞恥にちかい。

二、目の風景

今年の六月はじめ、栗生楽泉園をたずねた。ここには多くの友人たちがいて、これらの人々の「ライ文学の表現論」について話しあった。その翌朝、雨の降るなかを鈴木時治が大きな額を持って宿舎にあらわれた。彼は一九二七年生れ。四二年に発病。四五年に楽泉園に入所した。僅かではあるがすでに詩を書いており、いま画筆を握っている。

「ここには絵の指導をしてくれる人が少なくて、時々外来者に見てもらって意見を聞きたいと思っている」という。目が見えなくても詩や短歌、俳句・川柳などの小形式は口述で誰かに記録してもらえるが、美術はそうはゆかない。だから描く人も少ない。何人くらい絵を描く人がいますか？　と問うと、二人だけだと答える。いま患者は七〇〇人。このつぎ誰か画家の友人をつれてきましょう、と約束したが、誰が適当なのか頭に浮かばない。鈴木時治に、たとえば貴方はどんな画家が好きなのですか？　と問うと、マリー・ローランサン、と答える。

　答えながら彼は、壁に抱えてきた額を立てかけた。強烈なタッチの青を背景に二個の達磨が傾きながら凭りあっている。達磨の顔は怖いが少々おどけた悲しさがある。そばにいた詩人の小林弘明が「前々から思っていたのだが、時治さんの顔に似ているんだよ、これは」という。わたしも同じ印象を受ける。荒々しい筆でデフォルメしてあって、ふつうの顔ではない。ライ者はふだん互いに相手の顔を「すげえ顔」などと言いあったりして、慣れている。鈴木も平気で聞き流しているし、言ったほうの小林の側にも残酷さがない。それほど親しい。

　わたしは自分の印象だけを語った。「構成的にはシャガールのような抒情性を感じる。色は野獣派。ルオーの初期のような不安、憎念、疑惑や不信をこめているような気がする」。――鈴木は納得しにくい顔をする。彼は言う。

「だんだん目が悪くなってきてね、見るときは離れて、描くときは画布すれすれのところまで目を近づけて色をぬる。だから全体をながめたときの調子が、自分の思っている色調になりにくい」。つまり離れて見たときと、近寄って見たときのトーンのちがいは、晴眼者が観察するときよりも差が大きいはずだ、と言いたいのだろうか。

　あらためてわたしは、四米ばかり離れて絵を見る。彼の衰えてゆく視力をまねて、目を細めて見直す。そのとき、ルオーの色調はローランサンに一変した。そして達磨の表情が和らいだ。

　これはひとつの偶然の、しかもありふれた例にすぎない。わたしはここでライの文学について語りたいのだが、彼らの文学の側から書くことは到底不可能だ。草津の友人たちの文学活動に触れて一〇年をすぎ、右のようなつきあいを通して、彼らの文学、巨大な主題を抱えながらみずからいまだに定型化しようとしない混沌の記録のなかに、いくつかの鍵の言葉を求めようとするにすぎない。

　この友人たちの書き綴ったライ文学に、いくつかの要素がある。そのなかで感知したものとして四つ挙げてみる。

一は自殺。
二は望郷。
三はボディ・イメージ。
四は全体的回復。

三、ボディ・イメージ

右にあげた鈴木時治の例は、しいていえば三のボディ・イメージに近い。この場合ボディ・イメージとは、環界に対するわが身心の投影像とでもいえようか。これについては、金芝河の「苦行」のなかに出てくる指と全身との関係を論じたものとして『朝鮮研究』に「民衆と権力」という題で書いたことがある。ふたたび触れてみたい。

栗生楽泉園に沢田五郎という盲目の作家・歌人がいる。彼の短篇集『その土の上で』につぎのような凄絶な場面がある。

「――病院の一角に土手があり、その土手下にダリヤやグラジオラスが咲いている。それを眺めながら一人の男が言う。『あの花壇の下にはね、たくさんの人間の足が埋めてあるんですよ』。むかしプロミンやペニシリンがなかったころ、ライのために足傷が深くなったり腐ったりしてくると、足を切り落すより方法がなかった。この病院でも、いまは一年に何人と数える程度だが、昔は年間に何十人となく足を切った。……『どうです。そういわれてみると、あの咲きほこった花にも、なにか意味がありそうにみえませんか』と男が言う。以前は看護人が不足していたから、看護婦はほかの元気な患者に穴を掘ってほしいと協力を願ったそうである。元気な患者たちは、他人の足を埋める穴を掘らされるとき、自分の足を埋める穴を別の誰かが掘っているような錯覚にとらわれるという――」。

このような世界を描いた沢田五郎自身は、さきに触れたように目が見えない。それにしても土手下のグラジオラスやダリヤは、色彩的にはなにひとつ描写されていないにかかわらず不思議に鮮明なイメージを持つ。なぜこのようなイメージが現われるのか。同じ療園にかつて秩父明水という歌人がいた。すでに故人となったがその人の言葉をつけ加えたい。「幻影を追う生活。それは盲人の人生である。眼というものを持たない盲人は、手に触れるもの、耳に聞くもの、舌で味わうものなど、すべての色彩や形を、自己の知識・経験・記憶などの助けを藉りて探り、その幻影の中に生活を営んでいることはまちがいないと思う」と。秩父の「幻影の中の生」とはどのようなものであろうか。

風景とは見られるために存在するものでなく、そこに生物が生きるためにある。見る、つまり環界を大脳に写像することではなく、環界と自己の生との緊張関係のなかに、生物たとえば人間が自己を発見すること。この場合、盲人ならば暗黒のなかに映るイメージは幻想的であっても緊張的にリアルである。「発病せるわが頬撫でさすり祈りし母漆黒の闇によみがえる記憶」(沢田五郎)。ここでは過去が記憶という現在形で存在する。

野崎きよ。この人も盲人である。彼女は言う。「義眼とはなんとわびしいひびきを持つ言葉でしょう。不幸にして手、足を失っても、義手、義足は完全とはいえないまでも、その機能を補ってくれますが、義眼にはそれを望むことはできません」。このように悲しみを述べながらつぎの言葉がある。義眼を入れてもらったあと、「私の右の眼はその日から黒く澄んだ義眼の瞳が外の世界を眺めています」。環界とのつながりは、義眼においてなお成立しうるということだろうか。

また足を切断して何年にもなるC・トロチェフがいる。ある日、君はいつ足を失ったのか、それはどこに埋めてあるのか、と尋ねた。トロチェフは笑った。「足？ わたしは夢をみるとき、いつも丈夫な足をもって走っていますよ。足、ありますよ」。彼は日常的な感覚を自然に語っているのだ。

足・手・指、それらはいまは存在しないが、かつて身体の一部として在った。だから大脳の深い部分では、それが存在しつづけると主張する。「帰り来てぬぎし義足の筋金は汗にうっすらと曇りており ぬ」(名和ぁい)。このような例は非常に多い。だがそれらは精神病理学上の症例なのだろうか。精神科・神経科の領域で用いられるｂｏｄｙ ｉｍａｇｅという術語にちかいこの映像世界は、「各人が各々自身について持つ空間像」であるといわれ、精神医の大橋博司は『ボディ・イメージの病理』でつぎのように述べている。

「幻影肢と呼ばれるものがある。これは外傷とか手術によって身体の一部、多くは腕とか脚が切断されたあとによく体験される現象であって、肢体を失った患者はすでになくなったはずの身体の一部がなおありありと残っているように感じるのである。」――また、「幻影肢は切断の直後からほとんどの患者に体験され、ときにはまもなく消え失せるが、ときにはきわめて長期にわたって残存することがある。消失するときには、次第に幻影肢は断端に近づき、めりこみ、やがて消えてゆく。しかし断端の末端を刺激すると、消えていた幻影肢がまた現われてくることもある。幻影肢はとくに先端部分が生き生きと感じられることが多く、さまざまに位置を変え、太くなったり細くなったり、またひとりでに動くように感じられたりすることもある。義肢をつけても、この義肢と幻影肢の位置がずれて不自由なこともあるらしい。この幻影肢が痛んで困ると訴える患者も少なくない」。

　以上のように、精神病理学上の立場からの説明は先述のライ者の映像世界を説明するとき適切なものと思われる。そしてこれはライ者のみにとどまるものではない。わたしたちの深い心理、願望にひそんでいる率直な表現論であるのかもしれない。視覚世界に従属したリアリズム論、イメージ論に対して、問題を投げかけるものとなりうるだろう。

　療園の小林茂信園長はかつてつぎのように述べている。「らいの手は皮膚感覚がないというが、振動感覚とか抵抗感覚などは意外に残っている。それゆえ薄いものとか、やわらかいものはわからぬとしても、盲人には杖の先ですら、ちゃんとものの性質、大きさ、名称までも当てたりする能力を持っているものが多い」。

松の下は松の匂いあり樅の下は樅の匂いあり杖にさぐりゆく　沢田五郎

クロッカスの芽はいでぬかとまさぐれば土の中より囁ききこゆ　山下初子

けだものの仕草のごとく舌をもて傷を触れみるめしいのわれは

かすかなる知覚の保つわが顔に冬日はぬくく泌み透り来る

古川時夫

古川時夫

わたしたち晴眼者が文学表現で喪失している実在への探索は、ライ文学において発見できるようだ。

四、望郷

わたしは最近の詩集『祖国を持つもの持たぬもの』の後書きでつぎのことに触れた。わたしたちは文学のなかで、北原白秋が故郷柳川を歌った『思ひ出』や、石川啄木の「石をもて追はるるごとくふるさとを出でし悲しみ消ゆる時なし」と歌った『一握の砂』などの望郷詩を思いだす。朔太郎や犀星も、郷土を望んだ詩人であった。しかしそれらは故郷から、自分をも含めて、もっともすぐれたものを持ち去ったか、あるいは古い、封建の、儒教伝統の故郷を憎んでの訣別であった。当時の詩人が近代自我を獲得する、その目的のための反逆であり、故郷の惨憺たる山河を依然として残したままの「脱郷」であった。しいて望郷というならば、背後への「望郷」であったといっていい。——わたしは早熟なこれらの詩人たちと、早熟な近代国家日本とを重ねてみる。福沢諭吉の脱亜、アジアへの謝絶が、国家の近代化の急務ばかりでなく、内面自己の確立のためであったことも含めると、この「脱郷」には自我の匂いが強い。したがって、日本の近代詩には、帰郷へ至る迂回の距離空間と、さすらいの時系列がない。——夢は荒野をかけめぐる——むしろ永遠の追放者への親しみが露骨である。抒情詩派生の理由はここにあるのではないだろうか。

しかし、ライ文学における「望郷」は右のような自我意識に根ざすものとは、出発において異なる志向をもつ。

かつてC・トロチェフは語った。「あなたはゴーゴス・クラビンという言葉を知っていますか? それはロシア語で、血の声です」。彼は亡命ロシア人の息子である。また在日朝鮮人の詩人の姜舜が同じようなことを語った。「ムンディ・オモニという言葉を知っているか？　言葉どおりでは、レプラなる母というのだが、われわれは、しいたげられたゆえに愛する母国という意味になる」二人の外国人によって、わたしは故郷からの追放と、ライとの地下的な繋がりが、たんに断絶などでない相貌で描かれているのを見る。

以下に掲げる詩は、都合によって行分けを排して部分的に紹介する。

オヤジ、やい、／まだまだ、生きていねばならんのに／働いて、働きぬいて／貧しいままに、骨まで枯れて／あさがた、死んだ／／おまえが継がないでだれが継ぐ――／／オヤジは、しかし／いまもムスコに目をむけて／きびしく、要求する／オヤジの死の、その奥ふかく／かなしみは、生きるかなしみを貫く祈りか！／／ボクはライを病んでいる／この尾根の頂きに立ち／どしゃぶりの雨にうたれて／なぜ今日、海を恋する心か！／愛しい人ひとよ、こんな日／海にも暗く、雨は降りしきるのだろうか？

（谺雄二「海」）

またつぎの詩。

おれは変形した足に／ゴム靴を履かせて／ずるこずると歩く／悲しそうに靴は泣く／／らいの傷足に繃帯して／びっこを引いて／松葉杖にすがって／乞食のように／／だがおれは／このゴム靴でないと／一歩も歩けないのだ／なお弱視のおれは／舌先でゴム靴を／砥めてさぐって履く／／こんな不潔な動作は／誰にも見せたくない／社会の人はなんと／思うだろう／いやこんな愚痴は／やめよう／／お前にお願いがある／びっくりするなよ／おれはお前と／近いうちに郷里へ／里帰りする／ゆるしが出たよ／／その時はいっしょにたのむ／お前を磨いてやる／郷里の土は温かいか／冷たいかよく踏みつけてくれ／三十年の古里の土を

（中島英一「ゴム靴に」）

語りかけられる相手はゴム靴だから比喩性に依存するある甘さが指摘されるかもしれない。しかしゴム靴は擬制ではなかった。むしろさきにあげたボディ・イメージとして理解されなければならない。靴は肉体の部分である。そうでなくてなぜ舐めることができるだろうか。そのまえの谺雄二の詩は、親の死のしらせをうけたところからはじまる。彼は応えて「ユケヌヨロシクタノム」と打電する。そして「いくどもいくども叫ぶ。〝ふるさと〟を探しあてたい！　ボクはそこに眠るチチハハの墓をあばいて、いわれない偏見・差別に耐えすぎたその死を、せめてこの手に、もういちどとりかえし、ゆさぶり起して、鬼にしたい」と言う。

故郷は後方にあるものではない。ライの解放を獲得するまでは「帰ることのできぬ故郷」がひとりひとりの前方に存在する。ライは幼児期に感染し、一〇年、一五年の長い潜伏期を置いて発病するといわれる。だから彼らは小学校、中学校の学業なかばで、故郷から剝ぎとられるようにつれてこられた。もともと政府の政策は、医療と福祉が重点とはならず、強制収容、隔離絶滅が基調としてあったから、泣きさけぶ家族をのこして、引き連れられてきたのである。これについては『全患協運動史』（一光社）や『らいからの解放』（大竹章・草土文化社）などにくわしい。故郷においては「ひとりの患者の周囲には十五人の不幸が起るといわれ、父が町長を辞めさせられ、妹は行かず後家になった。弟がぐれた、一家が村八分になった。働き手がなくなり、小作に出した畑が農地解放でとりあげられた」（大竹章）等、ほとんどの入所者が、これらのケースのどれかの被害者だという。

いまプロミンによるライ治癒時代を迎えた。故郷に行こうと思えば行けるのである。ライの解放時代がはじまる。はじまるのだが、時はもうおそすぎた。草津栗生楽泉園。この療園だけでも患者の平均年齢は五九歳。彼らは短くて三〇年、長い人で半世紀にちかい年月を待ったのである。その間に描き渇望した故郷は、もはやわたしたちがいうところの「望郷」とは言葉は同じでも、同じものではない。

たとえば一九〇七年うまれの武内慎之助がいた。彼の詩「空中墓石」をあげよう。この詩は六五年九月に書かれ、当時原稿を手にした冬の夜の、わたしの深い感動をどう伝えればよいだろうか。武内を追放した故郷は、ここでは帰るべき「死」の国となる。故郷を死なしめたのは武内ではない。そして故郷を「宮殿」に変えたのは武内自身であった。それほど遠かったのである。

白樺と落葉松の丘に／土冷えるまで膝を抱き慟哭する／昨日はふりむかない／今日と明日にむかって生きてゆくのだ／変形したレプラのために郷里とカクレンボしてから……。／夕映えの空中楼閣を見た／各所に暗い灯がつく／人々の、苦悩の貧しさに耐えてゆく火／私のところへ空中楼閣から手紙が届いた／空中の楼閣に国籍を置けという／不安と焦燥が流れる／のぞみがよぎる蜃気楼がかかる／墓石が空中に浮彫りになる／夕日の外がわに七色の虹がめぐる／ああ私はあれこれを思い／空中楼閣に住む、国籍を移す計画を考える……。／やがて笹むらに露を持たせ／やがて生気を漲らす／わたしは郷里に月の橋をかける／思いが交錯する／ああ、私の骨も疼く／心に苦闘する／空中楼閣が浮雲に変る／流れ雲になる、それは行く／無数のレプラが燃えあがるのを見る／真赤な楼閣の傍らに空中墓石／墓石が夕日に染まって立つのを見る

彼は一九七三年の春、死んだ。自分が描いた空中墓石に空を渡って行ったが、ほんとうに故郷であったのだろうか。

故郷を訪ね、何十年ぶりで帰る人もいる。家族に会う人もいるし、家の前百メートルまでゆき、それをたしかめてふたたび園に戻る人もいる。

会うこと叶わず
われを恋い老い呆けし母よふる里に此処まで来しに

と歌った浅井あいは、自分を故郷から剝ぎとったものは、ただにライという病気ではない、ライ者絶滅を期する国家の行政であった本質をつぎのように見抜いている。彼女は何を言おうとするのだろう。

訓ああ
この人を二十八年ジャングルに閉じこめおきし戦陣

また生駒一弘の歌をあげよう。

眉毛なき顔には帽子深くかぶり色眼鏡して旅立たんとす

木洩日の下に人目を避けて聞くはらからのことふる里のこと

ハンセン氏病と病名変えても骨すらも故郷に帰れず亡きこの友も

これとは反対に故郷からの訪問もある。内田よしの歌——

伴い来し二人の孫も見えぬのか嫁は声のむ盲いわが前に

四歳で別れしときの記憶をば子は言い出でつ三十年を経て

そして韓国人の盲目歌人・金夏日の望郷歌——

晴れわたる金甫空港に降り立ちぬ遺骨の父四十九年ぶりわれ三十四年ぶり

盲いわが耳すませば今は亡き母が砧うつ音聞こゆなり

五、自殺と回復

一九五三年、北条民雄は『いのちの初夜』を発表した。その内容は、当時の陰惨な療園を入院第一日に目撃し、主人公が自殺をはかる。患者の佐柄木がそれをとめずに見ている。「……もっとも他人がとめなければ死んでしまうような人は結局死んだほうが一番良いし、それに再び起ち上るようなものを内部へ蓄えているような人は、きまって失敗しますね。蓄えているものに邪魔されて死にきれないらしいですね」と佐柄木は言う。

喉頭癩にかかった全身繃帯の男が起きあがって南無阿弥陀仏を唱えている。それを指して佐柄本は、あれは人間じゃない、という。それでは何というものか。佐柄木は続ける。「人間ではありませんよ。生命です。いのちそのものなんです……」。

死の影をひきずりながらこうしてライ文学は出発した。生命の極北を目指したライ文学が、当時の新興文学に与えた畏怖は大きく、文学とは何を求めるのか、が探られはじめた。しかし一面、深刻・悲惨を表現したライ文学が、科学的にライをどう認識させるか、ライにどう対処するか迫られている折に、ローカルで深刻な文学として読者や評者にうけいれられたことは、社会がライから遠ざかるというマイナスのはたらきを持つおそれもあった。いま当時の深刻さは減じられたとしても、しかしわたしが知り得た知友のなかで多くの人は言う。「われわれのなかで、一度でも自殺を図らなかったものはなかった」。この自殺は、いま彼らが書く文学のなかに、頻度ゼロにちかくかくされたキイワードとして存在する。

少女の日自殺はかりしという君を信じてわれも身の
上明かす
川島多一

欄干にもたれておれば雪深き真下の谷に啄木鳥の音
金　夏日

さらにつぎの詩——

「女は思い余っていた。そして凝視《みつ》めた。子供の首に掌を廻し、鬼と化した。『許しておくれ』。少年は恐怖の中で耐えた。そしてその後も何度かくりかえされた、母と子の死の遊戯。折重なる失意。だが、どうしてその迷路を抜けだしたのか。いまは微笑さえ浮べて白い繃帯を巻いている」(小林弘明「和解」)

例外なく図った自殺を、失敗、克服していま彼らは生きている。それを、どうして迷路を抜けたか知らないと、小林弘明は言う。いま彼らの平均年齢は六〇歳に近い。これから書きつづけても一〇年、長くて一五年だろうか。かくして日本からライは消えるだろう。消えるために、自らが自らを消すために彼らは、このような言葉を残してゆく。それは自分のためではないのかもしれぬ。自殺と消滅を期してなお、目指すものがある。それはライの回復ではない。すべての、全体的回復である。

六、非ライ者の回復

昨年六月の『詩人会議』に「ハンセン氏病の唄」という作品が掲載された。同誌の新人賞佳作作品である。全文を紹介する紙面がないので、気にかかった部分を抜く。

「足首から先の肉も骨も解けた。四角い木で下駄を造り、真中に丸い穴を下まであけて、その中へ骨の先を入れ、綿で囲った」。「頭の髪の毛も睫毛も、みんな抜けたから／墨をすって筆の先で書いてある。／みんな役者みたいだという。賞めてなど勿論いない証拠には、蔭で笑っているからだ」。「チンチは立っても、誰も相手をしてくれる人はいないから、家の中で手で弄ぶ。そして手ばなしで泣いて泣いて、声をからすのだ」。「心は冷たく冴えているとも知らず、〈後からみるとどんな美人かと思うたに、前から見れば南瓜に眼鼻〉と聞こえよがしに言う仕末」。

作者は広瀬志津雄である。これに対する『詩人会議』選考委員の批評はつぎのようである。「『ハンセン氏病の唄』はこの実在感がいたいたしかった」(城侑)。「三篇を通しての力量を買った」(秋村宏)。「大胆な表現と社会的課題への積極的なとり組みにおいて……注目すべきもの」(滝いく子)。「正義感にみちた直截な告白」(佐藤文夫)。

右のような評価による詩が掲載されてまもなく、栗生楽泉園の詩人の谺雄二から批判の手紙が選考委員の城あてに出される。三か月が過ぎ、八月末近くになって詩人会議側からようやく返事がくる。それに対する再批判としての谺の「詩的民主主義のために」の論文が詩人会議編集部へ送られる。しかし、この論文掲載の希望をとりさげてほしい旨の要望をもって、城が谺を訪問する。そして同年一二月号『詩人会議』誌上で、「栗生楽泉園を訪ねて」(城侑)が書かれる。いままでの経過は、概略右のとおりだが、交わされた意見、得られた経験など、そしてついに理解され得なかった中心点など、依然として裂目は深く、このように単純なものではない。論争になり得たかどうかについては、わたしは知ることはできないので、右の作品について、わたしが感じたことを述べてみたい。
二、の「目の風景」で述べたことだが、達磨の絵を描いた鈴木時治は、最初にわたしが見誤ったように、グロテスクな絵を描いたわけではない。ライの詩人・芸術家が、自分たちの苦悩にみちた病状や社会的条件を訴えるべく、他者の経験などを重ねあわせて作品のなかに形象化することはあり得る。しかし表現上、誇張的に自身をグロテスクに描くことはありえない。鈴木の絵をみて、わたしがルオーの初期の不安や憤懣の感情を発見したかのように感じたことは、「晴眼者」側の観察が、作者側が「見た」環境世界を見誤ったところに理由がある。まして、わたしの目が「晴眼」であるとはじめから措定されていることがやはり正しくないのである。「晴眼者」のわたしAと、同じような「晴眼の人」Bが見た場合、AとBの観察の相違は、その質において、わたしと鈴木の相違と同質のものであることを考えないわけにはゆかない。その意味で、すべての人間の持つ風景は、彼が風景とのかかわりにおいて生活するという点において、すべての人間はそれぞれ異なるパースペクティブを持つ。彼には自然で、わたしには不自然に観察される、そのような場合は、作者側の自然観に接近し、彼の環界を理解する目で評価がなされなければならないだろう。
ライは「ハンセン氏病の唄」で歌われるようなグロテスクな存在か。この「唄」は、ライの症状を、わずか外部から観察されうる現象面、および常識と錯覚されていた誤認の社会意識において把えられ、患者の悲惨を観察者側からの推測によって、あたかも患者の現実生活であるかのように書かれているにすぎない。このような観察者側の特異な素材選択が、「大胆な表現で」「社会的課題への積極的取組み」というのならば、旧態依然のリアリズムや社会性文学が泣こうというものだ。このような作品はむしろライを社会的関心から遠く離れた場所で葬ってきた明治政府以来の撲滅政策の側からみれば、もっとも喜ばしい、歓迎すべき作品に一変するのだ。

「足首から先の肉も骨も解け」、足が棒状になっているのならば「四角い木で下駄を造り、真中に丸い穴を下まであけて、その中へ骨の先を入れ」るような下駄がどうして必要なのか。それを見たこともないわたしたちには説得力を欠く。作者はその具体的な事例をほんとうにどこかで目撃したのか、見て、そして「頭の芯まで激痛の矢が走る」と、言葉だけの楽な表現でこの痛みが他者に伝わると思っているのであろうか。患者には依然として痛みが存在しつづけ、作品に痛みの一片もない、そのような詩とはどのような詩か。

「頭の髪の毛も、睫毛も、みんな抜けたから、／墨をすって筆先で書いてある」という。

　かつてそのようなことはあっただろう。しかしいまはそのような患者はいない。医師との努力によって、患者が激痛をこらえながら植毛がなされている。現状はそうだ。ただ問題は右のような現状を作者が認識しなかったという点にあるのではない。作者がなぜ、ライにおいてだけこのように書いたか。書けたのか。ライが眉を描く。それは詩に唄われて社会意識を喚起しなければならぬほど異常な事件なのだろうか。眉に墨をぬる。墨の材料は違っていても街に出れば、あっと驚くような化粧の人間はごろごろ転がっている。それが街では異常ではない。なぜライ園では異常に変るのか、感じられるのか。作者はそのような自己を描くべきだった。

　作者は正直だ。自己を描く必要もなかったのかもしれぬ。「みんな役者みたいだという、賞めてなど勿論いない証拠には、蔭では笑っているからだ」と言う。笑っているのは、どこの誰か、蔭の笑いだ。この蔭の存在を作者がほんとうに憤る立場にいるのならば、このようには書かぬ。作者は自らが笑う立場に立った人間であることを、率直に表現している。そのことをひそかに自覚しているのは、われわれ非ライ者である。作者のあなたと、わたしである。われわれはほんとうはわが残酷を書かねばならなかったのである。

楽泉園にいる金夏日の歌をあげる。

眼の上に植毛の針差し込める音にぶくして頭にひび
く

少年時代朝鮮にすごせし小林先生時折なつかしき言
　葉つかい給う
朝鮮に暮ししことをわが眉毛植えつづけつつ語りた
　まいぬ
すでにして麻酔きれたれど今一本いま一本とわが眉

植えたまう
植毛せし眉毛ようやくわが顔になじみて遠く旅立たんとす

さらに「ハンセン氏病の唄」はライの性について「チンチは立っても誰も相手をしてくれる人はいない」から手淫をして手放しで泣いて声をからす、という。手淫はどうでもよろしい。しかし手放しで泣いて声をからすのは、作者自身の写像ではないだろうか。作者は自己の醜悪を描き、ライに仮託せず、みずからの内部を暴くべきだった。グロテスクはけっして対象にあるのではない。多くの詩人や画家が描いてきたように、それは自己の写像であった。そうでない場合、グロテスクは諷刺に刺されるべき敵でなければならなかった。

作者はおそらく政治的・社会的諷刺、批判としてこの唄を書いたつもりかもしれない。しかし結果はちょうど逆にあらわれた。皮相的な現象面をグロテスクに、悲惨に描き、これをまだ認識するにいたらない第三者に対して、現実はこのように凄絶であり、第三者が無知であることの非を鳴らす。進歩的言論のなかには、いくつかこのような傾向が現われる。しかし作者がつねに無創で批判の側に立っているかぎり、それらは字義どおりの保身の文学、保守の報道である。社会への参与とは何の関わりもない。

非ライ者がライに関わるとき、つねにこのような自滅に終るものなのであろうか。わたし自身の問題としてすでにそうである。しかし、ライ者の側はわれわれに対して、全体的回復を求めている。病み、頽廃している非ライ者に対してライ者は回復を求める。われわれが回復しないかぎりライの解放がないことを、彼らの側からつねに呼びかけてくる。

わずかな例にすぎないが、ライに関わっている医師たちの文学によって、その手がかりを求めることにする。

座談会や文学講座の席には、きまってこの療園の医師や看護婦の姿が患者の後方に見える。わたしは「ライ文学の表現論」について話しつづけていた。会場の外は細かい雨が降っている。話はようやく結論に近づいていた。

「ライ文学の読者は誰なんだ、いったい誰なんだろう？　それはおそらく、皆さんよりももっと苦しい時間、悲しい条件におかれた人々であるにちがいない。その人々が皆さんの文学を必要とするのだろう。だからここで、われわれが非常にむつかしい条件で、例えば口述、点字で、舌読で、何のために文学を作るのかという大きな問いが与えられたとするならば、――それは皆さん、ライ者がすべて絶滅してもなお、依然として残っている、苦しい悲しい目にあっている人々のために書くということだろう。たとえそれが自分の気休め、自分の慰めのために書くものであっても、それは結果的に、他の人々を潤す。もしそうであるならば、たとえこの場所で作られるライの記録は文学と呼ばれなくてもいい。それは心の医学というべきものかもしれない。

　ここは辺境である。ライもまた辺境の問題という人もいる。ここで書かれる文学はローカルな文学と呼ばれてもいる。しかしローカルであるかないか、それはその問題をとことんやってみなければわからない。そのつきつめたところを、あと一〇年、一五年の間に、やり通さねばならない。時間は短い、その短い絶滅の日までの間に実現を期さなければならない……」

　わたしは語り終った。患者の後方で、足の不自由な内科の高野桑子医師がうなずいた。

同じ療園に竹下芳という眼科の女医もいる。親子二代にわたってライ医療に関わり、いま患者とともに生活している。その人の歌。

盲人会に買いととのえし歌書いくつ録音すすむる心
　　たのしく

　この人は日本ライ医療の創始者ともいわれた光田健輔の息女。この先達者のライ絶滅の戦略は否定されて久しい。その息女の右の歌は、父とそして日本の近代化を超えようとする。果して超えることができるだろうか。いままでの慈善・篤志の人々の歌もあるいはこのように歌われていたのではないか。しかし次のような歌をよむとき、同じ人の歌のなかにあざやかに浮び上がってくる戦いを発見する。厳寒の冬の高原――

午前三時往診にゆく雪の道西空に金星の光凍れる

最後に、盲目の金夏日の植毛のときに歌われた医師、かつて植民地にいたという小林茂信の句をひとつあげる。

点字なる七夕色紙むすびけり

以上に挙げた、栗生楽泉園の文学・美術は、むろんこれらの人々にとどまるものではない。年々数は減ってきているが、このほかに多くの作者たちがいる。この統計によると、患者の約九〇％が（文字を読み得ない人を含み）高等小学校卒業程度の学歴しか与えられなかった。これらの人々の手によるものが、以上の諸作品である。数えあげることのできない多くのものを教えられたことを感謝する。

朝鮮人との出会いと別れ
――わたしの関東大震災――

（一九七九年）

一の話・『飼山遺稿』

関東大震災は朝鮮人にとっていまわしい事件であった。そして日本人にとっても――と一般的にも言われて、大杉栄一家の虐殺が同時的に追想されてきた。しかし、当時の朝鮮と日本の社会運動との関わりを求めるとき、ほんとうに繋がりがあったものと前提して連帯史を続けることは危ぶまれる。わたしにとっては生まれる前の事件なので、ここでその手がかりをわたしの義父の話からはじめてみたい。

わたしが、田川季彦という義父を考えるとき、つねに霧のなかに見るような心細さがつきまとう。義父、つまり妻の父であるが、彼のなかになにかがあった。しかしわたしは、彼の生前にそのなにかを探りあてることができなかったのである。

田川季彦。彼は一八八一（明治一一）年に、信州松本に生まれ、小学校を卒えて東京に上り、渋沢倉庫の実直な社員としてつとめあげた。非凡な才があったわけではない。鬱勃たる社会的野心を持っていたわけでもない。いや、はたして「ない」と言いきっていいかどうか、彼の妻子にもわからなかったであろうし、老いて義父と呼ぶようになったわたしに対しても、心の中を開いたことがない。

彼の三女とわたしが結婚した年であったろうか。一九五五年に義父の家を訪ねた折に、彼は焼けのこった『近代思想』十数冊と『飼山遺稿』という本を貸してくれた。これらの本のなかに、田川季彦の青春がこめられていたのである。

一九一三（大正二）年、一一月四日。東京市外の大久保でひとりの青年が鉄道自殺を遂げた。高田馬場と百人町との両踏切の間でおこった変事であった。死体は同年春に早稲田大学を卒業した松本出身の若い思想家で、号を飼山、山本一蔵ということがわかった。

義父の田川季彦は、飼山とは少年時代からの友人であった。飼山の死まで、彼とは精神の友であったようで、この友人の死とともに田川季彦のなかに燃えていた「なにか」が同時に消える。

『飼山遺稿』によると、大逆事件の前の年、一九〇九（明治四二）年、松本中学時代の日記に飼山はつぎのように書いている。

「二月十一日（木）雨。△紀元節。△拝賀式、予は××××××××。△保里写真館にて学窓会の諸君及小岩井浩君と撮影。△葵の湯に居る高山郷市君を訪うて語る。△田川季彦君よりクロポトキン著、平民社訳『麺麭の略取』を送らる。田川君の好意謝するに余あり」

その二月まえの一二月二三日の日記には、

「田川君来信、曰く『君、山本君、吾人は疑ひはじめたので最後まで疑はう、そして行方も知らずさすらふてそして中心に帰りて大いなる人生観を立てやう、君、何故世を疑って神を疑はない、自分は君が大胆に神を疑ふの日を俟つ』」

とある。その頃、飼山の周囲の社会、松本市のもようは同年の日記の激越な口調から察せられる。

「△米国艦隊歓迎にて東都は酔へるが如し、咄々貧者の苦を知らざる泰平の民よ。△野津道貫の死を×す。△兵営付近を散歩す、カーキー色に塗られたる建物、其は、実に兵士の××にも等しきを意味するに非ずや、あゝ憐むべきは我等貧者也、弱者也」

また――

「△何等の生気なく何等の元気なく悄然屠所の羊の如くに歩み来る兵卒の顔を見たる時は思はず涙ぐまざるを得ざりき。あゝ松本市民が狂せるお祭り騒ぎは我が可憐なる兵卒の眼にそも如何にか映ずるぞ。△分列式あり、衆人環《ママ》視の中にて鉄砲を打つ、願はくは批の砲火をして××××××××砲火たらしめよ」

このとき飼山は一九歳。東京にいて友人に物騒な本を送ったりしている田川季彦は二一歳。その後わずか五年を経て、突然に飼山の自殺が起こる。そのあいだの日韓併合から朝鮮総督府設置を、彼らは見聞したはず、断定しにくいが何らかを見たはずであった。

飼山の自殺の翌日のことを田川季彦はわたしに語ったことがある。

「線路に死体を見にゆくと、すでにそこには巡査がいて、山本君の死体にかけてあった蓆をとって、『たしかに山本一蔵ですね』とわたしに念を押した。そしてつぎにこう言ったのだ。『あなたは大杉さんではありませんか？』。返事をしないと、幾度も念を押して聞くのだ――」

田川季彦にとって、飼山の死と、さらに一〇年後の関東大震災における大杉栄の虐殺とは、みずからの死を意味するものであった。彼は小学校を卒えた田舎青年であり、かりに早熟で、多読であったにせよ、形成しつつあった思想は、クロポトキンや聖書よりも、むしろ親しい友から得るものであった。彼にとって敬愛すべき先輩があるとすれば、その思想は正義であった。彼は思想を「わたくしごと」のなかで養い育てていた。飼山・大杉・石川三四郎。彼らの思想について、義父はいちども書物的な言葉で語ることはなかった。問えばかならず、私的な交情と追憶であった。彼が友や先輩をつぎつぎ失っていったあと、彼自身が過去の影を帯びはじめる。「わたしは、無政府共産だ」というその信条とは別に、それを信じる自分をすでに滅びたものと思う。

飼山の自殺は複雑で、時代の影が深い。少年時のキリスト教の影響から青年時における社会革命の思想を抱くにいたる思想的苦悩、そして彼が故郷に受け入れられなかった肉親の事情などが、理由として考えられる。背景に明治末年から大正はじめにいたる社会の大変革がある。『飼山遺稿』によってそれらの重苦しい時代背景と、個の精神の焦だちとを十分に察知することができる。しかしそれにしても、遺稿にはふしぎにアジアから投げかけられる影が薄い。一九一一（明治四四年）一一月一日の日記に「△夜冷気身にしみ寒天月に冴ゆ。△黄興如何にしたる、黎元洪如何にせしか、隣邦の共和遂に望むべからざるか」。また同年一二月一二日の日記に「支那天地渾沌として分つべからず、黄興の為に其の成功を祈らざるを得ず」。一二月二十八（?）日に「△予は孫逸山よりも黄興を愛す」などが散見されるにすぎない。

そして朝鮮に関してはまったくといっていいほど影が映じていなかったのではないかと思われる。翌年の日記に、

「二月十六日（金）晴。△風邪ほゞ全快。今日より登校。△ビヨルンソンの『アブサロムの髪の毛』を読む。△堀内君より来翰――朝鮮の荒寥とした山河の中に居る――。同君の面影そゞろに偲ぶ。直ちに返書を認めて近状を報じた。予にとっては忘れられぬなつかしい友の一人となった」

さらに三月一三日に、この「堀内君」の来信を抜萃している。

「三日夜（旧一月十五日）江原道旧慣による綱引有之候、負傷者二名、重傷者一名、死者二名を出し候も驚く気勢毫も無く平世甚だしく卑怯なる彼等は十時頃までマッチを続け申候、群衆心理の威、小生そぞろに身の毛のよだつを覚え候」

飼山が参加した、大杉らの『近代思想』についても同じようなことがいえる。同人の土岐哀果（善麿）が、一九一三（大正二）年の初夏、『読売新聞』の社用で朝鮮・満州に出発した。そして五月一三日の龍山からの手紙を、大杉は『近代思想』のコラムに紹介している。

"Keizyo no Sagota《ママ》-Koen ni Kato-Kiyomasa ga nusunde yuko toshita To gaaru ; Ikusanin no Hanzai no ato ga

500nen no noti ni nokotte iru. そして其の間に、タコの化けたやうな、多分官妓のつもりらしい絵を書いて、Konisi-Yukinaga wa Konna no no《ママ》 Senzo ni horeta noda,"

――『飼山遺稿』にせよ『近代思想』にせよ、当時の社会主義者たちの朝鮮観には、右のような意地のわるい例しか見出せないのが残念だが、「平世甚だしく卑怯なる彼等」か、あるいはこんな女といわれる「タコのような官妓」しかいなかったのであろうか。

時は一九〇八（明治四一）年から一九一三（大正二）年まで、朝鮮全土を覆った反乱、伊藤博文の死を経て総督府設置という激動期である。飼山が注目しつつあった辛亥革命、そして孫文・黄興らの日本亡命のその時点で、ほんとうに社会主義者たちにも右にあげたような「アジアへの断絶」があったのであろうか？しかもその一〇年の後、当の大杉栄が、朝鮮人六千名とともに日本人の手によって殺される、朝鮮との不可避の宿命を持ちながら、なぜ日本と朝鮮の革命は出会わなかったのであろうか？

二の話・緑色のテント

いまわたしにある光景がうかんでくる。三三年まえの夏の日のことである。

若いアメリカ軍の哨兵が立っている。場所はソウル郊外、新村里にあった父の工場。当時まで工場は第五航軍の航空機偽装覆をつくっていたから、軍需工場に指定されていた。そこに連合軍が進駐してきたときのことだ。

工場側が提供した立哨兵のための緑色の小さなテントをみて、兵が驚異の声をあげた。そこに英語でつぎのように刷られてあったのだ。「これは一九二三年、東京の大地震被災民に対して、アメリカ国民によって寄付されたものである」。こんなテントがいままで工場のどこかの隅に放りこまれていたことを、わたしたち誰もが知らなかった。かつて『朝鮮植民者』でその生涯を書いた祖父の浦尾文蔵が工場長であったが、彼は英語を読むことができない。飛行機や戦車用のばかでかいものでなく、手頃な小さなものをと考えて、立哨用に偶然貸したものである。その偶然がさいわいして、進駐軍と、日本人の工場主側とのわだかまりが少しずつ溶けはじめた。停戦からわずかまもない興奮状態にいた両国民が、ふと、平和であったあの二〇年まえの関係にひきもどされたのであろうか。

「京城」の西大門刑務所が解放されたのはいつだったろうか。ぼんやりとした記憶によれば、「八月一五日」の翌日ではなかったかと思う。政治犯ばかりでなく、他の囚人たちがいっせいに刑務所の外に出た。腹はへる。それら囚人たちが付近から山を越えて新村里に入った。日本の警察官派出所はすでに空っぽになっており、村に自警組織が作られつつあった。武器こそ持たなかったが、腕章をつけた青年たちが村から村へ、伝令をとばして走っていた。騒然たる雰囲気であった。軍需工場を解放しようとする要求をかかげた労働者たちが、村民や自警組織と合流し、しだいに工場の周囲にその数をふやしつづけた。

そのとき、ふしぎなことが起こった。進駐したアメリカの立哨兵たちが、ふくれあがってゆく朝鮮人の群に対峙する形をとりはじめたのである。そのときの朝鮮人たちの怒りと絶望的な表情を、垣の外にみた。一九四五年夏の終りの、ある日の一光景にすぎない。この光景は、四五年以降のアメリカの、極東占領政策を予言的に暗示していた。

わたしの記憶のなかに緑色の小さなテントがある。関東大震災という大事件を、朝鮮人に加えられた虐殺とともに考えるとき、日本人、つまりわたしと朝鮮人との関わりは、やはりつながりよりも、すれちがい、相剋のような影が射す。

それから戦後日本のなかで八年が経過してゆく。わたしは飢餓と党生活のなかで、幾度も発熱と大喀血をくりかえしたすえ、市川の国府台にある結核療養所に入った。

そこでわたしは、同じ結核で倒れているひとりの朝鮮人の青年と出会うことになる。

彼の名をKという。年齢は当時で二四、五歳であったろうか。祖国が解放されたとき、Kはソウルにいて大学に通っていた。文科の学生で、当時彼が愛読したのは林和の詩、白南雲の経済史であったという。日本の植民統治下の学校で学んでいた時とはうって変って、彼の毎日は希望に輝いていた。しかし右翼学生が学園内でしばしば暴行沙汰を起こし、彼は学園から避難しはじめる。それがひとつの予徴であったかのように、南の地に李政権の白色テロが横行する。これに反対して、南朝鮮全土に人民抗争が波及する。全土のゼネスト。四八年には済州島全域がパルチザン闘争に埋められる。息をつくひまもない。五〇年には朝鮮戦争を迎えるのである。

Kの縁者（兄さんといっていたが）が南部のパルチザンで、ある日彼は父の遺産すべてを金に替えて智異山に出発する。五一年暮、全南非常戒厳司令官の、智異山南麓一帯の通行厳禁の布告の発せられるなかを、彼はついにくぐりぬける。兄に金を渡し、脱出する。彼の背後では、パルチザンたちの敗北戦が依然としてつづけられていた。

——そのKが、わたしのベッドの隣にいた。五二年の春のことであった。

Kとわたしは、病院で五名ばかりの小さな共産党細胞に属していた。この年に血のメーデー事件が起こるが、非合法組織のわたしたちは、病人の分際でありながら、夜ベッドを脱けだしては市川地区のひそかな場所で行なわれる会議に出席し、あるときは駅前でマイクを握った。戻って床にもぐり、赤い痰を吐いた。

ある日、上部の組織から指令が来た。指令を持ってきたのは、時折党の会合で顔を合わしたことのある男である。病院を兵站に使わせてほしいという。具体的には、時々、いろいろな荷物をあずけるが、大事に厳戒して守ってほしいという。最初に来たのは、大工道具を入れる箱の親分みたいな大きながっしりと作られた木箱で、非常に重い。何だ、と聞いたら、拳銃の弾丸だという。われわれのちっぽけな細胞の胆を冷やすに十分なものであったが、当時はあまり驚きもしなかった。いちいち驚いていられるような時代でもなかった。どういう神経の持主か問われても仕方がないが、その物騒なものを、わたしは自分のベッドのしたに置いた。毎朝、掃除婦がモップで拭きにくるが、そのたびに弾丸の木箱がコトンコトンと鳴ったのを昨日のことのように思い出す。

翌五三年七月は朝鮮休戦協定が調印された。しかし

Kはひきつづいて細胞の活動家であった。平壌放送が、依然として在日朝鮮人の運動を日本共産党の指導の下におくと告げたのは秋九月一三日のことであった。上部からはその後の軍事方針は下りてこない。上部がとつぜん消失してしまったことを知ったのは、ずっと後のことである。しかし病院内を私服が歩きまわり、聞きだしをやっているので、拳銃の弾丸だけは自分たちで勝手に処分することに決めた。わたしとKは、ある夜、重たい木箱に縄をかけ、棒を通して二人でひょろひょろと担いだ。療園の柵を抜け、崖をおり、松林のはずれの深い沼に沈めにいった。浅いところではいつか発見されるから、できるだけ深みに入る。沼に足をいれ、股まで濡らしたのはKであった。箱はずぶ、ずぶと音をたてて沈んでゆく。わたしとKの朝鮮戦争の終りであった。

こうしてわれらの小さな兵站基地は消える。そして五四年にKは組織から離れる。Kは細胞会議に出席せず、彼の背後の民戦組織に戻っていた。八月の南日声明にひきつづき日共六全協、五五年の夏を迎える。無茶を極めた療養生活であったが、わたしたちの病気は恢復し、わたしはKと別れた。

戦後わたしが朝鮮・韓国に関わったのは、四九年以後、日本共産党員として政治運動のなかで、朝鮮人党員と知り合ったことからはじまる。しかし心の深いところでは、わたしが朝鮮で生まれ育ったという出身がそれを支えていた。朝鮮人党員には、とくに語りたくなかった過去であるが、自分が植民者三世であったことは、彼らとの交わりが深まり、苦しみを共にするとき、やはり告げなければならない最後の禁句であった。最初に会った朝鮮人党員(康君といった)の家で、康君は彼の父親に私のことを朝鮮語で紹介し、最後に日本語でつけ加えた。「帝国主義者の子供です」。その言葉を、今度はわたしを正視しながら確認を求めるように言った。——こうして多くの朝鮮人同志と会い、すれちがい、別れていった。

先に語ったKに、しばらくたって、わたしがソウルに生まれたことを語り、敗戦直後の新村里の緑色のテントの話をしたことがある。いったいどのような因縁なのか、Kは、そこの生まれであり、村松工場を知っており、八月一五日からあとの村の騒動を目撃してい た。工場の柵をへだてて彼とわたしは同時に同じ経験を持った、敵と味方であった。

このKについて、かつてわたしは『朝鮮植民者』でつぎのように書いたことがある。

――戦後の一〇年もたたない頃、わたしは病院でベッド暮らしをしていた。となりのベッドには亡命してきた朝鮮青年がいた。偶然ではあったが、彼とわたしとは朝鮮で同じ町に住んでいたことがわかった。彼はきれいな日本語を使いながらこう言った。

「国民学校では、ぼくは優等だった。とくに国語（日本語）がうまかったね」。彼は苦笑しながら「だけど困ったことには、家に通信簿を持って帰れないんだ。国語に甲をとってるもんだから、親父が荒れてね、べつに追出されるわけではないんだけど、ぼくはその夜は友達の家に泊ったんだ」

この朝鮮人は少年時代に自分の知らない日本歴史、関わりのない日本地理を学んできた。「宇治は平等院、茶の産地」。そのことと、家に帰ってみる周囲の世界とは、差がある、などといってすまされるものではない。少年は日本国民としての将来のまぼろしと、怒る父とをどのように結びつけてゆけばよいのであろうか。差ではない。あきらかに二元的な生活を、幼い頃から果たしてゆかねばならなかったのだ。

こうして少年は「家」の伝統を崩しはじめる。しかし中学に進みやがて成人に近づくとき、彼の前で日本国民のまぼろしも消える。彼はみずからの「日本皇民」としての将来を放棄し、ふたたび家に戻ろうとする。そのとき、「家」によってかろうじて支えてきた朝鮮民族の伝統が、どのように無惨な姿で残されていたことであろうか。――

かつて夏の日、アメリカ進駐軍の一分隊が哨所をつくったために、アメリカ兵と朝鮮人が対峙する形になった。あの暗示的な事件は、わたしにとって、戦後、日共党員であった政治活動のなかでも、自分と朝鮮とをへだてる深い断層として心に残されたままであった。工場を包囲しなかったかもしれないが、それを目撃し、わたしを射たひとりの少年と、戦後ともに戦って生きたことは、たんに偶然といえず、わたしの内部に、断層を越えよ、越えねばならぬと呼びかける。

Ｋと別れるときがきた。民戦・祖防隊。そして一九五五年七月、日共の民族対策部の全国会議が、朝鮮人党員の全員離脱を決定したのである。

その彼が、五九年に突然、故郷に帰った。どうしてあの李承晩政権下の韓国に帰ることができたのであろう？　わたしの側に疑惑が湧いた。Ｋはしばらくたって商用でソウルから東京にやってきた。わたしたちはまた出会うことができた。わたしは言った。

「きみが韓国に入ることができたのは、偶然の幸運みたいなものだ。東京に来た以上、もう二度と韓国の土を踏むことはできないのではないか？」

Ｋはわたしの疑いがつらかったのだと思う。苦しそうに自嘲的にこう答えた。

「君には説明してもわからないだろう。いまソウルは、キャバレーのようなものだといったらわかるか？　ぼくの帰国はすべて金の力によって解決した。いま、だから懸命に働いてその金を返さねばならない」

わたしにＫの姿が見えなくなった。キャバレーのような李政権下の社会に沈没してゆくＫなのか？　キャバレーのなかでその崩壊のために戦ってゆくＫなのか？　わたしに対しもっともやさしく、親しかった戦友・同志の彼がほんとうに消えてしまったのである。

あとがき

　ある日、安野光雅からきりがみの絵をやるといわれた。きみの家庭には多少やばい文句が書かれているが、その責任はきみ自身にあるのだ、ぼくは知らないよ、という。——ほんとうはもすこしやさしい言葉で、もすこし辛辣な意味をこめて言ったのかもしれない。この絵の一部分で、カバーと扉をかざっていただいた。ほんとうの絵はもっと横に長い。この絵についての背景を話さなければならない。わたしのむかしの詩に、阿鈴（アリョン）という名の朝鮮人女性が登場する。そのひとへの愛を、いつわりだとかれはいうのかもしれない。参考までに言葉の全文をあげる。「ひとはみなあさまでいるあなた夜かえる窓のからすくもるあなたＡＩＹＯＮ《ママ》ほしいかあれはうそのこころうらきるこころ秋のときわたし人をうらむしたくするよ」。

　安野の言うように阿鈴への愛は偽りかもしれぬ。ほんとうであると言いはっても嘘になるかもしれぬ。そのいみでは、わたしの深層を知ったうえでの友人の言葉であった。右のような背景を含めて、わたしの評論集に彼の絵を使わせていただいた。この絵を切っているときの彼の後姿を思いうかべ、ひどい男だが、ありがたいと思う。

　見返し（表紙のうら）のデザインは田中清の手になる。複雑なデザインで、健康なそら豆をひとつひとつ、民主的に、すべて姿かたち表情まで変えて切ってくださった。

　この二人に心からお礼を申します。

　評論集は一九七〇年から今年の七九年までの一〇年間のわたしの足どりである。詩よりほかに、評論などはめったに書かないのでようやくの一冊である。だがこれはわたしの戦後三〇年の主題で、ライと朝鮮という、二つの中心をもった楕円形が、じつはわたしにとってほぼ円に近くなっている。つまり二つの中心は、ひとつと思っている。

　ある夜、場末の飲屋で友人と酒を飲んでいた。この人はあまり演説をしない人で、黙って飲んではギターをひきよせる。そして懐郷の歌をうたう。詩人の李哲（イ・チョル）である。彼の歌を聞きながら、彼の懐郷

——故国に帰りたくても帰ることのできない在日朝鮮人の心に、ふとわたしの心を重ねてみた。重なるわけがないことを知りながら、この友人の身にわが身を重ねようとしていた。この仮説も「うそのこころ」か？

わたしたちはこうして歩き、こうして生きてきたではないか。わたしは言った。「哲さん。ぼくは今度の本の題名をきめたよ。『遥かなる故郷』という題にしたいんだ」。

この本は若い友人・藤巻修一さんの手によって出される。うまれたばかりの出版社からの望外の好意に感謝する。

一九七九年三月

『遥かなる故郷——ライと朝鮮の文学』一九七九年三月　皓星社刊

終りなき戦後

詩をなぜ書く

自己像幻視

（一九七九年）

なぜ書くのかと、誰からも問われたことはなかった。いつ、どのようにして書いているのかと問われることはあった。それはおそらく、忙しい仕事をしたり、政治的な運動に関わったり、夜の町で飲み呆けていたりしたから、人に、よくそんな暇があるものだと思われてしまったためであろうか。だから、詩を何故に書くのかという問いは、いまあらためて、自分に対して自分が発するものである。

はじめて創作したいと思ったときの、はっきりした記憶がある。植民地朝鮮の、中学校の三年の夏であった。「皇紀二六〇〇年」にあたる一九四〇年、その初夏にフランスのペタン元帥の政府はヴィシーに移った。ヴィシーという地名はちょうど欧州地理で知ったばかりの、小さな都市であった。ヨーロッパの彼方に戦火があり、歴史が転換するその動きと自分とのつながりを知ることができなかったが、身の周りの大転換に対しても、わたしは鈍感であった。日独伊三国条約調印のその年の夏の雲は、依然として魅惑的で、太平洋戦争の前年の朝鮮にいて、朝鮮人たちが続々と大陸に流れ去ってゆくことも、あたかも他人の風景のようであった。そのようなとき、わたしは夏休みのあいだの、数日間、奇妙な体験をした。覚めながらひとつの幻想に、連続してふけっていたのである。

幻想のあらすじは、日によって少しは違っていたが、単純で幼稚なものではあっても深部のところで続行された。（だから本によって得た知識によるものと思われるのだが）ヨーロッパ風の廃園を散策する夢想で、籔や、きづたによって閉ざされた視界のむこうに一軒の館を発見する。かつてわたしが見たこともない、しかし名前だけはどこかで読んだことのある植物の繁みをくぐり、幾度もその館に通うようになる。そしてついにある夜、館の中の一部屋のあかりをみる。ローソクに浮かび出た姿は、おのれ自身であった、というような想像であるが、それはあたかも実在のもののように明瞭なイメージを持っていたのである。幻想というには常識的・常套的な類型をもつ風景であろうが、じつはそのアラベスク幻視は、四〇年を経た現在も、脱け出しているとはいいきれない。つまり、それ以後に書いた詩や評論のどこかに、この最初の幻想の自己模倣があるような気がしてならないのである。

夏休みが終った。教師から「夏休みに起きたこと」という作文の題を与えられた。あの国際社会の激動の前夜に、わたしには何事もみえず、わたしは数枚の原稿用紙にしたためた幻想体験を唯一の収獲として登校した。国語の教師であり、朝鮮山岳会のメンバーとして著名な探険家であり、生態学者でもあった佐々亀雄という教師がいて、その方に提出した。しかし何の音沙汰もなく、わたしは焦らだつのみであった。その黙殺について、わたしは作品が不出来であったためとは思いたくなかったし、教師は夏休みの生徒の生活などは見ることもなかったのであろうと、自分で抑制した。

ここで思いつくのは、詩は何のために書いたのか。誰のために書いたのか。——はじめの問いに対しては後にゆずるとして、二つ目の問いは、まぎれもなく佐々亀雄という教師に寄せるために書かれたことは告白できる。この教師は、さきにあげたようなわたしの最初の啓蒙者であったし、その二年の後に、植民地の中学生の頭脳のなかに北部山岳の国境付近に庄む火田民、パルチザンの存在を植えつけた学者である。煽動されたと思っている。

その教師については一八九五年、朝鮮王妃・閔族一派殺害事件のクーデターを起した佐々正之が、彼の父であったことが後になってわかる（佐々正之の兄、佐々友房は当時国憲党総裁、その後継者の安達謙蔵もまたクーデターの首謀者）。

しかし当時にあって、ただひとりの精神の先達というべき師にわたしは何を訴えたかったのであろうか。それはわたしが自分が認識し得たことを他者に表明するという自主的な行為ではなかったような気がする。むしろ、自分の感じたり考えたりしたことについて、解釈を他に求めるという欲求からであったような気がする。わたしについての解釈を与えるのでなく、わたしが二人者の解釈を迎えいれようとする行為であったようだ。このことがおそらく、最初の経験において、詩は何故書かれるかの問いに応えるものであるかもしれない。

夏休みに何があったか？　何か起ったか？　という題に対して、わたしはこうしてはじめて、わが心象風景を事件として自覚した。とくに心象、幻覚論のなかにはいろいろな幻視・幻聴の症例があるだろう。幻想といい、妄想といい、わたしにとってのそれは、客観世界のいかなる刺激、事件よりも、大きな体験であった。対象に対するほしいままの自由は、対象を「錯覚」することとは明らかに質を異にするものであることを発見した。例をあげてみたい。

「この種の体験をした例としてゲーテをあげてみます。ゲーテの『詩と真実』の中で、かれが愛するフリーデルケという女性に別れて傷心を抱きながらイタリーに旅立ち、馬に乗って森を出てゆく時に、向うから立派な騎士がやはり馬に乗ってやってくる。見ると、自分である。その時、自分が着ているとおりの服装じゃないんだけれども、自分であるということを直観する。ゲーテはその時に非常に不吉な予感に襲われて、頭を振った。そうすると、自己像の幻視がスーッと消えた。それからあと二年ほど経って、もう一度ゲーテがこの森にさしかかった時に、ふとかれはこの自己像幻視の体験を思い出すんですけれども、その時に、気がつくと、自分は二年前の幻視の服装と同じ服装をしていた、ということを書いております」（荻野恒一「幻覚についての報告」科学と哲学の会）。

なぜ詩を書くのか、という問いに対して、わたしは自分の心の中の深部を、それを理解する唯一の第二人者に語るためだ、と思っている。あたかもそれは、わが病理を自分に似た第二人者に対して語り、自分に似た第二者による診断をうけるため、といっていい。自分に似た第二人者というのは厄介な表現だが、つまりは、われと似ていない人を、創作する側が最初から拒んでいる、といったほうが率直であるだろう。

このことについて、一般の分裂症の患者が、精神医によって幻覚の深層を分析してもらうこととの相異点を明らかにする必要がある。相違は、告白も、分析も、あくまでも自分ひとりでやる。もしくは自分に最も近い他者によって「発見的」に読まれることを求める。さきに「解釈を与える」のではなく「求める」といったことがこのことに近い。したがって詩は、自分一人のために書くという求心的態度でもなく、多くの読者大衆のために書くという遠心的態度でもない。詩は評価の対象となって独立的に存在する。

しかし「詩を書く」という言葉ほど不明瞭な言い方はない。もしくは矛盾した言い方はない。「詩」を「書く」ことは、「字」を「書く」こととちがって、むしろ「詩」を「やる」という意味に近づいている。詩が純粋な思考行為での数学と同じようなものであると考えるならば、「数学」を「やる」というのと同じような意味で「詩をやる」のである。しかし、わたしはこのような純粋詩は書かない。むしろ、物理現象や生体現象を、数式によって表現しようとするのと同様に、何物かを、言葉でいうならば、カオスを詩によって表現する。詩は手段となり、方法となり、つまり、「詩で書く」という言葉に改められようとする。

方法と内容

わたしのなかの精神の動きは、幼時から壮年期を過ぎるいままで、回帰しようとする大きな輪の軌跡をもつ。時折、軌跡はとぎれることもあるが、それはゆきつくところをその運動自体の法則のなかに持とうとする。

旅に病んで夢は枯野をかけめぐる　（芭蕉）

のような、精神のゆくえのないさすらいは、抒情詩の発想であって、それは技法として吸収されることはあっても、主題となることはありえない。夢は、やがて帰りつくところをつねに求めようとする。

わたしが詩について考えるとき遭遇する詩人たちを挙げてみよう。彼らの多くは島崎藤村以前の人たち、つまり日本の近代史に生きた詩人である。

かつて北村透谷は、自由民権運動に関わりをもつ過程で大矢正夫と知り、その領袖である大井憲太郎と、自由党左派の朝鮮革命の計画に参画することになる。革命資金を作るため、透谷は強盗集団に加わることを求められ、彼はついに大矢たちと訣別する（一八八五年）。訣別はしたが、政治との訣別をそれは意味するものではなく、文学によって、彼の政治上の夢想の実現を願っていた。彼は自由民権を述べるために「詩で書く」方法をえらんだといっていい。彼の詩論のひとつをあげてみよう。

「汝は須らく十七文字を以て甘んずべし。能く軽口を言ひ、能く頓智を出すを以て満足すべし。汝は須らく三十一文字を以て甘んずべし、雪月花をくりかへすを以て満足すべし。にえきらぬ恋歌を歌ふを以て満足すべし。……吁、汝、詩論をなすものよ、汝詩歌に労するものよ、帰れ、帰りて汝が店頭に出でよ」（「漫罵」より）。

この北村透谷そして大矢正夫から一〇年の後に、与謝野鉄幹は、日清戦争直後の一八九五年に、落合直文の弟、（槐園）鮎貝房之進とともにソウルにいた。

韓山に、秋かぜ立つや、太刀なでて
われ思ふこと、無きにしもあらず。（鉄幹）

この歌には「京城に秋立つ日、槐園と共に賦す。時に、王妃閔妃の専横、日に加わり、日本党の勢力、頓に地に墜つ」の詞書がある。鉄幹は、当時、日本領事館に滞在中、堀口大學の父堀口九万一と親交を結び、槐園を加えての三人で、女王暗殺を計画し、まもなく公使・三浦梧楼を中心とするクーデター計画に包摂されることになる。右の歌の「われ思ふこと」とはこの陰謀を指すものと見ていい。鉄幹の勇ましい詩論を、少しあげる。

「規模を問へば狭小、精神を論ずれば繊弱、而して品質卑俗、而して格律乱猥、余は此類の歌を挙げて、痛罵百日するも尽きざる也。『廟朝皆婦女』、国を危うする者は、大丈夫の元気衰へて女性之に克つに在り。今や上下挙って此類の女性的和歌を崇拝す。其害果して如何」

鉄幹と槐園が朝鮮半島南部の木浦を旅行している間に、朝鮮政府の軍隊で日本軍人によって教育をうけていた訓練隊が、時の閔一族の政府によって解散させられることがきまった。クーデターはこの機に一挙に計画を早められ、一八九五年一月八日に決行された。鉄幹と槐園はこの実行部隊のなかに加わることができなかった。「何事ぞ偵吏われを迫害して／治安妨害の名の下／三十一年の春、南大門の雪の夕／ああ遺恨なりや、われ女装して／ひとり京城を去らざるを得ざりき」と、のちに鉄幹は歌っている。

しかし、このとき、安達謙蔵を中心とする熊本国憲党の佐々正之はクーデターに参加していた（冒頭にあげた中学時代の師、佐々亀雄の父）。

――それればかりでない。このクーデターは三浦公使の首謀によるものであったが、実行部隊の兵力として、王宮に侵入して守備軍と戦斗するためには、日本軍隊が必要であった。そして加えるに、さきに解散させられることになっていた三個大隊の、朝鮮軍人たちによる訓練隊の兵力が必要であった。この第三大隊長に、李軫鎬という軍人がいた。彼はのちに日本の爵位を得て貴族院議員となるが、この李軫鎬に二人の子供がいた。兄は李漢稷、弟は、実名を伏せるがわたしの学友である。兄の李漢稷は、のちに、太平洋戦争中禁じられた朝鮮語のみによって詩を書き、一八歳で詩壇に登場した青鹿派系の俊才である。

テロリストの息子たちのうちで、一方が師で、一方が学生であった。すべてが偶然であるようだが、しかし糸をたぐりよせてみると、朝鮮の近代史のなかで、革命と大陸経倫の夢想によって結びつけられた仲間たちであった。それを現代風にネットワーク・ダイナミクスといってもいい。そうなれば、透谷、鉄幹、槐園、佐々亀雄、李漢稷、それらのつなぐ輪のなかに、わたし自身が介在してくる。

わたしは日本現代詩に対して距離をおいていたいと思うが、ひそかに思うのは、透谷や鉄幹の詩論への同調の気分である。わたしは藤村以来の詩や方法を迂回して、むしろ藤村以前のこれらの詩人に親しさを感じる。

詩というものは存在しない。詩とは仮構である。詩を書くということは、ストリンドベリが、自身の「ファウスト」ともいうべき「ダマスクスへの道」という戯曲を為したように、わたしも、自身の「ファウスト」と「ダマスクスへの道」を書く、という表明になろうか。「ダマスクスへの道」は、自然主義が消滅衰退しようとする当時において、新ロマン主義や象徴主義の手法によって描かれている。それは一方で、作者の経てきた生活体験であると同時に、一方で、人類全体の象徴を企図する戯曲であった。いまわたしが自己の作品のなかで想定しようとするものは何であろうか。『怖ろしいニンフたち』という散文詩集からはじまり、『朝鮮海峡』『コロンの碑』『祖国を持つもの持たぬもの』まで描いてきた、その向うには、わたし自身の個体史的な体験があると同時に、ひそかに思うのは、透谷や鉄幹がめぐらしたあの陰謀、あの志、あの野望でない、もうひとつの世界に加わり、それを描くことがあるだろう。それをわたしの叙事と名づける。なぜならばそれは詩の完結を自らの主題とするものであるからだ。その完結によって、ちっぽけな植民者としての病理記録は終わる。

李漢稷詩集

（一九七九年）

偶然ともいえる。昨夜のことである。わたしが育ったことのあるソウルの中学校の同窓会が東京で開かれた。そこで酔いながらわたしは隣席のSの肩に手をまわし、「ぼくはいま、ひとりの韓国詩人の詩集をよんでいる。ぼくたちが一年生のとき、五年生であった学生で、顔は覚えていないが、名は李漢稷という。この詩人がぼくらの先輩であったことを教えてくれたのは朝鮮文学研究者の田中明だ」。——となりの席のSにたびたび韓国を訪問しているし、わたしの書いたものにも批評を加えてくれている。そのSが言った。

「李漢稷？　ああ、リノイエ、あのぼくらの同級の李漢卨をしっているね。彼の亡くなった兄さんだよ」。

わたしは以前に『朝鮮植民者』という本のなかで一九四〇年の「創氏改名」に触れ、当時、李漢卨がリノイエに変ったとき、朝鮮人学生への歪曲がはじまったことを感じたと書いたことがある。じつは歪曲は戦後もつづき、京城中学同窓会名簿、三一回卒業生の項には、李漢髙の名の一行うえに「李家」とだけ記されて消息不明の亡霊のような空欄もあった。わたしは当時の、つぶらな瞳をもった色白の同級生を思いだす。静かで声の細い、優美な少年。当時日本の貴族院議員の席をもつ李家の二男の面影を――。その少年がこよなく尊敬していた長兄が李漢稷であったことを、昨夜まで知らなかった。

――『李漢稷詩集』。この詩集は原文で書かれた部分と、田中明による日本語訳との部分によって成されている。田中明の「弔辞」によると、「先生は一九三〇年代の末葉、数え年一八歳の若さで彗星のごとく朝鮮詩壇に登場した詩人でありました。幼稚園から大学に至るまで日本人の学校に通うこととなった先生は、みずから母上や使用人より朝鮮語を学びハングルをマスターされたとうかがいました。日本語のなかにどっぷりつかりながら、嘱目すべき朝鮮語の詩人たりえたことは、その言語感覚がいかに秀抜なものであったかを示しています」。

詩人の少年時代について触れたこの文章にわたしは胸をつかれる。あの時代、朝鮮語が圧迫され、奪われ、一九四〇年の『東亜日報』『朝鮮日報』廃刊にいたるその間に、朴南秀らとともに李漢稷が唯一の拠点とした『文章』も廃刊に追込まれる。この時期に朝鮮語をマスターし、詩を創作したことは、「言語感覚の秀抜」もさることながら、たとえ李がリノイエに改変を迫られようとも、一人の詩人の言語の奪回、そして詩人としての志操を持ちつづけたその強靭な青春をみとどけることができる。

たとえば初期の「温室」という詩。―温室という純粋培養的なfictiousな世界を架構し、

「風化した土壌は
日ごと
謙譲な倫理の花を咲かせた」

といって朝鮮の崩れゆく文化について触れつつも、

「わたしの血のなかでは
まだ別の花の蕾が
そ知らぬ顔で日ましに育っていった」

と結んでいる。まさに朝鮮の土に対するに、朝鮮の血を語っているわけであるが、そこに「そ知らぬ顔」

でひそかに身をかがめようとしたのだろうか。
また「北極圏」では、風が重たい靴をはいて去る、その天空に、ミューズやネプチューンを描こうとする。しかし母国はその神話を失って「色彩を忘れた／かの夜の夢」と化している。少年は奪い去られたかつての栄光をとりもどそうと願うが、できぬ。
「夜ごと　流竄の皇帝のごとし
　こわれた勲章の破片を
　拾い集める白い手、手
　青白いわたしの手」
と、彼自身の出生を暗示させながら、この現世を「北極圏」のごとく規定しようとする。おそらくはさきの「温室」と同義の仮設世界を意味しようとするのであろう。
「羈旅行」では、失われゆく言葉、もはや朝鮮とはよべないいつわりの都会生活。憂鬱な市井のなかで「わたしは影を失なう」といいつつ、心の旅に父祖の姿に似た重畳の山脈を、白樺の喪服のなかにかいまみる。背後の市井は、つぎつぎに転向し皇民化してゆく市井生活であった。なかには皇民化鼓吹の勇ましい宣言すら混ってくる。彼は、それならば自分は「いっそ／安手な玩具のように嬉々として生きよう」と、われにつぶやく。
苛烈な第二次大戦下の「半島皇民下」のるつぼのなかで、彼が詩を書く作業とは、右のような「栄螺（さざえ）の安堵」に似た逃避であったことによって、昂然たるたたかいでなかったことによって、責められることはあきらかに不当である。むしろこのようにして非妥協の一線を自力でさぐり求めていったのではないか。彼が幼時から青春まで育てられてきたのは、日本語による、日本人の学校においてであった。そのなかで、詩人が「ウリマル」を「学ぶ」ということは、日本語を外国語と呼ぶならば、朝鮮語は第二外国語を学ぶに等しかった。苦痛を極めた学習であったことが想像されるが、それを支える若者の希求のつよさにうたれる思いがする。
わたしは同窓会の酒の席で李漢稷を思い、ふと、詩人が「京城中学」では何を歌っていたであろうかと疑問をもった。彼の周囲の学友たちが、彼のかくされた希求を知らず、傍らで放歌高吟した歌を、わたしは知っている。いやわたしも歌ってきた。——「雲とたなびく春の花　錦をさらす秋の色／緑ただよう松の森　天真の色満されつ」。詩句は李漢稷の系譜を例にとるならば、青鹿派詩人たちの環境世界との調和合一の発想とさして遠くはない。しかしこの歌の導入部を、わたしたち日本人学生はつぎのように歌ってきた。「嗚呼東洋の盟主国　ここ半島の一角に／不滅の光放ちつつ　その名雄々しき仁旺台」（京中讃歌）。——だから李漢稷は、孤独にウリマルの詩人の道を選んでいったのかと思う。

　まして無邪気を通りこして誇大妄想に近い「校歌」の一節「吾等が前途活動の／舞台はいずこ五大洲……」に至っては、そのなかで学友たちと机を並べて学びえたことすら奇蹟といえよう。このことの奇妙さは、現在時点でいえることであって、当時の彼は、まさに孤独を守ることによってようやくなしうる「たたかい」であったと想像される。このように傷つき、追放された青春時代のあと、彼は後年の作品でつぎのように歌っている。「我いま　やや疲れて／青春のかの路地に茫然と佇めり／我とは縁なきもの／花々よ」と。そして人生の旅も終りに近づき「何びとも憎まざる代り／我ははや何びとも愛さじ」とも。この詩句は、もっとも深くはげしい彼の愛を語っているように思われる。

　かつてわたしの眼前にこのような精神が存在した。わたしの推測を超える孤独で美しい少年であった。わたしは後進の一人として、彼を傷つけたこの日本語によって、かろうじてその詩人を誇り、かぎりなく詩人を悼む。

朝鮮に生きた日本人
――わたしの「京城中学」――

（一九八〇年）

今年で、戦後三五年になろうとする。この時間は、日本が朝鮮を支配した三六年にそのまま重なる時の長さだ。両者の時間はそれぞれ異なる歴史ではあるが、二つの歴史を加えるならば（その想像の加算は慄然とさせるものがあるが）、七〇年を過ぎる。被支配と解放後の相異なる時間とはいうものの、そのあいだ生きて待つ者、待ちきれずに斃れた者の、まさに一生。それら無数の一生に、わたしの小さな個体史を重ねてみる。重ねてもとうてい測量することのできぬ七〇年がそこにある。わたしは敢えてけっして「過去」と呼ぶことのできないあの少年の日々を記そう。そこに登場する日本人は、とくに著名な史的人物ではないのかもしれない。しかしいずれも朝鮮に関わる深い陰影が刻まれており、それらの人々を語ることは、過去の歴史を語ることとちがって、私自身の現在となる。

そのときの自分を書こう。いま東京は秋の雨に眠り、そして同時に、ソウルの街は気温零下に眠る。

教師・山口正之のこと

一九四〇年、朝鮮。場所は「京城」である。この年、朝鮮は国民総力運動の重圧のなかにあって、暮れの一二月には「創氏改名」が実施されようとしていた。

わたしは京城中学の三学年のクラスにいた。担任は歴史教師で、一九〇一年生まれの山口正之であった（彼は後年『黄嗣永帛書の研究』や『朝鮮西教史』を出版している）。京城中学は創立当時の独立門付近から慶熙宮址（李朝一六代仁祖から二五代哲宗に至る二四〇年間の王宮）に移っていて、山口は中学の歴史を朝鮮史の舞台で眺める意味でこの頃、『慶熙史林』という本を出版した。「皇紀二六〇〇年」にあたるこの年の中学校の記念出版であった。当時山口は李王職の編修官を兼ね、出身地の佐賀高校から朝鮮史を研修すべく京城帝大に進んだ若き朝鮮史学者であった。彼の熱情的な授業をうけながら、わたしは忘れることのできない事件を思いだす。そのことを記そう。この年、ドイツ軍はマジノ線を突破してパリを占領した。春であった。フランスの首相ペタンは戦闘を停止し、政府はヴィシーに移ったばかりであった。

山口正之は歴史の教師であったが、彼にとって不本意だったかもしれない地理の学科も臨時に教えていた。ある日の西洋地理の授業時間であった。教壇うしろに吊るされたフランス大地図をふりかえり、彼はヴィシーを示しながら、突然、平静を失った（ようであった）。当時ペタンの評価は定まっていなかった。このフランス国民の希望を担ったヴェルダンの英雄がパリを放棄した。涙をのんで遷都した先の小さな町が、このヴィシーだ。「逃亡の都だ、これは……」。山口は声を荒らげ、わたしたちに窓の外を見ろと命じた。教室の窓と、徳寿宮のあいだに夏のポプラが光ってみえる。そこは貞洞の町。徳寿宮の森の傍らに赤い国旗を翻しているソビエト領事館。山口はこのわずか一時限の西洋地理の授業を一瞬に忘れてしまって、講義は甲申事変（一八八四年）から閔妃虐殺事件（一八九五年）にいたり、ついで翌年の朝鮮国王「露館播遷」――ロシア水兵百名余によるソウル示威ののち、二月一一日、ロシア公使が李王と世子をロシア公使館に連れ去る、あの有名な事件についてたっぷりと一時間の演説を行なったのである。それを授業というべきであろうか。わたしたち学生は、なかば学課の脱線をよろこび、なかば呆れ、そしてじつはひそかに恐怖を予感した。この教師がまれに示す突然の性格異変に対してであった。

ソビエト領事館は眼前にあり、貞洞の町はけだるく眠っているようにみえた。その風景をみている教師は「狂った」ようにみえた。三メートルもあろうか、槍の棒のようなものがあって先端に鈎があり、それで大地図を吊るす。彼はその一端を握ってわたしたちの頭上すれすれに振り回し威嚇をはじめたのである。わたしは幾度も机の上に伏し、鋭い音を放って空気を切る棒を見送り、そしてまた伏せた。このことの意味を、いまようやくわたしは理解できるようになった。彼は狂ったのではない。しかし狂気にまでみちびかれる状況が、教師とわたしたち学生の相互にあったのである。

わたしたち学生のなかに李という少年がいた。色白の端麗な瓜実顔を思いだす。――さきに書いた「露館播遷」ののち、親露派の李範晋たちは、閔妃殺害事件のあとにできた金宏集らの親日派内閣の閣僚たちを逆臣として殺す。その他の親日派要人らは身の危険を逃れるために日本に亡命する。そのなかの一人。あとで再び触れることになるが、季軫鎬という人物がおり、この人物の二男が、この教室でわたしと机を並べていたのである。この李少年と山口正之について、かつてわたしは『朝鮮植民者』（三省堂）で書いたことがある。

……わたしが京城中学三年のとき、昭和一五年であった。「紀元は二六〇〇年ああ一億の胸は鳴る」を歌ったのが一一月。その翌月、わたしたちの少年時代に、気がかりな事件が起きた。

金田、李家、張本、という聞きなれない日本名がクラスの友人のなかに忽然と生れたのである。長髪をいっせいに返上して坊主頭になったこの中学の教師たち。そのなかのひとり、わたしのクラスの担任、朝鮮西教史の研究者であった山口正之先生が、ある朝教壇に立っておごそかに宣した。

「今日から諸君はこれら創氏改名した学友たちを旧姓で呼んではならない。この人たちは親兄弟をあげて、名実ともに日本人である。区別してはならない。この諸君たちも皇国臣民であることの誇りに生きねばならない」。

わたしは教師のいう意味が十分になっとくできた。わたしは共に机を並べた、張や李や金をつくづくと眺めた。黒い小倉の制服。金ボタン。左わきの誇らしい剣吊り。ぼくと同じ姿だ。なぜいままで、彼らをちがっているもののように思い続けてきたのだろうか。そう思いながらも「やはりちがう！」という、べつの押し殺した声を聞くような気がした。それはわたしの頑迷な差別観のせいではない。むしろ、彼ら朝鮮人学生たちから発せられたものといえよう。なぜならば、張本も、李家も、この期に及んでひとしく頭を垂れているではないか。恥ずかしいのだ。……

この李少年の創氏改名は、さきの山口正之の地理と歴史の混同のできごとから、二、三カ月あとのことになる。山口が李少年たちに「皇国臣民たれ」と訓し、わたしたち日本人に差別するなと訓し、わたしたち学生が李少年を自然に朝鮮人と認識し、不自然に日本人と認知しようとしたこの時期に、教師の山口は一人の朝鮮人学生の背後に、あの李朝末期のクーデターと「露館播遷」につながる破局の時代の映像を見、それを消すことができなかったと想像する。映像を消すどころではない。いっそう鮮明に、朝鮮近代史を同時代的に甦らせたといっても過言ではない。そのことが狂気ならばそれでもいい。わたしはさらに思いだす。――翌年、一二月は太平洋戦争が起こり、その同じ年のいつであったかは覚えがないが、「京城」府内の全警察官が演習のためと思われるが、三八式歩兵銃で武装したことがあった。山口正之はその状況を目撃し、教室でわたしたちにつぎのように言った。「いま、鍾路で、武装している朝鮮人巡査の銃口は、諸君、いつ向きを変えるかもしれないのだ」。語られた言葉の凄まじい意味は憶えていても、わたしにそのときの自分の心の中を記憶していない。

もう一人の教師・佐々亀雄のこと

一昨年五月、京城中学の旧師の佐々亀雄から著書を頂いた。佐々亀雄は一九〇〇年生まれ。幼い時から「京城」に育ち、京城中学から第五高校を経て東大文学部を卒え、母校の中学で国語の教師として敗戦を迎えた（現在は熊本工業大学の名誉教授）。山岳家で、国文学者で、生物・生態学に造詣ふかく、蝶の採集家として海外にも知られていた。この旧師の近著『屋久島行き』（熊工大出版局）を読みながら、ある頁で、わたしは愕然として本を置いた。少し長くなるが引用しよう。

……かつて、日清戦争以前から京城に居を構えていた「私の父」は、熊本県から選ばれて年々派遣された子弟のための朝鮮語学塾を屋敷内に設け、「楽天窟」という扁額を掲げて、一切の面倒を見たり、また『京城日報』の前身の『漢城新聞』に関わったりしていた。というのも、それらの陰の創立者が「父の兄」――帝国議会開設以来歿年まで衆議院議員だった国憲党総裁の――佐々友房であったからであるが、そういうかかわりあいから、蘇峰（徳冨猪一郎）さんは、日本人街の大和町にあった父の家へ、折々訪ねて来られた。或る時、母が玄関に出てみると、子供らが不行儀に脱ぎ散らかした下駄や靴を、一人の来客が、ていねいに並べそろえている――それが蘇峰さんだった――というので、その夜、母は私どもを叱責したり訓戒したりのあげく、「蘇峰さんて、お偉い方だ」と繰返して言った。

だが意外にも、父は終始にがにがしげな顔つきで一言も発しなかった。佐々友房の後継者で後に数次の内閣で大臣になった安達謙蔵さんら熊本県人同志と、京城で国際政治にからまるクーデター（李王閔族一派殺害事件）に連座し、広島の監獄に投ぜられ、死刑の判決寸前に、政変で外交方針が一転して、証拠不十分の無罪放免になった――というような経歴を持つ父は、いかにも肥後モッコスの一人だったようである……。

この人を佐々正之という。その息子、佐々亀雄が、さきにあげた李少年の師である。つまり師の佐々と生徒李少年の、父親たちは、ともに閔妃殺害事件にからまる日本と朝鮮の「同志」関係にあった。

佐々の国語の授業については、わたしは不思議なことだが印象はうすい。しかし、山口の授業が地理から歴史に跳躍したように、佐々亀雄の授業も飛躍・拡散したのである。「創氏改名」の二年の後、つまり真珠湾攻撃の翌年、ミッドウェイ海戦と朝鮮人徴兵令施行はほとんど同時の六月。「京城」は緊迫した毎日であったろうが、朝鮮人徴兵令の凄まじさは無情なことだが日本人学生には身近に感じられない。わたしはようやく受験体制の夏休みを迎える。そして佐々は、朝鮮山岳会が主体となった白頭山登山隊の一員となって、同山の総合調査に出発する。わたしたちの印象では羨ましい壮挙であったが、実際はそのようなものではなく、探険隊は、機関銃・小銃携行の恵山鎮警察隊員七名を加えた物騒な一行であったという。そこで佐々は「白頭山の蝶」を観察する役割をうけもっていた。

佐々の国語の授業には印象がうすい、とは不届きな弟子のようであるが、しかし彼から教えられた鮮烈なものは、国語などのようなものでない。名状しがたい暗喩世界であった。

中学五年の最後の夏休みあけの、二学期はじめの「あの国語の時間」を思いだす。佐々は、白頭山天池湖のあのカルデラの水が大火口壁を破ってスンガリーへ落ちる岸壁に立った——と語る。彼はその水辺で、湖面に、大きなミヤマカラスアゲハがつぎつぎに浮いて流れてくるのをみる。なぜ蝶が水のうえに浮かぶ？

異常な感動にひたる隙もなく、水に足をいれて一羽の蝶をすくいあげる。蝶は死んだようにじっとしている。しかし指で胸を圧迫すると、とたんに力強い反応を示して身をもがき、さっと舞いあがる。生きているのだ。彼が同じ実験をくりかえすごとに、例外なくどの蝶も、どの蝶も、舞いあがる。佐々は神秘的な感動をうけたという。世にも稀な白頭山天池湖の透明な水面が、集団的に蝶を誘いこむのか、とも思う。しかし翌日の探険で発見したことだが、白頭山頂に空の蟻地獄のようなエアーポケットがひらいていたらしく、山麓を昇りつめた蝶がつぎつぎに頂上から水面に落下するのを目撃したと語る。

その報告はさながら強烈な詩であった。わたしたちは酔い痴れていた。そして報告はつぎのような話で閉じられた。

——エゾ松林をたった一人で採集して歩いているとき、彼は奇妙な一部隊に遭遇する。背に満州国旗をかかげ肩にはチェッコの機銃を担っている。両肩からX印にかけたのは弾帯で、人数は僅か数名であったが日本軍ではない。正体のわからぬ軍隊、「これは匪賊かもしれないが」と彼は言い、そこに朝鮮人パルチザンが存在し、彼らの多くは土地なき農民であり「火田民」と呼ばれる——と加えた。

山口正之が目撃した「鍾路の朝鮮人巡査」たちの、どちらを向くかわからないという銃口。そして佐々亀雄が目撃した「不明の軍隊」。これら二人の植民者教師が、わたしたち植民者二世・三世と朝鮮人学生に、何か別の世界を教えつつあった。二人の思想は異なるものであろうが、ともに朝鮮近代史の最後の飛沫を浴びた陰影があり、わたしたちもまた、教師たちと同時代を生きた。つまりわたし自身、朝鮮近代を脱けていないのを肌で感じて育っていたのである。

祭られざるもの

（一九七九年）

七〇年のはじめであったかと思う。前年の暮れに『田木繁詩集』（現代思潮社版）が出たのを機会に、東京で出版の祝いをやったことがある。小さな集まりだった。しかし田木の他に伊藤信吉、中野夫妻、神保光太郎、岡本潤、壺井繁治、秋山清、山田今次、吉田欣一、河合俊郎らの顔があった。その中で松永浩介が、田木の旧作の『機械詩集』や彼が提出した生産場面詩の問題に、いまも現代的な重い意味があるというような話をした。松永自身が大工で、生産場面詩を多く書いていることからいって、当然の問題意識が松永の側にあったことは想像がついた。

松永の意見に、そのとき中野が賛成した。低い声で、何といったかおぼえていないが、わたしは、中野の生産場面詩とはいえない、あの「機関車」を連想しながら聞いていたから、おそらく話題は、自分の眼前の機械をどう歌うのかというはなしになっていったのだろう。話題はそこで二つにわかれた。

一つは田木の『機械詩集』にはじまり、松永が再びとりあげようとした「生産場面詩」の問題。これはその後、広義に拡大されて、木原実のリアリズム論の中核をなす「リアリズムとは現実との緊張関係を指す」という言葉に収約される。生産場面詩をもじってたとえるならば、生活場面詩といってもいい。

もうひとつは、田木の『機械詩集』や中野の「機関車」の詩によって表現される、対象としての機械の問題がある。これは『コスモス』の同人のあいだでは時折話題になる程度で、まだ理論化はふかめられていない。田木、中野、松永などの時代におけるマシン信仰が、現代では意味を一変しているとする黒川洋の詩論などにそれはあらわれている。

田木の出版の祝いの夜、たまたま語られたのはこの後者の機械についてであった。席ではそれ以上は進まなかったようで、わたしも少しは発言を求めたが、その発言も記憶されずに終ったような気がする。わたしはつぎのように言ったのである。

——機械はいまぼくたちの眼前からは遠ざかりつつ

ある。いま眼前にあるものは、機械を制御するためのの計測板や、ON・OFFのボタンであり、われわれがようやく認知できるものは黒い鉄の物体ではなく、点滅する信号や波型の「情報」である。機械は、だからその前に立つ人間を含めて、いまはシステムと同義で、ひろい意味でいうならば、眼前のシステムは、もっとやわらかな、もっと抽象的なもの、例えば、企業・組織・党・軍隊・国家というものにもなりうる。かつては機械と人間には互換的な要素があって、機械のなかに人間味を発見することも可能であり、逆に人間の中に機械的ダイナミズムを期待することもできた。それはプロレタリア詩の要素でもあり、ナチス国民詩の要素でもあった。しかし、いまぼくたちは機械に対して、親近感よりも疎外感のほうをもっと重視しなければならない時代を迎えようとしている——。

いまとなっては常識的な発言だが、大意は右のようであった。しかし一〇年まえの話だ。このわたしの議論は性急すぎる結論を含むものではあったろうが、中心となったマシンの歴史は、まさにこのとおりに歩んできている。しかも歴史の推移、その速度の急激なことは驚くばかりで、たった一〇年のむかしにおいてさえ、この話題は唐突であって発展させることができなかった。——ただ、中野重治が理解困難の表情を示したことを、いま思い出す。おそらく、企業も、党も、国家もという十把一からげのシステム論に疑いをもったからではなかったろうか。そしてまた神保光太郎が耳を傾けてくれたことを思いだす。中野と神保との同席はおもしろいが、当夜は不自然なものではなかった。ドイツ文学者としての田木繁の交友を考えればありうることで、わたしは第二次大戦前夜の、ナチス詩の紹介者としての神保に、中野の「機関車」と同じような発想としてのナチス軍団の機工化、ヨーロッパを戦車のキャタピラの下に圧した、あのゲルマンの鉄の夢想を聞きたかったのである。

「彼は巨大な図体を持ち／黒い千貫の重量を持つ／彼の身体の各部は悉く測定されてあり／彼の導管と車輪と無数のねじとは隈なく磨かれてある……」。

「シャワッ　シャワッ　という音をたてて彼のピストンの腕が動きはじめる時／それが車輪をかき立てかきまわしてゆく時／町と村々とをまっしぐらに馳けぬけ

て行くのを見るとき／おれの心臓はとどろき／おれの両眼は泪ぐむ……」。

これは中野の「機関車」という詩だ。機関車のもつ全機構の力学性、つよい牽引力とその無駄のない単純な行動に、彼は一九二六年当時の、創建まもない日本共産党を描いたことが察知できる。

科学史の中村禎里はつぎのように書いている（「回転する円の博物誌」『数理科学』一九七二年二月）。

「蒸気機関車に生命の国への導きを見てとった詩人は中野だけではない。ホイットマンは『冬の機関車』（一八七六）においてうたう。（詩・略）ホイットマンにとって蒸気機関車は、実現していない理想郷に人びとを連れてゆく輪ではなく、アメリカ近代の既成事実を西部に拡大する輪であった。森林を、砂漠を、沼沢を、そしてまちがいなく先住民族をなぎ倒し、圧しひしぎながらつき進む輪であった。一方、中野にとって同じ機関車は、労働者階級またはその前衛政党の非現実の理想であり、しかもすべての反動政党を圧しひしぎながら非現実の社会主義社会に人びとをつれてゆくべき夢の輪にすぎなかった。この輪は、非現実でありながら、求められることいかにも急であったため、神の属性を示しはじめた」。

機関車は民衆を牽引するものであり、前衛部隊であるという認識がここにある。けっしてヒロイックだけでない「律気者の大男」のイメージに対して中野は「あつい手」を挙げた。このあつい手は、列車の後尾に対しておろされる。「機関車」よりも一年前に書かれた詩に対して、中村はつぎのように書いている。

「……では日本人が箱を感じるのは、どのようなばあいだろうか。私の考えでは中野重治の『機関車』は『最後の箱』（一九二五）とともに双幅一対をなす。……中野は、機関車のたくましさに感動するよりさきに、空の車の悲しさに心を動かされてきたのであった。しかもまた、彼はこの詩を『最後の箱』と名づけ、『最後の車』とはよばない。車は機関車。これは祭られる。引かれてゆく貨車は箱。これは祭られることは決してない」。

中村禎里の説にとくに注釈はつける必要はないだろう。だが、中野の「機関車」に対するこの科学史家の批評は、とくに紹介してみたい気がする。

あつい手がおろされ、最後尾の貨車に対して、中野は「なんという愚かなやつだろう」ともいう。後尾車は、機関車すなわち前衛に対するものとして、何と呼ぶべきだろうか。それは「雨の降る品川駅」で歌われた、日本プロレタリアートの後だて前だて、というあの「うしろだて」の意味でないことはたしかである。またそれは民衆を指すというのも速断であるだろう。ならば「最後の箱」とは何か。彼は「ハコ」と呼ぶ。人が「車」と呼ぶとき、ひとは第三者の位置からみた場合にいう言葉であり、「ハコ」というときは第三者の位置をもたず、車の内部にいるものがその車をさしていう際に使う言葉であろうと推測するとき、作者の場所が明らかにされてくる。作者の中野自身がそのなかに存在する。

「おれは少しずつ悲しくなって来た／数えていたその貨物列車の箱数を忘れていた」。最後の二行で、見る側の立場を保ちつつ、じつは彼自身を見られる列車のなかに置いている。彼がそのなかにいる民衆というものを見ている。「悲しさ」にはそのような意味がこめられているのだろう。

この「機関車」と、前年の「最後の箱」は、中村禎里のいうように、祭られるものと祭られざるものとの「わかれ」がある。その意味で、機関と細胞、党と民衆、党とわたし、システムと個、のあいだの一線を想像させる。むしろこの一線の想定すらない「一枚板」という発想は、非組織的ですらある。

さきに少し触れた「雨の降る品川駅」に対しても、大きな共感と、外国人からの否定的な評価とのわかれがある。つまり国際主義の立場からみたときの一線が、そこにひかれている。全体がうたうように流れ、感情のリズムによって占められたこの作品は、最後の五行が蛇足となってその完璧をこわす。つまり五行はまったく不要のように、わたしには思われるのだが、しかしこの五行によって読者は共感するものと、拒絶するものにわけられる。朝鮮人（在日の）が、日本プロレタリアートの後だて、前だて、として呼びかけられているその部分だ。

むろん朝鮮人のなかにも、中野のこの詩を全体的にながめたうえで肯定する者もいることだろう。しかし、朝鮮人が、日本プロレタリアートの前衛・後衛であるという意識は、現代ではもとより、当時においてすらなかったことを認めないわけにはゆかない。三・一独立運動から数年も経過し、朝鮮の知識階級のあいだでは、民族主義運動と階級斗争の二つの戦略構想が相剋しあい、三〇年には、反日独立運動はソビエトの社会主義の運動路線に急速に転回しつつ、同時に尖鋭化を早めていったが、この朝鮮人側のプロレタリア国際主義への傾斜は、日本プロレタリアートの前衛・後衛への吸収を意味するものではなかったはずである。あるとするならば、たんに「プロレタリアートの後だて・前だて」であるべきはずのものだ。

この作品は、日本の資本家からの経済的収奪をとくに歌っているものとは思われない。むしろ「雨にぬれて君らを逐う日本天皇をおもいだす」というように、天皇・軍隊・白色テロルに相対しようとするもの、彼らの側の民族主義的な意識・情感のうえに中野の視線があてられている。内容がそうであるならば、「日本プロレタリアートの後だて前だて」という言葉のなかに、朝鮮人の民族的革命エネルギーの助けを藉りて日本の労働者階級の解放を期待するものと、見抜かれても致し方はないであろう。それは、事実、中野に対してばかりではない。戦前・戦中・戦後の初期を通じて、日本の前衛組織のなかに流れていた偏向で、朝鮮民族を「日本のなかの少数民族」視する傾向とほぼ同根のものである。

日本の革命なくして朝鮮の解放はありえないという言葉と、朝鮮の革命なくして日本の解放はありえないという言葉は、国際主義・連帯のことばとしてロマンティックで美しいひびきをもつが、じっさいはその言葉のために多くの敗北と多くの死屍累々があった。はたしてこの二つの連帯の言葉は、同値であったのだろうか？　日本の朝鮮支配三六年のあいだ、日本の革命なくして朝鮮の解放はありえないというのは、真実であった、しかし事実は、相互に革命の血は流れていたとしても、日本革命は朝鮮人の革命に期待し、そのエネルギーを吸ってきたのではなかったか？

朝鮮人たちが、中野のこの作品を読んで、日本人の中にさえも被圧迫民族への連帯を呼びかける者がいることに感動を覚えつつも、なお同時にはげしく絶望を抱いた理由がそこにある。朝鮮民族解放の後だて前だてとしての、日本の前衛党のすがたがそこに見えなかったからである。みえなかっただけではない。植民地をもつ国家において革命政党がはたして存在しうるのかどうかの疑いが、ここで形をととのえはじめたからである。

しかし被支配民族であった朝鮮人から、このように関心をもって読まれた日本の詩人は多くはない。われわれはまことに残念なことであるが、彼らの絶望、彼らの悲惨を知らされることによってはじめて自覚されたものがあまりにも多い。中野はこのような重たい期待と負担を、前衛党のなかの少数者として、個として応えた党員詩人であった。党を追われ、組織の外にいて、やはり列車のなかに存在し、ハコを自覚しつづけた詩人であった。そしていま、列車の先頭を切って走るのは、鉄の機関車であるのか、無人の制御機であるのだろうか。そこから中野の死を伝える言葉がきこえてこないのである。

光州、君たちの民主

（一九八〇年）

ことしの五月一九日から二八日にわたる日々は、光州の学生・市民に加えられた戒厳軍の強圧と、光州の抵抗の緊張に張りつめられて、海を距てた東京にいてなお息苦しい日々の連続であった。

その光景をテレビでみつめているわたしの距離感に、わたしは責められつづけていた。五月の末のある日、わたしは事務所の机で電話をうけた。相手はソウルから戻ったばかりの韓国の友人であった。

「ソウルはどうですか？」

「わりに静かなのです。不思議なくらいにね。ぼくが知人の学者と会っているときに、光州の話がでた。彼は一瞬顔をしかめてこう言うんです。『光州のばか者どものことは言わんでくれ』って……」

電話の相手とはかなり長い話をしたのだが、内容はあまり覚えていない。むしろこの学者のすてぜりふ、「光州のばか者ども……」が胸にこたえて、ソウルの政情の複雑さよりも、むしろ一人びとりの韓国人の胸のうちが推し測られる。

わたしは今度の光州事件について、識者の一部がいうように、全羅道（光州は全羅南道にある）と慶尚道との地域感情の対立や、あるいは全羅対中央というような地方性疎外感情に事件の発生理由を求める考え方には賛成できない。ソウルの知識人が光州の人々をごく自然に案じているというほうが当然という気がする。にもかかわらず「ばか者ども」という言葉が、一部にもせよ発せられたというのはなぜだろうか。

多くの人々が、李承晩時代に生き、四・一九学生革命が独裁を倒すのを見、許政の過渡政府、張勉民主党政権を経て、朴正熙の五・一六クーデター以後を経験してきた。みじかい過渡時代は別として、解放後の生活は二人の独裁者の圧制のもとで生きてきたといっていい。圧制のもとで生きるということは、青息吐息をつくという生活のほかに、圧制イデオロギーに似せて自身を教育し、認識し、自身もそのイデオロギーを支えにして考えることができるように再生しなければならない生き方でもあるのだ。幾度、このような両極に振子が揺れるような自己否定をくりかえさなければならぬのだろうか。「光州のばか者ども」とは、けっして地域を異にする南部の小都市にいる、何を考えているやらわけのわからぬ群衆を言ったのではない。「光州のばか者ども」は、じつは、いまとちがうかつての若かった自分に投げつけた言葉ではないだろうか。

この知識人のようなタイプは少数ではない。光州に対する批判者の型が、ほとんどこのような人々であるのだろう。事件後、光州の復旧を助けるために、惨劇の翌朝五月二八日、「光州市民を助ける運動が全国的に展開された」と報道された。この全国的展開が、反政府運動の展開でなかったことのほうがふしぎではなかったか。しかも「暴動鎮圧」と「助ける運動」との即時連結とは……。

予想されるとおり、光州市民は拒絶反応を示した。「われわれは水災民なのか？」、「抵抗の根本をわからない物質的支援をのぞむ市民はいない」、「光州が廃墟になったと思っているようだが真相を知らないのか」、「良識の支援が必要なのであって、米袋を要求する市民は一人もいない」、そして「光州には難民は存在しない」（「韓国日報」六月一日）。

この喰い違いをみると、なぜ光州が反乱したか、「助ける運動」側が一向にわかっていないみたいであるが、わかりすぎているのだ。なぜ光州が反乱したかは、光州以外の土地の市民たちが、自分の心のなかを指さすごとくあきらかだ。にもかかわらず、この官製の支援キャンペーンが、翌朝匆々に全国的に展開する。嘘とわかっていてキャンペーンに乗らなければやりきれぬ。米を送って自分の気分が安らぐならば米を送りましょう。援助は光州をなだめているのではない。おれの心のなかのざわめき、おれのどうしようもない憂鬱をこそ、政府がなだめてくれようというのだ。援助が、なぜかくも善意にあふれ寛大でなければならぬか。それはおそらく、おれが心のなかの光州に誇りを保っていたいからだ。光州にいず、光州を見るときの、なんという偽善。

歴史にゆかりのある土地というものがあって、なにげない平和な日常のなかで、その地名が言葉になるとき、そのなにげない日常が、不意に意味の深い歴史上の延長線に置かれていることを自覚させられる——そのような地名が存在する。われわれの日本では、たとえば「堺」、「島原」。それらはわれわれのルネッサンスを表象する地名といっていい。しかし、もっと日常性のなかに食いいり、日常の生活の苦しみや悲しみ、酒を飲んでも忘れさることができず、その連続の果てでいまクダを巻いていることを思わせるようなものがある。それはもはや地名であるどころか、その国民、民衆の胸にあてられた焼きごてのあとのような、宿命的な地名。

朝鮮人にとって、そのような土地はまことに多く存在するであろうが、こころみに朝鮮人に聞いてみるといい。誰の胸からも「光州」（クァンジュ）は消えていない。韓国西南「木浦の涙」の歌で知られた木浦港に注ぐ栄山江、その上流へ六〇キロの地点である。

かつて日帝治下の一九一九年、三一運動以後、全朝鮮に同盟休校が相次いで起った。この盟休運動は、三一運動以後の朝鮮民族の独立運動の精神がそのままにひきつがれていた。そして三一以後、一〇年の歳月が流れていた。一九二八年、三一のときにはむしろ表面にあらわれなかったと思われる全羅道の民族運動のエネルギーが、突如として噴きだす。光州高等普通学校（高普は中学）の同盟休校、つづいて翌一九二九年一一月三日にはじまった光州学生運動が引き金となって、抗日闘争は全国に展開されてゆく。この一一月三日について、当時『東亜日報』は「数百人衝突」、「交通途絶」、「警鐘乱打」と簡単に報道するにとどまったという。それは、事件が朝鮮人と日本人の学生間の乱闘におさまらず、排日、抗日運動への大転換となって全土にひろがることを怖れての、総督府側の干渉処置であった。

このような情報管制にもかかわらず、反日の展開は凄じいものであった。つづいて光州付近の学校への点火。木浦商業の盟休では、数百人がデモを行い、ビラをまき、階級闘争のシンボルとなった赤旗が林立し、愛国歌が歌われた。さらに羅州、松汀里、栄山浦、咸平の盟休とデモ。そして一二月には朝鮮全域を燃えつくし、ソウル、仁川、開城、公州、清州、平壌。一月に入って咸興、元山、五山、大邱……。

しかしこの光州学生の日を頂点として、日帝支配下の学生運動、抵抗の火は消えてゆく。一九三二年、満州国が作られ、朝鮮は大陸への兵站基地として第二次大戦下の政治的強圧の下に沈んでゆく。太平洋戦争末期、光州西中学校の反戦盟休が、最後の火花であった。

――この光州を、朝鮮人は忘れることができない。昂然とした誇りの言葉、その地名は、反日といい、民族というときの主要な鍵語ですらあった。

いま新しい光州が、五月一八日、市内大学生の示威から発端し、市民を加えての運動にひろがり、ついに五月二七日に戒厳軍によって鎮圧される。戒厳司令官の李熺性は、事態の経緯、背景、被害状況、事後処理の方針などに関する発表を行った。しかし、鎮圧までの軍隊側の行為については残虐行動のあった形跡は、なにひとつ発表されなかった。わたしたちは日本にいて、わずかテレビの画像で目撃したかぎりでも目を覆うものがあったが、あまりにも戒厳軍側発表はちがいすぎるのである。つまり、おとなしすぎるのである。軍発表は嘘ではないのか。

『民族時報』六月五日の「ある目撃者の証言」。これだけを手がかりにするのは公正を欠くが、広く読まれていない新聞なので、小部分ではあるが引用、紹介してみる。

「――後を追ってくる銃剣のぞっとする感触を肩に意識。ビルの中にとびこんだ。さきに来ていた人が一瞬のうちにシャッターを降ろしてくれたので、銃剣によって胸を割かれる惨劇を免れることができた。

逃げおくれた七〇歳くらいの老人の頭をめがけ、空挺隊員の鉄槌が降ろされた。老人の口と頭から噴水のような鮮血。

――ねじりながら刺したのか、すぐに腸がとびだした。彼らは再び婦人の下腹を剣で切り裂き胎児をとりだして、まだうごめいている婦人に投げつけた」。

この日、五月一九日のことを戒厳司令部はつぎのように発表する。

「十九日にも流言飛語は市内に一層広まり、理性と冷徹を失った群衆心理が光州市内を吹き荒れ、興奮した一部群衆が極烈な示威を敢行しながら、火炎びんで派出所を放火すると思えば、車両をも放火・破壊したし、より感情を刺激する内容の流言飛語が時々刻々とねつ造・流布された」。

また証言にもどる。

「――光州市内のすべての戒厳軍は外廓地に退却した。道庁は市民が占領した。市民は三一師団、和順、松汀里、羅州、咸平などで武器を略奪してきた。銃が約四千丁、実弾が約五万発、手榴弾、ダイナマイトなど、十分に戒厳軍と戦えるだけの武器を確保した。しかし、市民と学生の手に武器が供給されたことに気付いた軍人たちはすべて外廓へ後退した。するとデモ群衆は虚脱感にとらわれはじめた。銃を撃つべき標的を失った慣れない兵士たちに、虚脱感はほんとうに悲しくも悔しいことだった。――彼らは夜どおし空砲をうち、暴徒と化していった。未熟な腕前でめくらめっぽう撃ちつける銃声があたり一帯の夜空を火花模様のようにした」。

右は五月二二日から二三日にかけての記録であるが、この間を戒厳軍側はつぎのように発表している。

「二十二日、光州市は武装暴徒たちの支配下に完全に掌握され、治安不在の無法天地が継続される中で、道庁前広場で死体を陳列した暴徒たちが合同葬礼式を挙行するという名目の下に市民を動員する珍風景までもくりひろげ……（中略）とくにこの日（二三日）、隠健派と収拾委員会を自称する人らが、現地の戒厳分所を訪問したが、かれらは収拾委員会の名分を立てるために、拘束者釈放と責任免除、死亡者補償を要求したりし……」（傍点は筆者）。

この目撃者の証言と、戒厳軍発表は、いずれも長文のものであり、引用するにも到底紙面をゆるされない。しかもいずれが真実の報道・発表なのか、わたしには証明する方法がない。ただ、このわずかな抜粋だけでも言えることがいくつかある。戒厳軍側が、軍の暴力について過少、または当初段階においては全面否定している点。あきらかに証言側と相違する。また光州の市民・学生側が武闘のむなしさを自覚しはじめながら事態収拾と徹底抗戦に揺れているさなか、軍側が収拾に応じようとしなかった点。わずかな抜粋においてさえ、これくらいのものは誰にでも指摘できる。つまり、軍は、光州を叩きたかったのである。

なぜか。それ以前の経緯を略記しよう。

昨年一〇月二六日の朴正熙射殺事件からあと、一一月六日に全斗煥戒厳司令部部長が事件全貌を発表し、射殺は大統領の座をねらった計画的犯行と断定する。一二月一二日夜には、盧載鉉国防部長官が鄭昇和戒厳司令官を事件嫌疑のために連行。李熺性を替って戒厳司令官に任命する。こえて四月一四日、崔大統領は中央情報部署理に全斗煥を任命。同日、学園騒乱は遺憾である談話を発表。以後、ソウル大の緊急学生会議。四月二一日は江原道東原炭鉱でストライキ。五月七日、金大中らの「民主主義と民族統一のための国民連合」が戒厳令解除と、申総理・全斗煥中央情報部長署理の退陣を要求。五月一四日、全国主要都市で大学の示威がひろがり、「政府改憲主導反対」、「首脳退陣」を要求する。一六日、街頭デモの学生が一斉に学園に戻り戦術転換。一七日、機動隊が梨花女子大に突入、会議中の学生指導者を連行する。一八日、大統領は非常戒厳令を全土に拡大。李熺性戒厳司令官は、一切の政治的活動を禁止。金大中、金鍾泌ら二六名を、デモ煽動と不正蓄財容疑で連行する……。

光州の学生示威が開始されたのはこの最後の一八日からであった。戒厳軍は、朴死後の朴体制を再び確立するために、韓国の民主化要求のカナメ、自由の心臓部を一挙に叩くことによって、昨年一〇月二六日以後の体制側の回復をはかったといっていい。しかし「朴なきあとの朴体制」という言葉は、朴正熙の忠実な継承者を意味するものとばかりはいえないだろう。昨年の夏ごろまで、ソウルでは、外交、経済の面で「朴ばなれ」の傾向が表面にあらわれはじめていた。だから朴正熙射殺事件によって、朴配下の体制が弱まったことは直接的には意味されない。むしろ、新しき「朴ばなれ」体制、即ち新しきファッショの台頭というべきであり、当然のこととしてこの新しきファッショがまず最初に手がけることが、五月一八日の光州であったというべきだろう。

つまり、彼らにとっては、光州は、はじまりであった。そして同時にそのことは、民衆の側からも、光州は、はじまりであるのだ。体制側は言う。今回の光州はかつての光州学生運動や、四・一九や、六・三の学生デモとは異なる。その光栄ある延長線上に存在するものではなく、むしろその伝統を汚すものである――と。いな。しかし別の意味ではそうかもしれないと思う。かつての民族主義やナショナリズムの運動でない、という意味で、かつての光州ではない。現在の光州が、新しいファシズムに対する、民主主義要求の出発地点であるという意義において。

そしてその意義だけにおいて、韓国の民主が育っていることをわたしたちは確認していい。今回の事件では、国際世論にさきがけて、日本人の一部で「やはり韓国や北の共和国では民主主義は生育しないのだ」という意見が散見された。はたしてそうか。なにが民主で、どこに民主が存在するのか。民衆の側の生きざまにおいて民主をさぐること、それ以外に道があるのだろうか。わたしたちが知っているという民主と、彼らの願望する民主とは、真剣に比較されなければならない。

さいごに現代韓国の詩人、李盛夫の詩を記そう。今回の事件を歌ったものではないし、いつの時点で歌われたのかも不明である。永久革命かもしれぬその悲しみと、烈しさと、強さを、光州は持っている（訳文は姜舜による）。

百済（3）

ひとたびの戦いに大きく崩れ落ち
追われ追われてから
無等山《ムドンサン》の炭小屋へかくれたそうな。

力の抜けた体が炭に埋づもれると
なぜか心は燃えさかり
いっせいに火の海となり、

冬の北風に吹かれても
冬は熱いばかり。
眼前の故里を奪われても
握りしめた竹槍は千里の外からもきらめき
いくらかは泥棒になり　火田を起こし
いくらかは姿をかえて
一人づつ立ち去ったそうな。

待望は星になり
夜空を流れる矢のように逃げうせ
残された人たちが
いまもなお残り、辛うじて待つそうな。

百済（5）

なるたけ骨をなくし
肉だけを育てる奴もいるな。
自然もあるな。
いったいどうして立てるのだ。
みえない汚れだけが力を得て
みえる世界へ溢れてくる　国もあるな。
もっと多い　帝王たちもいるな。
だが、いま死んでゆく骨、
つぎには必らず甦えることを覚えておけ。

光州

一国がふたたび生き返り　ふたたび
暗くなる理由は
ぼくのせいだ。今なおぼくの中に留ってる

ぼくの光州よ、せっかちな声で言いすぎ
げっそりと痩せさらばえて
何か月ぶりに帰ってみれば　頰に肉がつき
ふくれたのやら　美しくなったのやら
あるいは深く病みついたのやら
何も彼もわからなくなった故里、逢えば
あわてふためく故里、怖れおののく心を持ちながらも
ふり返り大声はりあげる奴隷、勝気にあふれる人が、
　雲の一きれが、ぼくを呼び
ひねもす汽車にのってこさせたところ
期待と崩壊、勇気と敗北、
眠り、そら怖しい眠りだけが生きるところ
ぼくの光州よ。

李盛夫の詩は、百済、全羅、光州の共同体としての悲劇が、すなわち自分のかなしみであるところで描かれている。人の不幸は、人が生きることを主張して、拒まれ、叩かれ、つぶされるところにあるが、李盛夫の詩は、その地点に立って共同に生きるという主張であろう。「百済」（3）と（5）を今年の五月一九日から二八日までの光州に重ねてみよ。そして「光州」という詩と現在の光州の相似形をながめてみよ。
「一国がふたたび生き返り　ふたたび　暗くなる理由は　ぼくのせいだ」。

この冒頭の「ぼく」はすなわち「光州」。詩語のぼくはあくまでやさしく、暗喩の光州は、はげしくそして悲しい。

作戦要務令の悪夢

（一九八五年）

第二次大戦中の朝鮮を書くことが次第に困難になってきた。記憶が薄れたからではない。むしろ記憶が、形を変えて現在形になるからだ。わたしは狂う心配はなさそうだが、在日の朝鮮人ならば、この狂気は平常のものとなっているだろう。

わたしの脳のどこかに「仁川（インチョン）」が強く記されている。そのことを書いた詩があるので全文をあげてみる。題は「死んだ港」で、ことしの『コスモス』の一月号に書いたものである。

一九五〇年のあの港／ぼくの記憶では、国連軍の艦砲で死んでいる。

鉄路に坐りこむ群衆／黄色人種とダッタン人の露天の市／おさないころのぼくがそこにいた／終点の仁川埠頭から折り返しの機関車が／するどい汽笛を鳴らして蒸気を吹く／機関車のまえを、のろのろと／群衆が歩いていた　そのなかに／ひどく疲れた母の顔がみえた／戎克《ジャンク》の帆に／泥海の匂いが垂れさがる凪ぎの午后／あのときぼくの体を一瞬通過した／息を吐く巨大なものは　はたして／機関車だったろうか／群衆だったろうか。

頬の深い傷あとを化粧でかくす／探しても探しても仕事ないよ／少女の顔　すでに四十代の年齢が迫って／タバコの灰がぽとりと落ちる／とこでもいい、やすませて／わたしチャイニーズ、仁川《インチョン》でうまれた／父さんの姓、ない、そして／わたしはフィヤン／漢字で名前かけないわ。

ぼくは／ながいながい画廊を歩いてきたようだ／通過した風景画には　灰色の稜線　砲撃の跡／ふりかえった裸女の像には少年の精液／病人の絵　殺到する群衆　ながれる煙／東京にはプラタナス並木　空にあいた穴／画廊の出口でもういちどふりかえると／どこかしらないが夕景の港町の絵が／ぼくの背後にひっそりと懸けられている。

つぎの駅で降りるよ。／乗りあわせた隣の少女は／どこまでゆくかしらないが／お茶の水発千葉行終電車で眠りかかる／艦砲で死んだはずの港町からやってきた／混血の中国娘／窓に凭らせてやると、寝言のように／朝鮮語で、チョワヨ（いいわ）。／生きていた仁川／少女の生まれぬまえ／ぼくはそこの予備士官学校にいた／眠る女をうしろにふたたび出口に立つ。／前方は冬の歩廊。

ながい引用を許していただきたい。四〇年ちかくその港をみることなく、そこを、「死んだ港」と言うのは詩人の妄語である。いまはその港は蘇生したはずだし、そこを出発して日本の各地に職を求めて流転し、終点の千葉に向かっていった二〇歳前後の婦人とも会っている。かつて朝鮮戦争の始まった年の九月一四日に、トルーマンが対日講和と口米安保条約の予備交渉を許可した、その翌日、国連軍が仁川を砲撃し、山稜のかたちが変るまで叩いた、その仁川が生きている。つぎの詩も自分の詩で恐縮だが『朝鮮海峡』という長詩から抜いてゆく。

たたかいのはじめ何があったか、ぼくにとって／神話のようにくらい沖に平衡皿をささげて／ぼんやりと、終末的な姿をみせたもの／それがはじまりではない。／一方の皿がかたむき、艦隊が／舳をひたいのようによせあつめたとき／それがはじまりではない。／一回の死からはじまり／十回の死から、さらにはじまるもの／たたかいは、あつさ／溶解し、また凝結する。／太平洋艦隊のすべて／三十万の上陸軍／一千の艦載機が、いまもまだ／京城に進撃する。ぼくをこえて

朝鮮戦争が終って五年たっていた。第三次日韓会談から四年ぶりに第四次が再開されて、岸の特使として矢次が韓国に出発した。その頃に書かれた詩の一部である。三〇万の上陸軍が仁川からソウルに進撃する。ぼくをこえての「ぼく」は、仁川から体ごとひき剝がして日本に帰ったはずのものでありながら、依然として、背中の一部が貼りついている「ぼく」である。

かつてわたしは月尾島の惨状をニュース映画でみた

ことがある――。

杉木立のしたに、いまも塹壕が、／ありのままにのこっていはしないか。／つかのまに聞えるヒグラシの不可解な声が。／しかもそれが／一瞬、きこえぬけはいだけに変るのは、／死んだ兵士らが、水辺の幕場で／円匙をかすかに動かしはじめる時だ。／真空の空だ／陽がしろいのだ／きしむように海は、ひらたくなり、／断崖のしたのうねりに身をまかす錆びた砲のかげ。

わたしは朝鮮戦争で死んだ兵士――つまり国連軍の上陸軍に対して戦った北の共和国の兵士たち――に、この『朝鮮海峡』を書いた当時は、自分の身を寄せていたあとが歴然と残っている。そこには大きく問題が二つあるだろう。ひとつは、朝鮮戦争に介入したアメリカに対して、日本にいて散発的に反米、反戦の運動の中にいた自分を、北の人民軍兵士と無意識的に重ねてしまっていたこと。

もうひとつは、山容改まるまで砲撃をうけた「仁川」が、かつて第二次大戦の終りごろ、対米水際作戦を想定したわたし自身の戦場であったこと。しかもなお、この戦場は、所属するレーダー基地と、わたしが候補生であった電波兵器士官学校を死守するための第一線であって、けっして仁川とその町の民衆を守るための戦場ではなかった。――わたしたち必携の「作戦要務令」によれば、上陸軍は同胞婦女子を楯に侵攻するであろう、そのときは、その楯を貫通して敵を射撃することにひるむことなかれ、と命じるものであった。この想定は、悪夢にちかい。夢だが、いまだにわたしを追う。

「仁川」とは、わたしにとって、その年の春までいた北朝鮮阿吾地のレーダー基地がソ連軍によって突破された報を受けとった場所であり、松島遊園地の山稜に塹壕線を建設中にグラマンの機銃を浴びた場所であり、朝鮮人農民に一碗の黍を乞うて与えられた場所であり、一九四五年八月一五日を迎えたところである。

八月一五日、仁川の全守備部隊は、朝鮮人兵士の武装を解き、翌一六日に復員させた。同時に士官候補生は本土決戦の準備に入った。そのなかでわたしは離脱を希望し、復員を申し出た。なぜ戦友と行動を共にしなかったかは『朝鮮植民者』という本に書いたので、ここでは触れない。

　松島遊園地を接収した予備士官学校から、どのようにして帰ったか。わたしには記憶がない。仁川駅まで五キロほどの道であった。武装を解いて身軽になった二〇歳の兵士が、炎天の距離を歩いているうちに、おそらく重たかった記憶をつぎつぎに置きすてて歩いたのであろうか。文学的にしゃれて言えば都合のよい表現になる。

　しかし、ほんとうは自身をそこに置き捨てて歩いたのではなかったか。ソウルに帰って、家族と共に日本に引揚げて、三七年を経たが、以後、自分の書いてきたものを辿ってみるならば、わたしは実際、ここにはいない。わたしは、むこうにある。そしてむこうにあるわたしすらも、右にあげた詩のように二つの問題をはらみつづける。

　最初の詩「死んだ港」に戻ろう。戦後、連続のながい風景をみてきた。一つ一つ、画廊で通過した絵のようである。見終って出口に立つとき、わたしの背後からわたしを見ている風景画がある。それが「仁川」だ。

いろいろな人に会って言葉をかわし、笑ったりわめいたりした。喧噪のあと、ひとりで帰る電車のなかで、疲れた顔の仁川の女に会う。彼女は食えなくて、千葉にゆく、と語る。——なぜわたしは電車を降りたのか。この腕で抱きかかえて、わたしの家へ案内しなかったのか。——はじめに書いた。わたしは狂う心配がないのではない。狂気を避けたのだ。在日の朝鮮人ならば、この狂気は平常、しかも長くつづくものだった。

　民衆の楯を銃撃貫通するあの悪夢は、のちに砲火によって現実のものとなった。仁川の少女から受けた、その重みと恥ずかしさをわたしは耐えるしかない。

朝鮮植民者としての沖縄体験

（一九八五年）

ひとつの話

第二次大戦中の朝鮮を書くことが、わたしにとって次第にむつかしくなってきました。それは記憶が薄れたからではない。むしろ、記憶が新しくいろいろと形を変えながら現在に覆いかぶさってくるからだと思われます。

具体的な名をあげましょうか。わたしは仁川（インチョン）の港について思い出します。

数年まえのことです。わたしはお茶の水発の千葉行の夜の電車に乗っていました。掛けている椅子の隣に、ひとりの少女がいて、彼女は疲れ果てたように眠っていました。電車が止るたびに上体がゆれて、とうとうわたしのほうに倒れかかります。わたしは彼女を鋼鉄の手すりのところへ倒してやりました。そこで眠らせようと思ったからですが、そのとき少女が目覚めました。

何が原因であったのか、頬に傷あとがあって、それを濃い化粧で隠しています。人目をはばかりながら、それでも少しずつ口を開きます。かたことの日本語、あきらかに朝鮮訛りでした。「サカシテモ　サカシテモ　シゴトナイヨ」。少女の顔にはすでに老いのような影が射していて、とても疲れているようです。「トコデモイイ　ヤスマセテ」、「ワタシ　チャイニーズ　インチョンデ　ウマレタ」、「オトーサンノ　ナマエナイ　ソシテ　ワタシハ　フィヤン。漢字カケナイ。」

——乗りあわせた少女は、どこまで行くのかしらないが、千葉が終点の電車でしきりに眠りに落ちる。仁川から来た混血の中国娘。窓に凭らせてやると、朝鮮語で、チョワヨ（いいわ）といいます。

仁川（インチョン）。わたしは四〇年近くその港をみることなく、そこを「死んだ港」とばかり思っていました。しかし、そう思うのはあの朝鮮戦争によって傷つかず、むしろ利益を得ていた日本人の妄想です。いまはその港は蘇生したはずだし、そこを出発して、日本に職を求めて流転し、いま終点の千葉に向ってゆく少女と、現実にこうして会っています。

しかしその仁川という港は、朝鮮戦争が始まった一九五〇年の九月一五日、国連軍が艦砲をうちこみ、山稜や町の地形が一変するほど叩いて上陸したその港です。その戦いのときからすでに三〇年が過ぎています。にも拘らず、わたしの胸の中では、その港はまだ炎のなかにのたうっている。

なぜ、山容改まるまで砲撃をうけた仁川がわたしの胸から去らないのか。その理由は、かつて第二次大戦の終りごろ、仁川が、対米水際作戦を想定したわたし自身の戦場であったからです。この戦場は、わたしが所属するレーダー基地と、わたしが候補生であった電波兵器士官学校を死守するための第一線であり、しかもその陣地は、けっして仁川の町と、町の民衆を守るための陣地ではなかった。

軍人に必携の「作戦要務令」によれば、上陸するアメリカ軍は、同胞婦女子を楯に侵攻してくるであろう。そのときはその楯を貫通して敵を撃つことにひるむことなかれ、と命じるものであった。この想定は、悪夢にちかい。夢で終ったが、ほんとうに夢だったのか、いまだにわたしはその強迫を逃れることはむつかしい。

沖縄を基地としたアメリカ軍は、やがて仁川湾に艦隊の姿を現わしてくるであろう。その姿を描いて、銃を向ける。その敵の前に、朝鮮の民衆がいる——。戦争が長びけば、当然わたしは仁川で敵を迎えうつ——。

電車のなかで会った疲れた少女は、わたしにその仁川を思い出させました。しかも、彼女は食えなくて、千葉に行く、と語る。千葉の特殊浴場の町へ流れてゆくのかもしれない。そうであるならば、なぜ、わたし一人が途中で電車を降りたのか。わたしはこの腕に抱きかかえて、わたしの家で一晩休ませることをためらった。

わたしは、このことについていましずかな気持で考えようと努めます。あの日この少女を見限って別れたことは、かつて青年のとき、わたしが、朝鮮人に対して銃をかまえる想定から、目を外らせたことと同じではなかったのか。

もうひとつの話

那覇の町で、ある日わたしは息子と話をしていました。彼は沖縄国頭地方などの民俗事情を調査したいと思っている学生です。わたしは、第二次大戦末期に、島民の集団自決のあった座間味島の旅から戻ったばかりで、その島で感じたことを、彼に語りはじめました。

船で座間味島について、わたしは宿からすぐに島の学校を訪れました。その日は休日。校門に、幼稚園・小学校・中学校の表札が同居してかけられている小さな学校でした。

校門わきに古いガジュマルの樹が二本。そこで二人の少年がメジロを獲えようとモチ竿を構えて立っています。古いガジュマルにはキジュムナーと呼ばれる妖精が棲み、沖縄の人々は妖精の存在を信じ、畏れ、愛していることを聞いていたので、少年たちに、キジュムナーの容姿について訊ねてみました。一人は膝のあたりに手を当てて背丈を示し、目が赤い、と答えます。もう一人は、透明で見えないが、「人がなんにもしなければ、なんにもしない」と言ってその語呂合わせみたいな自分の返事を笑います。

少年たちと親しむことができて、彼らの友人の父親を案内人として紹介してくれました。宮里さんといいます。翌日、宮里さんにつれられて、島の聖地で、自決のための集合地となった「うたき」や、自決の場所を教えられました。少しずつではあったが、島の言葉で、島の体験を語ってくれました。

宮里さんは、ケラマ鹿がケラマ島から座間味島へ泳いできて、群棲する山に案内してくれました。山の姿はしずかで鹿の姿は見えない。宮里さんは、漁師がある日、海で一頭の鹿を発見して、舟に救いあげたとき、鹿が息絶えた話をしてくれます。きっと鹿が海水を飲みすぎたために死んだのだろうといいます。誰しもが、海深七〇メートル、海上二キロの海峡を、鹿が泳ぎ渡る姿を想像すると感動を誘われるでしょう。しかし、おそらく鹿は、種の本能にしたがって、種族保存の法則を生き、海を渡ったのだ。しかし人間が、「救いあげた」と思ったとき、つまり一方的な人間的解釈を押しつけたとき、鹿は、不幸にも天敵に遭遇して、驚き、死んだ。

わたしの胸の中には、なぜ座間味の人々が集団自決をしたのかという思いがあって、戦後三八年、大陸で兵士であった過去を持ってこの島を訪れたのですが、翌朝、海へ出てようやく感じるものを探しあてることができました。泳いでいる鹿の眼の、水面の高さ、そこまでわたしの眼の位置をおろす。水面の一つの視点から沖を望む。そのとき、わたしの眼の位置が、当時の座間味の人の眼の位置と同じであったならば、わたしにも、沖に集結したアメリカ七七師の巨大な艦隊は、さながら海上に連なった大きな城として映ったことでしょう。

水面の高さで鹿が漁船をみる。そこに人間が立っている。人間が鹿に救いの手をのばすとき、鹿は、海を渡るという異常な経験の恐ろしさより、もっと激しく怖ろしい経験をする。首をかかえられ、脚をつかまれ、舟底に横たえられる。不幸な鹿はこうして衝撃によって死んだ。だから自然死ではない。殺されたのだ。

青年時代、かつてわたしが兵士であったとき、わたしは「住民」を殺せとは教えられなかった。が、戦争と軍隊が、住民の自然の法則を暴力的に変えるとき、それを迫ったとき、住民は死ぬ。そのことは、わたしが住民を殺したのと同じ結果といわねばならない。アメリカの上陸兵が、住民を楯にして、銃火器と銃火器との間に朝鮮人の老若男女が立たされるとき、朝鮮の民衆は死ぬ。それは殺されるということだ。

隣の島に、渡嘉敷島という島があります。ここでも集団自決の惨事があって、自殺はけっして局地的な特殊な例ではなかったことを語っています。Sという作家は、ここを舞台にその細密な調査によって、日本軍とアメリカ軍のあいだに挟まれた住民の悲劇を再現した作品を書きました。そのなかに、集団自決は、「広汎な意味における（住民たちの）集団発狂」と記された一行があります。

すでに何人かによってそれは批判されていますから、その力を得てわたしが言うのではありませんが、「そう書いていいものだろうか？」という疑問が、この作家の書いたものに所々ぶつかります。わたしは自分の過去、つまり、植民者であったり、軍人であったりしたことが、ようやく戦後三〇何年かをすぎて沖縄に足を向けさせたのですが、また、座間味を訪れたのですが、集団自決を、たとえ広汎な意味であろうと何であろうと「発狂」などと言ってはならない。そのことを痛感します。

たとえば単純な例として、それは鹿の死によって教えられます。案内人の宮里さん、言葉は大げさでないからよけいに彼に教えられる。そしてさらに、妖精は、人間が何にもしなければ何にもしない、と笑いを含んで語ったあの少年の言葉に重たい意味があることを知る。――それらは、こちら側の深読みや、考えすぎなんていうものじゃない。それは認識の出発として、ぼくの眼を、水面の高さ、地面のうえに置くことで、すなおに知ることができる自然現象です。

今日の公開講座のテーマは「朝鮮植民者として沖縄体験を語る」ということで、わたしの体験、二つのエピソードをお話ししました。この二つの間に、性急な共通点は求めません。が、底のほうで、堅く結びついている関連性について考えてみたい、そのように思っています。

ここで紹介しておきたい本を一冊。書名は『「南進」の系譜』。南進にカッコがつけてあり、著者は南進という言葉を、ほんとうは南方関与と言いかえたいという気持が表われています。これを書いたのは京都大学の東南アジア研究センターの教授、矢野暢さんです。テレビの教育番組で連続講座をやって、タイの民俗学や経済学のお話を聞いた人も多いでしょう。この「南進」の系譜、日本人が古くから南方とどう関わったかについて、彼はつぎのように語っています。

――日本人が脱亜入欧に専心していたとき、「南洋」概念が定着したというのは、それ自体有意義なことであった。そしてまた明治時代の「南進論」は、一部の例外を除いて、基本的には善意の思想であった。軍事力よりは政治の力、強引な侵略よりは平和的な経済進出を考えたのであって、その意味では、どことなく平和主義的なニュアンスをまとっていた。この頃の「南進論」が、いわゆる国権論的なアジア主義思想とは遠く離れた地平で唱えられていた事実はもっと注目されなくてはならない。その二つが合流して、怖ろしい化学反応を起こすのはもっと後のことである。

この導入部はこの本のなかで非常に重要で、かなり的を射ていると思われます。それが、第二次大戦に至って、日本の南方侵略に一変し、そしてそれはそこで終らず、再び、戦後日本の南方進出となってくる。

なぜ歴史は、こうあってはならないほうに流れてきたのか。その本はそれを、まことに実証的に描写しています。

例をあげましょう。

——「ラサの町に大休止しているとき、支那服を着た老婆がおぼつかない日本語で『兵隊さんご苦労さんでございます』と挨拶に来た。支那人と結婚しているこの老婆は想い出しては引張りだすように日本語をしゃべった。日本を出てから既に四〇年、マレー半島の一隅に支那人と結婚して、二〇歳になる息子を育てながら生活と闘ってきた愚痴話であったが、祖国と絶縁して四〇年、いまはじめて日本軍の雄々しい姿をみて脈々たる祖国愛が体内に沸ぎり返るのであった」(『マレー戦記』酒井寅吉)。この日本人老婆は、あきらかに、元からゆきさんのまたの姿である。貧しいらしく、一羽の鶏を兵隊に手渡して消えていった。南方関与の、明治的様相と、昭和の「南進」とが、みごとに接点をもった情景である。

つまり、著者の矢野暢さんは、南方関与のはじめに、明治のからゆきさん、体を売ってくらす生活人としての女を置き、それが、軍人、戦後は商社マンたちの姿に変化してゆく、その歴史をたどって書きあげた。

そしてさらに大切なことに触れています。南方関与は国家的事業や、英雄談や、ロマンでなく、正しくみなければならぬ。すなわち日本人の南方関与の担い手の大部分が沖縄県人によって占められたという事実。この事実をほとんどの人が知らない。この沖縄と、無名の生活人たちを結びつけてみることが、この本の、わたしたちに与えるつぎの課題だと思われます。沖縄民衆史の会で、この書物をとりあげていただくことを希望して、今日の話を終ります。

わたしの戦争詩

（一九八五年）

青春挽章

昨年、一九八四年の夏の夜。毎年催される旧植民地にあった京城中学の同期会の席上である。級友だった高群晃に頼んで書いてもらった唐詩選の中の岑参《しんじん》の七言古詩を、その夜わたしは鴨居から垂らして皆にみせた。

高群はむかしわたしたちの中学へ北部国境ちかくの清津からはるばる遊学していた寄宿生で、目立つほどヒロイックな不良学生ではなかったが、誇らしく及落線上を彷徨していた、これまた一種の英雄であった。自分の血に繋がる著名人の名を吹聴しなかったが、詩人、そして女性史研究でも有名なあの高群逸枝の甥である。彼に書いてもらった七言古詩とはつぎのようなものであった。

君不聞胡笳声最悲　紫髯緑眼胡人吹
吹之一曲猶未了　愁殺楼蘭征戍児
涼秋八月蕭関道　北風吹断天山草
崑崙山南月欲斜　胡人向月吹胡笳
胡笳怨兮将送君　秦山遥望隴山雲
辺城夜夜多愁夢　向月胡笳誰喜聞

これは顔真卿が監察御使に任じられて都から西域に使するに対して岑参が贈った詩で、詩選の中ではどの程度高く評価されるものかはしらないが、少年時代にこれを読んだものは、その世界の広さとエキゾチックな詩情において他の群詩を抜いて胸を熱くしたものである。

わたしはこの書を鴨居に垂らして「いまから講義する」と旧友たちに宣言した。

「君は聞いたことはないだろうか、あのダッタン人たちの蘆笛の悲しい調べを。紫髯緑眼のダッタン人らがこれを吹くのだ。吹き終らぬうちに楼蘭地方へ出征するわが兵士たち、みんな望郷の愁いに沈む。涼秋八月に蕭関を出で征途に発てば、北風は天山の草を吹き払う。まさに崑崙山の南に月が傾こうとするとき、ダッタン人が月に向かって蘆笛を吹くのを聞けば、悲しくてたまったものじゃあないよ。さて笛の嫋々たる恨みの旋律をもって、わたしはいま君を送ろうとする。秦山から遥かに隴山を望めば雲煙茫々。君は辺境の城で夜々旅愁の夢を破られるだろう。そんなとき月に向って吹く蘆笛を聞くのは、誰とて喜ぶものか。そりゃあー、悲しいものだよ」

この訳の口調はわたしのものではない。記憶の底に折りたたまれていた「軍鶏《しゃも》」と呼ばれた教師の真似をしたにすぎぬ。しかし半世紀を経てなお、わたしの胸中に生きる詩句である。だから書の巧みな高群晃に写しとってもらって開陳した。さて、いまのソウル、当時の「京城」に育ち学んで、なお大陸の向うの砂漠的地平を望む心とは、いったいどういうものであったろうか。形にのこるほどの記憶はないが、征服か、さすらいか、血を騒がせた何かが、初老のいまのわたしのなかに依然わだかまる。それは何か。

この宴席で、わたしが「軍鶏」の口真似で唐詩を講義したのは軽薄である。そして軽薄を許せるほどの安心や油断が、この幼な馴染の仲間にはある。自分の盃の置いてある席に戻ったとき、となりの男がわたしの肩に手を廻してこう言った。

「おい、出征のときに歌ったあの歌。思いだそうとするんだが、忘れていて出てこない。おまえが作ったという噂があったが、作った本人ならば知っているはずだ。あの仁旺ヶ丘出陣の歌……」

だいぶ酔っている友人と思ったが、逃げきることのできないものがある。「おれのじゃないよ。歌の文句は知ってはいるが、あれ、読人しらずの歌なんだ」と答えた。しかし、さきほどの顔真卿を辺城に送る岑参の詩で、何人かが記憶のどこかに点火されたためだろう、あちこちの席から、「出陣の歌は、おれも覚えている。あれは村松の作詩作曲」と応答する声がする。もう「読人不知」で言い逃れることはできない。いつか自分の戦争詩について書かねばならぬ、その機会を待っていた。いままで黙っていたのは歌が拙劣であったのを恥じたからだ。ただそれは詩人の虚栄にすぎぬ。陋劣な歌についてこそ書かねばならぬ。

昭和一八年(一九四三)春、わたしは中学を卒業した。心に刻んだ岑参の詩を秘めて、はかない希望であったが上海の東亜同文書院大学を受験しては失敗していた。日本内地の高等学校や大学の予科の受験もしたが、胸の中にはあの上海の学校があった。まもなくいつまでも浪人をしているわけにはゆかぬ二〇歳を迎える。友人たちは徴兵延期される医科や理工科に在籍するか、または赤紙（徴兵通知）を待ちながら文科系の学校で学んでいた。そのころ、わたしはいくつかの詩を書いた。そしてある日、内地の高等学校に在籍する先輩から送られたものと偽って、友人の吉田輝生に二篇の詩を見せ、単純な節回しも聞かせた。低音で歌のうまかった吉田は歌いやすいように少し節回しを変えてくれた。その歌をはじめて二人で歌ったときは奇妙な気分だったが、陸士や海兵に合格して京城を出発する友人たちのために歌ってきかせたら、想像以上に拡がった。拡がったほうは「仁旺ヶ丘出陣の歌」、全然はやらなかったのは「易水別離」。

送別された最初の友人たちの名をあげる。わたしのほうは彼らを忘れていたが、送られる側や歌わされる側はわたしのように無責任ではなかった。いまは医師でいい恰幅になった松下四郎が、たちどころに最初のグループの名を七名あげた。板橋隆、神力敏之、曺文煥、竹井小豹太、永渕晴生、真鍋邦男、宮司恒二。彼らは陸軍士官学校と海軍兵学校に入学する者。そして同年五月に施行されたばかりの朝鮮人徴兵令によって入営する第一号の朝鮮学徒一名である。昭和一八年晩夏、場所は京中会館。慶熙宮址のなか、わずかに残る後宮《ハレム》と石廊の傍らであった。

蛮声天に轟きて仁旺山上健児あり
打振る征旗北漢の颪に挑む闘魂か
いざわが友よ肩組みて嗚呼歌わん哉出陣を

ラッフルス像今はなく覇望破れし大南洋
今こそ我等民族の苦悶の鉄鎖解き放ち
自由の鐘を打鳴らし嗚呼救わん哉南洋を

白雪樹氷の北の方駒を進めんサイベリア
茫漠の雪蹴散しつ明日はウラルの山を越え
長剣頭上に振りかざし嗚呼奪わん哉モスクワを

怒涛万里の海を越え満帆の風孕むとき
倭冠の雄図胸に湧き我が父祖の血の燃ゆるなり
目指すは東、華府《ワシントン》わが宿敵の棲む牙城

やたら侵略的なこの歌のなかで自身を酔わせたのは、「ラッフルス像今はなく覇望破れし大南洋」の一行である。当時英領シンガポールは緒戦まもなく陥落し、植民者ラッフルスの銅像が倒された。それはアヘン戦争後のアジアを大陸の一角で生きている若者たちにとって衝撃的であり、新しい世界の到来を自覚させる事件であった。にも拘らず、右の歌が示すとおり、わたしはイギリス植民者たちにもまして覇権的な雰囲気に酔っていた。育てられた中学は、すでに数年まえから軍国化し、野球やラグビーその他チーム編成による選手制が廃止されて、全体競技に変っていた。対抗試合などで応援歌を歌う機会もなくなり、すべてのゲームはゲーム以前の全体的戦闘に還元された。野蛮主義への一種の復古であろう。だから、応援歌も、校歌も、ゲームに対して捧げられるのでなく、現実の戦闘に対して捧げられる。この学校を讃えた美文調の歌

「雲と棚引く春の花　錦をさらす秋の色
緑ただよう松の森　天真の色満たされつ」

も、じつは冒頭の一節は

「嗚呼東洋の盟主国　ここ半島の一角に
不滅の光放ちつつ　その名雄々しき仁旺台」

とあって、抒情のまえに与謝野鉄幹ばりの覇権謳歌の初連が冠せられていた。

さきに同窓会の仲間の幾人かが、わたしの作った戦争詩を思いだしたのには、別の理由もある。高群晃の書いた詩句から連想されるものであろうが、全然はやらなかったもうひとつのわたしの「易水別離」はつぎのようなものであった。

氷霜結ぶ易水に　壮士荊軻《けいか》は佇めり

今宵も月は冴渡り　河面吹く風の膚寒し
雁の一声天高く　戛然として嘯けば
中天の星寥々と　無言の離別歌うかな
涙隠して筑打つは　刎頚の友高漸離
明日は父母なき故人なき　秦に入るべき命なれば
長髪風に躍り立ち　西を睨みてかざす剣
風前の灯と誰か言う　壮士荊軻の舞姿

第二次大戦は、この時点まではさほど破局的事態には到らなかったのだが、アメリカ海兵がツラギ、ガダルカナルに上陸し、日米血戦のさなかであった。この「易水別離」はまもなく出征する自分を送るために友人が歌うものとして書かれたものであるが、じつは西條八十の『少年詩集』のなかの「荊軻」に原型があった。少年時代に八十の詩を読み、心を躍らせる何篇かのなかで、これはとくによく覚えていた。気の弱い少年にはむしろあの繊細な抒情よりも「ますらおぶり」の叙事的詩のほうが魅力的だったのだろうか。この詩集を失って、「易水別離」を書く段になって参考にしたくても手許になかったから、むしろ八十の詩から少しは離れて書いたのかもしれない。素材的には西條八十、そして内容的には与謝野鉄幹。しかしこれは文学的に表現したときの喩えで、当時わたしに文学は未発生であったから、精神的カオスといったほうがいいだろう。だから八十と鉄幹とを較べて、内なる混沌は迷うことなく鉄幹を選んだ、そしてごく自然にテロリズム肯定に至る道がそこからつづいていく。

小さなラッフルス

昭和一八年の冬であった。友人の橘高弘昌からと記憶するが奇妙な話を聞いた。深夜まで受験勉強に没頭していると、衝動的に散歩したり体を動かしたくなるという。ある夜更け、彼が南山を歩いていた。そこには朝鮮神宮がある。ふもとの南大門からまっすぐに参道と長い石の階段が続いて社殿に結ばれてゆく。一般参拝者はその石段の道を登るが、車で参拝する者に対しては林のなかを迂回してアスファルト参道が敷かれている。橘高は、深夜そのアスファルト参道で一人の朝鮮人が奇妙なおどりを踊っているのを見た。「何というのかね、あれは。タップダンスというやつかね」。平素彼は犬儒派の一面があって、冷笑的に言った。

　体の中心まで縛られるような冬の夜だった。わたしは臆病だったから武器を使うつもりはない。ただ重たい日本刀を把んで南山へむかっていった。ほんとうに奇体な朝鮮人が踊りをみせるだろうか。参道の両側は雪に埋れて舗装道路だけが黒く凍っていた。時刻は零時をはるかに過ぎて人の影はない。しばらく立ちつくしたそのとき、はるか麓のほうから、堅い小刻みの靴音が聞こえてきたのである。一〇分ほども、いやもっとだったか。わたしの立つ前に近寄ってきた。橘高の言ったとおり軽装の一人の男が靴音を鳴らし、タップダンスの練習をしながらゆるやかな参道を登ってくるのである。びっしょりと汗に輝いて、それはもう練習などというものではない。誰に見せ誰に聞かせるものでない孤りきりの、本番のダンスであった。彼には日本刀を握った和服袴すがたの男など眼中になかった。黙殺するごとく近づき、そして横を抜け、去っていった。わたしは刀を握ったまま立っていた。

　戦争が破局へ到ろうとする時期であったから、朝鮮の知識人や青年層に対する総督府内務局や軍からの弾圧は、まさに極に達して、ダンスや歌どころではなかった。この日から一、二か月後の三月には兵役法が改められて朝鮮人に徴兵制が施行されようとするそのとき、一人の朝鮮人が、アメリカの、しかも南部の黒人奴隷がもたらしたその踊りの足を踏みながら神宮の坂を登るという行為は、さきに書いたとおり「練習」などではない。留置所・刑務所、あるいは憲兵隊おくり覚悟のうえの狂人の所為といわれても不当でない。あきらかに、そして完全に闘いと抵抗を意味するものであったろう。彼が孤独な闘いを敢えて行為している夜道で、よしんば刀を握った狂信的な一人の皇国少年に出会ったとしても、あらためて構え直さねばならぬような相手ではなかったであろう。だから黙殺し、傍に人なきがごとく去っていった。

　この異常な経験は、考えれば異常ではなかったようである。同じころのある朝、京城駅から西大門へ迂回する電車の箱のなかで、わたしと朝鮮人学生と二人だけが乗客であったことがある。相手はちょうどわたしの前に腰をかけていた。彼は、はじめは聞きとれないほどの小声で、次第に大きな声で、わたしが西大門で降りるまで、わたしを正視しながら歌っていた。歌は懸命な「オー・スザンナ」であった。

つまり彼らは、南海域から進攻するアメリカの上陸軍か、北の国境を突破して南下するソ連軍の到来まで、忍んで耐えていたのである。その姿勢を、外勢を待つものの姿とのみ言うべきではない。むしろ、彼らの独立と民族自決の意志に併行して、ないまぜに期待されていた運動はキリスト教と共産主義の実践活動で、この三つの糸は合して近代国家形成のための一本の紐となるはずのものであった。アメリカの民謡も、タップダンスも軟弱な西欧文化へのあこがれなどではない。独立を願う戦闘的な意志表示、彼らの軍歌であった。

「ラッフルス像いまはなく……」。わたしは歌いつつも、自分がやがて打倒される小さなラッフルス像であることに気がつかなかったのである。

性と暴力

わたしの家は商会で、営業と本店事務の店員が数名通ってきていた。男子店員のほとんどは日本人で、女子のタイピストは朝鮮人であった。この朝鮮の女は二〇歳くらいであったろうか。うしろに髪をひきつめて白くひろい額を誇るようにみせた黒目の迫った美しい人であった。彼女はあまり男子店員らと口をきかず、漢字とかなまじりのむつかしい商業文のタイプを打つ。わたしと顔を合わせる機会は少なかったが、退出時刻になると、わたしが受験勉強用に使っていた別棟の隠居所、その一室の浴室に来て、洗面用の鏡を使ったあとつよい化粧の匂いをのこして消えていった。その匂いは彼女より少し若い年齢のわたしを苦しめた。店の人たちは、彼女がどこから通ってきているのか知らなかったようである。

わたしが通っていた中学は、三万坪の敷地を擁する慶熙宮のあとにあった。そこは山をなしており、裏山の斜面の尽きる土塀のそとに、ある日偶然に彼女らしい姿をみたことがある。土塀のそとは、社稷洞という。部落という言葉も似つかわしくない、地面に穴を掘って屋根をかけただけの土幕民の密集する地帯で、その穴の集落は宮址の外壁から延々と山の陰を苔のように匐ってつづく。それが仁旺山の南料面にかかるや、突如として明るく広大な朝鮮家屋に変る。北面と南面が、貧富をダイナミックにわけたのである。朝鮮各地から総督府の土地政策によって追われた農民たちは、つぎつぎと都市の入口まで流浪してくる。流れつくが都市へ入れず、そこで穴を掘ってくらす、貧窮と病と死の吹きだまりの地域である。わたしは学校の内側から、社稷の集落のなかに土幕の女としてのタイピストをみかけたのであった。

いつの頃からだったか、わたしは彼女への思慕を拭いきれないようになっていた。日本の男が朝鮮女を愛することは許されない。まして戦争にゆく身だ。禁句のように閉ざされた性、自慰行為だけがようやく彼女を描いていた。加えて、土幕民部落から通っている女というわたしだけが知っていた秘密は、女への思いをかきたて、わたしを惨酷にした。

あるときわたしは浴室の壁のうしろに立って彼女の退店時刻を待っていた。彼女が外からの扉をあけて鏡のまえに立った。自分の顔をみつめて誇っているのがわかった。ながいあいだかかって化粧をすませ、かるい音をたてて外に出ていった。わたしは浴室に入った。その日わたしが鏡の前にわざと置いていた抜身の短刀は、無視されて風呂蓋のうえにのけられていた。彼女は恐怖もなく、小さな声ももらさず、何事も起りはしなかった。彼女の側からすれば短刀は馬鹿息子の物凄な置き忘れにしかすぎず、騒ぎたてるほどのものでもなかったのであろう。だがわたしの性はサディスト的な求愛に歪んでいた。

植民地において、支配する側の人間が被支配者側の人間を愛することとは、個々においてはありえたことだ。しかし、性的なものであれ、そして霊的なものであれ、いずれにあっても彼の求愛は圧制的あるいは隠微にならざるをえない。

さきのわたしの「出陣の歌」に戻る。第一連の「蛮声天に轟きて仁旺山上健児あり」は、この都市の入口を扼する土幕民部落をちょうど見下す位置にあった。この歌はそこに生きていた女を、さらにわが自身の性と愛を、みずからの足でふみにじる自己抹殺の軍歌であった。

二人の朝鮮詩人

そのころ安国洞の本屋で、わたしは偶然に金鍾漢の（日本語の）詩集『たらちねのうた』を買った。いまは失って手許にはないが、詩集のなかでは、南大門広場らしいところでグライダーをとばす子供を歌った詩が印象に残った。あとでそれが「幼年」という作品であったことがわかる。大牧冨士夫によれば「『幼年』は、（中野）鈴子の『あつき手を挙ぐ』と同じ悪名たかい『国民文学』（一九四二年七月）に発表されたものである」（『幻野』一六号）という。

（略）ひるさがり／とある大門のそとで　ひとりの詩人が／坊やのグライダアを眺めてゐた／それが　五月の八日であり／この半島に　徴兵のきまった日だったので／かれは笑ふことができなかった／グライダアはかれの眼鏡をあざけって／光にぬれて　青瓦の屋根を越えていった

この詩を読んだときの印象を再現することができる。（略）の部分の二つの連にはあまり感じるものがなかった。右にあげた三連目の詩のなかで「ひとりの詩人が」という言葉に惹かれたことを記憶している。奇妙なことである。わたしが最初に出会った朝鮮人の詩集であり、そのなかで彼が自分を詩人と表明したことに民族をこえた羨望を感じた。それまで朝鮮に文学があることを想像もしなかった認識への反動であろう。その朝鮮人の詩人が「笑ふことができなかった」五月八日のグライダアとは、あきらかに彼が乗るのではない、つまり彼の後輩の学徒やつづいて少年期の朝鮮人が乗るべき宿命の戦闘機である、その逃れることのできぬ悲しみのようなものが理解できた。悲しみは「かれの眼鏡をあざけって」で確証されていた。それにしても金鍾漢が、日本の軍国主義の謳歌者であるのか、そうでなく、自分の世代のみならず朝鮮民族の次の世代の宿命をも悲しむ心を秘めた抵抗の詩人であるのか、わたしには判断がつかなかった。判断がつかないことで、彼がそのいずれかのまんなかあたりにいる人なのだ、と理解しようとした。そのようにわたしが思うことは、すなわち、わたしの心こそどっちつかずで、日本人でありながら、そしてまもなく戦場へ赴くはずの身でありながら、いまだ準備のつかない心情を示していたといえる。

わたしのまんなかあたりの自覚は、自我の主張ともならず無責任な自己抛棄であったと、いまにして思いあたる。わたしが生きているうちには、けっして自分の望むような世界は出現しない、酬いはないという絶望感からくる自己否定ではなかっただろうか。そうしたわたしに通じるあいまい性を金鍾漢の「幼年」の詩に感じたのである。彼が「幼年」を書く半年まえ、同じ『国民文学』に発表した詩を掲げる。

園　丁

年おいた山梨の木に、年おいた園丁は
林檎の嫩枝《わかえだ》を接木した。
研ぎすまされたナイフを置いて
うそ寒い、瑠璃色の空に紫煙を流した。
〃そんなことが、出来るのでせうか〃
やをら、園丁の妻は首を傾げた。

やがて躑躅が売笑した。
やがて、柳が淫蕩した。
年おいた山梨の木にも、中訳のやうに
二輪半の林檎が咲いた。
〃そんなことも、出来るのですね〃
園丁の妻も、はじめて笑った。

そして、柳は失恋した。
そして、躑躅は老いぼれた。
〃私が、死んでしまった頃には
年おいた園丁は考へた
〃この枝にも、林檎が実るだらう。
そして、私が忘れられる頃には……〃

なるほど、園丁は死んでしまった。
なるほど、園丁は忘れられてしまった。
年おいた山梨の木には、思ひ出のやうに
林檎の頬っぺたが、たわわに光った。
〃そんなことも、出来るのですね〃
園丁の妻も、今は亡かった。

金鍾漢がこの詩を書いて三〇数年後になって、林鍾国著・大村益夫訳『親日文学論』（高麗書林）で、これを読んだとき、わたしは戦争中に読んだ「幼年」の自己否定を想起した。山梨の木を日本に、リンゴの若枝を朝鮮に托して、その接木をする試行実験として読むこともできる。また逆に、朝鮮という土壌に日本人が根をおろす状況の比喩として読むこともできる。互換的なのでここでも意味はあいまいにとれるがそれぞれ論旨は明瞭である。異なる民族を人工的に暴力的に一つの国家に統一する。名目は上のとおりだが、朝鮮が異国の日本に吸収されつくす終末のとき、園丁のおのれはすでに死んでいる。この実験を目撃した妻という証人もつづいて死ぬ。みんなどうせ消える、愛国も売国も……。

この「園丁」も、さきにあげた詩集『たらちねのうた』に収められていたような気がする。この詩がまえの「幼年」のなかの「笑ふことのできなかった」詩人を当時理解するための鍵とはならなかったのだから、わたしが安易に甘口の詩として読みすごしたのであろう。しかし記憶には残らなかったとしても、この「園丁」はいまだにシリアスな問題を含む。園丁と妻、つまり朝鮮人の父と母は死ぬ。あとに複合的な人工種族がうまれる。そのことを悲しいと思うことができるのは、園丁夫婦までの朝鮮人であって、園丁以後の種族はもはや民族ではないのだから悲しむことをしらない。だから自分たちだけ黙って消えてゆけばよい。このようなすさまじい精神的断種、ニヒリズムに当然ゆきついている。自分を「詩人」と呼んだあの光るような羨望の対象の詩人に、このようなニヒルがあった。ニヒルを秘めながら金鍾漢は、四四年にもともとは李太祖創業を祝う歌であった竜飛御天歌をひきあいにしつつ、同名の詩「竜飛御天歌」でアジア共同体を祝った詩を書く。そして「民族反逆者」と呼ばれるような結果を招いた。個のレベルの自己否定が、民族否定、反逆につながるすさまじい詩の世界が日本の文学にはない。朝鮮の文学にある。そのことを、多くの現代朝鮮人が「当然ではないですか！」と、批判するように征服者の側だったわたしが同調することはできない。

金鍾漢は『文章』という一派の出身であった。『文章』を通じて送りだされた詩人に、趙芝薫、朴木月、朴南秀、朴斗鎮、金鍾漢、そして李漢稷がいる。このなかで「金鍾漢だけが戦争に関心を示していた事実は興味あること」と、林鍾国は『親日文学論』で書いている。右の六人のうちの最後の詩人、李漢稷は別の事情でわたしの戦争中に読む機会はなかったが、ここに触れてみたい。

駱　駝

「目を閉じれば／／幼い日のこと、先生が歩いてこられる／鞭をもって／／先生は駱駝のように老いていらした／晩春の日ざしを背にうけて／駱駝はつねに追憶する／──むかし、むかし──／／略駝は、幼い日の先生のように老いていた／わたしも暖い春の陽を背に浴びて／芝生の上で駱駝を見る／／帰らぬ童心の昔ばなしが／そこここに／落ちていそうな動物園の午後」

はじめにあげた金鍾漢の詩は、金鍾漢が書いた日本語による詩である。かつて中野重治が「日本の言葉のニュアンスにはなはだ敏感」と評価したというほど「幼年」も「園丁」も正確でなめらかな語感がある。しかしここにあげた李漢稷の作品は田中明の訳による。(『李漢稷詩集』昭森社) 原文は朝鮮語であったことを強調しなければならない。だから、わたしは戦時中に読むことができなかったのだが、田中明によれば李漢稷は「みづから母上や使用人より朝鮮語を学びハングルをマスター」したという。漢稷は幼稚園から大学に至るまで日本人の学校に学んだ。一八歳で最初の詩が京城詩壇で認められたというから、詩的出発は彼の通った京城中学を卒業したころであったろう。さきにあげた野蛮主義の横行する母校で、侵略的な校歌や応援歌に耳をふさぐこともできず、なお家に戻って母親や雇人たちから朝鮮語を学ぶ (回復する)。そして回復した母語によって詩を書く。

しかし「漢稷は常に淋しげだった。憂愁と空虚感が漂っていた。おかしなことがあって破顔大笑する場合でも、その笑いはすぐ淋しげにおさまり、いつも残照のような憂愁に染まっていた」(朴斗鎮)。悲劇的だが、この若い詩人は、日本政府によって華族の称号を与えられた家に育った。日韓併合に「功績」のあった父を持っていた。そのこととわたしについての関わりはかつて『三千里』や『コスモス』に書いたことがあるのでいまは触れない。この華族の家で（学校では日本語の生活・教育をうけつつ）ひそかに自分の国語による詩を育てて、右にあげたような作品を書いたということになると、これはひとりだけの闘いといわねばならない。詩のなかの「先生」は、古い李氏朝鮮の意味であろう。そして「動物園の午後」は、李朝第九代・成宗の完成した昌慶宮のあるところを舞台とするものういひるさがりである。彼が、父と志を異にして民族をこのような言葉で追慕していた孤愁が想像される。同じころに書いたと思われる国文によるつぎの詩——。

温　室

「その瑠璃窓の彼方／五月の蒼穹には／けだるさがゆらいでいた／／はるかの空の／漂う雲が断れるところ／一台の飛行機が行く／ぶらん　ぶらんと／わびしい爆音を棚曳きながら／／まこと／初夏の温室は／海底より静謐な宇宙だった／／葉脈には／美しい音楽さえ盛られ／正午——／アマリリスは湖水の体温をたたえた／／風化した土壌は／日ごと／謙譲な倫理の花を咲かせたが／／わたしの血のなかでは／また　別の花の蕾が／そ知らぬ顔で日ましに育って行った」

はじめのそれぞれの連は少年期の甘美な追憶。つぎに現実世界から離れた仮構的な環境へのあこがれ。東洋的な瞑想。そして突然に最後の連で、わが血のなかにうまれ育つ別種の花。しかもそしらぬ顔で——。いずれその花は友人を裏切るだろうし、自分をも裏切るかもしれぬ。あるいは父を裏切る花かもしれぬ、と思うとき、あまりに若かった李漢稷に覆いかぶさる時代の暗さがいまさら想像されてくる。

わたしは『文章』派に属する二人の詩人をあげた。ひとりは巧みな日本語を持って、目を外界に向け戦争に関心を注ぎ、積極的に現実に処することを願いつつ親日的な、戦争協力の道を歩んでしまった。もうひとりは、親日華族の家に生れながら、ひそかに母語を回復しつつ、非日常の詩を組みあげ、日本の戦争には協力しなかった。ふつうならばここで白黒さだまるところであるが、戦後の朝鮮・韓国は非連続・断絶の道を歩く。朴斗鎮によれば、李漢稷が戦後、「母国でやりきれなくなり渡日を決行した深いいわれを、筆者はもちろんよく知らない。またどうしても明らかにすべき理由もあるまい」と詠嘆的に書く。漢稷は一九六〇年、つまり日米安保の年、韓国政府によって駐日代表部付文政官として来日。翌年、張都暎・朴正煕たちの五・一六クーデターによって文政官の職を退いた。一九七六年東京で病死。戦争詩を書かず志操を曲げることのなかった李漢稷にしてなお、戦後韓国詩史・歴史のなかでこのように孤独であった。

死なない蛸・ファシズム

わたしとつきあった男たちは例外なく、第二次志望校に落ち着く、という不名誉な評判が立った。この伝説は、むろん友人たちの実力不足を糊塗する笑い話であったろう。だが、わたし自身が率先して落第してきたのだからうらみつらみを申し立てられる筋合はなかったのだ。ただ、共に勉学をするという口実で、わが家の隠居所を訪れて宿泊していった友たちは、多くは人生論が好きであった。これらの友に対する設問。近く出征するわれらにとって、この世の中で学ぶに価するものがいったい存在するのか？　質問に応えうる者は誰一人いなかった。だから刹那的に生きるほかはなかった。本の回し読みをした。そのなかで、わたしが古本屋で発見したジャック・ロンドンの『野性の呼声』（堺利彦訳）と『白牙』は、同級生から下級生まで回って、その速度は群書を抜いていた。酒も飲んだ。乾杯にあたっては、「マイネス・ファーータランドス・リーベン」と気障な合唱をしたものだ。祖国のために！　という意味あいであるぐらいは想像できた。この掛声はドイツの国民映画、ウファの作品でみているとちょいちょい耳にする。何でもよく覚えた。ナチス機甲部隊の進軍のときに合唱した「ローズマリ」を、いまでも歌えるほど覚えている。バイドラ・バイドリ・バイド・ララ・ローズマリ……。

ウファの作で印象ふかかったのは「スペインの夜」というカルメン劇であった。世界的な舞姫アルヘンティーナの深い憂愁のまなざし、カスタネットの情熱的な断続のなかで歌う、たしか「アントニオ・バルガセーノ」の一句を、彼女の声とともにいま思い起す。何よりも強烈であったのは、ホセ・ナバロ。洞窟のなかで病熱に呻吟して原隊に戻ることができぬ。高熱の夢のなかにひるがえる守備隊旗に、彼は挙手の敬礼をしつつ倒れる——。こんな場面はカルメン劇にはないのだが、ウファではこのように歪曲される。わたしはこの歪曲に感動し、暗がりで何度も涙をこすっていた。

わたしは植民地にいた。日本を知らなかった。にもかかわらず会ったことのない祖国、その旗のために杯を合わせ、そのために死すというファータランド＝祖国とはいったい何なのか。

もうひとりの朝鮮人について触れる。さきの「仁旺ヶ丘出陣の歌」で送った最初の七名。そのなかのただひとりの朝鮮人、曺文煥について語らなければならない（彼については一九六九年五月の『朝鮮研究』で「韓国軍人との一夜」という同様の内容の文章を書いた。当時彼は軍籍にあったが、国防部次官をさいごに退役したから、もう本名で書いてもいいだろう）。

韓国軍人との一夜

いまから一六〜七年まえになる。それ以前ソウルに派遣されていた読売記者の嶋元謙郎から、曺がベトナム派遣軍の司令官として赴任したと聞いたことがあった。たまたま韓国へ所用で戻るついでに立川に下り、その機会にあわせて、東京で同窓生たちが集った。この夜あらためて曺の顔をながめると、むかしからの童顔は変らないが、額にふかい傷痕が彫られていて、これだけはわたしたちの記憶になかったものだ。

わたしも冷えたビールを底まで乾した。曺をながめるが、彼のうしろにどうしてベトナムがあるのか、それがわからない。むしろ、彼のうしろにわたしは、以前から日本をみていたのだ。歓談がはじまった。飲む。食う。笑う。そして怒号する。席はみだれ、それぞれ勝手に立ちあがり、名刺を交換したりする。曺は順々に、相手の名刺と若い日の記憶を較べてみる。双方が微笑する。互いに自分の地位に満足らしい。

曺がわたしに言う。「村松君、文学は続けておりますか?」、「続けているつもりですが、しかし才能の自信が続かなくてね」。どうせ彼の質問は儀礼だ、と思う。「わたしは文学に関心があります」。﨔がみんなに向って言う。みなが笑う。「軍人が?」「ええ、軍人だからです」。わたしは﨔がわたしの名誉のために言っているのだと勘違いしたほどだ。ありがとう。しかしこれはいたわりに近い。

名刺の交換がすむと、多くの友人たちが、このつぎソウルにゆくからよろしくたのむ、と口々に言うのを忘れなかった。その二年ほどまえに、朴正熙は日本商社の韓国進出を許していた。まさに浦項製鉄建設のための日韓調印も迫り、そしてさらに馬山自由地域が設置されようという時であった。しばらくたつとこの席は、次第に奇妙な空気を帯びてきた。同級生たちの中には大商社の社員が多い。つづいて役人、医師。この社員たちが席をビジネスの話題にまきこんでいったのである。彼らは朝鮮育ちで、事情通であるせいで、ソウル出張の経験者が多い。

「すこし静かにしてくれないか」。わたしが腹を立てた。「二〇年ぶりで﨔が来てくれた。しかもサイゴンからの帰り途だ。軍人の﨔に商売の話や金儲け話は苦手だろう」。

「そのとおり」と相槌をうった男がいる。みると中島勝太郎である。中島と﨔は、むかしは柔道仲間で、気弱な級友たちを怖れさせていた。いまは平和な表情で、伊勢の津市で料理屋のおやじとなっている。だが、ただのおやじでない別の関心を惹くものがある。中島の父君は姓が変っていて、佐郷屋留雄という。戦前から戦後にかけての右翼結社で名高い護国団の領袖であった。わたしと中島の妨害のせいでもないが、まもなく会は閉じられた。帰りに﨔が、ホテル・ニュージャパンにわたしと中島を誘ってくれた。

暗いバーの奥で、﨔がゆっくりと聞きたいことがある、といってわたしに訊ねた。

「ぼくたちのベトナム派兵について、日本の文学者はどう考えているだろうか?」。先刻の席上で、軍人だから文学に関心を持つといった気持が手にとるようにわかる。新生の国家にとって文学も、軍事も、ひとつのものだ。

「あきらかに反対だよ。文学者ばかりではない。日本人はほとんどの人が反対しているのだ。しかし曺准将、きみは日本人が反対しているのが不思議なのだろう？つまり新しい日韓体制がきみらにベトナムへの派兵をうながした。なのに、日本に来てみると日本が知らん顔をしている。そう言いたいのではないか？」。

「そのとおり。自分らとは関わりのないことと思っているのではないか。いったい日本の自衛隊の海外派兵はどうなんだ、きみら反対勢力の意見だけでなく、一般にどうなんだ？」。

「いいか、曺准将。ぼくたち日本人は海外派兵はごめんだと思っている。日本政府はそのことを百も承知だ。派兵すれば憲法そのものの否定となり政府は倒れるだろう。倒れたくないから、ここで政府は日韓条約を結んだ。国民のベトナム戦争反対の声が大きくなったとき、政府は南ベトナムに緊急援助の金を送り、つづいて政府は韓国に二千万ドルの原材料・機械部品の延払いを決定した。その一週間後だよ。つまり日本政府は、ベトナムに神経質な国民の反対を押さえきれないから、韓国軍五万人の派兵に相当するものを、韓国政府に対して金で済ませたことになる。新しい日韓関係はベトナム戦の取引所の匂いがするのだ」。

彼は不快そうであった。彼は中学時代の最後「仁旺ヶ丘出陣の歌」以来の歴史を語りはじめた。あの宮殿あとの会館で歌い狂って別れ、彼は朝鮮人の「皇軍兵士」として徴兵され、北支の部隊に入った。中国共産軍と接する前線で戦い、顔に傷を負った。その後、第二次大戦の終結とともにようやくソウルに戻り、国軍創設を迎え、ふたたび軍人にもどり、朝鮮戦争でふたたび戦火をくぐった。

「曺君。なるほどきみはつねに共産軍と戦ってきた軍人だ。しかしきみらが傷つき戦死した背後に、いつも日本の影があったではないか。日本はいつもきみの後方に在ったではないか。朝鮮戦争のときの特需ばかりでない。今日の銀座のあかり、赤坂のにぎわい、たちならぶビル。ベトナム帰りの韓国ナショナリストとして、ベトナムに派兵しないで済ませている日本をはっきりと見てほしい。敵は共産軍だろうか。死なない蛸、日本の政治・経済の体制だろうか？」。

彼は苦しく否定し、共産軍の手口を語り、その惨虐を語りついだ。わたしは最終的に言った。

「日本はベトナムに派兵しないだろう。しかしもし、海外派兵ということになれば……」。訔と中島は杯をなめながら何気なく聞いているようであった。「日本はベトナムに上陸しないだろう。これからさきは、ぼくの空想だが、釜山に上陸するだろう……」。「なんのために？」と訔。「共産軍と戦うために」とわたし。「しかしそのときさきみは日本軍と共に北へ進撃するか？　それとも日本軍を水際で叩くか？　空想にしかすぎないが、軍を、商社、企業と言いかえてもいい。韓国はいったいどうするだろう」。わたしは挑発的だった。

そのとき、突然だった。黙っていた中島、少年時代から訔とは形影いずれともわかち難かった中島が言った。

「ぶっ殺すのだ、国を守るとは、上陸する外敵を水際で叩くことにきまっているじゃないか！」。かつての右翼少年を憐むような表情で、「北はどうなるんだ？」と訔。

「おれにはわからん。かりに日本に敵が上陸するのを迎えたならば、右翼が左翼と戦うか、それとも左翼と手を結ぶか、そのときになって考える」。中島が話を結んだ。

三人、それぞれの戦後の道であった。これからさき、三人はけっして同じ道で会うことはないだろう。もう子供ではない、子供との別れの時刻だ。「茫漠の雪蹴散しつ明日はウラルの山を越え……」。夜はつめたく、明方に近づいていた。

自身のための軍歌

一昨年だったか。テレビの画面にサーカスの一座が映っていた。座長は関根といい、一座の名は「関根サーカス」といった。巡業の苦労ばなしが番組の筋書きであったのだろうが、いま内容を少しも覚えていないのは、わたしが座長・関根なにがしの顔を追いつづけていたせいだ。あの僅かな間の戦友だった関根二等兵と、同じ人物なのかどうか。四〇年の歳月が流れてみれば、もう俤をたしかめることができない。

もし彼が関根二等兵であったとすれば、彼はあの戦争を、どこでどのように生き残ってきたのだろう。いまカメラのレンズに向かってもの静かに語る、人生経験豊かな、渋い苦労人は、果たして誰なのか。彼とわたしの間には、時間ばかりではない、越えることのできない遠い距離が横たわる。

話はもどる。

わたしがわたし自身の「軍歌」によって送られる日が来た。昭和一九年秋、京城二〇師団。兵科は高射兵。ただしこれは便宜上の名であった。

自分の歌で送別をうけることは予想していたが、深い印象は残っていない。まして衛門をくぐる土壇場に至ってみれば、人生は演じるようなものではなくなっていた。衛門と書いたが、まさにみすぼらしくふしぎに小さな衛門で、衛兵所も、兵舎も、バラックであった。大きな歩兵連隊、二二部隊と二三部隊のうしろ、いかめしい師団司令部のあいだに挟まれた空地に、鉄条網で囲ったにすぎぬ一個中隊。七四四〇部隊、とだけ、意味のわからぬ看板がかけられていた。

隊長は内山という名の中隊長。小柄な大尉であった。七四四〇部隊は、外部との接触を断った秘密部隊で、名目的には通信、内部的にはレーダーを兵器とする航空情報隊。当時では最新の技術兵を養育するための急造の部隊であったから、この内山なる人物は根っからの軍人ではなく、技術者であったかもしれぬ。気の小さな、指揮官に不向きの人だったような気がする。

入隊した翌日か翌々日。中隊全員の会食があった。各班にわけられた新兵およそ二〇〇名が集合して、中隊長を囲んで夕食を共にする。その夜は一合の酒、一本の羊羹が配給になり、食器には干めんたいの天ぷらがのせられていた。

食事がたけなわになったとき、各班それぞれ余興をやれと命令されて、歌のうまい男は歌を。物真似の上手なやつはそれを。無礼講だ、やれ、といわれて図にのるやつ。警戒するやつ。いろいろだった。それまではよかった。そのうち中隊長が自分から指名した。

「関根初年兵。きさまは曲芸ができると聞いたが、やってみんか」。

いかに部隊長といえ、失敬な注文であった。しかし反対する小隊長も班長もいない。気の毒そうに沈黙する者、そそのかす者、たよりない上級者ばかりであった。ひとりの兵が箸を置いて直立した。

「自分は、いや関根二等兵は、曲馬をやめて入隊しました。関根二等兵は兵でありますから、曲芸は致しません」。

はっきりと拒絶であった。内山中隊長は、薄笑いを浮かべながらも不快そうであった。そのとき仲介をした古兵がある。わたしの班の上等兵であった。「関根二等兵よ。おれも見たいんよ。あすはいづくで散るのやら。これが最後だから、見せてほしいんよ」。べっとりとやわらかくからみながらも凄味があった。関根二等兵は黙って椅子を二脚運んできた。二本足で立たせたひとつの椅子のうえに、もうひとつの椅子をのせ、彼はその上で倒立した。数秒そのまま。「ハイッ！」と声をかけて、彼はそこから舞い降りた。

拍手が鳴った。わたしは深い感動の中にいた。「関根は兵であります……」。不意に、わたしは決して口外してはならない奇妙な言葉が浮かんだ。「日本プロレタリアート」。わたしは軍隊に入って、はじめてこの階級に出会ったのである。「関根は兵であります」が、なぜ「日本プロレタリアート」なのか。突然の結びつきは説明がつかない。むしろ逆に言ってみようか。かつて朝鮮にうまれ、植民者として三代を経た。しかしわたしは植民地において日本の労働者階級に出会うことはなかった。労働者は、つねに朝鮮人と中国人であった。活字においてのみ知るプロレタリアートとの出会いは、軍隊においてしかなかった。士官・下士官の幹補生をめざす者のひしめくなかで、「わたしは兵」と新鮮な言葉を発した関根に、わたしは直感的に、あの階級を目撃したのである。

わたしは拍手をしなかった。彼の横顔をみつめていると、冷酷な声がかかった。「おい横の兵隊、おまえも何かやれ」。中隊長の声であった。悪意を感じた。わたしはためらいなく立った。関根二等兵のために歌います、と前置きして「易水別離」を歌った。そして自作の詩であることを告げた。

軍隊のなかで入隊早々、愛憎の世界が展げられていた。以後、この中隊長から憎しみを受けた話はいくらも語ることはできるが、それはどうでもよい。一月のちわたしはこの隊から、地獄部隊と呼ばれた北朝鮮・ソビエト国境のレーダー基地に転属になった。前面にソ連軍基地と張鼓峰。第一線である。その前夜、わたしは髪の毛と爪を切って遺書に包んだ。わたし自身の易水別離であった。

テレビの画像のなかのサーカスの団長も還暦にちかく、わたしも同様であった。二人とも別人に変ってしまったが、わたしの青春のなかで、あざやかに倒立し、ハイッと叫んで舞い降りたそれは、決して幻影ではない。その彼に対して、「軍歌」を捧げたわたし自身も、いまのわたしに較べるならばけっして幻影ではない。つまり二人の男たちが、若かった彼らの影として生きのこっただけである。

そして、あの軍歌のいま

数日まえ、つまり一九八五年二月のはじめ、わたしは旧読売新聞の裏の飲屋「電柱」で、読売新聞で編集委員をやっている嶋元謙郎と飲んでいた。狭い店に、それでも大きな男たちが八人ほど並んでいた。彼らも記者たちなのだろう、「こんどの暴力団抗争は一和会の山口組に対する戦略勝ち」など言いあっていた。この店は社会部記者のたまりなのか。向うの席から、こちらに声がかかる。「嶋元さんよ、今度もソウルにゆくのかね」。二年ぶりにアメリカから帰国する韓国の元大統領候補・金大中は、あすの二月七日にはノースウエストで成田に着く。一泊して八日にはソウルの金浦空港に着くだろう。韓国政局をゆるがす選挙が目前にある。話を外らすわけではないが、嶋元は「いや、今度のソウルは静かだろう……」と答える。

この嶋元謙郎は、解放後の北朝鮮に最初に入国した新聞記者団の一人で、のちに南の韓国で最初に読売支局を設立した男。朝鮮・韓国のことなら彼に聞け、ということになっている。

その彼は二級下であったが、小学校・中学校を通して、親しい友であった。その夜は朝鮮・韓国問題について相談するつもりはなかった。杯をかわしながらわたしたちが、寒い夜に語りあっていたことは、いままでに書いてきた「わたしの戦争詩」の内容についてであった。彼は、わたしの少年時代からの詩と文学の生活を知っていた。わたしがジャック・ロンドンの本を手渡した最初の下級生は嶋元であった。日本に来てから戦後詩運動に加わったときのわたしの詩を、難解だと悲しんでいたのも、彼であった。わたしは、自分の戦争詩、自分の軍歌についてもう沈黙してはならない時に至ったことを語っていた。

杯を置いて彼が向き直った。「ぼくはいまでもあんたの詩を歌う。出だしは何だっけ、あれ……」。歌いそうになるのを、わたしは慌ててとめる。まして彼はかなりな音痴だ。彼はかまわず言った。「たとえどう思われようとも、書いて欲しいんだ。あの高踏的な詩でなく、例の中学時代の壮行歌のことを」。

一九七二年の、あれは五月だ。それまで韓国の駐日大使だった李厚洛が帰国してKCIA部長に就任したあと、突如、北朝鮮に入った。朴正熙と金日成の、いわゆる「七・四共同声明」発表のための準備会談だった。これによって劇的な南北共同声明がピョンヤンとソウルで同時に発せられた。

一躍、李厚洛は脚光を浴びて、英雄視されるが、これに水を差した人物がいる。首相の金鍾泌である。彼はあたかも迫りつつあった米中接近の情勢をもっとも早くキャッチしていた人物であったらしく、南北会談推進のための演出者でもあったが、李厚洛とは戦術路線を異にしていた。だから七月四日の翌日に「共同声明に過度の期待や幻想を抱いてはならぬ」と国会で答弁した。一方、李厚洛もこれに対抗して「報道は大局的次元に立ち対話の阻害になるような不幸な結果を招くな」と制した。

あきらかに、ポスト朴正熙をめぐっての、金鍾泌首相と李厚洛KCIA部長との権力抗争が渦を巻きはじめた。そのあいだ一年、突如、李厚洛が失脚する。八月八日に東京で起こった「金大中拉致事件」によってである。事件勃発後、二週間目に、「事件にKCIA機関員が関与」「李厚洛部長引責か」の報道が流れた。スクープをやったのは当時ソウルにいた読売の嶋元特派員であった。当然スクープは南北対話に影響した。北の共和国調節委員会は対話中断の八・二八声明を発する。委員長の金英柱が「李厚洛をはじめKCIAのゴロツキどもをこれ以上対話に参加させることはできない」と門を閉ざした。ソウルとピョンヤンの春を描いたあの統一の理想は、ここでつかのまの幻に一変した。

――その嶋元が、幼い頃の俤を口許に残しながら盃を舐めている。

「ぼくはね、結局金鍾泌に近い線で情報を取っていましてね。あるとき朴正熙と金鍾泌に招かれたとき、いろいろ前歴を聞かれましたよ。ぼくは北に行っているし植民者でしたからね。そこでぼくは例のあの歌を歌ってきかせました。日本の朝鮮植民者たちはみな、アジア主義者だったのだとね。そのときこの韓国のトップ二人が言いましたね。われわれも同様だと。彼ら二人、あの歌を聞いて知っているんですよ。もっとも朴正熙は銃撃されて死にましたがね」。

ほんとうに苦く、重たい、そして身内から力の抜けるような酒であった。「今こそ我等民族の苦悶の鉄鎖解き放ち自由の鐘を打鳴らし……」。この最後の章は書くべきではなかったのかもしれぬ。わたしの詩の主題は、その出発において戦争のために書かれた。そして戦後の詩の主題は朝鮮の解放と統一、それを空中の画布に描いてのそれであった。いまだ成らず。だからそのための韓国の戦う詩人たちとの精神的なつながりの夢がつづく。しかしどうだ。わたしの過去の詩が、トランプのババ札のように圧制者たちの手許に残されていたではないか。

わたしが反ファッショを闘おうとするとき、ファッショはまた、わたしの過去の証人でありえた。

追記。体験を書いた。他人から聞いたことも含まれるので、すべて本名を用いた。認識の相違はいたしかたがないが、事実の相違があれば訂正するつもりである。

わたしの「討匪行」　軍歌論（一）

（一九八六年）

一、酒場で

　神田の「萱」という飲屋だ。カウンターでひとりで飲んでいると、五〇歳台の男が二人話しあっている。とくに聴きいるわけではないが耳に入るうち、しだいに腹が立ってくる。こういう会話はひそひそ話か、あるいは他人のいないときにやるものだ。何があったかしらないが、憂さばらしに大声でやるものじゃない。

　話の内容は、日本軍が大陸で中国人を何十万人殺したというが、こちら側から出かけていったにせよ、中国側情報を一方的にこらが聞いて贖罪を強いられる立場は不当なことだ、という議論である。あげくの果てに、日本の軍律は非常に厳格なものだったから、戦争の最中に、たとえば強姦など容易にやれるものではない。自分が経験した軍隊生活の厳しさから推測したとき、中国側が主張するような戦争被害は、正直なところ想像がつかないものがある――というような経験論を、一方の男が語っている。この男は、まもなく席を立って帰っていった。しらけたせいか、残された男が、飲屋のおかみに照れたようにぽつりという。「あれはね、ちょっとしたうるさい美術史の専門家なんだ」。

　ここで語られた話――内容的には二つの立場が含まれている。ひとつは、大陸の戦争で日本軍が多くのアジアの民衆を殺傷したことを、戦後資料などで十分知っていても、それを認めたくないという立場。もうひとつは、かりに資料が提出されても、それは自分の経験にはなかったことなので実感的には真実性に疑問を持つとする立場。

　先刻の話の男は、大ざっぱにわければ後者に属する。会話の途中でわかったことだが、彼の父は旧「満州国」の官吏であったらしく、また彼自身が経験した軍隊とは、軍官学校か、陸軍幼年学校のどちらかであったらしい。つまり、奇妙なことばだが戦争の現場にいなかったように推測できる。

　ほぼ同世代の男たちの会話でありながら、彼らの戦争体験とは、いったい何であったのか。日本軍はどのような加害者であったのか、あるいはどのような理由で、加害者でなかったというのか。歴史は風化しつつ、そのこととわたしたちとはどのように関わりを持つのか。

二、歌われなかった軍歌

八木沼丈夫の作詩による「討匪行」という歌がある。作曲はテナー歌手の藤原義江によるものだ。満州事変の起きた昭和六年、兵士慰問に渡満した藤原義江が、八木沼からもらい受けたか、預かった詩に作曲したものといわれる。当時、八木沼は、関東軍嘱託であった。

この歌は軍歌というにはふさわしくない。内容だけではない、テンポが示威的行進に乗りにくい——逆にいえば疲労困憊の極に至った場合こそふさわしいテンポといえるだろう——。だから、軍歌ではなく、戦時歌謡という枠のなかに収められたのかもしれない。この歌謡のレコード盤がビクターから売り出された頃をわたしは記憶している。

「京城」の師団司令部ちかく、三角地という名の町のレコード屋が持ってきた。いまからさかのぼって確かめると、満州事変翌年の昭和七年にあたる。レコードの両面は、「討匪行」「亜細亜行進曲」で、いずれも藤原義江が歌った。レコードにつけられた数頁の刷物には、彼の横顔写真、個性的なマスクが刷られてあった。

この年、一月には上海で日本海軍陸戦隊が、正面の防衛線に出た中国の精鋭、第一九路軍と戦火を交じえ、中国への侵略が、東北から一挙に、南方に拡大した。しかしまもなく、六月に蒋介石は、廬山会議を開き、対日妥協政策を決定し、反転して五〇万の兵力をもって、中国共産軍との戦いを全面的に開始する。

ならば、北の満州を舞台としたこの時点での「討匪行」の歌は、いったい誰を対手とした戦いのうたであったのだろうか。

深夜、酔って帰宅する。春夏秋冬、いつも深夜だ。おれは軍歌はきらいだよ、と言いつつ、心のなかで、あるいは低吟で歌うのは

「どこまで続く泥濘ぞ
三日二夜を食もなく
雨降りしぶく鉄兜」。　(一)

ここで全文を歌ってきかせたいが、紙のうえではそうもゆかぬ。後半の二節だけをあげる。

「今日山峡の朝ぼらけ
細く微けく立つ煙
賊馬は草を食むが見ゆ」　（八）

見よ、前方の敵がまだ眠っている。接近せよ。撃て。不意にこだまする銃声、野辺の草が血に染まる。「賊」は馬もろとも倒れ伏し、山の家に焔があがる。かくて――

「敵にはあれど遺骸に
花を手向けて懇ろに
興安嶺よいざさらば」　（一四）

酒のせいだ、わたしは（八）（一四）の右の二節を歌うとき声がうるむ。かりに、「すでに煙草はなくなりぬ／たのむマッチも濡れはてぬ／飢え迫る夜の寒さかな」のなまなましい現実感覚に多少は心を動かされようとも、いわば抒情詩だ。それにわたしにそれほど凄まじい追撃、行軍の疲労経験はなく、むしろ感動をさそうのは全体のドラマだ。

兵站は遥かにとおく、兵らは飢餓の戦線を行く。そのとき東の空の雨雲をゆるがして友軍の飛行機の爆音が聞こえる。糧食と、煙草が投下される。そしてふたたび泥沼の深みへの追撃。現実の戦斗に加わったものの、うそのない歌だと思う。右にあげた（八）（一四）の節は、いまもわたしの胸を圧する。だが、わたしはみずからの感勤の悪夢のなかから、覚めようとする。その二つの節（八）から（一四）への飛躍は、不自然なのである。その理由は何か。

三、民衆を敵として

わたしは小学校の一年生のとき、満州の入口、安東の町に祖父を訪ねた。母親とわたしの兄妹たちとの一行であった。祖父は、かつてわたしが『朝鮮植民者』という本の主人公にとりあげて書いたことのある、浦尾文蔵という名の初代植民者、当時は満州の安東にあって、「白水」という豪勢なカフェーを営んでいた。

わたしたちはそこでは一夏の短い旅行であったから、それで満州を経験したなどとはいえない。言いたかったことは、その翌年、右の「討匪行」の音盤が世に出て歌われはじめたということである。

思えば物騒な時代に、母はわれわれ兄妹を旅につれだしたものであった。無知であったのか、度胸があったのか、いずれともいえない。不思議なことだが、植民者にとっては植民地の政治状況がつねに「見えない」という特徴がある。戦争が見えず、わたしたちは夏の休暇のなかにいた。ただおぼろげだが記憶のなかにある満州の中国民衆の姿は、印象ふかい。民衆は半裸であった。服を着ている者は、夏であったが袖の長い青い綿服を着ており、ひとにぎりの日本人植民者たちだけ、白い服を着ていた。

中国民衆は、荷を担ぎ、馬車を御した。黙々とアカシアの並木の下を歩いていた。わたしがはじめて出会った彼らは、その一カ月のちに、満州事変によって戦火の下を逃げまどう。そのもとをたぐれば、それ以前の万宝山事件、昭和二年の張作霖爆死事件、それ以前の、満州を舞台とする日露戦争末期に新設された一四、一六両師団による北満の要点確保にまでさかのぼらなければならないだろう。黙々とした人々は、それからずっと、日本の関東都督（のちに関東軍）の下であえいでいた中国民衆だった。

満州事変によって、関東軍は奉天を占領し、全面的に、満鉄沿線の要地を攻撃、占領した。その関東軍の前面にあらわれた「敵」とは、かつて満州を支配した張作霖の息子、学良の東北軍であり、武装した農民であった。彼らは日を追って、日本軍に圧されて、しだいに奥地へ、都市や部落からはなれた荒野に拡散してゆき、農と兵は、いよいよ混合しつつ階級的には重層化し、深化し、ゲリラ戦を展開するようになった。

わたしのみた中国民衆は、じつはストレートに「討匪行」の「匪」となった。それを匪に成さしめたのは、関東軍であった。柳条溝爆破によって戦火をひらいた関東軍は、事件後、半月、つまり一〇月四日に軍司令部の所信を表明している。引用するのに長いので気がひけるが、あまりにも正直な所信表明なので記録しておきたい。

「東大営駐屯の東北軍歩兵第七旅は、旅長王以哲の率ゐる張学良直系中の最精鋭部隊としてその威名を東北四省に振ひたり。然るに九月十八日夜暴挙を行ひ我が軍の膺懲する所となるや敗退の各兵は逐次所在に集結し、兵威の恢復に努むると共に至る所に集団して暴威を壇にし、婦女を辱かしめ金品を掠取し、就中我が同胞鮮人を虐殺する者続出し、殊に大甸子の如きに至りてはその兇手に斃れたる者百余を下らず、我が軍討伐に出動すれば忽ち白旗を掲げ、軍使を派遣し、直ちに降伏を装ふ。精鋭無比を以て任ずる第七旅にして尚且鬼畜も敢てせざるの蕃行を行ふ。爾余の素質劣悪なる軍隊が敗残以て匪徒と化し秩序破壊の限りを尽せるは毫末も怪しむに足らざるなり。これを文明国家の軍隊と言ひ、或は独立国家の骨格を備へたるものと称し得べけんや」。

わたしたち小さな家族にとっては、「戦争が見えない」から、陽気に一夏の旅を終えた。思えば当然のことかもしれない。はじめは、どこにも戦争はなかったのである。関東軍はもっともそのことをよく自覚していた。だから柳条溝で、戦火をひらき、戦争をあたかも万人に「見えるもの」のように作りだしていった。人工国家・満州国建国のために、中国東北の混乱ははじめからあったように装われねばならなかった。

四、写真だけが残った

いまわたしは、山峡の朝に「細く微けく立つ煙……」をあげ、まだ眠りをまどろむ彼らのことを思いおこす。彼らの仮寝の前後左右から、面輝かし、賊殲滅の一念に、炎と燃えて迫るつわものがいる。このつわものが、ほんとうに匪と呼ばるべきものであろう。しかも彼らの山の家を焔のなかに滅し去り、「敵にはあれど残骸に／花を手向けて懇ろに」去ってゆく者とはいったい誰なのだろうか。戦後四〇年、深夜それを歌うわたしだったのであろうか。

いままで出会ったこともない、山峡の人を滅すべきわが敵と思う、それを獣性というのはやさしい。わが心のなかに、自分が抑制することのできない非人間的なものがあるという思想だ。加えてそれはけっして自已自身ではないとする無罪の主張だ。この無罪の主張と「手向ける花」とは同一発想ではなかろうか。

「日本軍隊の規律は厳しく、中国側のいうような戦争の被害は想像がつかない」という話を耳にした、あの酒場の、あの男の去り際の影を思い出す。待ちたまえ。殺傷とはこうだった。

母と共に満州にいった。そのときに祖父たちと写した記念の写真に、ひとりの見知らぬ男が写っていた。祖父の浦尾文蔵が再婚した女性との間にできた二度目の男子。だから、わたしの母にとっては腹ちがいの弟、わたしにとっては叔父。浦尾正行という。

異母姉である母とのあいだは親密であったようだ。満州時代のダンディなポーズをとった野外の写真が、そのほかにもあった。浦尾正行は、当時としては珍しい商売、フリーのカメラマンであった。正行の素行は、父親の文蔵にとっては悩みの種であったらしく、後年になって文蔵はすでに亡い二男について、何度もわたしにこぼしたことがある。

正行は、満州事変勃発の当初からの従軍カメラマン、しかも腕のよい技師であったらしく、戦争写真を幾枚も送ってよこした。そして次第に、それらは「不許可」写真ばかりになってしまった。正行が、撮したもののなかから不許可のものだけをひそかに姉のもとへ届けたのか。あるいは、彼が不許可になりそうな対象だけに目を向けるようになったのか、いまとなっては推測できない。

彼にとっての肉親のいる、自由な、わたしの「京城」の家は安全であった。箪笥の小引出しにいっぱいになるほど不許可写真が、しまいこまれた。いずれ戦争でも終れば、正行が「京城」を訪れよう。それまで、と、わたしの母は預かった気持で保管したが、正行は満州で肺結核にかかって早逝した。

写真だけがのこった。

戦争は満州事変だけでは終らず第二次大戦を誘発して、拡大し、一五年目にようやく終った。敗れた植民者のわたしたち家族は「京城」を引揚げるべく荷物を整理した。手に持つことのできるものだけを持った引揚げ、そのほかは後便の行李を多数用意した。敗れたものたちは、情況の判断を誤まる。処分できなかったもののなかに、正行の写真があったはず。それらがひとまとめに、朝鮮人の自警組織に押収された。写真はその後に勃発した朝鮮戦争の炎のなかで焼かれたか、あるいは誰かによって保管されているか、わたしたちにはわからない。わたしたち家族に対する告発の証として、どこかに存在すると思っていい。

どのような写真か。言葉でそれらを言いつくすことはできない。写真に撮られた中国人は、すべて、兵であるか、農民であるか、区別のつかない人々であった。不規則に並べられてこちら側を向いた顔。何コマかの続きもののように、彼らが跪かされ、頭をさしだす。その背後で軍刀をふりかざす日本兵。家畜のように転がされた死体。首の切断面。

霜柱、また残雪の大地のうえにそれぞれ死体が転がり、不自然なかたちに凝固していた。逮捕から処刑までの事件の移行を、浦尾正行は、それぞれ何枚かずつ、記録していった。まるで彼自身、死体を求めて荒野をさまよう野犬のようであった。

わたしたち家族の旅行が機縁で、その夏からの侵略の歴史が、わたしの「京城」の家に記録され、わたしたち家族は、その歴史を秘匿し、戦争が終り、「京城」を去り、四〇年が経つ。時間は流れたのでもなく、過去になってしまったのでもない。わたしはいま、日本にいてひそかに「討匪行」を歌う。このわたしはいま六〇歳をすぎ、そのうちのもっとも「罪のない」少年時代の歴史が、わたしの背後を灼く。たとえわたしが「忘れて」も、あの写真は「京城」に存在しつづけるであろう。

五、「国境からの手紙」

「討匪行」は、わたしの軍隊経験のなかでは一度も歌われることのなかった歌だが、歌はいつも身近にあった。かつてわたしは、ソビエト、中国、朝鮮の国境にいた。陣地の前面には、昭和一三年に戦闘のあった張鼓峰があった。右はポシェート湾から北へ延びる戦線に、ソビエトの極東第一方面軍。左は図們・間島・上三峯・会寧・茂山にいたる山嶽地域に、朝鮮人パルチザンが出没していた。ソビエトとの戦端は開かれていなかった。またパルチザンへの「討伐」は行われなかった。彼らの多くは火田民であり、ひとたび彼らを討てば、間島省と、「皇土朝鮮」の北端を一挙に敵地と化すことを想定しなければならない。第二次大戦末期の、わたしの守備した国境の均衡とはこのようなものであった。

一九四八年、戦争から復員したわたしは雑誌『純粋詩』に「国境」という散文詩を書いた。いくらかの改稿をして、詩集『怖ろしいニンフたち』に収めた。題名は「国境からの手紙」（一九五七）と変っている。その詩の終りの部分を掲げる。

「（略）……さようならみなさん。ここはどんな狡猾な下士官も降りてくることはできないカラマツ林のまんなかの国家です。

とおくの幹を倒しながら滑走してくるのは、豆満江をさかのぼって去った精悍な火田民の斧でしょう。もしくは角を幹につきあてながら駈けてくる樺色の獣でしょう。ほかには誰も覗けなく、わたしは日本人である祖父やあなたが開拓した真似で、かくしのなかの最後の銭を捨て、異族の婦はふるえる石に堅い腰をおろします。それから婦のほうがさきに笑うのです。

つめたく黒ずんできた林のなかで、けたたましく牡鶏が啼くと、婦は立ちかけるでしょうが、わたしが家畜を呼びにゆくはずです」。

父にあてた別れの手紙の形式の詩であった。ここに書かれている火田民は、「匪」と呼べない当時の国境の緊張事情があるにせよ、パルチザンの根拠地ともなっていた。その部落に、少年みたいな兵のわたしが逃亡して、そこの婦の体を買う。荒唐無稽なストーリーを持つ散文詩で、そこで火田民や、部族の婦を殺すことはできず、反転して、家と国家を捨て荒野の人間になろうとする自己抹殺の詩と考えていい。

詩には注がある。「火田民――女真（ジョルチン）族の後裔、また日帝時代には土地を追われた農民がこれに加わって、原始林に火を放ち、耕作地に替え、収穫おわれば、つぎの林を焼いて流浪した。日本警察は、パルチザン討伐の名の下にこれらの部落を襲撃した」。女真族云々の部分は、かならずしも正確でないので若干の修正をしなければならないが、いわば些末な問題である。

むしろ荒唐無稽とはいえ、この詩のストーリーにも、わたしの戦後早々の無罪主張の匂いがある。民衆が、突如、敵にみえるから殺戮するということと、他国の民衆が、わが国家権力の及ばぬ大海だからそこへ没したいと願う、この二つの背反は、どこかで共通している。つまり、自分が民衆の一人として存在できない恐怖感。わたしの一九四八年時点での詩は、この恐怖を軸として、戦中から戦後の「細くかそけく立つ煙」への回帰願望であったのだろう。

六、「死者のいる海」

もうひとつの詩をあげる。同じ詩集に収録されたものだが、一九四七年の一月に書かれた散文詩を、五六年九月大きく改稿して行分けの詩にしている。「死者のいる海」、再度自作を掲げて羞かしいが、この軍歌論のしめくくりにしたい。

ぼくの胸にわだかまる
煙った海から

六分儀をさげてきみが出てくる。

蜘蛛がとぐろをほどき、匐い出て
また円心にもどろうとする庭木のけはい
これは記憶のような男の話。

地図が伏せられてある。マラッカ海峡は雨が降って
　おり、きみがまだ死んでいないかのように
どこか暮れのこった港で、給油船のホイッスルが鳴
　りしきる。

ぼくは地図をひらく。
窓ガラス越しに梢の枯葉影を映す水色の海
ぼくは皮膚を剝がれた国を見ている。

国が沈みかけると

戦死者をのせた船が岸の断崖をはなれる、
　永久に。
永久に、死んでも飢えた顔でいる。

あるときは
きみは胸に傷をつけ
海鳴りを呼びながら
岸辺の竜骨を支えて歩きまわったりする。

忘れたきみの名まえは、
招くと女のように恥じらいながら
有色の共和国の名でこだまするだけだ。

戦死者、記憶のなかの過去の男が、南アジアの国から復員しようとして帰ることができない。永遠の未復員兵がこの詩のなかで歌われる。詩のなかの「きみ」は、南方で死んだわたしの長兄でもあるのだが、同時に「きみ」は「わたし」を意味していた。わたしは日本に帰っておりながら、いまだ帰らぬ分身を呼ぶ形を、ここではとろうとしている。しかし、「忘れたきみの名まえは／招くと女のように恥じらいながら／有色の共和国の名でこだまするだけだ」。

インドネシア、インド、ビルマがつぎつぎに独立宣言を発しつつある時代に、わたしは原詩を書きはじめた。有色の共和国が何であるかは、とくに意識化しないが、アジアのなかに没して、非アジアと想定された日本に戻ることを拒否している、もうひとりのわたしを描こうとしている。

しかし、アジアのなかに没する希望が、なぜ、敗戦以前、つまり日本がアジアを制していた時代に、わたしにとって実現不可能であったのか。『朝鮮植民者』で、かつてわたしはつぎのように書いた。

「(生活的な) 敗残のまま、気楽なその日暮しをしていた植民者はきわめて少なかった。このような少数の人々を『植民地人』と呼んでいいだろう。植民地人はやがて二代目・三代目のタイプと重なりあって次第に権力や光栄を失ってゆく。帰るべきところ、彼にとっての背景である祖国を見失ったとき、このようなタイプが形成される。だがしかし、このタイプはついに、労働者とはなり得なかった。

朝鮮においては、日本人で乞食はいなかった。馬車を引く人も荷担人もなかった。この当然で奇妙な現象こそ、やがて後に敗戦を境に引揚げを迎えるにあたって、日本人の総引揚げという奇妙な現象に重なり、符合してくるのである。アフリカ植民地からヨーロッパ植民者はなんの抵抗もなく、流血もなく、本国に帰ったであろうか？

なんの抵抗もなく、朝鮮・『満州』など植民地から引揚げたのは、世界でただ一国、日本の植民者だけではなかったか。われわれのなかで、植民主義者はいた。植民者もいた。しかし『植民地人』だけを生むことができなかった。だからこそ、いっせいに植民地を捨てることができたともいえる。

とすれば、われわれ日本人とは、いったいどのような国民であり、民族なのか？」

――わたしが、植民者の家族の一人であったとき、さらに兵士として国境に立っていたとき、「細く徴けくたつ煙」の部落に没することもなく、火田民の婦のもとに走ることもなかった。右の『朝鮮植民者』でいう「きわめて少なかった植民地人というタイプ」でありえなかったためであろう。チュニジアの作家のアルベール・メンミが言った「革命的植民者というのはフィクションだ」という言葉をまねていうならば、「民衆としての植民者はフィクション」であったのである。

さて「死者のいる海」に戻る。原詩を書いた時は、わたしは二二歳だった。改稿したときは三一歳。時代は、たとえば中国では民族解放期から民主を探りはじめていた。当時のわたしの右の詩は、知識的な傾向を好んだ戦後詩であった。日本に帰りつき、まだ心情的には戦争の影を映しながら、中国でも、朝鮮でも会うことのできなかった民衆の像を、ここでもまだ発見していない。

かつて歌った「討匪行」が、誰を討つための歌であったか、その「敵」の存在した民衆の海が、じつは過去においてわたしをとり囲んでいた朝鮮人、被植民者であったことを認識するまでの距離は遠い。青年時代に、兵として中国間島省を目睫のうちに収める距離にいて、なお、「討匪行」が、ひるがえって朝鮮支配強化のうたであったことを知ることもできなかった。

いま、結論的に、急ぎながら、この部分を記す。だがわたしはまだこのさきを延ばさねばならぬ。あの「敵にはあれど……」の匪の遺骸に、わたしが合体を成就するまでは、長い長い行軍がある。

興南から水俣への巨大な連鎖
――引揚の記録と戦後の意味――

（一九八一年）


編集者から示されたのは『北鮮の日本人苦難記――日窒興南工場の最後』鎌田正二著と、『植民地の獄――革命家の経験的記録』磯谷季次著の二冊である。前書は一九七〇年、後書は一九四九年の刊行で、ともに現在は手に入れにくい。しかし二つは重要な本であり、その歴史的な意味を再確認するために最近の適当な本をあげてみたい。

はじめの本は、日本が朝鮮を植民地化し、あらたに「満州」を指呼にのぞむ一海村に、史上稀有の大工場群を建設し、第二次大戦の大陸政策の拠点とした工業都市「興南」。そこから敗戦によって日本人が追放される悲劇の記録である。

あとの本は、この興南の出現によって促された朝鮮民衆の急激なプロレタリヤ化。その朝鮮人労働者たちの群に加わって、日本プロレタリアートとして解放運動に従事し、多くの朝鮮人たちと共に植民地の監獄につながれた、一人の日本人の記録である。

この表裏をなす二冊は、それぞれ異なる位相を描いているようにみえるが、じつは底の深い部分で指をからませており、それはおそらく表裏というよりは原因結果にちかく、その因果の関わりは、戦後に持ちこされて、水俣チッソの大公害に及ぶ。連続した巨大な鎖を描きだそうとするものである。

一、『北鮮の日本人苦難記』

著者の鎌田正二（以下敬称略）は、一九三九年に日本窒素入社。翌年興南工場に勤務。敗戦後、興南日本人居留民会幹部となり、四六年末に引揚、復職。四七年に硫労連（いまの合化労連）書記長となり、五九年チッソ石油化学五井工場を建設。六七年より同系列の千葉ファインケミカル、東京シンクサービスの代表者。——奥付によると右のとおりの略歴であり、戦後の興南総引揚の陣頭に立った渦中の人といっていい。

興南工場は一九四一年以降、日本内地と異なり爆撃をうけていなかったので、豊富な電力に支えられて高い操業率を示してゆく。しかし肥料、アルミニウム、イソオクタン、NZといわれるロケット燃料などの軍需物資の製造は、労働力不足によって激減してゆく。それを埋めるために朝鮮人労働者を農村から強制的に連行する。朝鮮各地から役人が付き添って案内するのだが、興南に到着するまでには一割は減ってしまうということが普通であった。農村で育った彼等の工場内での作業場は、たちこめる亜硫酸ガス、アンモニアや塩素の臭気。機械の鳴りひびくところである。これから逃亡すれば、日本憲兵の網に捕えられることがわかっていて、逃亡はなおも絶えることがなかった。

日本人の社員・工員たちが戦地へ送られるにつれて、これを補うものとして、学生や刑務所の囚人が動員された。少年囚、女囚たちも、社宅や合宿を改造した収容所に入れられ、高い塀で囲まれ、つねに看守の監視にさらされる。またイギリス、オーストラリヤの捕虜兵士たちも、工場付近に捕虜収容所が建てられてそこから作業場へ通っていた。

戦時体制下とはいえ、まさに植民地のなかの植民地である。こうして興南の町は一九四五年八月九日、ソ連軍侵入の報を迎える。

――かつてわたしは朝鮮・ソビエト・中国の国境、豆満江のほとりの山岳陣地でレーダーを操縦していたことがある。山上の送信所に立てば、眼下に細い豆満江が輝き、その向うはソビエトの陣地。そして中国国境ちかくには張鼓峰がみえた。実感としての距離は極めて近い。この陣地を突破してソ連軍が侵入したのである。山から麓へ数里、灰岩《ハイガン》の人造石油工場がある。従業員の主力は日窒興南工場から派遣された人たちによって占められている。灰岩工場は、避難に当って発電所を爆破し、住民は南下する。こうして灰岩以南の北朝鮮の大工場群は八月一五日を迎える。一九日はソ連軍の元山上陸。

著者の記録はその後の、工場接収、日本人世話会の設立経緯、朝鮮人からの迫害、社宅追放、悲惨な咸北避難民、生活の脅威、そのなかで働きはじめる日本人人夫、朝鮮側から示される指名就労、死者を捨てた三角山、病人や飢えた者が続々と死んでゆく松ケ枝病院、脱出、カムチャッカへの漁業労働など、目を覆うばかりの無惨な見聞を記録しつつ、ついに正式引揚をみるまでの苦難の歴史を刻みつける。

この間には朝鮮への永住を模索する心理的動揺。引揚に望みをかけつつ、それゆえにデマゴギーにほんろうされる心理。働かねば食えぬ緊迫した状況にありつつ、従前は朝鮮人や囚人がやっていた労働を拒む屈辱感と優越感。脱出する舟の船頭から裏切られだまされ目的の港につけぬ絶望感。そのなかでうけた部落民からのいたわり。等々、悲惨な時代を共同で体験してゆく集団の一人びとりの心の中は、到底さぐりあてることはできないが、著者は綿密に、感情を抑制しつつ描いてゆく。

ここに描かれた一人びとりに、読みおわるまでわたしは深く同情し、脱出までの声援をおしまなかった。これらの多くは、かつて朝鮮人を支配し、鞭で追い、鞭で追わなくとも、朝鮮人の決して住むことのできない暖かい社宅でゆたかな食事を過してきた人々である。多くは無辜《むこ》の人々だ。しかし歴史はそのことが罪悪であったことを証す。無辜の人が、なぜ個人として全体的な罰を受けなければならなかったのか。多くの人は悩み、解決を求めて解決できず、心に晴れることのない恨みを抱いたことであろう。その恨みが、「朝鮮」および「朝鮮人」に向けられたであろうことは容易に想像できる。しかしなぜ、その恨みが、祖国日本に向けられなかったのか。三六年後の読者の一人の率直な感想である。その祖国日本への帰心が、恨みを忘れさせるほどにも強かったのか。帰心とはおそろしいほどの力を与えるものである。帰心のつよさに励まされ、ついに脱出に成功し、あるいは引揚げを獲ちとる。しかし、帰心を抱きつつ発疹チフスに冒され飢えに倒れ、山に捨てられた、数限りない「無辜」の人たちがいる。

　たとえば児玉隆也は書いている。――「松村の死体の周りに三十センチぐらいの幅で黄粉《きなこ》がびっしり敷きつめられてありました。ぼくは〈なんでこんなところに黄粉があるんな〉と不思議で近寄ると、薄暗い部屋の中で、足もとの黄粉がいっせいに、ザワザワ、ズルーッと動きはじめました。……よくみると、虱でした。体温がなくなったために、虱がいっせいに両隣で寝ている人間の体温を求めて移動しているのです。両隣りの人間は逃げる気力も体力もなく、虚ろな目でザワザワと押しよせ這い上ってくる虱の大群を見ているだけなのです……」（「チッソだけがなぜ?」『文藝春秋』七三年一〇月号）。

　右の引用は当時一七歳の少年工の記録である。帰心の深さほどに祖国は美しいか。帰ることができずに死んでいった無数の者たちが秘めた祖国への恨みは、なにひとつ遺されていようわけはない。だから、ないといってはならない。消し去られてはならない。恨みは、三角山や、松ケ枝の病院の死体から起こし、日本に向かってうちたてられなければならない。

二、『植民地の獄』

　著者の磯谷季次は一九三〇年、北朝鮮羅南歩兵七六連隊を除隊。同年朝鮮窒素肥料興南工場に勤務。朝鮮人労働者とともに、太平洋労働組合の再建に着手。三二年検挙され、咸興刑務所に服役。つづいて京城西大門刑務所を経て再び咸興へ。結核に倒れ、敗戦直前に出獄。一九四五年以後、日本人の引揚業務に尽力し、四六年引揚。

ここで評者が自分の著書に触れることを許していただきたい。かつてわたしは『朝鮮植民者』(三省堂)でつぎのように書いた。

「若い植民者が、社会主義の書物を読むことができたとしても、階級的自覚を得ることは非常にむつかしい。なぜなら、植民地においては、自分と同じ国籍を持つ労働者・農民の姿をみることが不可能だからだ」。

「朝鮮において、日本人で乞食はいなかった。馬車を引く人も荷担人もいなかった。(中略)なんの抵抗もなく朝鮮・『満州』など植民地から引揚げたのは、世界でただ一国、日本の植民者だけではなかったか。われわれのなかで、植民主義者はいた。植民者もいた。しかし〈植民地人〉だけは生むことはできなかった。だからこそ、いっせいに植民地を捨てることができたともいえる。とすれば、われわれ日本人とは、いったいどのような国民であり、民族なのか?」。

かつてわたしは、植民者であって同時に、その土地と民衆を解放しようと考えるものは存在しないと考えた。ということは、植民者であり革命家であることはあり得ないと言ったアルベール・メンミの言葉と同じ立場に立つ。しかしもし、わたしが敗戦直後に出版された『植民地の獄』を読んでいたならどうだろう。日本においては〈植民地人〉の存在はないといった定義は、たとえモデルであろうとも仮説することにためらったであろう。

ここにわたしたちは、まことに稀な例ではあるが、植民地における日本人革命家のイメージを共有することができる。たとえ一人の存在であってもいい。わたしたちはそれを誇ることすらできる。日本人と朝鮮革命家との愛は、たとえばつぎのようなエピソードであろう。

李東鮮は死刑囚である。彼はいつもにこにこしている。しかし彼の心に苦悩が宿っていないということはできない。反対に最大限の苦悩を生き抜いているといっていい。ある夏の日、獄内の磯谷が一枚のポロシャツを着ているのをみた李が、君のシャツと交換したいから運動場の塀にかけておけ、という。やがて死にゆく者が、日本人同志のためにたった一枚のシャツを贈ろうとする。磯谷は李のことをよく知らなかったが、李は隣房からこちらの衣類にまで気を配っていたのだ。磯谷は堅く辞退したが、ある日、彼のシャツが奪われ、替りに塀の向うから別のシャツが投げ入れられる。「キコク、イゴッスル、イボラ……」（これを着ろ、磯谷……）。

このような多くの同志の死の思い出、朴憲永の思い出なども含めて綴ったこの本は、いまは手に入れることができないが、ぜひ、読者におすすめしたい本がある。同じ著者による『朝鮮終戦記』（未来社・一九八〇年刊）は、『植民地の獄』のうちの大部分を収録し、つづいて後篇で、興南工場の引揚の記録を、朝鮮人民、朝鮮共産党（当時）の側からも描いている。

敗戦まで、従業員だけでも五万を擁した広大な敷地内に、当時世界第二位の水電解工場、日本一と名のつく十指を超える工場。そこでは、硫酸、硫安、油脂、カーバイト、マグネシウム、人造宝石、メタノール、石炭液化による石油、ダイナマイト、爆薬、綿火薬、などを生産した。これらの工場群は、なにひとつ朝鮮民衆の幸福に寄与するものではなかった。むしろ民族支配をいっそう強化するものであった。にも拘らず、この大工場からの家族を含める総引揚に対し、かつて、苛酷な迫害をうけた朝鮮人革命家たちが、かばい抜く姿は劇的である。

三、第二の興南、……水俣

こうして興南の人たちは死に、そして引揚げてきた。死者は異国にとどまり、生者は水俣の「チッソ」へたどりついた。

海がたれ流し水銀に汚れ、人が死に、水俣病が公式に発表された後も、依然として原因究明と救済が行われず、被害はつのるばかり、昭和三四年（一九五九）水俣の漁民は工場の焼打ちの行動に出た。興南の植民都市は日本人の幻影から消えたかのごとくであるが、興南は死んではいなかったのである。それは水俣で、同じように自然と人間を襲った。この結果こそは、人間と自然を技術によって支配しうると考えた日本人、つまり戦中を戦後にもちこしたわれわれ自身につきつけられた問いである。

その意味でここであげた二冊の本は、われわれ日本人の未来に対する先行指標、警告の本であるといっていい。右の点についてさきにあげた児玉隆也のルポルタージュの指摘はまことに鋭く、最近出版された、今村勲著『京城六ヵ月』（国会図書館所蔵　請求番号GB554-1073）と、併せてお読みいただけることを願う。

反詩・反文明の詩――癩自らの絶滅宣言――（一九七九年）

「現代詩」書かぬ

戦地から戻って、故郷の「京城」で荷物をまとめ、日本に引揚げた。下関ではじめてリュックサックを開いたとき、その中には一冊の本も入っていなかった。

それまで影響をうけた本がなかったわけではない。いよいよ入営という真際まで読みふけり、こいつを読み終えずに死ぬのはかなわんなと思った本が一冊あった。ヴァレリイの『テスト氏の一夜』がそれであった。それを知るまで、植民地朝鮮で手にすることのできたヨーロッパの文化は、ほとんどがナチスの国民文学で占められていたから、この筑摩版のヴァレリイ一冊は、少年がはじめて出会った西欧の精神であった。しかし八月一五日から、日本に引揚げる前夜までの破局恐慌のなかで、出征前に愛着をもった本を片端から開いてみたとき、わたしの胸にひびいてくる言葉は、もうどの本の中にも発見できなかった。たった一年余の戦地の生活が、わたしの内部を徹底的に破壊してしまったのだ。わたしは本を持たずに日本に上陸した。

一九四六年の春、わたしは焼跡の東京を踏んだ。詩を少しずつ書きはじめていた。市川で『純粋詩』を出していた福田律郎に会い、その同人たち、のちに『荒地』に別れていった詩人たちを知った。求めても得がたい交流だったと思うが、これらの詩人が飢えた眼で語るヴァレリイやエリオットについては違和感を持った。いや、大戦を経て、ヴァレリイやエリオットが廃墟の日本にまだ生き残っている、そのことに反対であった。それでもわたしは朝鮮戦争まで、技法練習みたいな詩を書いていたが、自分が書く詩が西欧風の現代詩であってはならぬと思ったのは、「故郷」の朝鮮が燃えはじめたときであった。

おれは「詩」を書かぬ。「現代詩」を書かぬ。ならば何を書くべきというのだろう。わたしの背後の大陸、血みどろの朝鮮、くらいアジアが重たくのしかかり、わたしがその重圧に耐える。一言でいえば、それを、詩で書く。

アジア史の暗さ

あるとき、戦争中に『日本海流』を書いた大江満雄に会いたくなった。大江は病弱で、ほとんど詩を書かなくなっていたが、何度か訪問するうちに、彼が編集しつつあった『いのちの芽』という詩集をみせてもらうことになる。彼は「ライはアジア・アフリカだ」と語り、ライが有史以前にアフリカに発生し、インドに拡がり、その後アジア東部と、他方は地中海東端を回ってヨーロッパに拡大したが、その伝播は、戦争、捕虜、奴隷、貧窮、飢餓において選択的にあらわれると教えてくれた。この時期、アジアの各国は独立しつつあったが、植民地解放といいつつ、しかしアジアの持つ古く重たい暗黒史がライに重なっていったのである。象徴的に。

この詩集は、ようやく一九五三年の春に三一書房から出されている。六八人のライの詩がこのような単行本で出版されたのは、それまで厚生省で企画されたた『療養文芸』特集が占領軍司令部の反対で実現できなかったというような経過もあって、大江が、それならばもっと堅固な組織編集をするべきだと考え、「日本ライ・ニューエイジ詩集」編集協力委員会によってかえって大きな展開をみせたのである。

書き残された癩憲章

多くの詩人による多様な型の詩がこめられていたが、一言でいえば、反詩・反文明の詩といってもいい。たとえば西羽四郎は「癩族」という詩を書き、癩は人種にあらず、宿命に結ばれた民族であると宣言して「癩憲章」を書き残している。

〈癩は滅亡の倫理を肯定せよ／それは優生でも医学でもない／……この短い癩族の生涯に／林檎のような収穫を祝福しよう／やがて／癩族は博物館の片隅で／むらさきの皮膚に金色の光をそえ／癩憲章を高らかに叫ぶであろう〉と。

また厚木叡は「伝説」という詩で、森の奥に隔てられた不思議な村の存在を明らかにし、村の全員の滅亡をつぎのように書き残す。

〈幾百年か日がめぐり、人々は死に絶えた／最後の一人は褐（かち）いろの獅面神（スフィンクス）となった／頽れた家々にはきづたが蔽い／彼等が作った花々が壮麗な森をなした／主のない家畜どもがその蔭に跳ね廻った。／夕べ夕べの雲が／獅面神の双の眼を七宝色に染めた〉と。

これらの詩はいずれもライみずからの絶滅宣言であるが、もとより日本の近代医学のライに対する隔離根だやし政策と根本的に対立するものである。いま日本のライの平均年齢は五八歳であろうか。あと二〇年で日本からライは消える。ライは消えても、つぎなる被差別階層・被差別民族を作りだす。そのような文明に対する、ライ者の側からの警告である。わたしたちに、全体的な回復をよびかける作品といわなければならないだろう。なお、アジア・アフリカにいま一千万のライが想定されている。

生き残りたちの最後　光岡良二詩集『鷲毛』（一九八一年）

この詩集の作者の名と、『いのちの芽』のアンソロジイで発見した厚木叡の名は、かつてわたしにとって別の人であった。それぞれの名を記憶しつつ、それがいつ結びついたのか、覚えていない。ただ、厚木叡が生きていたのか、という感嘆があったことを覚えているのだから、わたしはその人の名を心のなかで追っていたのかもしれない。

いまでもわたしはライの文学について語る機会を得たとき、厚木の「伝説」と西羽四郎の「癩憲章」を引用して最後を終える。

「ふかぶかと繋った森の奥に／いつの日からか不思議な村があった／見知らぬ刺をその身に宿す人々が棲んでゐた／その顔は醜く　その心は優しかった／刺からは薔薇が咲き　その薔薇は死の匂いがした」。幾百年かめぐり人々は死に、最後の一人が獅子面をもつ石に化し、そして夕映が獅子の眼を染める……。

この「伝説」という作品は象徴詩であり、寓話詩であり、そしてライの滅亡を栄光的に讃える未来詩である。栄光的というのが不穏当ならば言いかえよう。窮極において酬われなければすまぬライを描いている。

読んで明らかなように、しかしこの詩には人々をその村に追いやった非ライの種族がみえない。ライも非ライも存在しない詩は、だから終末感にみちている。光岡の救済は、この世の否定に相通ずるものがないだろうか。そのように思いつつ、最近の詩集の『鷲毛』を読んだ。このなかに「伝説」も収められているが、わたしは「聖母子」と「啞の歌」と「孔雀」の三篇に注目する。

「少年が破れた団扇をもって／母の顔に来る蠅を追うている」「蠅は追っても追っても来る。／人の世の百千の苦しみのやうに」。少年の黒いつぶらな瞳は、死にゆく母を離れ、窓外の幼い仲間の嬉戯の声にとんでいる。この「聖母子」の詩は、百千の苦しみに沈みつつ死にゆく母が、一人の子を生の世界に置き去る状景だ。もうここには「伝説」の最後の一人の化石のイメージはない。死から生へなにかが確実に手渡されている。

つぎの詩「唖の歌」は、いつからか言葉を失い、歌を歌えなくなった人間が、巷の埃にまみれ乞食となって、沼地に倒れる。やがて朝が来て、人間がウスバカゲロウに変身している。――巧みで作為もなく、ウスバカゲロウへの転生も自然だ。おそらくは「伝説」の獅子面への化石に相通ずる世界を、個体史的に把えたものとして読むことができよう。

「孔雀」は、作者が〈あまりにも通俗的な風景〉と傍註している詩。井の頭公園で汚れた孔雀をみている男女がいる。女は別れようと決心しつつもなお腐れ縁で男と別れられぬ。不景気な尾羽だが、もし孔雀が羽を拡げたら添いつづけてみようと、女は賭けをする。しかし孔雀は羽を拡げてくれない。やっぱり別れか……。ちびた駒下駄をみつめながら去ってゆくと、ようやく射した落陽のなかで、孔雀が「人絹のような」びらびらした尾羽を拡げている。――短篇小説のような世界で、作者のいうような通俗性はあるが、ここには人間の、まことに情ない人生がある。最後の三行は不要のようにわたしは思うが、作者の詩が芸術性や美の意識から脱けだしてくるのを期待するのかもしれない。わたしたちは生き残ったのだ、どろどろの人生だが、残されたそれを書いてゆかねばならない。わたしは自分にそう思い、作者のどろどろの部分につよく目を注いでいる。

桜井哲夫の詩
——近・現代詩の流れでなく——

（一九八四年）

春の日に
ぺちゃんこのふとんが
まるまる太った
看護助手はかわいたふとんを
力一杯たたいた
かわいたふとんにまあたらしい包布をつけてくれた
枕カバーもつけかえた
シーツをとじる針を運びながら
看護助手は笑う
今夜はきっと私の夢をみるわ

（真昼の夢）

草津のライ療養所、栗生楽泉園に桜井哲夫という人がいる。年齢は一九二四年生れというから、いま五九歳、青森県の出身と聞いた。右は桜井の詩。といっても最近書きはじめたばかり、初心の詩である。内容は読まれるとおりで平凡に読みすごされてしまいそうだが、少し説明を加えなければならない。彼はライを病んで現在に至るまでの療養中に、目と咽喉をやられた。俗説的に、ライ患者に自殺の衝動、もしくは意志がうまれるときが、少なくとも三度はある、といわれてきた。一度目はライの宣告をうけたとき。二度目は視神経をやられ、ついに盲目になったとき。三度目は咽喉を切って声を失ったとき。桜井哲夫は、この三度のいわゆる「自殺」期を過去のものとしてきた人だ。それを、のりこえたなどという言葉で言っていいものかどうか。

詩に戻る。彼は盲目のため自分で字を書くことができぬから、かすれた声で口述をする。試みに、健常者も詩の口述をしてみてほしい。盲人はあらかじめ、全体の構想が頭の中になければ、詩は右のように筆記されることは、結果的におこりえない。詩は、少なくとも模型のように頭の中に存在していなければならぬ。それはわれわれのいう、カオスとか、ポエジイというものよりも、いっそう具体的なものであるだろう。でなければ、これを口述する「目明き」に、いくら「おれはこれから詩を書くぞ」と呼びかけてもつきあってはくれない。作者は手紙の代筆を頼むように、詩の代筆を依頼する。このことは、詩の、具体性、実用的な側面をしめす。
「看護助手は笑う／今夜はきっと私の夢をみるわ」。夢というのは現実に相反する仮構の世界のように考えられるが、ここでの老いた男と若い女の出合いは、軽く淡く空想的なものとはいえない。かなりしたたかな出合いである。桜井はこの詩を「真昼の夢」と題した。ふとんを乾してもらうこの昼のほうが夢で、今夜彼女と会うはずの夢のほうが現実なのであろうか。桜井は詩によって、夢と現実、死と生の境界に立ってみせる。その理由をのべるまえに、もうひとつの作品——。

約束をした
霊園墓地に
桜が咲いたら
お弁当を持って出かけよう
友だちと看護婦と
霊園墓地の桜が
早く開くといいな

（約束）

霊園墓地に桜が咲いたら、というのは未来の仮定形だ。この墓地は、他人の墓地ではない。自分もいつかは埋められるはずの土のこと。その土のうえに生えている桜。もし桜が咲くまえに死んだら（つまりその土地に埋められたら）どうするか。やっぱりお弁当を持って出かけよう。約束したのだから——。というのが詩の根底の意味だ。彼らの詩の、未定型のカオスには、死んでも、故郷の墓に埋葬されることはないであろうという異なる次元の存在が前提にある。発病、強制収容の時点で、故郷は彼をすでに死者としてあつかっている例が極めて多い。桜井哲夫にとって、われわれとすこし違うところは、夢は事実にちかい。そのようにわたしは想像するが、どのように事実らしいのか。
　多くの患者たちと車座になって、酒を飲んだり、会食したりする。そのあいだ、わたしは談話を聞きながら、たまに録音することがある。聞きとりにくいのは、咽喉をやられた人たちの話のまじるときだ。テープのなかの雑談のあいだに、かすれた音で、「しかし」「しかし」……という合の手がときどきまじる。桜井哲夫の言葉である。たまに「ぼくの話も聞いてくれないか……」と桜井が言う。すると「哲さんはさっきからしゃべっているじゃねえか」という声がかかる。皆が笑う。桜井もわらう。桜井の話はいつも誰かは聞いているらしい。そのことを桜井自身も知っている。

「死んだらどこへ行くか?」と桜井が問い、誰も答えぬから、「地獄へゆきたい、おれは」と。自分に答えている。そして、このように語りだす。——仏さまになったら詩はできない。極楽には人間はいない、仏ばかりでたいくつだろう。だから詩人は地獄へゆこうとしている。地獄のなかで地獄の詩をつくるのが詩人だ。自分はいま六〇歳にちかく、老いて死ぬまでに年月はあとわずかだから、生きているあいだに多くの口述の詩もできぬだろう。死んだあとでも詩を作りたいから、そのために地獄へゆきたい——。

　おおむね、右のようなことを会話喧騒のなかで、「しかし」「だけど」を連発しながら語る。これは冗談や、だぼらではない。まじめな詩論なのだ。どういう詩論か。試みに、目を閉じて、詩を書いてみたまえ。晴眼者にはできはしない。その試みだけで、全的に詩の意味が変化せざるをえない。盲人が、暗黒のなかで詩を口述するとすれば、それは語る、叙述するというよりも、詩をやるという行為だ。彼は日常生活をやるように、詩を行為する。現在のその行為は、死後において詩をやることと、いったいどこが異なり、同じであるだろうか。かりにそれが想像不可能ならば、もういちどわれわれが目をつむる。視界を失った暗黒を、われわれは耐えがたく不安に思い苦悩する。じつはその生を、彼は常時生きている。つまり、彼が死後も地獄で詩を書きたいと言ったことは、戯れごとや冗談ではなく、死は、この生のそのままの延長と言っているにすぎない。だから、死後も死を行為することが可能なように、彼には思える。

「視界を失った暗黒」と、すこし前にわたしは書いた。晴眼者のわたしにはそのように感じられる。しかしこれは桜井哲夫を語るときにはもっとも不適切な言葉であるだろう。ものを「見る」ことのできぬ人が、どうしてあたかも見えるように書けるのか。視界を失えば、はたして暗黒か。

藤楓協会の『藤楓文芸』一六刊に、桜井哲夫の「盲ケ丘交響曲」という短文が掲載されている。

「一九八一年を国連においては、障害者年と定めた。それはあくまでも障害者に対しての理解と協力を、健常者に求めたものであった。それは職場の平等、学問の平等などの五項目であった。それに対し、私達障害者、私にとっての障害者年とは何であるのだろうか。そう考えたとき、私は――行ってみよう、あそこへ――と思った。それはずうっと以前から考えていた場所でもあった。その場所を、誰が、何時、名付けたか定かでないが、盲ケ丘と言った。そこは恐らく、いつも盲人達が集まっては唄い、笑い、時には食べながら一日を過した場所であったから、誰いうとなくそう名付けたものであったらしい」。

彼は二人の友を誘って盲ケ丘を目指す。

「……ここにもまた過疎の山村の姿が浮き彫りにされていた。道はますます狭く、笹は背丈にも及び、三人は頭を下げ、熊笹を掻き分け、ようやく目的の盲ケ丘に辿りついた三人共、全身汗まみれになっていた。三人はかつて覚えのある松の木を探した。三人はそれぞれ松の根元に腰を下した。そして携えてきた缶ビールの蓋を歯でこじ開け、乾いた喉を潤した。尾根を越えて、遥か彼方を流れる河のせせらぎ、谷を吹き上げる風は、頭上の松の枝を鳴らして通り過ぎる。そして松風に合わせて歌う小鳥たちの歌声。それこそかつて、私達の盲目の療友達が集まって聞いた、盲ケ丘交響曲なのであった」。

むかしから存在していた東西の、牧歌的な詩人たちの自然讃歌と同じ境地、どうってことはないさ。と詩人たちは言うだろう。この視界のあかるい晴眼の詩人たちに対して、桜井は次のように答える。「障害者年とは、私にとって、盲人でなければ見えないもの、聞こえないものを、健常者に見せてやり、聞かせてあげることなのである」と。

もういちど最初の詩に戻ろう。彼の詩はおさない、単純である。そうかもしれないが、彼は右のようなライの経験のうえに立って、固有の、文学・芸術の表現論について語ろうとしている。

「……時々集会などで、園長の挨拶を聞くことがある。その中で園長は言った。『君達盲人の存在することが、多くの人にとって大切なものであること。更に、存在するに加えて、君達が何をしたかが、更に大事であること』を。それを聞くたびに、じっとしていられないものを感じていた。……いつのまにか、盲人会という小さな組織の中で僅かずつ、少しずつ動きはじめてきたのであった。……通信将棋を始めて、すでに五年近くなる。一局の対局に一年以上の年数をかけているので、今は三局目の対局中である。ここにも健常者と盲人の開かれた世界があるのだから、その開かれた世界を私はいつまでも大切に続けていきたいと思っている」。

一局の対局に一年以上というが、彼に聞けば、なんと二七ヶ月という勝負もある。その勝負では、彼はかならず勝つ。だから彼は、将棋は勝負を争うものではない、自分の頭を明晰にするためにだけやる。なぜ盲人の側が勝つかについては考えたことはないが、晴眼者は通信将棋の手紙の文面をみてはじめて盤に駒を置くからであろう、と彼は言う。

盲人の頭には、いつも盤があって自由に打っている。晴眼者の将棋盤と、盲人の将棋盤とのちがいは二次元の平面と三次元の立体の相異、それ以上にちがっているはずで、この勝負で盲人が勝たなければおかしいぐらいだ。

また言う。文通ではなく、晴眼者とふつうの対局をするとき、かならずもうひとり、晴眼者の証人に観戦してもらわねばならぬ。なぜなら、「目明き」との対戦で喧嘩になったら、歩がわるいのは当然盲人側だ。これは、晴眼者に対する不信のように聞こえるかもしれぬが、じつは防衛的にそれを言うのである、と。

そして語る。「将棋は迷路です。詩もまた迷路です。詩人とは、迷路を愛する人たちのことではありませんか」。こう言って彼は、ある日、わたしの宿の部屋を出て行った。外は雨に変っていた。彼はつぶやいた。「いやだな、雨は。傘をさすと、音が反響するから、盲人は道にまよう……」。

彼は「反響定位」にちかいものが、盲人の認識のなかにあることについて触れている。それが、詩という暗黒における自己認識とどのように関わるのかについては明らかにしていない。しかし、つぎの詩はどうであろうか。

頭の中に方眼紙をひろげて
細く削った鉛筆の芯をなめる
必ず行く場所の設計図を書く
俺はその場所を地獄の三丁目と決めた
そこは神や仏のいない場所
ドロドロした人間の業を引きづっている場所
俺はそこで盲人将棋を指したり
下手な詩を書いたり
時には捨てきれない女の話をしたり
そして俺の住む家を方眼紙の小さな升の中に引く
（方眼紙）

暗黒のなかに方眼紙を拡げても何も見えはしない。だが暗黒でも定位観測ができるように紙をひろげ、自分の行先、点を定める。そこに自分の「死」という定点がある。未来の死者である自分は、そこで盲人将棋をさし、ことばの迷路である詩を書き、さらに、生きて住家なく、死してなお故山の墓もない、「俺のついのすみか」を、その方眼紙のひとつの小さな桝目に書きこんでいる。頭のなかに、ぼんやりとした小さなうすあかりのなかに、そういう死後のいとなみをする自分をみることができる。これが右の詩の意味であり、彼のアイデンティティ、定位である。「方眼紙」とはささやかな次元での表現ではあるが、自在に次元を増すことの可能な（盲人将棋のように）、時空の座標を意味する。

栗生楽泉園に『高原』という雑誌があり、わたしはこの雑誌の詩の欄を担当して、園のなかの人々と関わりを持ってきた。この雑誌の四〇〇号記念に「松ぼっくりの謡」という題で桜井の一文がある。長い文章を要約してゆたかな文意を伝えることはできないが、短くまとめてみよう。

（要約）
テレビのチャンネルを替えようと手を伸ばしたら、カサカサと音がする。近づいて唇でまさぐってみたら、いつのまにか忘れていた、二つの松ぼっくりであった。松ぼっくりは、隣の「おど」と、台風の後のつつじ公園で拾ったものであった。

†

かねてから自分は最重傷患者の生活している五号棟で生活している。そこへ秋田うまれの老人が入ってきた。不幸にうちひしがれ口を閉ざした「おど」の様子を、見守っているうち、高原は春になっていた。鶯が鳴いた。不如帰が鳴いた。郭公も鳴いた。自分はその声を、沈みきったおどに聞かせてやりたいと思う。しかし私自身も盲人の重傷者で、どうして小鳥たちの鳴く場所まで、おどを連れだすことができようか。白杖の皮紐に少し工夫を加えて左手に持ち、右手におどを抱える練習をした。おどは耳も遠い、目も見えない。下垂した足は一歩も前に出ない。おどは白杖を握ったままバタリと倒れる。

ふたりは、一歩、二歩と前に進んだ。抱えられたおどは、一歩前に出ると二歩下がる、といった具合だ。土曜日は二〇メートル、日曜日は五〇メートル、次の土曜日は一〇〇メートル、日曜日は二〇〇メートル。ついに、ふたりの足は、小鳥たちの鳴いている深い谷の丘まで、辿りついた。

その後、けもの道を歩くようにふたりは歩いた。いつもその道をゆき、その道を帰った。なぜなら、石ころひとつ変っていても、危険だからだ。春から夏へ、夏から秋へ。おどは少しずつ言葉を話すようになる。おどの秋田の話、出稼ぎの樺太の話など、聞きだすことができるようになる。五年が流れる。

昭和五七年、台風が襲った。園内放送で、ようやく道が整備されたというニュースを聞く。わたしは自分だけが試みに歩いてみて、道の危険がないことをたしかめ、おもむろにおどを連れだした。

辿りついた東屋の土手を登り、丸太を二つに割った腰掛けに腰をおろした。同じように丸太を二つに割ったテーブルに、何かのっかっている。ふたりは何だろうと、口にくわえて探ってみた。ふたりが見つけたのは、大きな松ぼっくりだった。ふたりは宝物でもみつけたように、松ぼっくりを大事にズボンのポケットに入れて帰った。

†

テレビのうえで再発見したのはその松ぼっくりである。その日の午后、わたしはおどを誘って、久しぶりにつつじ公園に出かけた。そこへ盲人の世話役をしていた友人がやってきた。そしておどに「ひとつ謡ってくれ」と言った。おどは断ったが、「ひとつ謡ってみるか」と言う。友人とわたしは手を叩いた。おどはゆっくり津軽山唄を謡った。そして「もうひとつ」と言って、磯節を謡ってくれた。その枯れた声は、谷を吹きあげて松の梢を鳴らしてすぎる、松風の声だった。

老いて口をきかなくなったおどに、鳥の声をきかせる。ただそのことのために、盲人の同行二人の訓練がはじまる。老人の足なえが治る。台風が去ったあとの清涼の丘のうえで二人に与えられた報酬は、二個のマツカサのみである――このひとつの挿話と、津軽山歌、磯節の、梢をわたる松籟のごとき歌声のひびく同じ舞台のふたつめの挿話。この間に、地下的に、しっかりと結びついている見えない関係があることを、作者はわれわれにみせてくれる。これは直喩や暗喩ではない。盲人の詩人だから、ライにのたうつ過去をもつ詩人の緊張関係だから、書くことのできた見えない二つの世界である。

＊

右の原稿を書いている途中で、栗生楽泉園の小林茂信園長から『中居屋重兵衛とらい』という本を頂戴した。これはさきにあげた『高原』誌に一九回にわたって連載されていたものを合冊にした、パンフレット風のものである。本としてはページの少ないものであるが、内容は驚かされる資料。中居屋重兵衛という名もしらぬ幕末期の人物は、医師にして貿易商、生糸商。とくに医療にあってはライ医師として古今東西に群を抜いた存在と思われる。

古今東西とは大袈裟な言い方だが、彼の救ライ、救国の思想を敬慕する人々――記録にあらわれた著名な人々――をあげればきりがない。以下、小林茂信の文章を抜いてみる。

「例えば朝廷関係では孝明天皇、中川宮、関白近衛忠煕、明治帝の外祖父中山大納言など公武合体派の者から、攘夷討幕派の公卿たちに及んでいる。幕閣では将軍家茂や最後の将軍となった一橋慶喜、坂下門外の変の老中安藤信正、政治総裁職となった松平慶永、京都守護職松平容保、参与になったことのある徳川斉昭から、小栗忠順、川路聖謨、勝安房などがおり、侍医としては緒方洪庵・松本良順などもいる。

幕末の志士たちとの交流も多かった。例えば桜田門外の変の諸烈士、安政の大獄の海田雲浜・頼三樹三郎・吉田松陰・攘夷討幕派の桂小五郎・高杉晋作・大村益次郎・有馬新七・西郷隆盛・月照とか、天誅組の藤本鉄石・吉村寅太郎、生野義挙の平野国臣、柏崎の変の生田萬など、思いつくままにあげても幕末一流人士が浮んでくる」。

それだけでない、中国大陸からも中居屋重兵衛の治らいに関する著書に反響があった。清朝の恭親王、慶親王、粛親王、曾国藩、左宗棠、蒙古王の顎爾栄慶、太平天国の洪秀全たち。

中居屋重兵衛は一八六四年（元治元年）五月、横浜で国事犯の嫌疑で捕えられ、同年八月二日、江戸伝馬町の獄中で死亡した。

草津温泉から信州湯田中に通じる山道がある。途中に毒水沢があり、「どくみづのむべからず」の標識があった。高野長英が、偽名を用いて建てたものであったが、重兵衛はこれをゆずりうけ、次の一文を裏面に記していたという。「長英・高野先生の草津の標木なり　先生の最後は壮烈鬼神をも哭かしむ余また国事を志す身　先生の運命と同じきを保し難し　吾死するや之を以て墓標に代えんと欲す」。

重兵衛は高野長英と同じように逮捕された。その報に接して、草津のライ患者（当時「非人」と称せられた）が決起しようとした。「非人」たちの決起の呪文、その裏に、つぎの文がある。

「濁川花を犯し人外命に代えて仏敵を四周に天誅し王春とし八工の南贍は容を改め天人提を証せん　太平天福元年六月」。

この暗号。濁川は徳川。花を犯すは梅遅重兵衛の逮捕。人外は、「非人」である彼等自身。王春は王政復古。八工は八紘。天人は、天皇と「非人」すなわち上下すべての人々。南贍は日本全土。提を証すは菩提を証すで、倒幕王政復古。太平天福は、人間の絶対平等をスローガンとした太平天国にあやかろうとした思いがこめられている。

草津のライ患者たちの決起は、重兵衛死去の報で挫折した。

重兵衛をめぐる人々、その人々のライに関わる心は、国事であった。明治の文明開化まで、ライは国事であった。そして日本の近代化の当初において、ライを切りすてることが国事となった。

われわれの近代は、ライを切りすてたつもりで、はたして何を切りすてたか。今年二月の終り、インド政府は、ライ患者の解放を宣言した。詳細については不明であるが、ある衝撃をうける。

日本の近代が捨てようとしたものが（わたしは詩について言っている）、捨てられないでここに存在している。右のように桜井哲夫について語ることは、ひとりの詩人について述べるのではない。やがて滅びようとするライの詩人たちの多くが、このような詩を書いてきた、その主張しようとするものを、わたしが理解してみたかった。その表現論は、たんに文学や芸術ではなく、国事にちかいからである。

夏の蟬

（一九八六年）


数日まえ、わたしは群馬県・草津にあるライの療養所、栗生楽泉園を訪れた。詩人の森田進さんと同行の一泊旅行であった。

森田さんはクリスチャンで、かつて韓国に大学間相互の交換教授で滞在し、日本文学の講義をしてきた人だし、韓国のライ園を訪問した人だった。だからここの栗生楽泉園にも教会関係の知友があり、また数少ない朝鮮人たちも彼の同行を心あてにしていたようであった。

六月七日、最初の一日は、盲目の歌人の古川時夫さんが最近出版した、詩集『ながれ』の出版記念会があり、同病の人々、そして名古屋からお祝いにやって来られた古川さんの親戚などいて楽しい会となった。

その夜、わたしと森田進さんが、宿泊施設の「厚生会館」に着くと、まもなく盲目の歌人の金夏日《キムハイル》さんが白杖をついて訪れてくれた。金さんはしばらく語って、その夜おそく帰っていった。話の内容は、苦しい精神上の悩みであったから触れるわけにはゆかない。

　彼の自室までの長い廊下の道を、森田さんが送ろうとすると、「その戻り道を森田さんひとりで帰れますか？」という。わたしたちは笑った。盲人に案内されなければ、病棟や施設の間に長い廊下を渡したこの迷路を歩くことは、新来の客にはむつかしいのだ。

　金夏日さんは最近、二度目の歌集『黄土』を出版した。数多くの秀歌があるが、その夜の会話に関してひとつの歌を思いだす。


在日韓国人われら指紋押捺反対を叫び行進始む

　彼の白杖の行進はどんなに困難であったろうか。このライ園にも朝鮮人が住むことはさきに触れたが、右の歌のような押捺反対の運動を進めるうちに、金さんたちは奇妙なことに気がついた。彼らはライのために四肢や指などを失った人々が多い。たとえ指がのこっていても、指紋は手術のために消えてしまっている。だから指紋を押捺することができない。無意味なのである。しかし話はそれだけではない。ライの人々は、いままでずっと指紋の押捺をしてこなかった。金さんの語るところによれば、ライの「バイキン」のついた手で書類を「汚される」ことを役所は最初から拒んでいた、という。——「だからわたしたちには、ずうっと押捺はなかったのですよ」と言った。

　押捺しないですんだという、ただそれだけのことを意味するのではない。押捺するも差別、しないのは、そのうえの差別であった。

　彼は一九七三年三月、日本と韓国のキリスト教救らい協会の協力で、故国を訪問し、肉親と会うことができた。そのことなどは『黄土』に多く歌われている。なかにほほえましい歌がある。


草津には一度訪れしことありと大邱の兄草津節歌いき

　金さんが帰った夜、山は濃霧に包まれた。舗道を軽く突くような、叩くような白杖の音が消えてゆくむこうは、ただ電燈だけがぼんやりとみえ、山も病院も煙っていた。

翌朝（六月八日）は快晴。午前中は詩の話というので「福祉会館」に行く。朝日をうけて山のみどりがつやつやと輝き、木々が匂う。そしてその間からシャーシャーというハルゼミの声を聞く。一夜にして初夏になったのだ。わたしは毎年、このハルゼミを聞きにくる。都会に暮らすわたしはふだん耳にすることはないが、ここで突然、夏に出会う。昨日の詩集『ながれ』の著者、古川時夫さんが以前こんなことを言った。

山に向かって坐っている。春蟬の声を聞いていると、自分の目が見えなくても、その時の雲の動きがわかる。たとえば右のほうでしきりに鳴きはじめると、ああ、あの森の上にいま陽が射しはじめたな、と思う。声がやんで左の丘から聞こえはじめると、丘にかかっていた雲が流れていってそこが晴れ、右の森の上がかげりはじめたな、とわかる。

盲人の雲行き観測の話には驚かされるが、わたしも目をつむって蟬を聞くことがある。その蟬は、胸の中から嗚咽のようにきこえる。このことはずっと語るまいと思っていたことだ。わたしが少年時代、つまり、日本による植民地としての朝鮮に暮らしていた時代、毎年聞いており、そしていまは聞くこともなくなった、ある種の蟬の声である。わたしはその名を知らない。雌雄どちらかが緑色、どちらかが水色の美しい姿の蟬。その声によって、少年のわたしたちはステーロンと呼んでいた。

わたしは朝鮮を、いつか訪問するかもしれない。わたし、およびわたしの家から「植民者」の名が消えるときが訪れるかもしれない。そのとき、老いたわたしは仁川のかつての陣地のあとに坐って目をつむるだろう。多くの知人は去り、死んでいった。植民者も、それと戦った人々の姿も消える。知る人は誰もいない、そういう「故郷」をわたしが訪れるとき、ステーロンの声があるだろうか。

感傷である。たかがセミの一夏の声。しかしその夏の季節に戦いが終ったから、ステーロンの鳴声を全身に浴びて「詔勅」を聞いたから、わたしは朝鮮を永遠に去ったのだ。ただ、いまとなっては、胸の中に声を聞く。そのとおり、植民者の身勝手な感傷だ。「村松の望郷なんてそんな程度？　わたしのこととうしてくれる……」と声がする。

トーシテクレルオレノコト、と喚いている女性が、朝早くから「福祉会館」でわたしを待っていた。「オレ、先生が好きだからこれ持ってきた」と椎茸の大袋をごっそりと渡してくれる。彼女も盲目である。名は金末子《キムマルチャ》（日本名・香山末子）といい『草津アリラン』という詩集がある。一九四一年、先に来ていた夫のもとに、母と弟妹とともに渡航してきた。子が二人うまれたが、末子はライを発病して家族と別れた。いま日本の草津でただひとり、くらい眼窩の奥に描かれる記憶の故郷・韓国を歌ってくらす。

とうに別れた子供が／なぜか時々／私の眼の前にすわっている時がある／私は思わず手を伸ばし／抱くようにする／手の中には誰もいない

この詩集『草津アリラン』は大変みんなに親しまれた詩集で、はやくも品切れになった。いまは香山さんの手許にもないだろう。彼女はお金をためて、また詩集をつくる、と言った。「そのためには香山さん、お酒やめなよ」。患者から言われて憤然としたのが、子供らしくかわいい。彼女は一九二二年生まれである。

この席に、しらね虚舟という変った名の人が坐っていた。この人はむかし別の筆名で創作集を出版したことがある。『残影』という本である。この変った名は、川柳を作ったときに使っていた名で、この名にかくれるようにして、訪韓したときの詩を書く。彼は六歳で渡航し、在日六一年、ライになって四〇年の歴史を持っている。彼の詩を紹介したい。

星、光る日は
——金大中氏の生地をたずねて——

養殖池に白い腹を上にして／スッポンがひっくり返っていた／雨上がりの村道は／よそ者の侵入をこばんでいた／南国の海に散在する島々／その一つ、ちっぽけなこの島／実は／巨星を産んだ、と／ガイドのアガシが声をひそめた

澄みわたる碧空／コスモスが咲き乱れていた／赤いトンボの乱舞する／小高いあの丘／わらぶき屋根が／

べったり、と／へばりついていた／部厚い泥の壁／低い軒、明かりとりの丸い穴／崩れそうな石垣／中から女が覗いた／白髪の／五百年も前の女が

外来の客のふれだったろうか／影武者が出てきた／息苦しいわら家のそっち、こっちから／古びたよろいをつけて／戦いに疲れた顔して／笑うことを忘れた顔して／誰も奪い取ることのできない武器を／彼等は秘めていた

船は島を離れる／遠くかすんでいく、生の文化財／何か心に残る／耐えている彼等／植民地の四十年／その苦しみを再現するこの島／しかし／彼等は信じていた／彼等は待っていた／巨星が輝く／その日を

詩はとくに説明を要しない。彼がようやく故国を訪ね、彼の郷里であった大邱を訪れ、金大中氏の生家をも捜してゆく。彼は目は見えるが、ライの後遺症をのこしている。他の患者よりも多少は自由に行動できるとはいうものの、それは療園内で人手をかりることができての範囲だ。韓国への行旅で、金大中氏の生地を訪れたのは、何か偶然であったか、あるいはその目的があったのか、いずれにせよ、日本に帰ってきて彼は右のような詩を書きながら、本名で署名することがない。「なぜ、しらね虚舟ですか?」とわたしは聞いた。いろいろ都合がわるいのです、と彼は答える。日本では、指紋さえも拒否される在日のライ朝鮮人、二重の差別をうけ、故国に帰れば監視つづきであった。「ライで、わたしはこれ以上、国家に対して何ができます? 何にもできないのですよ、わたしには」と彼は言う。

彼の目に悲しみがあふれていた。彼にとって、この詩の記名、雅号はけっして本意ではない。身を隠すための名であった。「しらね」は白根山の意味であろう。この山深いライの療養所で「虚舟」は不似合な気がしたが、いまわたしは思い直そうとしている。舟は、いたずらにここに座礁しているのではない。ここにいて、なおも海峡を渡ろうとする、孤独な舟だ。わたしはそう理解する。

たかがステーロンと鳴く蟬の記憶だ。そう思いつつ、

いまでも胸が騒ぐ。その軽率をわたしはいましめようとする。しかし、虚舟は、そのようなわたしを許しているのかもしれぬ。何しろ彼はたいした男なのだ。碁をやらないわたしにはその重さがわからないが、彼は最近、日本棋院から五段の証書を受けたそうである。彼にとって勲章のようなものらしい。

註――古川時夫詩集『ながれ』ベルデ出版社。金夏日歌集『黄土』短歌新聞社。香山末子詩集『草津アリラン』梨花書房。栗生創作会編『浅影』栗生楽泉園慰安会刊。

内野健児＝新井徹の詩

土墻に描いた時代

一九二一年（大正一〇）、街には「枯れすすき」の唄が流れていた。それから翌々年の夏の終りに日本内地で関東大震災が起り、関東を中心として朝鮮人六六〇〇余人が虐殺される。この大事件までの約二年のあいだに、朝鮮にいた内野健児によって書かれた詩が『朝鮮詩集・土墻に描く』に収められている。

内野は二一年春、朝鮮総督府に勤務することになって、忠清南道の大田中学に国語・漢文の教師として赴任した。（二三歳、以下年齢はかぞえ年）

「三月末といへば内地は既に春、麦は青い波を寄せ大空には和やかな霞のたなびく頃である。が半島の露はな山嶺はまだ白雪に覆はれてゐた。内地で描いてゐた理想の夢が破れ」て、この朝鮮の貧しい土墻に描くようにして記した作品の数々が右の詩集であった。しかし「殺風景な山々」「草枯れて河は瘠せ」自然はどこまでも寂しく、その寂しい運命を象徴するように歩む植民地の「白衣の人々」を発見したとき、むしろ自分は積極的にこの土地の上に生甲斐あるものを見出したい、生命のかがやきを追求したいと願う。その願望を自分の中でかきたてることによって、日本内地からの追放者の立場から、むしろ朝鮮に生きるものとしての立場を確立しようと試みる。そこに内野の出発のよりどころがあった。しかし、「そこに生きる日本人」というのはいったいどのように呼ばるべき者なのか。そのことについてに後で触れてゆきたい。

「きらり、ちらり／あどり等のあしもとに／日の娘はせゝら笑ふ／／ああ、すつぱだか／あどり等は家鴨の様に群れて／さかなをすくふ／／すくふた水／黄金《こがね》の水がしたたり果つれば／をどる鮒の銀／／あどり等が立てた素朴な旗／川辺の新聞紙の旗が／はたはたと鳴るよ」(あどり＝童児の意「河辺小景」)。

毎年のように頻発する反日デモ、独立運動、爆弾投擲。世情騒然たる朝鮮とくに片田舎で、川辺に群れる童児をながめる内野の眼は、河の風景にようやくやすらぎを求めるのかもしれない。しかし知らずして「新聞紙の旗」を描く。日章旗とも禁じられた太極旗とも記さず、もしかすれば童児も知らず、まだ若い内野も知らず、その未公開の不明な旗は、これからはじまる植民者の手さぐりの信号を思わせる。

手さぐりは〈車窓風景〉という副題のついた「幸福」という詩にもうかがえる。やけただれた禿山、前景に立つ大樹は空いっぱいに腕を伸ばす。その風景を車中にいて窓外にながめる。しかし木の下に「一つの小さい人間が／よごれた白い服をまとうて／死んだかのやうに／夢みてゐるのを／見落し給ふな」。スケッチ風な詩にひとつだけ、汚れた白衣の人間が夢みるという部分が、内野の心中の想像世界として保たれる。死んでいるのでもなく、病んでいるのでもなく、眠るでもない。内野はそこに夢みる人間を描きたいと夢みる。ならばその夢はなにか。内野の中には、日本人と朝鮮人。題名のように農村を幸福とみる心と悲惨とみる心。ふたつの世界を共有せざるをえない。つづく詩がそれを証すだろう。

「裸体の子供」。湖南平野をゆく汽車の窓から外をながめる、湧きたつ歓呼の声をきく。子供らが列車を迎え送ろうと双手を高くあげている。内野は感動し、「君等の面は何といふ天真な笑ひに溢れ」ているかと讃美する。そして裸体のまま成長せよと願いながらも、いつか彼等が裸体を恥じ、「幾重もの着物で覆ふのではあるまいか」。そのとき天真の笑いは消えて「寂しい生命の涸渇にしぼむ時だ！」と、不安げに語る。おそらく不安は正しい。作者は車中の、汽車に乗るほどの金は持っている人間だ。その列車を迎える子供の声は、歓呼の声ではなかったろうとわたしには思える。その言葉は凄じく、猥雑な罵倒ではなかったであろうか。両手をあげるのも同様な、性的なしぐさではなかったか。わたしはわたしの経験から推測する。内野の善意の讃美が、一瞬不安に変るその原因は、もしかするとこの光景を見誤まる危惧にあったと思わずにはいられない。そしてまもなくこの不安は的中する。

「朝鮮部落夕景」は、Ⅰの「暗い窓々」とのⅡの「ほの明るい窓」という二篇の詩によって、右に述べたような明と暗の世界が描かれる。

　Ⅰはいまにも崩れそうな墻に囲まれた藁屋根の家である。「蝙蝠のやうな無気味な翼を拡げ／どことなくにんにくの香は漂ふて／私をして、堪へきれぬ／黒ずみ蒼ずんだ想念に陥いれる」。多くの窓は閉ざされ、そこから無数の子供らのわめく声がきこえる。その声を内野はつぎのように記す。「明るさからそむき、文化にそむき／もぐら穴に逃避した生活の空気に／反抗の叫びをわめきあげ／わめきあげ」。四行に記された声は、はたしてどのような声か。明るさと文化にそむいて、叫び、かつ逃避生活に反抗する声なのか。あるいは、明るさと文化にそむく逃避生活に反抗する声なのか。文脈の二重性を心得て書かれたものであったかもしれぬし、朝鮮の現実を見透すことのできない日本人たちの一人として、混乱をそのままに反映したのかもしれなかった。

　Ⅱの詩は、暗い窓々のなかにようやくひとつ発見した明るい窓である。そこからものうい小唄が聞える。赭顔白髪の老人が、貧しい晩酌の盃をあげながら歌っている。その低い声は外の暗い窓々から起る無数の子供の泣き声もしらぬげに聞えると言う。

　ⅠとⅡは、明暗ふたつの窓を対称的に描こうと意図されているにもかかわらず、しかしいずれを明といい暗ということができるか。作者はⅡにおいてなお、老人の歌にしのび泣きを聞きとることによって明を描くことができなかった。つまり明暗は内野の側の頭脳に構築された朝鮮観であって、その常識的な模型を通して理解しようとする方法では、朝鮮が複雑な対象であるかぎり内野の眼には写らない。内野の眼でなく、朝鮮の眼によって描くことこそ求めたであろうに、それは作者が植民者であるかぎり、不可能事にちかい曲芸といわざるをえない。

そしてようやく彼は、その曲芸的な、視点を変える立場を得ようと企図する。「眼」という作品を見よう。

「眼　眼　眼／きらり　きらり／怨嗟！　呪咀！／／眼　眼　眼／とろり　とろり／倦怠！　沈滞！／／淀む鈍色の雲かげ／或はひらめき　或は眠れる／星！／／怨嗟の星　呪咀の星　倦怠の星　沈滞の星／鮮人千万の／眼　眼　眼／／光、氷の刃を／わが胸につき刺し／うそ寒い戦慄の影をなげる」。

眼に射られる立場に立った。そのことは車窓の外の声を歓呼でなく怨嗟、罵倒の声として聞く立場だ。ここで怨嗟も呪咀も倦怠も沈滞も、すべてひとつのものであり、その眼をみるものは、星のゆらぎをみるものと同じように、あるときは怨嗟として見え、あるときは倦怠として、われらに見えるだけだ。それは向う側の眼に対応するこちら側の憶測の影にしか過ぎないという自覚にみちびかれてゆく。

そしてようやく長詩の「土墻に描く」が書かれる（この詩は発表後伏字だらけの惨憺たる詩篇となる）。

「土墻に描く」では、「私」は「序曲」において現われる。私は蒼白い病鬱の皮膚、臭気たちこめる土墻に沿って歩く。土墻は朝鮮半島をうねり、私をどんよりとした幻想にみちびく案内者である。私は幻想のおもむくまま「半島人」の胸に湧く思いを、替って描こうと意図する。

「闇の曲」は、朝鮮人すべて、The Korean の歌といっていい。あるものは「重い石が上にかざされ／生き生きした樹枝や茎もはばまれ抑へられて／日光や大空のめぐみに酔ひ得ない／草木の悩み」に圧せられている。そしてあるものは「悪童の戯れの供物に捧げられ／わづか数尺にくれた馬方が馬の尻うつ鞭となるため／荒みたぬ苗木の枝をへし折られへし折られ／やがてはふみにじられ虐げられて／遂には生き得ない街路樹の悲しみ」を嘆く。またあるものは「獄窓はあまりに小さうして／日のめを仰ぎ得ぬ囚人」となってのたうつ蛇や蛙の苦しみを訴える。

つまり内野が見ることができたThe Koreanは、作者自身ではあり得ないゆえに、苦しみも半ば以上は右のような草木の比喩によって描かれる。しかし同時に獄中囚人によって朝鮮を語っている点に注目してみたい。この作品は『耕人』一九二三年四月号発表のもので、それより四年前に三・一独立運動が全土に拡がっている。大量の虐殺、逮捕処刑を以てしても三・一運動は時と共により深く地中に拡がるばかり。日本政府は総督・斎藤実によって「文治政策」に切り替えを計るなどしたが、反日デモ、抵抗はこの作品発表の時点までつづく。そのような状況下での囚人の群を朝鮮という監獄において見聞したからであって、比喩ではない。

呪いは、はばまれる呪いでなく、殺される呪いでなく、じつに死にきれない呪いである。それは「紅蓮の炎でやくよりみにくく／地上をやけ、天をやけ」「われらの心のかまどには／押へきれぬ呪ひの薪がたかれ／今や奔放かまどの口を張り切らうとする！」。これが作者のみた朝鮮の全体像であった。

そして以下、「夢の曲」でＡＢＣＤＥＦＧＨＩＪの一〇人それぞれのThe Koreanの声が語られる。作者はそれぞれの一〇人のいずれが全体的朝鮮人なのかを語っていない。

まず朝鮮人Ａは語る。――はるか日本軍兵営からラッパが聞える。その声はわれらの暗い夜の心を裂き堪え難い思いをさそい、わが友らを忍従させ虐げる。それは鋭利な刃である――と。かつて韓国は国軍を持ち、日本の干渉によって一九〇七年八月、屈辱的に解散させられる。その後各地に義兵が蜂起し独立運動が持続する。内野がこの詩を書いた三年前には、朝鮮独立軍が中国東北吉林省で日本軍を撃破している。その事実を知っていたかどうか。朝鮮独立軍の軍事行動の成果は暗々裡に流布されていたので、それを内野は知っていたはず。理由はつぎに触れる。

つづいてＢが語る。「立たう！　友よ／われらはわれらの喇叭を吹き鳴さう」。ここでわれらのラッパは、すなわちわれらの刃を意味する。だからわれらはわれらの銃剣を握ろうと、蹶起を呼びかける。

Cはそれに唱和する。「われらの仲間は既に彼処にある」と。彼処とは上海。独立軍の本営のあるところ。金九・朴殷植らが上海で韓国労兵会を組織したのは、さきの吉林省の日本軍との戦いと同時である。つまり、上海と中国東北部まで、三・一運動の波が多発的に拡げられていたことが、この詩の背景に認識されていたと考えていい。

Dが語る。——刃には刃、銃剣には銃剣を以てしても、われらの力は足りない。だからいっそ破壊あるのみ——と、テロを含む国内戦を主張している。一九年に姜宇奎が南大門駅頭で斎藤実新総督に投弾。二二年三月に義烈団員の金益相が上海で田中義一大将に投弾したばかりであった。

Eは語る。「まこと百斗の溜飲が下らうよ／爆弾、爆弾、爆弾——」「われらの生命をこめた爆弾」によって「呪ひの火柱がもえのぼり／抑圧、制限、支配、すべてをやきつくす」と。

ここまでの五名の朝鮮人に対する作者の感情移入は凄まじい。いかに想像が自由であっても、日本人植民者として右のような自己否定は類を見ない。さきに「曲芸」といったのはこの点である。さらにその後につづく朝鮮人FGHIJはどうであろうか。

Fは、友に時を待つことをすすめる。Gは日本人はやがて、朝鮮人側の自由の要求を容認するだろうから、相応な権利だけ求めようと言う。おそらく斎藤実が被弾する一月まえに宣言した武断政治から文治政策への転換が反映しているのだろうか。Hは「われらの祖先のあげた／惨めさに満ちた笞刑の血の声は／はるか過去の「時」の彼方に消えて行つてしまつた」。民族的悲劇は棚あげにして現実の共存生活を追認しようとする。そしてIは、半島の治者が誰であろうと百姓の歴史と一生に変りはない、帝力いずくんぞわれにある、とうそぶく。最後にJが、自分の学んだ四書五経は伯夷叔斉の生き方を示す。半島を後にして支那へ行こう、そこにわがユートピアがある、と亡命・逃亡の道を開こうと試みる。

この一〇名の朝鮮人は、多くの朝鮮人の失意と決行のあいだの心のゆらぎを示すものであった。否定的な

Ｆから Ｊ までの人物像も、日本人が都合よく作りあげた人物モデルとばかりはいいきれない。やはり作者が、当時存在していたに相違ない否定的人物像の側にわけ入るようにして描いたものと考えていい。この詩は技巧的な粗さのために成功しているとはいいがたいが、対象と作者との距離は、作者にとって主観的には極めて接近している。

「序曲」は日本人が歌った。「闇の曲」は全般的朝鮮人が歌い、そして「夢の曲」は一〇名の朝鮮人が歌った。最後の「曙の曲」は誰が歌ったものであろうか。「空しい奴僕と身を落すものがわれらであるとしたならば」の一行をみれば、われらとは朝鮮民族を指す。しかし、「曙の曲」は甚しく説得的であろうと歌いながら、無惨にも悲説得的な詩に陥った。つまり、現象や相対を超えて、生命を第三世界に咲かせようとすすめるその誘いは、朝鮮人による声とはなりえない。支配することの困難を、極めて率直に語る支配者側の声だ。朝鮮人が逃亡の果てに描いたユートピアよりも、もっと不安定な虚構。奇妙な精神衛生的第三世界というアイデアにすぎなかった。

こうして内野健児は詩によって時代を探りつつ、日本と朝鮮民族との宿命的な決裂の年、関東大震災を迎える。町には「籠の鳥」が流れはじめていた。

「内野先生追放」と二人の学生

第一詩集『土墻に描く』以降六年間の詩を収めたものが『カチ』である。カチは鵲《かささぎ》。それまでの経緯を内野は『カチ』の跋文でつぎのように記している。

「第一詩集を出してゐた頃、僕は朝鮮の一小都市から雑誌『耕人』を出してゐた。けれども一九二六年の秋、京城へ移ると共に『耕人』四八号を出して終刊した。それは朝鮮に於ける詩野開拓の為には、相当の効果をあげたことを憶ふ。京城へ移ると共に僕の家庭生活が始まり、一期を画した。かくて画家多田毅三君と共に朝鮮綜合芸術雑誌『朝』を出したが、計画の大きさに二号で休止。京城の詩友と『亜細亜詩脈』に拠つたが、その瓦解と共に、僕は郁子と、新しい目標の下に二人の雑誌『鋲』を始めた。僕と彼女はそこに湧返る血脈を波打たせた。そしてぐんぐん僕と彼女のそしてまた無産階級の陣営をきづかうとしたけれども朝鮮といふ特殊雰囲気は如何なる圧迫を『鋲』の上に加へたか。僕らは二冊の『鋲』を朝鮮の禿山に打込むと共に、半島にさよならを告げねばならぬ破目に陥らされた。そして東都の空にパンを求めて、さすらふ身とはなったのである。

今「宣言」に拠って、此処に第二詩集を編むに至ったことは、むしろ望外の幸ひである」。

右の事情についてわたしは傍道から少し触れてみたい。

一九二五年（大正一四）内野は京城府舟橋町に移った。それまで教鞭をとっていた大田中学校から、京城中学校に転勤したのである。ここで一二月に『耕人』を終刊。翌一九二六年五月に多田毅三と『朝』を創刊。『朝』は二号で廃刊。一〇月に『亜細亜詩脈』を創刊し、翌年（一九二七）同誌の発禁、押収にあい休職。一二月に『亜細亜詩脈』終刊。翌二八年七月九日に、朝鮮総督府によって学校を罷免され、朝鮮追放を宣告される。

当時の京城中学校長は加藤常次郎。いまは同僚だった教員も、当時の教え子も少なく、廃校となった中学の記憶について語った資料も乏しい。しかしそのなかで、貴重な思い出を残していった教え子がいる。後年、小説『カンナニ』を書いた作家・湯浅克衛である。

「私は、感傷的な作文を書いて、内野健児先生（後のプロレタリヤ詩人、新井徹）の点数は九十八点だったが、中島敦のほうは、余りに奥深い、漢文も収容した作品であったためか九十三点ぐらいであった。内野先生は、きわめて点が辛いという評判で、あとは八十点ぐらいが最高ではなかったかと思う。

『亜細亜詩脈』という雑誌を出していて、美人の奥さんと手をとりあって散歩していたのを見た悪童が、黒板にそれを書いて、先生は顔を赤らめて怒った。しかし詩には強いものが多く、

〈午前二時、／鐘路警察署に爆弾が投げられる。BON、BAN、DON〉

間違っているかもしれないがそういう詩を書いていた。間もなく内野先生は、朝鮮から追放されて「内地」に帰り、明星学園の先生をしながら詩を書いてい

た。

昭和十年、私が雑誌『改造』の創作募集に当選したとき家にお祝いに見え、また、途中バスで会ったことがある。終戦間際に死なれたとか。弟の内野壮児氏は共産党の中央委員である。

中島敦は、私の改造当選に刺激されたかと邪推したが、そんなことはなかったかも知れない。昭和十六年に『光と風と夢』で、文学界に現われ、『山月記』で無能の同輩が知事になり、偏くつだった秀才が虎になり、同輩の赴任を木蔭で迎えて、ウオーッと一声吠えて叢に飛び込む話は、私のことを諷刺したのかと思ったが、支那の文章にあるものらしい」(一九六九・九・同窓会誌慶熙より)。

また湯浅は『対馬』というルポルタージュでも同様のことについて書いている。

「一声高く吠えて叢に姿を消す虎の姿の中には作者自身の感慨が託してある。私はこの小説を読んで泣いた。恐らく、中島は、改造に当選しただけの、不安定な作家生活にはいりかけた私などの姿を、諷したものに違いないと思った。それほどに、中島は私などには手のとどきかねる天才であったのだ。

(中略) 私が対抗できるのは、作文のときだけだった。感傷的なものを書くので、私の方がそれだけ少し分がよかった。そのときの採点者は内野健児さんだった。内野さんはアナーキストの詩人として、朝鮮を追放になったが、後にナップに所属して新井徹の名で、詩を書いた」。

ながい引用だった。右の文章で教師・内野健児と、中学同級生の湯浅克衛・中島敦の関係がぼんやりと現われる。当時学校に籍を置いた卒業生に尋ねてみたが、内野追放について明らかな記憶をもつものは少なかった。後藤郁子の「烈しい歯痛」によると「一日も早く立退け、送別の集りも拒むように、と校長は言った」とある。わずか一人だけが、「そういう先生がいたな。ある時、突然に姿が消えた」と語ったのみである。当時としてかなりショッキングな事件に対しても、時が経てばこの程度の薄れかたをするものか。しかし湯浅の文章には、彼が内野から何を学んだかが率直に語られている。

二人の俊才がいて、一人は英語・漢文に長じ東西の高踏派文学に通じる作風を、若くして持していた。他の一人はそれと競うためにむしろ反対の道を選ぶ。いずれも他を意識しなかったと言えば嘘だろう。対抗意識は中学生の時代に萌芽し生育する。やがて中島は自然主義以降の私小説に反抗し、教養と傷つきやすい自我を持して題材の異国趣味を脱却する。湯浅は自然主義以降の社会派として、「日韓併合」以来の近代朝鮮を文学的テーマとして一貫して追いつづける。ともに内野の影響があったと想像してもいいが、中島のほうにはそれが薄く、内野の影響を色濃くうけた、いわば直系と考えられるのは湯浅克衛のほうである。

湯浅がさきにあげた「午前二時、／鐘路警察署に爆弾が投げられる。／ＢＯＮ、ＢＡＮ、ＤＯＮ」は、いかにも内野の詩らしくはあるが、今回収集した作品中には発見できない。湯浅がなにかの印刷物でよんだ記憶によるのだろうが確かめる術はもうない。この二人の教え子も死んだ。想像するに、内野ふうの詩を湯浅がながいあいだ心の中に織りなしていたのではないだろうか。彼のなかに内野の詩の影が投じられていたとすれば、この幻の詩はいっそう意味をもつ。

詩集『カチ』のころ

一九二六年の三月、朴烈が死刑宣告をうけた。そしてつづく四月、朝鮮最後の国王・純宗が死去した。純宗の死を悼んで、朝鮮人学生をはじめとする民衆はいっせいに独立デモ、万歳運動をくりひろげる。

そして同時期に日本人町には「国境警備の歌」が流れはじめていた。「江を渡りて襲いくる／不逞の輩の不意打ちに／妻も銃とり応戦す」。この流行歌のなかの「不逞の輩」とは、中国東北部、鴨緑江北岸の朝鮮人パルチザンであった。

このような時代に、内野が「桜、花咲く四月二十六日は、午前六時十分こときれ給ふ」と添え書きして「李王薨去」という詩を書いたことに注目しよう。

「白衣白衣白衣白衣白衣白衣白衣白衣白衣白衣…………／しらじらと、しらじらと／敦化門にひた寄せる波のむれ／／あいごをうあいごをうをうをうをう…………／／やるせない唸りは／渦巻いてせまる！／／鈍色《にぶいろ》の昌徳宮――／／かきにごされた大空の胸に／

しぶく桜の群葩《むらばな》も蒼ざめはてて／／あいごをうあいいごをうをうをうをう………／／重々しい心は圧搾されて／里から洞から——鐘路へ敦化門へ／／白衣白衣白衣白衣白衣白衣白衣白衣白衣白衣白衣………」

　彼は注のうちの一つとして「白衣《びやくえ》……喪服より常服に転じたもの」として追記している。この作品は『朝』の二号に発表。彼は五年前に朝鮮の土を踏んだばかり。したがって一九一九年、日本人が「万歳事件」と呼んだあの三・一独立運動は目撃していない。しかし一九二六年の六・一〇「万歳運動」の、劇的な点火をこのように目撃した。ここでは朝鮮の民族運動への同調・共感があきらかに見てとれる。

　彼の作品は、後年、同時代の詩人となる人々の詩と比較して、とくに技巧的に卓越したものは少ない。しかし同時代で比較される幾人かの人々、たとえば壷井繁治、萩原恭次郎、植村諦、高橋新吉、遠地輝武、小熊秀雄、岡本潤——ダダイスト、コミュニスト、その他幾人かのモダニストたちの詩を連想するとき、はっきりと異質で重要な要素が指摘できる。すなわち内野がプロレタリヤ詩人の道を選ぶ以前に植民地経験のなかで摑んだ、他民族の民族主義運動への積極的な理解・同調である。

　右にあげた詩の「白衣白衣白衣……」は、古い日本の詩のなかでは珍しい表現であったかもしれないが、社会と芸術の変革期の舞台において眺めるならば、むしろ常識的で平板な発想ということもできる。だが「李王薨去」に際して街中に湧き出る白衣の文字の列記は、それだけで十分。この詩の他のいかなる詩句よりも強く表現的だ。これでいいのかもしれない。任展慧の指摘するように、「内野の立場はけっして傍観者のそれでない」（季刊『三千里』一九七七年秋号）のかもしれない。

　それにも拘らず、いかに表現的であろうとも、白衣は、異国人の内野の眼に映った像にふさわしく刺激的だ。なぜか？　かりに朝鮮の詩人がこの場に立って描きだす王の薨去は、おそらく白衣の行列を以てすることはなかったであろう。おそらく、この詩のなかから「白衣……」の行の二列は消えるはずだ。すなわち、李王の死を悼む白衣群衆に「傍観者でなく」同調する日本人内野と、群衆のなかに自分があり、自分のなかに群衆がある朝鮮人との、目にうつる風景、位置の相違がそれを区分する。

「こときれ給ふ」と、内野は朝鮮人の一人のごとく悲しみをこめて記す。日本人のなかでこのように哀悼する人は極めて少なかったと思われるものの、しかし行列に加わることのできない人間の、対象への極限までの接近は、やはり無限の遠さを自覚させずにはおかない。これは内野の詩の弱点ではなく、むしろ内野の詩によって手がかりを得た同調者・植民者左翼の問題といえよう。

一九二七年（昭和二）六月、『亜細亜詩脈』が発禁、押収をうけ、内野は京城中学の休職を命じられた。理由は弟の内野壮児が発表した「ハウ劇場」のなかにドイツ語のインタナショナルが書かれてあったからだといわれる。この打撃をうけたあと、同月、「河豚」を書く。発禁処分と「河豚」にはつよい関連が感じられる。その一部はつぎのようである。

「ままよ、天にそむいて腹をつきだせ／弥が上にも加はつてくる彼奴等の鞭は／俺の感情・思想を弥が上にも厖大にする／鞭がしきりに空気をきりさいなんだアカツキ／腹は破裂して憎悪の烽火を揚げる／／仲間！死屍を横たへても／なほ満足しない彼奴等に心を許すな／やがて俺等は熱湯地獄に投ぜられる／五体解体し、五臓六腑ちぎれても／体内の奥秘に／彼奴等の血脈を絶つ最後の劇毒を／塗ることを忘れるな」。

右の憤懣の詩では、具体的には処分の経緯を明らかにし得ないが、『亜細亜詩脈』八月号には「茶卓詩議」という小文があり、雑誌発禁について「感激の頂点はメスの鋭さだ。／血を以て描かれた芸術はまた読者の胸に釁《ちぬ》るであらう。／芸術は一種の劇毒である」と、同じようなアナロジーを用いてそれを語っている。読者に意味するところが理解され、総督府警務局に対しても翻意を示さない意志を伝えることのできる、一種の暗号闘争であった。『亜細亜詩脈』は同年の一一月で終刊。翌年一月『鋲』の創刊号に内野は「キミチの季節」を書いた。暗い時代の年の瀬に、ふしぎに明るい作品であった。

「野から街へ続くのだ／キミチの季節を続くのた／チゲで続くのだ、車で続くのだ／土の戦士の繰込だ／百姓どもの進軍だ／市場は山だ／白菜の山だ、大根の山だ／遂々市場の占領だ」にはじまり、大根や白菜や芹、辛子、栗、茸、貝、海老などを漬けこむ。そのために金をはたき女の飾りも質にいれる。そして「カシーナいそげ／オモニもいそげ／さあ市場へ繰込だ／街の女軍の進撃だ」と記す。

急テンポの自由な言葉のたたみかけ。この詩は、朝鮮民衆の苦しい生活のなかに依然変らぬ強靭さがあり、町や村の女の全エネルギーを一挙に、漬物の季節に叩きこんでゆく烈しいリズム感がある。朝鮮の風俗でありながら、それを拠りどころとして暗い時代になおおのれを励まさなければ生きられぬ内野の内心の苦闘がしのばれる。この明るい詩は、朝鮮の風俗をたんに「みることによって」書き得たものではないようだ。市場に立つ、あるいは右往左往している作者自身の姿勢すらわたしの目に映る。思うに彼は市場の喧騒を共に呼吸する気分――たとえば全羅道や京畿の地方で用いた打鈴《タリヨン》――九／八拍子の民謡などに触発されて書き連ねていったのではないかと思うほどである。

例として「夢金浦打鈴」の歌を紹介してみようか。

「錨をあげよ、船を出せ　錨をあげよ船を出せ／オギャ　櫓こぐ声に／夢金浦乙女らも／舟うたうたうよ」（金時鐘訳）その他のテンポの速い民謡など。周囲を踊りの輪にひき入れずにはおかない、歴史が苦しいゆえに、なお底ぬけに明るい朝鮮民衆の歌をわが心の中にひき入れたのであろう。なおこの詩の掲載誌の一隅に、市山盛雄「朝鮮民謡の研究」の紹介がある。右の詩と関連がないだろうか。

これらの詩が書かれる少し前、当時の「満州」を書いたものも重要な作品と思われる。彼が大田中学の教師であった二四年の春、中学生たちを引率して「満州」に修学旅行にゆく。この時「孤独の帝王」「悩める都市」「宮殿をめぐる喇叭」「価値あるもの」「戦場の花」「大連《だるにい》の夜」「星が浦」など印象ぶかい詩をたてつづけに同時期に書いた。中国は動乱の只中。この年の暮には、清朝最後の溥儀が北京の紫禁城を追放されることになるが、直前に内野は奉天北陵をたずね、「帝王の夢を補綴する工匠はあせゆく丹碧をぬりかへる」と、清朝最後の姿を伝える。

「悩める都市」では、日本人の手によって建設された灰色の西洋式都市で「住む人のかげもささず閉された窓々の多くに／不健康な都市の命脈を診た」と言い、とくに朝鮮と「満州」との比較を意識していないものの、ここでも朝鮮の窓と同じ窓が現われている。彼にとって「窓」とは、朝鮮人の眼、中国人の眼を意味する。

「宮殿をめぐる喇叭」も近づく第二奉直戦争（奉天軍・直隷軍の全面的交戦）の切迫を告げる。詩にはつぎのように表われている。

「前代の宮庭に行はれる省兵教練の／あやしげな号令とそぶりに／ほほえみながら、更に眺望すれば／かつては野の暴風《あらし》の様な馬賊十万の旗がしら／今は時めく東三省将軍張作霖の邸宅の／威風四辺を払うてそびえ立つ洋館の姿に／めぐりゆく支那の舞台をみた――」。

内野が朝鮮を知り、つぎの植民地「満州」を見る。そして再び朝鮮に戻る。そのとき彼が見る朝鮮の風景は、以前と同じであっただろうか。変化したであろうか。

どのように映ったか判然としない。一九二八年七月に書かれたという「瓶をめぐる人々」には、京城中学罷免事件を反映し、複雑な心理が描かれている。――巨大な瓶が立っている。それ自体ひとつの都市で、その中にビルや教会が立ち、夕陽の下を男女が歩いている。「彼等自らがこの麗はしい世界を歩いてゐると考へてゐる」。しかし街の風景は実在ではなく瓶に映された絵にすぎない。そのような瓶が都市のあちこちに立つ。詩は、瓶の中の世界と、それを見ている外側の作者をとりまく世界とのセルフ・シミラリティ（自己相似）の構造を示していて、追放疎外されているつもりの自分もこの幻想都市の一人という、グロテスクな無限循環を暗示する。

このような不安・焦燥を経て、彼は翌年、（このときすでに東京にいて明星学園に勤務していたが）『宣言』創刊号に「朝鮮よ」という詩を書いた。

「何者だ？　俺を追ふ者／職を剝がれた　パンを奪《と》られた／出てゆけとホツポリ出された／温突《おんどる》よ　土墻よ　パカチよ　水甕よ／みんな別れだよ　白衣の人々／李君　金君　朴君　朱君／名もない街頭の戦士・乞食

君／苦役の浮草・自由労働者担軍《チゲクン》／さよなら　さよなら　無念のさよなら／さよなら俺のお友達」。

そしてつぎのように言う「真実を語る者の生存を／否定するところに何が残るか／何が塗りあげられるか／偽《ママ》瞞の塔が彪然とつつたち上るのだ」。

欺瞞の塔、すなわち巨大な瓶。すなわち植民都市。京城と奉天居留地。彼は欺瞞の塔から学生たちに別れも告げることも許されずある日姿を消したと伝えられる。一九二八年六月、彼が「満州」で聞いたラッパ、省兵一〇万の将・張作霖は関東軍の列車爆破によって死んだ。内野の罷免の一月まえのことであった。

雑誌『宣言』以降

詩集『カチ』のはじめに出てくる詩に「貨物列車」がある。「朝鮮よ」と共に、この二篇は一九二九年（昭和四）八月に創刊された雑誌『宣言』に掲載された。「貨物列車」は植民地を追放された内野が、日本に帰りプロレタリヤ詩人として出発するその最初の詩と考えたい。

「1・2・3・4・5・6・7・8・9……／何号まで続いてゐるのだらう／今日もどす黒い貨車の列がガタゴト通つていく」その列車には華やかな乗客の影を映す窓もなく、「茫然とした牛どもの顔がのぞいてゐる／うるんだその瞳はいひ様のない無智のかなしさにしばたゝいてゐる／またころ〳〵芋ころの豚がうごめきつまつてゐる」。

それを眺めている身には、友達や同胞の姿にみえてくる。ここに映っている牛や豚は、あの植民地の朝鮮人かもしれないし、労働者や農民や、ルンペンであるかもしれない。そのいずれのイメージも、彼にとっては同じに見える。だから「売手から買手の手に動かされて／動いて行く貨車の腹はどす黒いのだ」。あきらかにここで階級について触れてきている。

そしてこの翌年の九月、プロレタリヤ詩人会結成にあたって、改めて新井徹の名で書記となる。『宣言』は一九三〇年一〇月をもって廃刊したが、この雑誌には「議会政治」「隅田河畔の賦」「白い雀と黒いチマ」「起たう!仲間よ」などが掲載され、新井の三〇歳台初頭の詩の渦動がそこにこめられている。粗けずりだが「議会政治」や「隅田河畔の賦」などは、いかにも現場取材の詩の感がつよい。

「隅田河畔の賦」はつぎのようである。

「梅雨空は都市の頭痛をやんで／河から工場街一面に垂れ下るけれど／しかもやむ時もなく生活の船は／河の背に乗りあるひは上りあるひは下るのだ」「塵埃の山を積みながら焼却場へいそぐ船よ／砂利を積み、土砂を積みさかのぼる船よ／木材・石炭・米穀等々の貨物の数々を積んだ船よ／無数の和船は石油発動機船の汽笛の悲鳴のあとにひかれて／あるひは夫婦共に艪の調子を合せながら／起重機《くれえん》の眼下をゆらめいてゆくのだ」

これらの各行をみるとき、平板ではあるが、わずか一年前の「貨物列車」の比喩的描写、労働者や朝鮮人のアナロジーが一転して具体性を帯び、生活の事実に触れながら描かれる手法に変化したのがわかる。さらに「白い雀と黒いチマ」は、東京の砂町風景のなかの朝鮮人部落を描いた作品であるが、対象の朝鮮人と自分との距離が、『カチ』の時代よりもいっそう接近しているのがわかる。黒いチマの婦人に対して「お前はむだ働きを強ひられてゐる夫がいつ白い雀をつかまへて来ると思ふのか？」という。彼も追放者であったから、この日本に同じように追放されてきた朝鮮人が描く「白い雀」が、いったい何なのかを知り、同じ場所に立っている。白い雀は民俗学的にはとくに意味がないようだ。新井の創意と考えられる。

一九三一年（昭和六）八月、つまり柳条溝の満鉄線路爆破と満州事変の前月に、作家同盟に加入し、彼はプロレタリヤ詩のなかで「レーニン主義的闘争芸術」と称される側面を前面に出しはじめる。「入営万歳！」（プロレタリア詩（雑誌名、以下同じ））。「アルメニアの兄弟へ」（ナップ）。「弟よ」（プロレタリア詩）。「夜明けを待つ！」（プロレタリア詩）。一九三二年、「ローザはおれ達の胸の中に」（プロレタリア詩）。「潮は春を運んでくる」（プロレタリア文学）。「渡政デーを前に」（プロレタリア文学）等。

そのなかで「送られてゆく兵×達に！」はつぎのように書かれている。

「物狂ほしい「×の丸」の波立ち！／あちこちにわき起るうつろな万歳の声！／「×、×中隊」「×、×中隊」と白墨で記した列車の中で／悲痛な亢奮にかられて歌つてゐる無数のカーキ服／おお　はるか本州の北端弘前駅から送られてきた兵×達！／はるかまだ一千里、はてしない満×へ送られてゆく　兵×達！」。

わずか三年前に書かれた「貨物列車」に乗せられていた牛や豚への危機感が、戦雲の下でいやおうなくこまで急迫したことを告げている。この年はとくに東北地方の冷害・凶作による農村不況が激化している。それを反映しての弘前連隊の兵士への政治的アジテーションであり、「日の丸」への闘いであったが、ファシズムの波は高く大きく、三三年に五・一五事件を迎える。

詩集『南京虫』

『プロレタリア詩』は一九三二年二月号で廃刊となる。発行された『プロレタリア詩集』のことで翌年六月、杉並署に遠地輝武と共に検挙され二か月の留置をうけた。翌三四年二月に『詩精神』を創刊、ここに発表されたものが詩集『南京虫』に収められる。

「ある部屋で」は留置されたときの経験を書いたもの。取調べを受けながら手記を書いているうち、少年時代の父と母の姿が浮かんでくる。貧しい時代の回想。そのとき偶然に義母が面会に来たために不覚の涙を落す。「その涙の故にこそ……／夏の雨に叩かれた緑の枝のやうに――」立ち上らされる、という彼の認識には、弾圧・強迫のなかでの甘さが指摘されるかもしれない。しかし反面、これから永いであろう苦痛を耐えようとする覚悟を読みとることもできる。この詩の最後の一行は「今更紅葉するまでほど遠い欅の梢をしみじみと見上げる」と結ばれている。涙を流すかもしれぬ、堅い決意もゆるむかもしれぬ、しかし秋までは持ちこたえよう……。

「化膿」という詩がある。かつて「隅田河畔の賦」で描いた風景が、ここでは憂いをこめて記される。「河の面は沈んでゐる／くづをれる肉体から滲み出て／都市の膿がたたへられ／あちこち泡立つ」「すゝけ黒ずんだ／ぬらぬらの流れを／漕ぎすゝむ舟／一人は櫓を押し一人は棹さし／力を合せて舟脚をのばす／船べりの七輪にかけた薬鑵は／ポツポツ……と湯気をたてゐる……／橋の袂に屯《たむろ》してゐる舟々を抜いて／彼方へ！」

この彼方はどこなのだろうか。留置と自動車事故による負傷など、彼の疲れた心身がなおお手をのべようとする彼方に対して、こちら側は河岸の交番であり、空腹のルンペンであり、河の流れをしらぬ風が病熱を吹きつけている。

さらに留置の経験はつぎの詩「南京虫」にも表現される。二畳半の部屋にとじこめられた二、三人の留置人の一人が南京虫の飼育をはじめる。彼の皮膚はこの害虫に慣れ、害虫のほうも彼の友人になってしまう。いや同志・戦士に育てあげられる。その小さな戦士がある日、貴族院の議会壇上に匐いあがる。「一九三五年　狼狽した貴族院議員は悲鳴をあげる！／火は足もとについてきた」。この年の二月、菊地武夫議員が貴族院で美濃部達吉の天皇機関説を攻撃。美濃部は弁明の演説を行って反論する。

新井の詩が、前の時代のプロレタリア詩の類型を少しずつ脱しはじめる。弱点を弱点として表わし、個人的な感情、陰影、そして諷刺性を加えはじめる。そのような立場から、若い詩人に対して語った「労働者詩人に」という詩がある。

若い詩人が、新井に対して、かつての力強い「アルメニアの兄弟へ」の詩からどうして「カバン」に敗退したのかとなじる。新井は淋しさを感じるが、敗退を認めての淋しさではない。「君の言葉に不消化なものが交るとき／君の眼が一方を見て他方を忘れているとき」にどんなに胸のいたむことか。一九三二年のあの詩人たち、つまり「前者の時代に於ては、前衛の眼を以て積極的主題をうたへといふスローガンのもとに、どれだけの条項をうたひあげたならば、唯物弁証法的理論に違反しないかといふことを先づ検討した」（「詩に於ける象徴」より）、そのような主題を追求した人々がいた。そのなかには、いまだに留置場につながれている詩人もいるし、転向してカフェーからカフェーへ泳ぎ回っている人間もいる。正しいと思ったものの中にも、「怜悧な頭脳ですばやく捉える指導理論」のなかにも、弱く、もろいものがある。彼は自己の詩の「アルメニアの兄弟へ」の中にある、空虚ないさましさ、理屈どおりで人間の体臭の乏しいものに気付く。

一つの謎がほぐれていつたんだ」、と彼はいう。「輪は小さくとも、全生活から／つやのある匂いの高い花を開かせたい／まぎれもない肉体の詩」を書きたいと告白する。まして相手は労働者詩人だ。心身に深い傷をうければぱ、誰しも相手に対してこのようにいうのかもしれない。しかし、新井は弱くなった自己を合理化しようとしているのではないようにわたしは思える。いままで強そうにみえたものが、決してそうでないことがわかり、その貴重な経験を若い詩人に伝えようとする姿勢がある。新井の「転向」ではない。「囚はれの詩人・槇村浩を継ぐ若い詩人よ」という呼びかけには、傷つきながら新井もまた槇村と同行する心を秘めていたことが想像される。

大変動の時代が到来を告げる。

一九三六年（昭和一一）は、わたし個人にとっては養成《ヨンジョン》高等普通学校の出身の孫基禎がベルリンで走りつづけた年であった。胸の「日の丸」を「太極旗」に塗りかえて報道した『東亜日報』が廃刊になったことを後に知るが、この年は年頭から不安のきざしが濃い。一月一五日にロンドン軍縮会議の脱退通告。二月二六日に、皇道派青年将校が部隊を率いて首都の中心を制圧しつつ国家改造を迫った。フランスの人民戦線派の結集。イタリアのエチオピア併合。ベルリン・オリンピックはドイツ民族の祭典と化し、日独防共協定が調印され、中国では日本への抵抗が強まり国共合作の第一歩、西安事件が起る。

新井の「詩人がうたはねばならぬとき」は、その不安な時代を告げている。銃声が聞える。

「突然闇を貫いてきた／僕の瞳はハッキリと見開かれる／硝子をすかして蒼ぐろい空が深い／夢の中であつたか／梢のゆらぐ音もない」。作者はさらに第二の銃声を聞き、その音が幻聴でなく確かなものであったことを覚る。「東京の空を一筋に響いてくる音」を聞いたのは深夜目覚めている作者ひとり。

その音の奥を確かめねばならぬ。向うに何があるのか？

「軍人が満載された客車／幻のやうに音は遠のく／僕は耳を傾けつゞける／沈黙の底に　幾つも幾つも／眠らない瞳が光つてゐるのではないか／銃剣の先は闇を

つきさしてゐるだらう／くづをれゆくもの　たちあがるもの　すれあふものよ／僕は空しく腕を組んでゐる」。

銃声という信号そのもの、その奥の日本と世界の渦動そのもの、いずれもがただならぬ事態を告げる。しかもその底には眠らぬ眼が見開かれ、それを銃剣が刺し、倒れるもの、立上るもの、身を寄せるものの影がみえる。詩人はこの自分を書かねばならぬ。いまうたわねばならぬ。しかし空しく腕を組んでいるとき、第三発！　銃声は銃声自身のうめきを伝えながら、やがて静寂が戻る。そして静寂に戻ったためにいっそう不安な時代が近づく。

現代の詩人も、過去の多くの詩人たちも、それぞれの時代のなかで不安と緊迫の経験を経てきた。書かねばならぬときに何かを書き、何かをやり過ごした。詩の質・技術を問いつつ、また主題の積極性などをあげつらいつつ、しかし見逃してきた多くのものがある。新井は「寝あせでもかく」ようにその切迫感を伝え、その伝言《メッセージ》は現在にあってもまだ消えない内容をもっている点で、評価をされていい。

「民衆は求めてゆく」という詩がある。同じく三六年『詩人』七月号に発表のもの。

土嚢が積まれ崩れている。砲車が据えられ兵士が立つ。二・二六事件の反乱兵士である。民衆は近づいて話しかけ、「僕らも兵士と手を握りたかつた」と、この時点での民衆（僕）が反乱軍側に対立的でないことを告げている。兵士らはしかし言葉少なく眼を外らし、民衆はもっと本質的なこと（すなわち革命といっていい）を聞きたい気持を押えつつ、砲の名称を尋ねたりする。叉銃線の傍で一人の兵士が口を切った。「今何時だらう？」」。この質問の意味は大きい。作者が答えようとするとき、瞬間、禁止される。「今何時？」」。蹶起に従った者が民間人に問うたその言葉の向うに、兵士たちの不安、かくしきれぬ動揺がみえるようだ。禁止に遮られて、兵士と民衆の相互交流が断ちきられたとしても、民衆は大きな時代の変化を求めて、「すごすご坂を下りて流れて行った」。右か左か。流れの分岐する破局の時点であった。

一九三七年（昭和一二）、新井徹は三九歳。雑誌『詩

精神』に関して中野署に検挙された。三八年、結核にかかり、四三年、江古田の浄風園に入院。四四年四月、永眠した。四六歳であった。遠くラバウルで日本軍が孤立し、ヨーロッパでは、ドイツ軍がレニングラードで敗れ、オデッサから撤退しつつあった。新井徹は、日本の戦後を知らず、愛した朝鮮の解放を見ることなく死んだが、右に述べてきたように、日本と朝鮮の近代という関わりのなかで彼の詩が始められた。とくに一九二〇年代三〇年代の文学を形成するうえにおいて、彼が日本＝朝鮮関係の眼をもって創作したことに、文学史的な意味が深い。

内野の第一詩集に序文を寄せたのは川路柳虹であった。内野が柳虹の門から出たと考えるとき、両者をつなぐものは詩におけるヒューマニズムの重視ということであろう。それは表現された詩において言うばかりでなく、彼の私信や、雑誌経営、身辺の雑事に細かく気を配った跡がみられる点などをも含む。彼は詩壇時評を多く書いた。批評する詩人に対して、総じて好意的であった。想像するに、彼は中学教師としても、学生に対して人間味のある師弟関係を持したであろう。思想史的な、また文学の一流派としてのヒューマニズムを言うのでなく、彼が対象とした、未定型のもの、みじめに圧迫されて声の出ぬもの、解明不能の混沌《カオス》のなかに、意識せずして豊かなヒューマンなものを見出し、獲得してきたのであろう。朝鮮人や中学生たちは、それをむしろ内野の愛として受けとった。

内野が自分を「地味な詩人で」「いはゆる詩らしい詩を求める人々からは忘れ去られるだらう」と自己批評したことがあるが、意味するところだけでは正しかった。しかしわたしは切実に思うのだ。内野の詩のなかで何が残り、何が忘れ去られるのか。今回多くの詩を読み比較して、内野の愛として受けとられたものが残るということ。つまり彼が詩らしい詩を求める人から忘れられるのでなく、詩らしい詩を求めた人の影が薄れてゆくという詩史の上での確信であった。この点、つまり詩らしくないものを自己に課すということが、朝鮮時代の詩からプロレタリヤ詩へ移行するときも、また怒号的な詩から内省的な詩へ変化するときも、内野の側に隠された思想の鍵であった。プロレタリヤ詩に、彼が加えた彼自身の資質は大きい。しかし見えにくい。

　現代詩の歴史のなかで内野＝新井について触れられたものは極めて少ない。わたし自身についていえば、一九四九年発行の『日本プロレタリア詩集』で、はじめて彼が自己反省をした「アルメニアの兄弟へ」を読み、彼をようやく知ったにすぎない。かつて「京城」で内野を追放した中学に学び、昔ひとりの革命的な詩人教師がいたということを伝説的に聞いていた。それが「アルメニアの兄弟へ」の作者と同一の詩人であったのを知ったのは、さらに後のことである。内野＝新井について知るところ少なく、それにも拘わらず彼について書こうと思い立ったのは、あの中学に関わった少年時代のうずきに似た感傷からかもしれない。書き終えて、いまうずきがはっきりと確認できる。

　この評論は伊藤正斉作成の「内野健児年譜」を参考にして書いたといわれる任展慧《イムジョネ》の同名の「内野健児年譜」（『海峡』七号）と、『新井徹の全仕事』のために任展慧が作成した「年譜」を頼りにしつつようやく辿ることができた。いままでわたしばかりでなく、日本の現代詩史が内野＝新井に触れることが稀であったことは、一種の「うずき」である。そして朝鮮人の手によって資料の開拓が促された。この再発掘が内野＝新井のこれからはじまるであろう詩の歴史的意味を十分語るだろう。

娼婦たちへの返事

毛辺紙の記録

（一九九〇年）

七月一七日。出版クラブ。鶴見淑男、楢橋国武、藤原彰、丸山昇、井上学、平田賢一、山崎一夫の諸氏、加えてなくなった鹿地亘の夫人、充子さんらと会う。この集まりは、鹿地が大戦中に重慶で集めた、おもに反戦同盟の資料「日本反戦人民の記録」のすべてを、整理・保管するため、すでに数回の会合を重ねている。会のおわりごろになってアジア近代史の井上学が、今日は珍しいものを持ってきた、といって綴じたファイルの第一頁を見せてくれる。

「一九六一・七・二六　日本反戦人民の記録　鹿地亘」と横書きになった資料の第一頁のコピイであった。資料はこのあとに数千頁の量を背景に持つもので、井上はマイクロフィルムの第一頁だけを複写してきたものだった。

一九六一年。もう三〇年近く過ぎ去ったのか。しかしあの日のことはまだ記憶に残っている。

六一年四月だった。鹿地に依頼した魯迅についてのエッセイ「月光と刺叉」を受とった。その前の週のAA作家会議の席で、訪日した中国の詩人・作家に会ったことがある。巴金、劉白羽、謝秉心、沙汀、李季たち。場所は丸の内のレストラン・ポールスターだった。私は劉白羽に自分の第一・第二の一冊の詩集を渡すことができた。それぞれの詩集には劉の朝鮮戦争の前線報告の言葉の引用があったからだ。彼は四〇歳以上といったが、若々しく、背の高い、青年のような笑い顔が印象的だった。一方、李季は、人差し指と親指をひらいて顎にかける癖のある労働者風の詩人。または軍人的な意志決断が表情にみちていた。李季に、君に会って、まるで詩のダイナミズムが見えるようだ、とほめたら、私がダイナミックなのではなく、今人民がダイナミックなんだ、と応えた。ここでいうダイナミックな詩とは、玉門油田を歌った彼の詩のナマ原稿を、それ以前に読んだばかりだったからである。その玉門油田の詩は、鹿地亘から見せてもらった。

その会議から二月ほどたって、六月の末だった。鹿地から、重慶における日中戦争期の反戦運動の資料があるという秘密をもらされた。

いまから思えば秘密などという言葉はおおげさであるが、六〇年当時はそうではなかった。ましては鹿地は一九五一年暮れに、突然行方不明になり、アメリカ諜報機関（キャノン機関）によって不法監禁され、危うく沖縄で殺されかけ、ようやく危地を逃れることのできた人物である。今は知る人も少なくなった「鹿地事件」といわれる奇怪な事件だった。彼の戦時中国における資料を、アメリカ大使館が追求しているのは事実のようであった。

ならば、資料が奪われるまえに、いっそわれわれ限定された少数の日本人の手によって公開暴露してしまおう、というのが、この六月末頃の私の決心であった。しかし金はないのだ。厖大な量の出版はとうてい不可能である。ちょうど真夏に近くなっていた。ようやく一五万円ほど都合して暴挙だったが鹿地の秘匿場所から行李に三個ばかりを運びだし、軽トラックで都内を駆けめぐり、まるで尾行でもふりはらうようなかたちでついたところは、小さなアパートの一部屋であった。そこが何処であったか、もう思いだすことはできない。窓を閉めきり、黒カーテンを貼った。それでなくとも暑い時であった。汗に濡れ、熱い電灯を浴びてマイクロフィルムを撮影し終るまで何日かかったであろうか。マイクロフィルム撮影の技術はまだ初期のもので、その困難は今から想像することはむつかしい。私は撮影の最後までつきあうことはできなかったが、それでも心身は疲労の極に達していた。

肝心の金の出所だが、その後『コスモス』の一時期発売所になった山崎書店の山崎一夫に都合してもらった。彼は出来上がったフィルムのコピイの一〇セットばかりの何部かを鹿地に渡し、残部を、器材を都合した極東書店にまとめて売った。そのうち三分の一セットは日本の図書館に入ったという。後で聞くところによれば残りはアメリカの大学関係の図書館が買ったそうである。

フィルムに収めた資料の、第一頁が、さきに書いた井上学の複写であった。その暑い八月には、ベルリンの東西境界線が閉鎖され東ドイツの鉄甲部隊が、境界線に沿って集結をはじめていた。
九月に入って「電波法違反」で問われていた鹿地に対する検事求刑。四ヶ月の懲役に対し、検察側はすでにＣＩＣ——キャノン機関の謀略を事実として認め、日本警察は当時、これに対して裁判権を持つことができなかったことを認めた。あきらかに「治外法権」は存在していた。
この資料は、別名で「毛辺紙の記録」という。中国の竹のような繊維によって作られた紙を使用したからであるが、これも書かれたときから現在まで、すでに半世紀を経ており、よれよれになっている。実物の管理保存ということになれば、おそらく現在が最後の時期となるだろう。それにしても、何と時が過ぎたものだろう。東西ベルリンの封鎖から、今回の壁の破壊まで、資料を持って都内の迷路を走り回った鹿地夫人もわたしも、撮影の世話になった山崎も、六〇を過ぎ、ようやく七〇に手が届く。いまの町に群れる若い人々にこれを語ることができるだろうか。

きみらがなくした歌
ぼくもとうになくしたかもしれぬ、ただ
かすかに、覚えているだけさ
ぼくが歌えば　それが
きみらに届くだろうか
どのように歌えばいいだろうか
君は思い起こすだろうか。いや
届きはしない
思いだされもしない。

帰りに、神田駅に戻り、山崎とクロシオ酒場によった。そこに浅草の国際劇場の昔の踊り子がいて、彼女に前からの約束の詩集を渡した。戦場のことばかり書いてある詩集だよ、といったら、わたしにわかるかしら、と笑った。彼女の言葉で、私は当然よみがえるものがあった。あの「毛辺紙の記録」を撮り終わって、汗だらけの体を洗いにいった上野の店のこと。そこにいた女が、体を洗いながら熱い呼吸を寄せて、ハウ・マッチ？　と聞いた。そう。ある意味では暗号であったかもしれぬが、ベトナムから帰休するアメリカ兵たちを相手に使う言葉であった。そんな時代であった。

叙事詩の終章

（一九九一年）

一九九〇年の一〇月に、初めて朝鮮の土を踏んだ。しかしこれは正しい表現ではない。四五年目にようやく朝鮮と再会した、というべきだろう。この四五年は、私にとっては永かった歳月であったが、それはとるに足りない、禁欲に近い個人感情であった。

それは決して永くはない。もっと永い時間に耐え、いまだ故国を踏むことのできない多くの在日朝鮮人がおられることを思うならば、そしてまたついに故国に帰ることを果たさず異国の土や石と化してしまった人々の無念を思うならば、私の四五年は茶番に近い。

私は三代目の朝鮮植民者で、その土地で生まれ育った。二〇歳までのすべての記憶は、朝鮮の地によって紡ぎだされてきたものだ。だからこの土地を恋うることがあっても、日本人の懐郷などは朝鮮人にとっては耐えがたい嫌悪であろう。そう考えて、戦後故郷の土を踏むことを自分に禁じてきた。

このわたしの身振りは大き過ぎるが、本心はひそかな遠慮程度のものかもしれぬ。それを今度解いたのには理由がある。

親しい友がいて、彼が一九八九年春、韓国民統連（民主統一民衆運動連合）議長の文益煥牧師とピョンヤンに入った。鄭敬謨氏のことである。文牧師は前年の八八年九月、在日の鄭敬謨氏を通じて金日成首席との会談実現を打診していた。このピョンヤン行きを仲介実行した鄭氏とわたしは、かつて同じ時代のソウルに生き、互いに相逢うこともない、また相容れない民族環境で、それぞれ異なる中学で学んできた。その彼と東京で初めてあったのは二〇年前、ちょうど彼は危険な立場にたっていた。東京で反政府運動の文筆活動をしていれば、金浦空港か釜山港に着くと同時に国家保安法が待ちうけている。それだけではない。日本政府だって彼を追放したがっていた。しかしいつか、明日かもしれぬ近く遠い日に、彼が故郷の土を踏むことができる日、わたしもはじめて自分に対する禁制を解く。これは彼、およびたたかう朝鮮人にたいするわたしの約束でもあった。

もうひとり在日の朝鮮古代史研究者の全浩天氏の勧めもあった。出発の数日前、わたしは上野でこの二人に夕食に誘われた。雨の夜であった。鄭氏は懇切に、あるいは心配なげに、初めて会う朝鮮での人々との応待についての助言を呉れるのを忘れなかった。全氏は改まった顔で私に訊ねた。「どのような目的で朝鮮に行きますか?」。わたしは即答できない。勧めてくれたのは本人の君ではないか——。しかし答えた。「ぼくの叙事詩の最後の章を書くためだ」。よほど間抜けた返事だったようで、彼は呆れたような顔をした。

説明を加えなければならない。なぜ叙事詩の最後の章というのか。ホメロスのオデッセイのように、また殺されたと思われる張俊河の「石枕」のように、人は血と土の分裂によって異郷をさすらう。あなたがた二人もそうではないか。現代のわたしたち人間は、さすらいと、戦いと、異民族の愛憎のゆらぎをくりかえしつつ、ようやくひとつの到達を得ようとしている。わたしも時代の結びを得るために朝鮮に入る。

一〇月一九日、わたしはピョンヤンにいて、四・一五創作社を訪ねることができた。創作社といっても会社ではない、作家の集落だ。そして四・一五は金日成首席の誕生の日だ。つまり革命と建国の文学創作集団。ここに作家の小泉譲氏と同行した。小泉さんは明るい芝生を見渡せる会議室で、三人の作家・詩人たちと長時間討論していた。おもに金正日書記の創作指導、その理論面よりもむしろ直感的・印象的側面についての質問が多かった。当日、作家の陳才煥氏、権正雄氏、詩人の崔秉七氏がいて、わたしたちの無遠慮な質問にまじめに答えてくれた。質問は、社会主義と権力世襲。外国からは金日成王国などと呼ばれる、これをどう説明するのか?

同行の小泉氏は現在、金正日書記をテーマに小説を書いている。書記の側面について印象的な回答を得たが、これは小泉氏の小説にこれから描かれてゆくであろう。同席したにすぎないわたしが替わって書くわけにはゆかない。しかし権正雄氏の語ったことをいまわたしは断片的だが思いだすのだ。

——いまはふたつのことを考えている。ひとつは日本人の文学者に会えた嬉しさだ。ふたつは、日本の文学者が後継者問題を問うことだ。いまわれわれは重要な討論をしている。それはわれわれの作家の運命を決定するほど、一生かけて書こうとしているものと、きみたちが追求しようとしているものと、鋭い点で一致している。きみたちの質問内容は自分には十分理解できる。一般に敵と味方は同じことに関心をもつ。まして我々は先生と呼びあう関係ではない。すでに同志として呼びたい、そういう関心ごとだ。

——われわれは国家建設をなしとげた。しかし今民族の運命にかかわる統一という問題をもっている。二〇世紀も過ぎつつあり、すべての人間は理性の段階に来ている。朝鮮史の観点に立てば、社会主義は王権と世襲を全的に否定していることをきみらも知っているだろう。われわれは後進の諸国家とちがって教育水準を高めることができた。人の言うなりに従って追随することはない。個々の人々が自分の未来の運命に神経をつかいすぎるほどだ。

——われわれの後継者問題はこうした人民のすべての精神面に深くかかわる。と同時に、統一、同族の紛争もあるのでいっそう重要になってくる。選ぶという観点は、だから誰が革命伝統を守るか、統一を実現するか、勝利にみちびくのか——それにつきる。

わたしは「体制」という言葉を思い浮かべながら彼の話を聞いていた。日本にも二代目の問題はある。いま日本の国会の保守党の議員たちの約半数は二代目である。親の地盤が世襲されている。体制の世襲——代替である。政治家ばかりではない。体制と無縁のはずの芸能人たちも、今や作家すらも二代目・三代目を産み初めている。まして結社の組織、家元制度、そのむこうの天皇制。

なぜ継がれてゆくか、理由はそれぞれだが、共和国の後継者問題で明らかなことは、一九六〇年から三〇年間かけて、党、政権、経済、外交、統一について、そのすべての面の最適の人物は一人ということだ。

敵味方は同じことに関心を持つ、と彼が言った。わたしも関心を持つが、それは敵と味方を峻別する問題をはらむ。

革命と、建国と、統一。彼らはその一代のなかで、国家と人生を生きている。会話のあと、現代は叙事詩的時代にあること、そして東京を出発する前に、鄭敬謨・全浩天の両氏と語った話をつづけた時、詩人の崔秉七氏が即座に共感を示したことが印象にのこる。彼によれば、人間の生活を未解決から解放へみちびくための劇的手法。叙事詩における力学。

そのことは「詩の最後の章を書く」ことと同じ意味がある。崔氏は、通訳を介しつつ瞬間に了解したようであった。そして加えた。さきに訪朝した伊藤成彦氏と語り合った話題を連想させる、と。伊藤氏も似たようなテーマで語ったのだろうか。崔氏との会話で、コロンビアの作家G・ガルシア・マルケスが話題になった。南米の小国の独裁者を描いた幻想的でブラックユーモアにみちたあの『族長の秋』を、北の共和国作家は知っている。そのことと彼らの実作との関わりは、わたしのこれからの関心ごとである。

作家の権正雄氏ほぼ二〇年の作家歴を持つ。「息吹き」「青春」などそれらは、三千枚以上の大作。陳才煥氏も二〇年この創作社で仕事をしている。「不滅の歴史」「忘れられぬ冬」などがあるが、彼は四・一五創作社の副社長をしており、権氏の言によれば「わたしたちわがままな作家を監督する立場上、自分の創作が思うようにゆかず、最近は苦虫を嚙んだような顔をしている」とからかわれていた。

この創作社は周囲に静かな庭園がめぐらされ、池があり、野外休憩所があり、一人ひとりの部屋には冷蔵庫・テレビ・書棚つきの書斎、ほかに寝室が用意されるなど、想像を絶する環境である。初期には長編詩「白頭山」を書いた李箕永氏もここで仕事をしていたという。こんな環境にあっても、いや逆にこんな環境であればこそ、小説家・詩人はやはり型に嵌めるのがむつかしい。「自由に、大胆に」書けと指導されるらしいが、正直にいって作家の自由は別のところにあるのではないだろうか。だから監督する側は、苦虫をつぶしたようになる。

この副社長という肩書きの着いた陳氏が、最初にホールのような応接室に案内してくれたとき、「たばこのヤニが匂うでしょう、きれいな空気の庭の椅子で話しましょう」と仲間の喫煙癖を気にしていた。その本人もさかんに煙を吐いていたが。やはり文学には管理者は不必要に思う。編集者だけでたくさんだ。そう思いつつ、しかし、ここにわたしたちを連れてきてくれた対外文化連絡協会の呉国日氏のことを思いだした。まちがいなく彼はコミッサール（政治委員）だ。しかも抜群の判断力と許容力を具え、わたしたちに自由な発言をさせている——。

叙事詩の終章を、わたしはまだ書いていない。これからだ、と思いつつ、そして古き党の時代を思いつつまたソウルからの反乱の声に耳を傾ける。

専制のなかの文学——松代の旅——（一九九一年）

長野の講座の夜

七月一二日、長野の市民教養講座に招かれた。全体のテーマは「韓国・朝鮮の歴史と課題」と名づけられ、今年の春から秋まで毎月続けられる。わたしはそのなかのひとこまをうけもって、かつてヨーロッパのアフリカ植民者たちが抱いた恐怖心、そして日本の朝鮮植民者たちが抱いた恐怖心などについて語るつもりであった。

アルベール・カミュの小説に「客」という短編がある。アルジェリアの高地に小さな小学校がある。雪の時期には生徒も姿を現さない。そこに住みついたフランス人教師のまえにある日、憲兵が現れる。憲兵は殺人を犯したアラブ人の囚人をこの高地まで連行し、教師に囚人の監視と離れた村の役所警察への連行引き渡しを依頼する。教師は憲兵の命令にそむいて、翌日、人気のない高地でアラブ人を自由にしてやる。一方は役所の道、もう一方は囚人をかくまってくれるであろう遊牧民区域への道。そのわかれ道で、教師は囚人と別れる。教師が草原に立ってふり返ると、はるかに牢獄への道をしずかに歩いてゆく囚人の姿が見える。絶望的に教師はふたたび学校に戻り、そこで黒板に書かれたへたくそな文字を読み取る。「おまえは兄弟を引渡した。報いがあるぞ」。

植民者であった作者のカミュは、自分の土地だと信じて愛してきたその土地での、誰にも理解されない孤独を描いている。この黒板の文字は誰か敵意あるアラブ人が書いたものか、偶然の、啓示的なチョークのしみか、作者はそれを語っていない。

つぎにドイツの作者ハンス・グリムの小説「リューデリッツの国」をあげてみた。

ドイツ人の商人が妻と西部アフリカ奥地に住んでいた。娘がうまれ、娘にはヘレロ族の名をつけるほど、彼らはここに定着していると思っていた。多くのドイツ人たちは恐れて帰国してゆくが、商人一家は残ろうとする。ある日、銃声がひびく。ヘレロの名を持つ子供と妻だけは無事に逃がしてやる、商人は窓の前に立て、と命じられる。炎のなかで妻と子は負傷しながら、原住民に抱きとめられたとき、すでに銃声は止んでいた。「なぜもっと早く出てこなかったのかね?」というのが商人ではない彼女らに向けられたヘレロの言葉だった。

この対等の言葉は、商人にはけっして理解できなかったものだろう。商人は自身で、異民族を支配してきたという実感はうすく、むしろ彼らに対して好意的であったと思っていた。異民族の族長からの警告すらも、彼の「善意」において不信であったのだろうか。

文学作品を筋書きだけのべたにすぎぬが、ヨーロッパ文学が、自国の植民主義をどのように描いたか、印象的な作品をふたつ挙げてみた。つまり、わたしたち日本人、日本文学にとって、朝鮮人の「恨《ハン》」のまえに立つとき、戦前・戦後の日本人自身はどんな姿をしていたのか、そしていくのか。二一世紀を迎えようとするいま、両国の民衆はどう克服してゆくのだろうか。議論はともかく、やさしく語るということがたいへんむつかしい課題であった。

その夜は烈しい雨だった。聴衆の多くは日本人だったが、この重たいテーマを最後まで聞いていただいた方々に感謝している。

翌朝、ホテルのカーテンを開くと、まわりの山々から雲が流れ去ってゆくのが見えた。前日の雨天で、私は信州を旅しながら山の姿を見ることができなかったから、天気の晴朗に誘われて、ゆっくり腰を据えて山を見たいと思った。なによりも松代に行かなければならない。松代は第二次大戦末期に、強制連行を受けた何千人もの朝鮮人が、地下壕掘りにかりたてられた山のある場所だ。

地下壕へ

ホテルで車を呼んで「松代の大本営跡」と告げた。運転手は「東京から来られたのなら、川中島の博物館の方をおすすめしますが」と言う。古戦場と松代真田十万石の方が町のシンボルらしい。運転手は、地下壕跡のある、いちばん奥の舞鶴山に車をつけた。

いまは世界的に有名になった地震観測所となっている。人の影はない。ここで車を帰し、入口で記帳をすませて内部に入った。ほかに人の気配もないし、だから帰りの乗り物の便も気になる。少々心細いが階段を上りかけると、突然一〇人ばかりの女性の群が下りてくるのに出会った。

その引率者がただ一人、男性で、いきなり私の名を呼んだ。見知らぬ人であった。鋭い目だが、目の奥が優しい、不思議な魅力をもった男で、彼が言った。

「昨日の講演に出席した者です。板倉といいます。実は昨夜、あなたの講演を聞きながら、あなたをここへ案内しなければならんと思っていた。偶然ですね、そのあなたとここで会っている」。

この地下壕、天皇の避難所として作られた場所だが、今は公開されていない。むしろ象山の地下壕を見たほうがいい、と彼が言う。この見学者一行は、それぞれの自分の車で来ていたので、それに便乗させて頂いてみんなと象山に向かった。

象山地下壕は、政府機関とＮＨＫとが使う予定で、ほぼ八〇％できたところで敗戦を迎えている。そこへ入っていきなり冷気を浴びる。湿気は、それほど気にならず、水もれもない。ただ岩壁は滅法硬く、これを鶴嘴で砕くことがほんとうにできたのか、想像を超える。岩に突きささったままのドリルその中心には穴があり火薬をいれて爆破させたという。トロッコを通したレールの枕木のあと。壁に記されたうらみの文字、「大邱」と書かれている。朝鮮・慶尚道、おそらく故郷だろう。労働者が呼びつづけ刻みつけたあとが残っている。

何人死んで、何人故国に帰ったのか。帰らずに何人が日本に残ったか、そして死んだのか。その記録は、ない。詳しいことは資料や『キムの十字架』を読んで欲しいが、何よりも悽惨な現地の跡を見て欲しい。案内してくれた板倉弘美さんは個人誌『出発』という冊子を出している。そして『松代大本営』と言う記念碑的な詩集を出版している。それらも読んでほしい。ついでに触れたいが、見学者一行が別れるとき、板倉さんに詩集を注文した。彼は車の座席だったか、トランクだったか、開けて一人に一〇冊、二〇冊と渡していた。詩集が、野菜や魚のように目の前でどんどん売れていくのを、私ははじめて見た。この詩集についてはいずれ腰を据えて何か書いてみたい。

もうひとつの廃墟

一行が解散した。板倉さんは車のなかで言った。「もう一か所、あなたに見て欲しい所があります。そこは当時の売春宿でした」。

町かどに古い白壁の塀がみえた。むかしの裕福な家構えが想像できた。角を曲がり、門を入る。柿の木のある庭の向こうに廃墟。

玄関から敷台に上がると、正面はもとは大きな部屋だったであろう。それを五つの部屋にベニヤ板で仕切ってある。そのうち玄関右手の部屋は共有部分であろうか、庭に面して客の待合室であったのだろう。あとの小部屋には押入があったり、なかったり、押入にはカーテンが下げられ、いまは裂けてボロぞうきんのように垂れている。敷板はゆらぎ、ぶよぶよの畳が残っている。むろんその昔は立派な（？）売春宿であったはず。

ここの詩「廃屋で」を、前号の『騒』に書いた。出来、不出来はべつとして詩を書くことによって単純に「恨」のまえにたった、とはいえない。まずこの廃墟をかつて日本人は売春宿とした。今わたしもそう思う。しかしそこにいた朝鮮の婦人は「売春婦」ではなかった。いろいろなケースがあろうが、否応ない大儀の名において連行されてきた。その彼女たちの拘束された家を、私はここでも「売春宿」と呼ぶ、それはいったい何か。

かくかくのことがあった、と私が現在書くことはできる。自由でさえもある。しかし、彼女の声を現在において語ることができずに、私が語る。私は彼女の声以外の何を語ることができ、できないか。

カミュの「客」の最後の部分、黒板の文字の前に立つ教師がそうであった。またハンス・グリムの「リューデリッツの国」で、商人が最後まで解読できなかったヘテロ族の警告もこのことを語っている。長野の講座の私の題目は「恨のまえに立つ」というタイトルであった。それはわたしが自分で申し出たタイトルであったが、所詮、恨の前に立つことができない植民者、いまだに植民者であることの自己暴露であったように思われる。

従軍慰安婦問題の戦後責任

——沖縄の旅から帰って——

（一九九二年）

サトウキビの畑で

バスでうとうと眠っていた。一月の末とはいえ、そこは沖縄本島の南部の島尻。眠気を誘う暖かさであった。運転手から「お客さんどこへゆきますか」と声をかけられた。彼はここでつぎの運転手と交替するらしい。乗りすごしたことに気づいてわたしはバスを降りた。

台地のうえらしく、周囲はひろいサトウキビの畑、まだ刈り入れは終わっていない。いま沖縄ではつぎの世代の人手不足で、立ち枯れたまま放置された畑も多いという。空は真っ青に澄んでかがやいている。人の気配はない。

停留所には「親慶原」（おやけばら）と表記がある。珍しい名なので、反射的に私は数日前の「琉球新報」の記事を思い出した。「（略）大城盛徳さん（59）＝玉城村出身、昭和二十年五月ごろ、親慶原のゴルフ場近くにあった壕に逃げ込んだら朝鮮人の女性六人と兵隊らがいた。女性は泣いており、顔もやせていた。一緒にいた父か叔父が食べ物をあげた」。一月二四日、朝鮮人従軍慰安婦について「〝戦後責任〟に発展か」の記事下のほうのかくれるような小さな文章だった。沖縄の五月は透明で美しい「うりずん」の季節だ。しかしこれはまたなんと凄まじい島尻の五月だったことか。この六人の女性は、女子挺身隊の名で、逃れがたく強制的な「大義」の圧力において連行された慰安婦だったのであろう。

家に戻って調べたところ、南部の東海岸から東西一六キロの過疎の範囲に一一か所の「慰安所」があった。そのうちのどこかから戦火を逃れてきた六人であったと思われる。南部の陣地は壊滅を迎えるまでに、これらの所在地で一七〇名を越す慰安婦を抱えていた模様である。六人は一七〇人と同じパルチャ（運命）に泣いた。そのうちの百何人が生き残ったか、何人が祖国に帰れたのか、数は不明のままである。（離島もふくめて沖縄全島で朝鮮人がいた慰安所の数は五〇か所、六三九名以上）この括弧のなかの数字は、一九八六年版、福地曠昭氏の著書、月刊沖縄社発行の『哀号・朝鮮人の沖縄戦』の資料から推算した。「多数。〇以上、不明」など穴が多く、実際は調査不可能に近かったものと思われる。

実数不明とはいえ、もと従軍慰安婦をふくめ、戦傷のなお癒えぬ朝鮮人の旧軍属、旧軍人、戦死の通知さえ届かぬ遺族——これら現実に存在する人々の「恨」の半世紀は余りにも長く続いた。たびたび日本政府が公式に謝罪することを求められ、戦後補償を要求され、政府はその対応に苦慮している。特に南朝鮮で起こりつつある嫌日、反日感情が日「韓」両政府の首脳を圧迫するだけでなく、日本人の一部にフラストレーション（情緒不安）がたかまっている。たとえば上坂冬子や曾野綾子、佐藤勝巳や田中明たちの発言のなかには、一貫して過去は済んでいるのになにをいまさらという共通の主張がある。日本人一般の心のなかも、過去として決着し、触れてほしくないもの、記憶としてあっても棚上げにしておきたい部分もある。自分にはかかわりのない知りたくもない気分もある。しかしそれらすべて、朝鮮では南北を問わず依然として現実として継続している。まして南半部のみ有償無償五億ドルで決着済だからといい、知らぬ存ぜぬというのは通るまい。

一歩ゆずって、日本人一般には「慰安所」なるものは実感に乏しかったかもしれない。だが松代の慰安所は、松代大本営地下壕を掘る際に設置された。朝鮮人労働者のための施設で、彼らが利用しなかったのを日本人の現場の監督たちが勝手に使用したというならば見え透いた逃げ口上だ。日本人が知らなかった、見たことはなかった、というならば、なおさらその上の偽証だ。

日本の、私たちの土地に、それらはあった。かつての慰安所が、いま続々と沖縄で姿を現わしはじめている。

戦争と性

慰安婦の、まして朝鮮人慰安婦の正しい数字はわからない。しかし従軍慰安婦の歴史は一九三七年七月七日の日中戦争からはじまる。日本兵の中国民衆に対する暴行、強姦略奪が外国列強を刺激する。現地民衆の反日感情は高まるばかり。外国からの非難はうけるし占領政策がはかどらない。東京から叱責をうけた中支派遣軍幹部が、その対応策として考えついたのが、なんと、軍人兵士らに性を配給してやるという案だった。それ以前に、日本軍はシベリア出兵で苦い経験を持っていた。七万二〇〇〇の軍隊のうち、重症性病者二〇〇〇、軽症とはいえ戦闘に支障を来すもの一万四〇〇〇人を数えたという。実に二割を超す「皇軍兵士」が性病にかかった。(ロシア女性との性交渉によって性病にかかったという表現は不穏当である。まるでロシア人には性病が多かったかのような誤解を生みやすいが、日本軍人の性病がロシア婦人を媒介として日本軍隊のなかに広がったというべきだろう) だから日本軍はこれにこりて部隊長名で慰安所を設置し出入票を与え、軍医の管理責任において定期的検査が行われた。

まじめな顔をして原稿を書いていて、気が変になりそうだがさきを続けよう。

いったい戦地で(それは日本軍にかぎらないが) なぜ強姦をふくむ性行為の多くがなされたのか。性行為ののち殺したのか。慰安所を設置するほど、軍人に性のはけ口が必要だったのか。そのどれをとりあげても、みじかい自分の戦場経験をふり返っただけでは想像できない。

当時の戦場経験者に尋ねると、慰安所が存在したこと、そこに出入りしたことを認めながら暴力的な異常な性行動があったことは語らない。住民を犯した後は殺せ、という言葉は命令・指示・教唆の形で憶えていても、殺した、殺すほうがよい、という自分の言葉にはならない。しかし生きて帰ってきた兵士はこの影を背負っている。個人の犯罪を集団の犯罪として、個人は罪をのがれようとした。戦争裁判で問われたのはそのことではなかったか。

平時と戦時は連続的につながっている。にもかかわらず、私の問いに答えた人は、戦時の性を特別視する。日本内地の遊廓での遊びと慰安婦との交渉は同次元にない。平時と戦時との間の断絶を主張しようとする。

私は——人によって見解は違うかもしれないが——売買春にあっては、売る権利はあっても買う権利の主張はできないと考える。これに反して、売る権利を持たぬものに対して、買う権利のみがある場合、性は成立しない。成立しないはずの性が、しかし今日横行しているが従軍慰安婦たちは、この後者の地位に遂やられた。しかも「大義」という公認の名で。

沖縄戦の慰安婦たち

わたしは今年の冬、沖縄の南部に滞在し、たまたま新聞の二紙『琉球新報』『沖縄タイムス』が続々と朝鮮人の従軍慰安婦問題をとりあげはじめるのを見た。紙面はそれを過去の問題としてあつかっていなかった。現場がいまだに残されており、戦後になっても、もと朝鮮人慰安婦たちが故郷に帰ることができず、沖縄に残っていたことを証言するものであった。私にはさきにあげた四人の評論家たちと、はっきりとちがう印象を受けた。

なぜ沖縄の地が、そこの人々が慰安婦問題を忘れていなかったか。理由と思われる事がらをあげてみよう。

戦時中(初期)に、那覇の遊廓には数百人とも言われるジュリと呼ばれる女性らがいた。「皇軍」はその人たちすべてを軍の慰安婦にあてようと期待したが、ジュリたちの猛烈な反対を浴びてあきらめざるをえなくなった。当時の沖縄では、ジュリたちは一晩に一人か二人の客の相手をするだけであったが、軍の要求はそれの一〇倍を超す無謀なものであった。だから軍の強制を交わすために、女性たちは仮病の診断書や、また偽《にせ》の結婚証明書を示したりしたといわれる。

女性の側の「売る権利」は存在しながら、軍は「買う権利」を無視され、拒まれ、方法を失い、そこに思うがままになると信じた朝鮮の(しかも未婚の)女性たちを当てたものであった。沖縄戦争終結のたった半年前の、一九四四年一〇月、危険きわまりない空襲と魚雷におびえつつ、あるいは避けられずに爆死、爆沈しながら、それでも運よく生き残って沖縄にたどり着いた朝鮮の女性たちが、ぞくぞくと慰安所に送り込まれたのは以上のような理由によるものだった。

この頃のことを記した記録がある。元船舶特攻隊員、儀同保の『慶良間（けらま）戦記』では、一九四四年一〇月、沖縄がアメリカ艦載機の大編隊によって空襲をうけ、焼け野原に変わっているその同じ月――

「二十六日にはこの六ノットのボロ船『名瀬丸』から『マライ丸』という五〇〇〇トン級の輸送船に、舟艇（海上特攻の舟＝村松）の積み替えを行った。この船の甲板に昇ると、そこに朝鮮から沖縄に一緒に行くという慰安婦が、六十人余りもいるのを見て、異様な感じを受けた」

「このマライ丸では、船長のはからいでわれわれを後部のハッチに入れる予定であったが、中隊長が〝神聖な特別攻撃隊と慰安婦を一緒とは何事か〟といい結局煙突の前の石炭庫の上にシートを敷き、天幕を張った」

朝鮮人だから同席したくないのか。それが慰安婦だからなのか。中隊長の言動は、結局は軍の全体の精神と行動だったのだろうか、空襲、魚雷の、生の瀬戸《せと》際《ぎわ》に立って、男とは、女とは、軍人とは、慰安婦とは、いったい何だったのだろうか。このことは稿の冒頭にあげた、親慶原の壕に泣く六人の慰安婦に食べ物を与えた現地の避難民を較べてみるとき、やりきれない思いがする。この相異はどこから来るのか。日本人の心の中に大きな分裂の相を見る気持ちだ。一方で神を自負する特別攻撃隊員が、翌日には一匹の獣とかわる。慰安婦はこのような軍人たちのなぐさみものになり、半年後にはアメリカ艦隊の砲撃、火炎放射に追われ、焼け、死に、ようやくふたたび生きのこり、戦後の沖縄でくらす。帰った人もいるが、いまさら帰れず隠れるようにその地でひっそりと息をこらす。

――このことを土地の人々は知っている。沖縄戦の歴史とともに語り継がれるであろう。だから沖縄には、朝鮮人従軍慰安婦問題は存在する。

変わらぬ性侵略

いまアジアとのかかわりでみるならば、日本の大都会だけでなく、山間の温泉地の暗い部分にも、アジア各地から来た女性たちの売春が増えつつある。また日本から海を渡っての買春の観光旅行者が、依然としてあとを絶たないと聞く。かつての軍の専制と権威と脅迫に、こんどは加えるに観光事業という金力によって、アジアの女性が日本人に冒されていく。むかしもいまも体質は依然として変わらぬから、中国、朝鮮、台湾から日本人の「性」が追及される。追及されて当然ではないか。「新聞の従軍慰安婦問題っておかしくありません?」と言った人物、その他、有償無償五億ドル、加えて借款の増額によってこの問題は終わったという評論家たちのほうが、よほど「おかしい」のではないだろうか。

探せば探すほどアラが出てくる、というが、実際は隠そうとすればするほどアラが出てきた、そのこともわたしは恥ずかしく思う。自分のことだ、ましてこれは朝鮮人の読む新聞だ、わたしもできるならば隠したい。しかし日本はすでに道義的にこわれてしまった。わたしもそのなかの一人。朝鮮人の悲しみが子や孫にいたるまで続くのならば、私の子や孫も、当然戦後責任を負わねばならないのだ。

戦後の村で

(一九九二年)

四十五年前の蟬が鳴いている
いつもこれから先がわからなかった
君がナマコを生んだら　この村で
その子を育ててゆこうと思っていたのに

いまぼくらが
はじめて老いた日
互いの老体を目の前にして
自分らが老いたと知ったとき
ぼくらの体のあいだに置かれた
一匹の生き物の動くのをみた

PKO　それはだれの子だ
恐ろしい村だ　ここでは
死体さえもが齢をとる
おれも

きみも
民衆も　記憶さえもが齢をとる
そしてみしらぬ生きものの
バリバリと烈しい速度の
自己増殖の音を聞く

解説　楕円から円へ――ライ、朝鮮、村松武司――

斎藤　真理子

本書は、詩人、評論家、編集者、そして出版者として生きた村松武司の評論集、『遥かなる故郷――ライと朝鮮の文学』の増補版である。

『遥かなる故郷』は、一九七九年に皓星社が出帆した際、最初の一冊として刊行された。一九七〇年から七九年までの十年に書いた文章を集めたもので、生前に刊行された村松の唯一の評論集である。

一九九三年に著者が六九歳で没した後、遺稿の中から著作集の構想メモと、『終りなき戦後――ライと朝鮮の文学』と題した評論集の目次が発見された。それをもとに、暮尾淳、黒川洋の協力を得て、『海のタリョン――村松武司著作集』（皓星社・一九九四年）が編まれた。本書は、『遥かなる故郷』に、生前には単行本に収録されず、『海のタリョン』にのみ収められた評論群（「終りなき戦後」と「娼婦たちへの返事」の章）を増補して一巻としたものである。ただし紙幅の関係から、内容の重複、時代性などを考慮して収録しなかったものも何編かある。その内訳は三〇九頁に記載した。取捨選択においてはたいへん悩んだが、重要な人物との交流の記録をとどめるなどの側面も鑑み、『遥かなる故郷』の生みの親でもある皓星社創業者・藤巻修一氏との協議の上で決定した。

収録にあたり、明らかな誤字脱字は訂正し、初出情報を三〇八〜三〇九ページに記した。一部不明なものは出典を『海のタリョン』とし「初出不明」と記載した。ご存じの方がいらしたらご教示いただければ幸いである。

『海のタリョン』の冒頭には、鶴見俊輔による序文が収められていた。短いものなので、その全文をここに引用する。

この人　鶴見俊輔

村松武司は、いばらない人である。指導者意識のない知識人である。

村松さんを私に紹介したのは、大江満雄さんで、大江満雄さんは、ライの詩人の作品を本に編む仕事をしていた。この仕事に関心を持つことをとおして、私と村松さんのつきあいが生じた。それもほとんど四〇年。村松さんは、あきない人だった。

いばらないこと、あきないこと、この二つの特色は、日本の知識人の中で、村松さんをきわだった人としている。もうひとつは朝鮮にたいする関心である。これも村松さんの生涯をとおしてつづいた。『朝鮮植民者』という、実父・実母・義父・義母の伝記は、日本人として書きにくいことをそのままに書いた信頼できる本である。この巻末の著者が書いた思い出は朝鮮ですごした中学時代にかけて、自分の中に残している自己像が、他人の中にのこっている自己像とどのようにかけはなれているかについての文章で、植民者の悲哀を見事に表現している。彼の生涯の活動は、この悲哀からわきでている。

補足するならば、『朝鮮植民者——ある明治人の生涯』（三省堂・一九七二年）は、村松の母方の祖父・浦尾文蔵の聞き書きをもとにした本である。村松自身が「このような記録は、だれでもいい、多くの人々によって書かれてほしい。われわれの植民地における歴史は、現在の時点で定着しておかないと消えてしまうであろう」と述べた通り、通常なら隠しておきたいのではないかと思うような植民者の体験までがつぶさに語られた、またとなく貴重な記録だ。

いずれにせよ鶴見の序文は、本書のサブタイトル「ライと朝鮮の文学」を十分にあとづける人物紹介である。

これと同じことを、村松自身は、『遥かなる故郷』初版時のあとがきに次のように書いた。「これはわたしの戦後三十年の主題で、ライと朝鮮という、二つの中心をもった楕円が、じつはわたしにとってほぼ円に近くなっている。つまり二つの中心は、ひとつと思っている」。

つまり、楕円が円になるということだ。

もとより楕円とは、平面上の特定の二定点からの距離の和が常に一定である点の集合だ。この二定点が接近すれば接近するほど楕円は円に近づく。では、村松の二定点はいかにして接近したのだろうか。それを考えるために、まずは、朝鮮という一つの中心を見ていこう。

村松武司は一九二四年に京城に生まれ、二十一歳まで朝鮮に生きた。父方、母方どちらで数えても三代目の植民者であった。彼自身の言葉によれば「わたしは日本人に囲まれていたが、日本を知らなかった。朝鮮人の友人はまことに少なかったが、朝鮮だけに住んでいた」ということになる。京城中学を出たあと上海の東亜同文書院大学を目指すが合格ならず、召集を受けて京城二十師団に入営。幹部候補生となり、敗戦は仁川《インチョン》・松島《ソンド》の電波兵器士官学校で迎えた。下関へたどりついたのは、同年十月のことである。

村松は「引揚げ者」と呼ばれることを強く拒否した。敗戦後、朝鮮から日本へ「帰国」した日本人は約七十万人。この一大集団の、きわめて多様な体験の層のすべてを、「引揚げ」という一時点に収斂させてしまうことは、日本現代史の重要な視点をまるごと遮蔽するに等しい。村松自身は、「わたしたちは、歴史的に『植民者』以外の何者でもなかったのだ」と書いた。また、「植民地を奪取するにも、放棄するにも、自国の運命を賭けたあとが、あまりにも稀薄だ」(いずれも『朝鮮植民者』)とも。彼はこの、日本への異議申し立てを生涯手放さなかった。

村松の朝鮮体験の本質を決定したのは、兵士としての体験である。「引揚げ」という言葉はその点をも曖昧にする。敗戦の翌日、彼は部隊で風呂に入っていた。どこからか「蛍の光」の歌声が聞こえてきた。その歌詞は日本語ではなかった。そして国旗掲揚塔からいきなり日章旗が落ち、代わりに、朝鮮の旗「太極旗」が掲揚されていくのを、村松は湯船から見る。その前夜、士官学校の朝鮮人青年たちが日章旗に墨塗りをしている姿を彼は見かけていた。あれはこの旗を作るためだったのかと、そのとき知ったのである。太極旗がのぼるときに上がった歓声を村松は確かに聞き、深い感動に包まれた。その感情を彼はのちにこう書いている。

「前日、天皇の放送を聞いたとき、わたしは日本軍人として泣いた。そしていま、彼らの旗が揚がるのを見て、ふたたび泣いた。軍人として敗戦を泣くのではない。新しい国家が生まれるということは、こういうことか。かつて北朝鮮で民族共和のアジア共同体、新しい国家を夢みたそれではない。わたしが朝鮮の独立を目撃し、それに立ち会った感動であった。

それに参加していない自分の位置、自分の血がわかった。はじめて朝鮮から突き放されたむなしさ、淋しさがわかった。わたしの心はほんとうはちがうのだ、きみたちに近いのだ、と叫んでも、もう決して通わないであろうということがわかった。わたしは、声をあげて泣いた」(『朝鮮植民者』)。

このような一日を胸に凍結したまま戦後の日本を生きることはなまなかなことではない。その後二十七年という長い歳月を経て、村松は次の結論を得た。

「日本人は、日本歴史を理解するのはそれほどむつかしくない、と思っている。しかし、理解したと信じている歴史的認識が正しいものかどうか、植民者の目からすると、少々危っかしく思われる。補助線をどこに引くか。補助線は「朝鮮」である」(『朝鮮植民者』)。

この指摘の重要性は、今に至っても少しもゆらぐことはない。そして、この補助線を身をもって維持しながら戦後日本で生きていくためには、さらなる補助線が必要だった。

ここでしばらく、村松より三歳年下でやはり朝鮮に育った詩人、森崎和江にふれておきたい。森崎もまた、朝鮮について書き続けた人である。その最も有名なエッセイ「二つのことば・二つのこころ」の冒頭は、「自分の出生が――生き方でなくて生まれた事実が――そのまま罪である思いのくらさは口外しえるものではない」と始まる。そして、「私はひたすら朝鮮によって養われた」と。

村松と森崎は多くの点で違っている。村松は京城で布帛製造業を営む事業家の息子であり、森崎は教育者の娘として大邱と慶州で育った。村松の家庭は、母方の祖父が日清戦争の際に朝鮮語通訳も務めたといういわば「古株」である。一方、森崎の両親は大正デモクラシーの申し子のような夫婦で、恋愛結婚に反対され、昭和初期に朝鮮にやってきて、地縁血縁に縛られない自由な核家族を築いた。

ついでに言うならば、森崎の育った家庭には、「朝鮮人を尊敬せよ」という父の教えがいきわたっていた。父は慶州中学校の初代校長である。もとより朝鮮は、文化的に日本を凌駕する国であった。朝鮮人は文化的に劣ると考えている民族に国をとられた。イギリス領インド、フランス領インドシナとは違うのである。そこが、朝鮮植民者の置かれた位相の特異さでもあるのだが、日本の庶民はそのことに無知であり、わずかの知識人が――森崎の父のような人びとが――それを認識し、子弟に教えた。村松はそれを、中学教師が語ってくれたパルチザン活動の話や、「村松商会」で奉公していた朝鮮人の若い丁稚のまなざしなどから、断片的に学んだ。

このように、さまざまに違う二人でありながら、見知らぬ日本へやってきてから、日本に向かって「朝鮮」を投げかけることの困難に苦しんだ色合いは共通している。もとより植民地体験とは個人のものに止まらない。本来、たった一人の植民者が「帰国」することでさえ、その社会の成り立ちが、よって立つ歴史が、根底から一度攪拌され、その弱点があばきだされるような出来事である。しかし攪拌は周囲のものにはそれと見えないから、当事者は苦しむ。

例えば村松は物乞いをする日本人を見たことがなかった。否、日本人の肉体労働者すら見たことがなかった。村松は一九四九年に日本共産党に入党したが、彼の階級観の根底にかつて、日本人プロレタリアートという実像はなかったのだし、炭坑を一つの思想的拠点とした森崎和江も、三池に移住した当初、炭坑夫におびえつづけたという。「朝鮮で育った私は、体を動かして働く日本人を見たことがなかった」からだと、はっきり書いている。植民地という収奪装置の中で育ったために見えなかったものがあるという事実。そのこと自体が、日本という国家を逆照射する重要な視座であったが、それは共有されにくく、森崎も、村松も、持ち重りのする「朝鮮」という芯を抱いたまま、日本の解放を求めようとして切実にもがいた。その際に、補助線というなら補助線、楕円の二つの中心というならそれ、つまりもう一つの視点が必要だった。森崎の場合はそれが炭坑であり、また女性性であった。そして村松の場合には、ライだったのだと思う。

日本と朝鮮とライ。補助線と楕円。この思考方式には、『数理科学』という雑誌の編集長を長く続けた村松らしい意匠が見える。定期刊行物の編集責任者を長く務めるということは、その人の生活の背骨を決定する。毎号の締め切りが、いわば体内時計のようにその人を司る。村松武司は「数理科学」という「解」のある世界に一方の足を置くことで、「解」のない詩の世界において日本を問い続けることができたのかもしれない。

では、もう一つの補助線であり楕円の中心点である、ライについて見ていこう。

村松武司は一九六四年に、井出則雄の後を引き継ぎ、ハンセン病療養施設・栗生楽泉園の「栗生詩話会」の『高原』の詩の選者となった。これはもともと、鶴見俊輔の序文にも名前が出た詩人、大江満雄が務めていたものを井出が継ぎ、そこから村松にバトンタッチされたものである。松村はかつて、大江の詩集『日本海峡』の読者であり、そこに「民族共同体の夢」を見ていたこともあるという。

『高原』の選者を務めた初回、「追体験のための自己紹介」という文章を村松は寄せた。その自己紹介とは、「正直に告げて、いまも私は加害者です。かつて軍人であり、かつて植民者であり、いまはビルに住む都会生活者です」というものだった。そして、「あなたがたの体験を追うという行為は、いったいどのような精神の高さと深さを要するものであろうか。このことをこれからさき考え進めてゆかねばなりません」と記し、「ハンセン氏病者の詩が、地底から垂直的な高さを指してゆこうとすることを、これから学ぶことでしょう」と結んだ。

これを、同じく『高原』で長く俳句の選者を務めた大野林火の初めのあいさつと並べてみれば、違いははっきりしている。大野のあいさつは次のようなものである。「今後高原の選句を私がすることになったが、私は私なりにやって行くより仕方がない。それで言えば、一、病気に甘えた悲劇の押売りはやめて貰いたい。（中略）結局は嘘であっては困るのである。甘え心はすでに嘘を孕んでいる。嘘といえぬまでも誇張が入りがちだ」。

一見して大野は厳しく、村松は優しいのであるが、それは指導方法の違いではない。また、二人のポエジーの質はともに峻厳な緊張感を持ち、そう隔たりのあるものではない。違いは、村松は何より自らのためにライという視点を必要としたという、その一点にある。あいさつ文のタイトルが「追体験のための」となっていることからもそれはわかる。

本書の表題となったエッセイ「遥かなる故郷」に印象的なエピソードが登場する。幼年期の村松は、京城の仁丹山と呼ばれた丘の斜面で、赤ら顔の男に大男に会う。彼は幼い村松の頰にさわり、また違う日には手招きをした。彼は藪の中に掘った穴の中に、子どもらと住んでいた。長じて村松は、あの男と子どもがライの家族だと知った。

大江満雄は「ライはアジア・アフリカだ」と言った。それはこの病気の淵源をあらわすとともに、ライが貧困とともにあること、従って世界の植民地地図と切っても切れぬものであることを示した。そして日本のハンセン病療養所には、多くの韓国・朝鮮人がいた。

村松は朝鮮で日本人プロレタリアートと会う機会がなかったが、ライ者との出会いはそれに照応するようにして訪れたのである。仁丹山の出会いを栗生楽泉園での出会いによって検証し、追体験して、彼は朝鮮という故郷とのわかれをもう一度、定義づけることができたのだ。

いわく、「故郷は後方にあるものではない。ライの解放を獲得するまでは『帰ることのできぬ故郷』がひとりひとりの前方に存在する。ライは幼児期に感染し、十年、十五年の長い潜伏期を置いて発病するといわれる。だから彼らは小学校、中学校の学業なかばで、故郷から剝ぎとられるようにつれてこられた」(「遥かなる故郷」)。

ここにおいてライと朝鮮は重なり、補助線と補助線は一本になり、楕円は円となる。その円のなかで、村松は熱心に働いた。『高原』の詩選者を務めるだけでなく、ライの詩人・歌人の本の解説を書き、編集を担当することもあった。鄭敬謨、姜舜、李恢成、高史明など、韓国人や在日韓国・朝鮮人文学者とライ者との交流の機会を作った。また、自分で興した出版社・梨花書房からライ者の詩集を刊行した。また、晩年まで『海人全集』全三巻の編集・校閲を手がけた。

中でも、香山末子との交流は村松の仕事をよく象徴するものだったと思う。香山は村松より二歳年長の一九二二年生まれ。夫を追って四二年に日本へやってきて四五年に発病し、栗生楽泉園に幼い息子をおぶって入園した。医師に強く勧められるうちに文章を、詩を書くようになった。目の見えない香山は、村松との最初の出会いのときから「親しみを覚える優しい声の、いい先生」だと感じ、以後、村松の来園を心待ちにしながら三冊の詩集を残した。村松自身は初めて会ったとき、「香山」という筆名から「あなたは韓国人ではありませんか」と尋ね、香山は「はい」と答えたと書き残している。このとき村松には、朝鮮近代小説の父といわれる李光洙《イグァンス》が率先して創氏改名に応じ、「香山光郎」という日本名を名乗った事実を思い浮かべていたのだろうか。そしてこの出会いを村松は、「朝鮮海峡を越えてはるかに遠い故郷から、日本の山深い草津の地まで歩んだライの歴史が、わたしの目の前にいる」と書いた(香山末子『草津アリラン』あとがき)。

香山との交流は二十一年続き、村松は自分の出版社から『草津アリラン』を刊行し、「これはたったひとりのかぼそい、そしてはげしいアリランの歌だ」と評した。そして村松が亡くなったときに香山は、「大好きな先生、村松先生。誰よりも好きな村松先生。なのに私の方が年は上なのに、不自由な私を置いて突然亡くなったとの報らせ。どうして先生亡くなった。帰って来い」と書いた。

村松は朝鮮語を学習しなかった。それは朝鮮語を知らないということを意味しない。彼の詩にはさまざまな、原初的といってよい朝鮮語の単語がしばしば顔を出す。しかし彼は、森崎和江が三池闘争の敗北後、自分を立て直すために朝鮮語の学習を始めたのとは対照的に、その言語と自分の距離を縮めることを選択しなかった。

村松と親しかった呉林俊《オリムジュン》という評論家がいる。二歳のときに日本にやってきた彼は朝鮮語が堪能ではなかった。戦後まもないころ、朝鮮人の集まりで朝鮮語で発言したところ失笑を買い、その後まる四か月をかけて独特の学習法で朝鮮語学習に取り組み、ついにマスターしたという。これは、呉の著書『朝鮮人のなかの日本』(三省堂新書・一九七一年)に寄せた佐藤勝巳によるあとがきからの孫引きなので、実際とは多少違うのかもしれないが、呉林俊がその事実を秘とせず周囲に話していたことは事実である。そのような友を持っていた彼は、朝鮮語を学ぶ気持ちにはなかなかなれなかっただろうと推測する。結果として、村松と朝鮮語との間には、含羞と決意の両方によって支えられた距離がずっと存在することになったと思う。

ところが香山末子は、村松が詩話会の集まりの席で、「韓国語で読みますからみなさん聞いて下さい」と言い、自分の作品を韓国語で読んでくれたと記録しているのである。それが「あまりにもうまいので、私はめった笑っていた」とも。香山自身は、「発音にだけまだ韓国がそっくり残ってい」るが、母語はすっかり忘れてしまったと明らかにしていた。果たして香山が聞いた村松のその言葉は、何語であったのか。それを問うことももはや愚かしいだろう。ただ、同じころに同じ年ごろの若者として朝鮮の空気を吸っていた二人がここに出会い、そのような時間を持ったということを、記憶しておきたいばかりである。

村松武司は晩年の一九九〇年と九二年の二回、北朝鮮を訪問した。また、九二年には半島を遠望するために対馬にも赴いている。しかしついに自分の育ったソウルには行かずじまいであった。

かつて村松家が事業を営み、生活していたのはソウルの新村《シンチョン》である。私は村松が北朝鮮へ行ったのと同じころ、新村で一年ほどを過ごした。そこにある延世大学の語学学校に短期留学していたためである。往時にはそれこそ京城の郊外で、「新しい村」であったろうそこは、活気に満ちた若者の町となった。新村に住んで朝鮮語を学んだ日本の若者、在日の若者は非常に多い。村松はそのことを知っていただろうか。おそらく知っていただろう。誰かから聞いていただろう。聞いてなお、その地を踏むことなく、九三年に亡くなった。義理がたい人であったと、思う。

本書にも収められた北朝鮮訪問記を読むことは複雑な感慨をもたらす。しかし村松は、『朝鮮植民者』を残したことからもわかるように優れた記録者であって、ここでも「文芸官僚」の身振りや作家を管理する彼らの仕事のなかみをつぶさに記録に残してくれた。二度目の訪朝は九二年。すでにソ連は崩壊し、その支援がなくなったことで北朝鮮の経済は崩壊にむかってつき進んでいたはずだ。そして何年か後には「苦難の行軍」と呼ばれた飢餓と大量死の時代を迎えるのである。

なぜ北朝鮮へ行くかと問われ、「叙事詩の完成のために」と答えた村松武司。本書の最後には、一篇だけ詩をおいた。九二年、PKO法制定に伴う論議に際して書かれた「戦後の村」である。

四十五年前の蟬が鳴いている
いつもこれから先がわからなかった

この冒頭二行はもちろん、一九四五年八月のことを想起させる。八月十五日、仁川で、朝鮮人兵士はすでに武装解除して復員していた。一方、村松ら士官候補生は本土決戦の準備に入ると告げられた。しかし「郷里が日本にない者は朝鮮人と共に復員してよい、希望者はいるか」と隊長は問い、村松は名乗り出て離脱したのである。その後どうやって帰っていったのか、彼には記憶がないという。「しかし、ほんとうは自身をそこに置き捨てて歩いたのではなかったか」(「作戦要務令の悪夢」)。

さらに、戦後、日本にあって反米・反戦の運動の中にいた村松は、朝鮮戦争で死んだ北の兵士たちに自分を無意識的に重ねてしまっていたと、告白している。

その後の朝鮮半島をめぐる国際情勢、ねじれた日韓関係、忘却される「戦後」をつぶさに見届けながら、「置き捨ててきたかもしれない自分」を保って歩きつづけた村松は、確かに鶴見の言うように「あきない人」だったのだと思う。そして、いばる自分、あきる自分を厳しく監視しながら、楕円から円への道をたどりつづけた人生であったと思う。

「戦後の村」は、村松が生涯に書いた詩の中でも最も予兆に満ち、すぐれた詩篇の一つではないだろうか。これが書かれたのは、冷戦構造崩壊のあとに何が来るのか、わずかな人にしか予測できていなかった時期である。「怖ろしい村だ　ここでは／死体さえもが齢をとる」が何を予見したことになるのか、我々は今後も見届けなければならない。

村松の重要な論考「性と専制」と従軍慰安婦問題についても触れたかったが、紙幅が尽きた。この問題について兵士の実感をもって書きとめた論考が多くないことを思えば、村松の率直な問いかけと、彼の詩作品に一貫してあらわれる「娼婦」像との関係は重要なテーマではあるのだが。

最後に、村松のもう一冊の重要な著作であり、本稿でもたびたび引用してきた『朝鮮植民者——ある明治人の生涯』も、いつの日か増補を経て読者のもとに届けられんことを祈って拙い論考を終わる。村松が聞き書きをした最初の時点では、本にまとめられた内容よりもさらに克明な植民者の行為と心情が書き留められており、そのノートも現存していると聞いている。それは、日本人の「移動」の物語を強力に補完するとともに、「死体さえもが齢をとる」この村で、いよいよ大きな意味を持つと思われるからである。

(さいとう まりこ／翻訳者)

村松武司年譜稿

黒川　洋　作成

一九二四年（大正一三年）
朝鮮・「京城」（現ソウル）に生まれる。祖父村松武八、浦尾文蔵から数え三代目の植民者であった。

一九三四年（昭和九年）
夏、母・兄姉とで祖父・浦尾文三のいる満洲の安東へ旅行。

一九三八年（昭和一三年）
四月　京城中学校入学。

一九四一年（昭和一六年）
三月　高校受験を兼ねて四国に旅をする。
四月　太平洋戦争始まる。

一九四三年（昭和一八年）
三月　京城中学校卒業。
この頃出陣歌を詩として初めて書く。

一九四四年（昭和一九年）
秋、「京城」にて召集され京城二十師団入営。一二月朝鮮・満州・ソ連国境（咸鏡北道阿吾地）に電探兵として従軍する。

一九四五年（昭和二〇年）
二月　甲種幹部候補生の試験を受け合格する。
八月　京畿道仁川の郊外松島の電波兵器士官学校にて敗戦。ソウルに帰還。
一〇月　一家で下関へ引き揚げる。
一一月　祖父（浦尾文蔵）と母引き揚げてくる。

一九四六年（昭和二一年）
この年上京、福田律郎宅（千葉県市川）に寄寓し、大学盗講の定期券をうるため文化学院に入学。そこで知り合った井手則雄と共に『純粋詩』を編集する。
七月　『純粋詩』六号より作品を発表する。

一九四八年（昭和二三年）
一月　『現代詩』、四月、『山河』、八月、『純粋詩』は二七号で終刊。九月、『造形文学』（通巻二八一）創刊、『純粋詩』の巻次を継承。九月、大江満雄に初めて逢う。この頃東京都足立区梅田に居住。『造形文学』の発行所となる。表の福田、裏の村松（編集・資金繰）として戦後詩のエポックを画す。

一九四九年（昭和二四年）
大江満雄を訪れる。この年日本共産党に入党する。

一九五〇年（昭和二五年）
この年新日本文学会員となる。

一九五一年（昭和二六年）
九月　結核発病喀血。一〇月、東大病院入院。

一九五二年（昭和二七年）
一月　東大病院退院後中川の国府台結核療善所（化学療法研究所付属病院）に入る。入所内中にパルタイを結成する。

一九五五年（昭和三〇年）
五月　田川栄子と結婚する。この頃井出則雄の紹介で小山書店に入る。編集者・出版人としての薫陶を小山久二郎より受け、氏の晩年まで親交が続く。

七月　日共六全協。

一九五六年（昭和三一年）

七月　『青年の文化』（社会教育協会発行）に「現代詩ノート」連載。

一一月　石川三四郎の葬儀で秋山清、鶴見俊輔、岡本潤、植村諦等と出会う。

一九五七年（昭和三二年）

二月　詩集『怖ろしいニンフたち』（同成社刊）。

一九五八年（昭和三三年）

この年出版団体B００KSの会に籍を置き書評誌『Ｂｏｏｋｓ』の編集に携わる。

一九六〇年（昭和三五年）

五月　詩集『朝鮮海峡』（小山書店刊）。

一二月　長男誕生・志門と名付ける。

この年河出書房新社へ入社。この頃共産党を離れる（推定）。

一九六一年（昭和三六年）

六月　福田槇子追悼集（詩運動千葉支部刊）「證言」。

この年朝鮮研究所設立、会員となる。

一九六二年（昭和三七年）

一一月　『亜細亜詩人』（大江満雄編集）参加。「詩語の方向感」。『朝鮮研究』（朝鮮研究所）に「朝鮮植民者」連載開始。この年ダイヤモンド社へ移籍。祖父・浦尾文蔵死す。

一九六三年（昭和三八年）

七月　『数理科学』創刊、のち編集長となる。健康会議の詩の選者となる。

この年朝鮮研究所理事となる。

一九六四年（昭和三九年）

一一月　井手則雄の後を引き継ぎ、ハンセン病療養所・栗生楽泉園の「栗生詩話会」『高原』の詩欄の選者となる（井手は大江満雄の後を引き継いでいた）。

一九六五年（昭和四〇年）

六月　福田律郎死す。

夏、詩人姜舜と初めて逢う。

一二月　詩集『朝鮮海峡・コロンの碑』（同成社刊）。

一九六六年（昭和四一年）

一二月　第三次『コスモス』一三号より同人となり作品を寄せる。

一九六九年（昭和四四年）

四月　義父・川田季彦死す。

一九七一年（昭和四六年）

三月　小林勝死す。

五月　第四次『コスモス』創刊に参加、編集同人となる。

一九七二年（昭和四七年）

三月　『朝鮮植民者――ある明治人の生涯』（三省堂刊）。

一九七三年（昭和四八年）

三月　栗生詩話会合同詩集『くまざさの実』編集（栗生園慰安会刊）解説。

九月　『朝鮮研究』「呉林俊の死」。

一九七五年（昭和五〇年）

二月　ダイヤモンド社を退社。数理科学社を設立し『数理科学』を編集する。夏・高史明と草津ライ療養所栗生楽泉園を訪ねる。

一九七六年（昭和五一年）

五月　古川時夫歌集『身不知柿』（梨花書房刊）解説。
この年、自ら「ライと朝鮮の文学」を出版すべく梨花書房を設立。

一九七七年（昭和五二年）

五月　詩集『祖国を持つもの持たぬもの』（同成社刊）。
一一月　絵本作家文庫『安野光雅』（すばる書房刊）編集。
一二月　姜舜訳で現代韓国詩選Ⅰ　申庚林詩集『農舞』（梨花書房刊）。

一九七八年（昭和五三年）

六月　父・武八急死す。
七月　現代韓国詩選Ⅱ　金洙暎詩集『巨大な根』同前（梨花書房刊）。

一九七九年（昭和五四年）

三月　小林弘明詩集『闇の中の木立』（梨花書房刊）解説。
評論集『遥かなる故郷――ライと朝鮮の文学』（皓星社刊）。
七月　現代韓国詩選Ⅲ　申東曄詩集『脱殻は立ち去れ』（梨花書房刊）。
一一月　『木馬』一〇号「村松武司ノート」（森田進）。

一九八〇年（昭和五五年）

七月　現代韓国詩選Ⅳ　趙泰一詩集『国土・他』（梨花書房刊）。
一一月　栗生詩話会合同詩集『骨片文字』編集（皓星社刊）解説。

一九八一年（昭和五六年）

八月　現代韓国詩選Ⅴ　李盛夫詩集『我等の糧・他』（梨花書房刊）。
この年思想の科学会員となる。

一九八二年（昭和五七年）

六月　藤楓協会三〇周年にあたり感謝状を受ける。

一九八三年（昭和五八年）

五月　『新井徹の全仕事』（創樹社刊）任展恵と共編・解説執筆。
九月　香山末子詩集『草津アリラン』（梨花書房刊）解説。

一九八六年（昭和六一年）

一月　井手則雄死す。
一〇月　『数理科学』の編集室員が独立する。村松は新人を育てながら『数理科学』を守る立場をとる。この年日本現代詩人会に入会。

一九八七年（昭和六二年）

七月　日本・アジア・アフリカ作家会議会員となる。

一九八八年（昭和六三年）

一月　詩集『一九六〇年出発』（皓星社刊）。
一一月　秋山清死す。桜井哲夫詩集『津軽の子守唄』（編集工房ノア刊）解説。

一九八九年（平成元年）

一月　秋山清追悼会（牛込出版クラブ）にて司会を務める。小林弘明詩集『ズボンの話』（コロニー印刷刊）解説。

一〇月　第四次『コスモス』六二号終（通巻一〇一号）。『高原』『騒』と
一一月　第一回コスモス忌に参加。（遺稿集、『海のタリョン』発行。の時系列注意。）

一九九〇年（平成二年）

三月　『騒』創刊同人となる。『高原』、『騒』にて村松武司追悼特集。
一〇月　朝鮮民主主義人民共和国訪問。
秋　『数理科学』編集長を退く。

一九九一年（平成三年）

四月　大江満雄の詩碑の祝いに四国へ栄子、皓星社社員能登恵美子らと共に旅行。
七月　香山末子詩集『鶯の啼く地獄谷』（皓星社刊）解説。
一〇月　大江満雄死す。

一九九二年（平成四年）

四月　再び朝鮮民主主義人民共和国を訪問。
八月　韓国を遠望する対馬に栄子と旅をする。栗生楽泉園・開園六〇周年祭。
一一月　東京女子医科大学付属青山病院へ入院する。
一二月、心臓バイパス移植手術を受ける。短期間に数次の大手術を受ける。

一九九三年（平成五年）

三月　長く編集・校閲にたずさわった『海人全集』全三巻（皓星社刊）刊行。
七月　東京女子医科大学付属病院を退院する。
八月二八日朝・東京歯科大市川病院にて人工透析後緊急入院するも二〇時二五分永眠。
九月二六日信濃町・千日会堂「村松武司をしのぶ会」にて追悼。

＊年譜作成に当たり村松夫人の栄子氏、日本A・A作家会議の栗原幸夫氏のご協力を得ました。限られた時間のなかでの作成で不備な箇所がありますがご勘弁を願います。（黒川）

※この略年譜は、遺稿集『海のタリョン』の黒川洋作成の『村松武司年譜稿』から抽出したものである。

初出目録

遥かなる故郷

同行二人　『新日本文学』二五巻九号　一九七〇年
黒いゲーム　一――創氏改名――『朝鮮文学』一一号　一九七〇年一月
黒いゲーム　二――創氏改名――『破防法研究』一二月号　一九七一年
植民者作家の死――小林勝――『幻野』（幻野の会・岐阜市）三号　一九七二年二月
戦前三〇年・戦後三〇年――忘れえぬ「皇軍」兵士――別冊『経済評論』一〇号　一九七二
現代の狂人日記――李恢成・黒川洋――詩誌『コスモス』第四次　六（通巻四五）号　一九七三年八月
在日朝鮮人文学者の死――呉林俊――『新日本文学』一九七三年一一月
ライの歌人――金夏日――季刊『まだん』一号　一九七三年
「世界」への出口を閉ざされた在日朝鮮人の存在――一二・一〇金嬉老公判報告集会――於・全電通会館（一九七三年）
黄土の金芝河　季刊『三千里』創刊号　一九七五年二月
詩と対象――小林弘明――詩誌『コスモス』第四次一三（通巻五二）号　一九七六年五月
脱郷と望郷　『DKM』一九七七年一一月
性と専制――金一勉――『新地平』八月号　一九七六年
恨のまえに立つ――李御寧――『コリア評論』二一巻一九八号　一九七八年七月
遥かなる故郷――ライ者の文学――詩誌『コスモス』第四次　二一（通巻六〇）号　一九七八年一一月
朝鮮人との出会いと別れ――わたしの関東大震災――季刊『三千里』一七号　一九七九年二月

終りなき戦後

詩をなぜ書く　詩誌『コスモス』第四次二七（通巻六六）号　一九七九年一月
李漢稷詩集『コリア評論』二二巻二一一号　一九七九年九月
朝鮮に生きた日本人――わたしの「京城中学」――季刊『三千里』二一号　一九八〇年二月
祭られざるもの詩誌『コスモス』第四次二六（通巻六五）号　一九七九年一〇月
光州、君たちの民主『新日本文学』三五巻八号　一九八〇年八月
作戦要務令の悪夢　季刊『三千里』三一号　一九八二年八月
朝鮮植民者としての沖縄体験　『棘』（沖縄民衆史の会）四号　一九八四年七月
わたしの戦争詩　詩誌『コスモス』第四次四八（通巻八七）号　一九八五年四月
わたしの「討匪行」軍歌論（一）　詩誌『コスモス』第四次五四（通巻九三）号　一九八六年九月
興南から水俣への巨大な連鎖――引揚の記録と戦後の意味――『ソダン』創刊準備号（ソダン書堂）
反詩・反文明の詩――癩自らの絶滅宣言――出典『海のタリョン』初出不明
生き残りたちの最後　光岡良二詩集『鵞毛』出典『海のタリョ

ン』初出不明
桜井哲夫の詩――近・現代詩の流れでなく――詩誌『コスモス』第四次四五（通巻八四）号　一九八四年六月
夏の蟬　季刊『三千里』四七号　一九八六年八月
内野健児＝新井徹の詩　詩誌『コスモス』第四次　三九（通巻七八）号　一九八二年一一月

娼婦たちへの返事

毛辺紙の記録『火の如く風の如く・解放への道　続』（講談社）一九五九年
叙事詩の終章　詩誌「騒」（暮尾淳編・騒の会発行）六号　一九九一年六月
専制のなかの文学――松代の旅――　詩誌「騒」（暮尾淳編・騒の会発行）八号　一九九一年一二月
従軍慰安婦問題の戦後責任――沖縄の旅から帰って――『新日本文学』一〇月号　一九九二年
戦後の村で　詩誌「騒」（暮尾淳編・騒の会発行）一一号　一九九二年九月

未収録原稿一覧

『遥かなる故郷』より

レプラなる母――鄭敬謨――（一九七三年）
ひとりのなかの二人の影――鮮干煇「朝鮮日報」社説――（一九七三年）
一九七四年七月――金芝河たちの処刑――（一九七四年七月二七日）
民衆と権力――金芝河のイメージ――（一九七七年）

『海のタリョン』より

「終りなき戦後」
五月二七日・東京（一九八一年）
「娼婦たちへの返事」
麦の暗喩（一九九一年）
娼婦たちへの返事（一九九二年）

斎藤真理子（さいとう・まりこ）

翻訳者。訳書に、パク・ミンギュ『カステラ』（ヒョン・ジェフンとの共訳、クレイン）、『ピンポン』（白水社）、チョ・セヒ『こびとが打ち上げた小さなボール』（河出書房新社）、ファン・ジョンウン『誰でもない』（晶文社）、ハン・ガン『ギリシャ語の時間』（晶文社）、チョン・ミョングァン『鯨』（晶文社）、チョン・スチャン『羞恥』（みすず書房）、チョン・セラン『フィフティ・ピープル』（亜紀書房）、チョ・ナムジュ『82年生まれ、キム・ジヨン』（筑摩書房）など。『カステラ』で第1回日本翻訳大賞を受賞。韓国を語らい・味わい・楽しむ雑誌『中くらいの友だち』（韓くに手帖舎発行・皓星社発売）創刊メンバー。

増補 **遥かなる故郷** ライと朝鮮の文学

2019年1月29日　初版第1刷発行　定価2800円

著　　者　**村松武司**
編　　者　斎藤真理子
装幀・装画　安野光雅
型染版画　田中 清
発 行 者　晴山生菜
発行所　株式会社 **皓星社**
〒101-0051　東京都千代田区神田神保町3-10
宝栄ビル6階
電話：03-6272-9330　FAX：03-6272-9921
URL http://www.libro-koseisha.co.jp/
E-mail：book-order@libro-koseisha.co.jp
郵便振替　00130-6-24639

印刷・製本　精文堂印刷株式会社

ISBN978-4-7744-0665-7

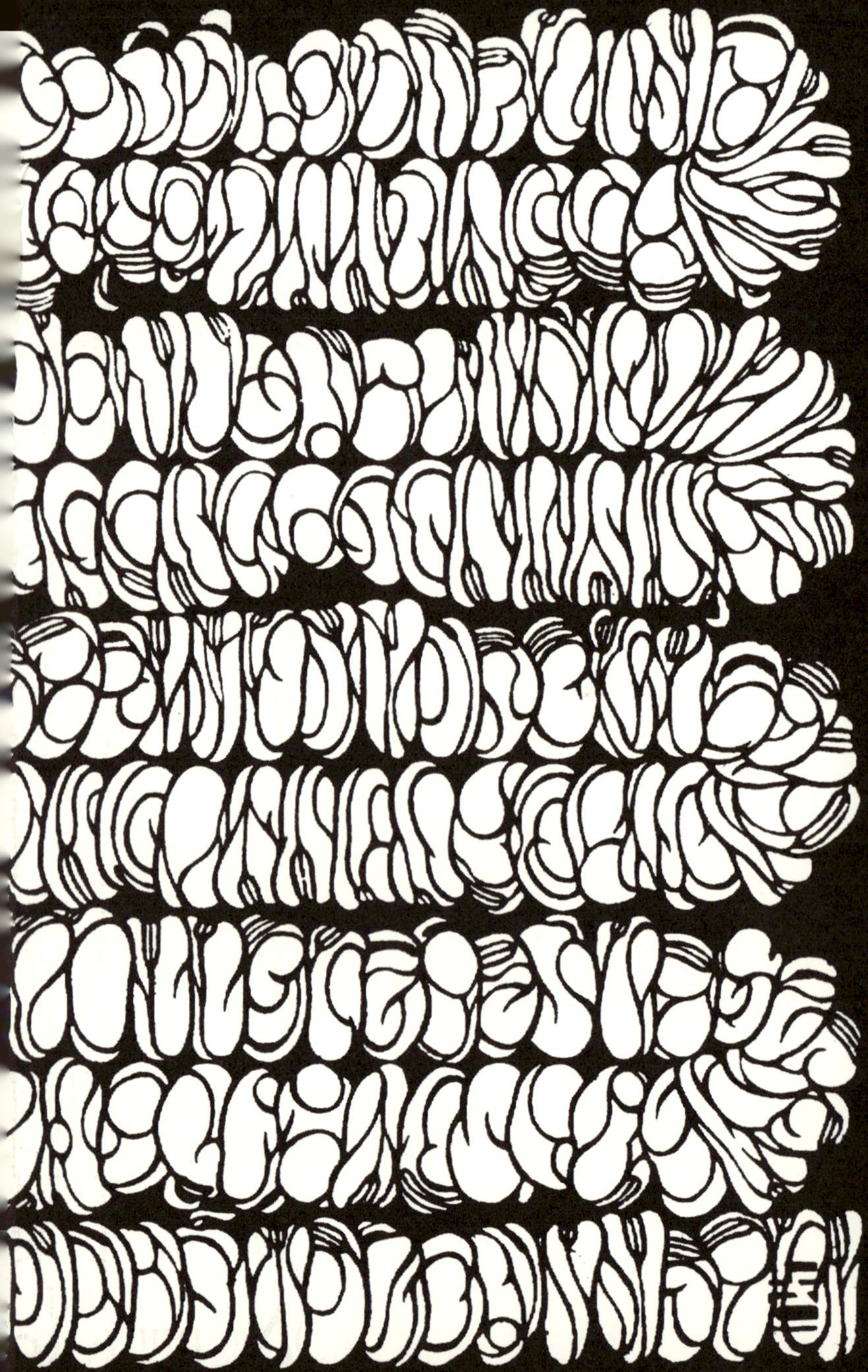